HERVÉ JOURDAIN

Passionné de littérature policière, capitaine de police au sein de la Brigade criminelle de Paris et marathonien accompli, Hervé Jourdain a 38 ans. Après *Sang d'encre au 36* (Nouveaux auteurs, 2009), *Psychose au 36* paraîtra en 2011 chez le même éditeur.

Retrouvez l'actualité de l'auteur sur sangdencre36.blogspot.com

SANG D'ENCRE
AU 36

HERVÉ JOURDAIN

SANG D'ENCRE
AU 36

ÉDITIONS LES NOUVEAUX AUTEURS

Pocket, une marque d'Univers Poche,
est un éditeur qui s'engage pour la
préservation de son environnement et
qui utilise du papier fabriqué à partir
de bois provenant de forêts gérées de
manière responsable.

© Éditions Les Nouveaux Auteurs – Prisma Presse, 2009
ISBN : 978-2-266-20298-5

À Sophie, Antoine et Thomas,
qui supportent en silence mes « absences ».

1 – Rémy Jacquin

« Sans cesse sur le métier il faut remettre l'ouvrage. » C'est ainsi que Daniel Duhamel, récemment promu chef de groupe à la Brigade criminelle, résumait l'une des facettes de son métier. Vous pouviez vous considérer comme l'un des meilleurs, avoir résolu les plus belles des affaires, participé à l'arrestation des plus « beaux mecs » de la pègre parisienne, il n'en restait pas moins que les compteurs revenaient à zéro aux abords d'une nouvelle scène de crime. Identifier le cadavre, entendre les témoins, annoncer la mort aux proches, assister le médecin légiste lors de l'autopsie, tirer les ficelles, confronter les idées, monter le dossier, vérifier les alibis, travailler les pistes, mettre hors d'état de nuire, obtenir les aveux, etc. Du boulot en perspective, des jours de labeur, des nuits d'insomnie et de doutes. Métier passionnant, disaient les profanes à l'issue d'une soirée télévisée sur le suivi d'un groupe d'enquêteurs s'affairant à identifier le meurtrier d'une grand-mère ; métier aliénant, répondait le commandant de police en écho, debout, dans ce grand boulevard d'Épinay-sur-Seine, à quelques mètres du cadavre de Rémy Jacquin.

— Qu'est-ce qu'on a ? demanda-t-il aux enquêteurs du SDPJ[1] de Seine-Saint-Denis en arrivant sur place, après avoir montré patte blanche aux policiers d'une compagnie de district qui filtraient les entrées sur le périmètre.

— C'est le conseiller principal d'éducation du collège Arago, répondit l'un des flics en civil, qui indiquait d'un mouvement de tête l'établissement scolaire situé à une centaine de mètres. Il a pris deux balles dans le buffet, ajouta-t-il. Les douilles sont dans le caniveau. L'Identité judiciaire a déposé des cavaliers à côté.

— Le corps a été bougé ?

— Ouais, le SAMU a tenté de le ranimer. Je vais te laisser le certificat de décès.

— Vous avez été avisés à quelle heure ?

— Vers 18 h 30. Une demi-heure après les faits.

— Je ne vois pas les collègues du commissariat.

— Ils ont dû repartir sur un incendie. Je t'ai noté pas mal d'infos, le pedigree de la victime et l'identité du directeur du collège, il était l'un des premiers sur place.

— Qu'est-ce qu'il dit, le directeur ?

— Il n'a rien vu, mais il a entendu les coups de feu. Il a aperçu des mômes décamper aussi.

— C'est tout ?

— Non, il a également ajouté que, selon un jeune Black présent dans le secteur, ce serait un motard qui aurait fait le coup.

— Casqué, le motard ? s'enquit un Duhamel impassible.

— Je sais pas, j'ai pas demandé.

1. Service départemental de police judiciaire.

10

— Il a les noms des gamins et du Black ?

— Ouais, ce sont des élèves de son établissement. Pour le Noir, aucune idée.

— Et le conseiller principal ? Quel profil ?

— Jeune, deux ans d'ancienneté à Épinay. Pas de soucis particuliers, sauf l'année dernière où un élève lui a transpercé la main avec une pointe de compas.

— Et c'est qui la grosse dame qui traîne, là ? demanda Duhamel en visant une femme à peine trentenaire qui furetait à l'intérieur de la zone matérialisée par plusieurs mètres de rubalise blanc et rouge.

— Mme Dumortier, c'est la substitut de permanence.

Petite et gironde, la jeune magistrate avait de beaux cheveux châtains coiffés en queue-de-cheval. Des sourcils fins et longs et de jolis yeux marron en amande accentuaient les arrondis de son visage. Un tailleur sombre, un sac à main en cuir noir et des escarpins de même couleur lui donnaient un air strict. Le commandant Duhamel se dirigea vers elle, main tendue et brassard « police » apparent sur son costume.

— Commandant Duhamel. C'est vous qui êtes punie ? dit en préambule le chef de groupe en soulevant le ruban de plastique qui interdisait l'accès de la scène de crime aux quelques badauds et curieux regroupés à distance respectable.

— Je sais qui vous êtes, répondit-elle sans esquisser le moindre sourire.

Duhamel aurait aimé en dire autant. Une nouvelle fois, sa réputation l'avait précédé. Il ne sut dire si la poignée de main de son interlocutrice, ferme et énergique, était naturelle.

— Je n'ai pas encore vu votre hiérarchie, ajouta-t-elle.

— Départs en week-end, le périphérique est en croix. Le commissaire Guignard doit être dans les bouchons. Mais pourquoi cette remarque ? Nous sommes officiellement saisis de l'enquête ?

— Oui, vos collègues de Seine-Saint-Denis sont débordés. Et puis je ne vous cache pas que la fonction de Rémy Jacquin nous oblige à nous mettre en frais. J'ai bien peur que les médias fassent rapidement leurs choux gras de cette affaire. Un conseiller principal, le 9-3, les syndicats, la baisse des effectifs de l'Éducation nationale et les grèves en cascade. Bonjour la semaine à venir, précisa-t-elle dépitée, comme si toutes les réactions du monde enseignant reposaient sur ses épaules. Vous croyez vraiment que ça peut avoir un rapport avec sa fonction ?

— Je ne suis pas devin, répondit amèrement Duhamel qui s'approchait du cadavre entièrement camouflé par une couverture de survie laissée là par les premiers intervenants.

Le corps reposait sur le dos, en travers du trottoir couvert de gravillons, dans un angle de soixante degrés par rapport au caniveau, lequel était surplombé par les pieds de la dépouille. Le haut du buste, lui, gisait au pied d'un poteau en béton qui marquait la limite du parterre herbeux d'un immeuble de cinq étages. Quelques mètres plus loin, un photographe de l'Identité judiciaire, vêtu d'une tunique bleu-vert sans manches, effectuait des gros plans des deux douilles, distantes d'une quarantaine de centimètres l'une de l'autre. Duhamel s'approcha de lui tandis que les deux autres techniciens de l'Identité judiciaire relevaient la largeur de la chaussée et des trottoirs à l'aide d'un décamètre, afin d'établir un plan de masse des lieux. Au loin, en amont et en aval du boulevard Arago, une dizaine de policiers en treillis bleu marine interdisaient l'accès à tout automobiliste.

— On dirait du 9 mm, lança le chef de groupe à l'un des techniciens en visant les douilles.

— Perdu. Ça ressemble à du 9 mais c'est du 7,62. C'est ce qui est indiqué sur le culot des douilles. Pour ta gouverne, ça correspond au calibre des Kalachnikov.

— Quoi d'autre ? s'enquit Duhamel qui n'était pas un grand spécialiste en balistique.

— Percutées toutes les deux. Vu la distance entre les étuis et le corps, il a vraisemblablement été tué à bout portant. À première vue, cette affaire sent le règlement de comptes.

— C'est quoi ce bruit ? demanda tout à coup Duhamel, alerté par une vibration sonore qui semblait provenir de la dépouille.

— Ça n'arrête pas depuis deux plombes. Je pense qu'il s'agit du portable de la victime qui doit être en mode vibreur. Sa femme qui s'inquiète, probablement.

« Manquait plus que ça », pensait fortement le commandant lorsque deux de ses collègues arrêtèrent leur voiture à proximité. Pierre Sibierski, trente-cinq ans, procédurier du groupe aussi méticuleux que longiligne, et Jean Leprêtre, le tout nouvel adjoint de Duhamel depuis le départ en retraite de Michel Deforges, semblaient chagrins à dérouiller en cette veille de week-end, annoncé comme l'un des plus ensoleillés de ce printemps. La gardienne de la paix Nora Belhali et le jeune lieutenant Fabrice Chadeau, les moins âgés de l'équipe, étaient plus enjoués que leurs aînés. Et pour cause, la première cultivait le célibat, tandis que Chadeau, qui lui vivait maritalement, jugeait son quota d'homicides traités encore faible. Ces deux-là arrivèrent pourtant les derniers.

— On fait le point, les gars ? lança Duhamel afin d'obtenir l'écoute de ses quatre collègues.

— Vas-y, on est tout ouïe, répondit le taciturne Leprêtre qui, comme à chaque doublure[1], arborait sur une chemise claire une cravate mauve parsemée de l'emblème de la Crim', des chardons blancs aux pointes acérées.

— Bon, Pierre, comme d'habitude tu gères les constatations. Fais vite, vu la faune locale, on n'est jamais à l'abri de cocktails Molotov, même si les collègues sécurisent au maximum.

Ce n'était pas la quinzaine de flâneurs retenus à distance qui effrayait Duhamel, des femmes et des hommes en manque de distraction, pour la plupart âgés entre cinquante et soixante-dix ans. C'était le silence qui émanait de la cité voisine qui le rendait inquiet. « Étonnamment calme », se disait-il, préférant mettre cela sur le compte des patrouilles répétées de policiers, plutôt que d'imaginer la préparation d'un feu d'artifice.

— Et puis appelle rapidement les pompes funèbres pour le transport du corps à la morgue. Ce qui semble urgent, ce sont les deux douilles. Si tu peux les envoyer au labo dès que tu rentres au 36…

— Je vais faire de mon mieux, répondit mollement le procédurier qui n'aimait pas être bousculé.

1. Permanence.

14

— Jeannot, il faudrait que t'ailles voir le principal du collège Arago où officiait Jacquin. Selon les collègues du SDPJ, il aurait entendu les coups de feu et vu des gamins de son établissement prendre la tangente. Y en a d'autres qui auraient aperçu le tueur sur une moto.

— OK.

— Nora, Fabrice, vous me commencez l'enquête de voisinage. L'homicide remonterait à 18 heures. Si les locataires ne répondent pas, n'insistez pas, laissez une collante[1] avec numéro de téléphone du service bien apparent. Tous ceux qui ont vu quelque chose de leurs fenêtres, vous me les convoquez pour 10 heures demain matin. Pierre, t'as des gants pour moi dans ton sac de doublure[2] ?

— Ouais. Vas-y, sers-toi.

— Bon, moi je m'occupe de récupérer le téléphone cellulaire qu'il a dans les fouilles, et je contacte sa femme. Fabrice, demain matin, entre deux auditions, tu me lances les premières recherches téléphoniques : correspondants, bornage et compagnie.

— Pas de problème, répondit le jeune lieutenant, sûr de ses compétences en matière de téléphonie mobile.

Mme le substitut partie, l'enquête pouvait réellement débuter ; trois heures trente après l'assassinat, une bonne moyenne pour une saisine[3] de la Brigade criminelle. « Contactez-moi demain, commandant. Je vous donnerai la date de l'autopsie et le nom du légiste »,

1. Convocation.
2. Sac de permanence contenant le matériel nécessaire à tout type de prélèvements ; terme propre à la Brigade criminelle.
3. Début d'enquête.

avait-elle précisé au directeur d'enquête en quittant les lieux. Les flics du SDPJ 93 mirent également les voiles, histoire de sauver le début de week-end alors que la nuit et sa fraîcheur commençaient à tomber. Le capitaine Leprêtre se dirigea à grands pas en direction de l'entrée du collège Arago – où le principal occupait un logement de fonction avec sa femme –, tandis que Belhali et Chadeau investirent le seul immeuble situé en vis-à-vis de la scène de crime. Restaient cinq hommes sur le bitume : les trois techniciens de l'Identité judiciaire, Pierre Sibierski en ligne avec le transporteur mortuaire, et Duhamel en train de soulever la couverture de survie posée sur la dépouille par les urgentistes.

— Il n'a pas beaucoup saigné, constata d'emblée le chef de groupe.

— Preuve qu'il est mort rapidement, répondit son collègue de la police technique et scientifique spécialisé dans le relevé de traces et d'empreintes. Concernant les prélèvements, il y a des choses en particulier que tu veux qu'on te récupère ?

— Vois avec Pierre, c'est lui le procédurier, répondit Duhamel. Mais à première vue, hormis les douilles, je ne vois pas trop ce qu'on va pouvoir ramasser, ajouta-t-il alors qu'il vérifiait sommairement le contenu des poches de la veste.

Le haut du corps de Rémy Jacquin avait été déshabillé de sa veste, probablement par les urgentistes du SAMU. Le vêtement en soie, chiffonné, avait servi d'appuie-tête durant la tentative de défibrillation. Le torse n'était plus couvert que par un polo, ciselé dans son axe pour mieux coller les électrodes restées positionnées autour du cœur et des poumons. Chaussures, chaussettes et ceinture traînaient à proximité. Même le pantalon en toile était découpé en lambeaux, les restes de l'intervention médicale marquant l'intérieur des cuisses. Le thorax présentait deux impacts, l'un à proximité du sein gauche, le second au niveau du plexus cardiaque. Aidé de Sibierski, le chef de groupe pencha le corps sur le flanc. Pas d'orifice de sortie dans le dos. Un souci de moins pour les enquêteurs qui n'auraient pas à chercher les projectiles. Finalement, ils remirent le corps dans sa position initiale. Duhamel extirpa de la poche intérieure de la veste de la victime un lourd portefeuille en cuir beige. À peine l'eut-il ouvert sur la carte orange de Jacquin que le téléphone cellulaire de la victime se remit à vibrer. Le commandant s'en saisit aussitôt pour mieux noter le numéro qui s'affichait en face de la mention « Chrystel ». La durée d'appel, qu'il estima à près d'une minute, lui laissa amplement le temps de retranscrire les dix chiffres sur un bloc-notes tendu au passage par le technicien de scène de crime. Puis l'appel cessa. Avant de reprendre trois secondes plus tard. Que faire ? La décision de Duhamel était prise : il allait répondre. Tout du moins rappeler, avec son portable professionnel. Dès qu'elle aurait raccroché ; ce qu'elle fit.

— Allô ?

— Oui.

— Chrystel ? tenta-t-il.

— Euh... oui, vous êtes ?

Voix inquiète, angoissée, qui ne réclame que le soulagement d'une bonne nouvelle.

— Je viens de lire votre prénom sur le téléphone cellulaire que vous venez de joindre... votre conjoint peut-être... ?

17

— … Rémy, oui, qui êtes-vous ? Où est-il ?

— Je suis policier et me trouve à proximité de son lieu de travail…

— Pourquoi ? Qu'est-ce qui se passe ? demanda-t-elle, affolée.

— Vous avez les moyens de me rejoindre, là, tout de suite ?

— Euh… non, non, je ne peux pas, je n'ai pas de véhicule, et en plus je vais accoucher dans les jours à venir. Mais bon sang, dites-moi ce qui se passe ?

— Donnez-moi votre adresse, j'arrive.

***

Hormis leur âge et la volonté de remplir un peu plus les prisons, Chadeau et Belhali n'avaient absolument rien en commun. L'un était gradé, pas l'autre, et l'officier était aussi gros que la gardienne de la paix était fine. Chadeau avait directement intégré la Crim' à l'issue de sa formation de lieutenant, tandis que la Maghrébine, berbère d'origine, avait déjà acquis de l'expérience à la Brigade de protection des mineurs de Paris. Si un flegme très britannique caractérisait le lieutenant, la divine Belhali, parfois hargneuse et souvent douce, possédait avant tout l'âme d'une rebelle touareg.

Les deux années de travail effectuées ensemble sous les ordres de Michel Deforges, puis, depuis peu, sous la responsabilité de Daniel Duhamel, son successeur, avaient été couronnées de plusieurs succès. Deux belles affaires de flingage entre voyous étaient sorties[1] grâce

1. Avaient été résolues.

à la pugnacité de l'officier dans le domaine des croisements et recoupements de données téléphoniques, tandis que l'endiablée Nora avait, l'année passée, avec un vice peu coutumier pour une fille de vingt-cinq ans, obtenu les aveux d'un type refoulé, coupable d'avoir donné la mort à trois homosexuels parisiens.

Cinq étages plus le rez-de-chaussée d'un immeuble, ce n'était pas la mer à boire. Belhali avait connu pire. Trois mois plus tôt, elle s'était fadé durant deux jours le porte-à-porte d'une barre de la cité des 4 000 à La Courneuve, en marge d'un règlement de comptes entre trafiquants de drogue. Les deux enquêteurs, aidés de l'ascenseur, débutèrent par le dernier étage. Quatre appartements par palier ; pour l'essentiel des copropriétaires, dont les plus anciens avaient été attirés par les faibles taux d'intérêt du début des années 1970. Mais la crise avait suivi, et les logements sociaux avaient poussé tout autour, comme des champignons, à la faveur de mairies acquises à la cause immigrée. Telle fut dépeinte la situation sociale du quartier par les quelques résidents rencontrés. Mais en ce qui concernait les faits, personne n'avait rien vu ni rien entendu. Les résidents ne mettaient plus les pieds sur les balcons, la Seine au loin étant masquée par les tours de la cité Pablo Neruda. Les fenêtres à double vitrage, elles, restaient fermées de peur des vols par escalade, fréquents dans le secteur.

— C'est pas le voisinage qui va faire sortir l'affaire, lança Belhali en refermant la porte vitrée du hall de l'immeuble. J'espère que Jeannot aura plus de billes avec le directeur du collège.

Chadeau s'essoufflait vite à marcher. Il ne répondit pas. À vingt mètres, il distingua son procédurier en pleine discussion avec le commissaire divisionnaire Jean-Paul Guignard, le patron de la Crim'. À leurs côtés se trouvait également Thomas Boitel, commissaire principal, l'un des trois chefs de section du service, qui chapeautait entre autres le groupe Duhamel. Les deux tauliers semblaient tout ouïe ; surtout Boitel, le plus jeune, chargé de rédiger rapidement un rapport circonstancié qui donnerait les axes de l'enquête au parquet.

Guignard, visage émacié, front altier et la cinquantaine grisonnante, était plutôt serein. Il avait une grande confiance en ses hommes, les statistiques de son service offrant un taux d'élucidations propre à faire pâlir les meilleurs des services de police anglo-saxons. Sa visite à Épinay s'apparentait plus à de la courtoisie qu'à du management, cause probable de son arrivée tardive sur les lieux. Et puis il n'avait plus rien à prouver, sa carrière était derrière lui, contrairement à Boitel dont les dents rayaient le parquet. Briller pour gravir plus rapidement les échelons, marquer son territoire, jouer des coudes pour rester sur le devant de la scène, tel était son combat. Même s'il n'y avait pas grand-chose à redire aux premières décisions prises par Duhamel.

— Vous avez contacté la mairie pour connaître l'emplacement d'éventuelles vidéosurveillances ? s'enquit-il auprès de Chadeau à peine revenu du voisinage.

— Un vendredi soir ? s'étonna le jeune lieutenant.

— Y a plus urgent, vous ne croyez pas ? intervint Nora Belhali qui ne manquait jamais une occasion de rabrouer Boitel en lieu et place de Chadeau.

— Alors, ce voisinage, ça donne quoi ? demanda Guignard pour couper court à l'altercation naissante.

— Pas grand-chose. On a fait tout l'immeuble, personne n'a rien vu ni rien entendu.

— Y compris le gardien ? reprit Boitel.

— Il n'y a plus de bignole depuis une dizaine d'années, monsieur, répondit Chadeau. Mais on a peut-être une chance avec celui du stade, de l'autre côté de la rue. On va aller voir tout de suite… ajouta-t-il pour mieux échapper aux huiles.

***

La discussion de Jean Leprêtre avec Philippe Estanguet, le principal du collège, méritait d'être approfondie au service. Non pas que le capitaine de police soupçonnât son interlocuteur d'une quelconque participation au meurtre. Mais, outre le fait d'avoir reconnu des collégiens témoins de l'assassinat, le directeur du collège Arago semblait être le plus à même de fournir des détails sur l'environnement professionnel de la victime. Assis sur le bord d'un fauteuil, utilisant la table basse du salon comme support, le capitaine Leprêtre notait succinctement sur un calepin les informations communiquées.

— Je sortais de mon bureau quand ça s'est passé. J'avais la main sur la poignée de la porte au moment des coups de feu, dit-il avec un accent qui respirait le foie gras et le rugby.

— Et où se trouve votre bureau ?

— C'est la pièce qui est attenante à l'entrée de mon domicile. À une dizaine de mètres de la rue, pas plus. Dire qu'il était passé me dire au revoir deux minutes avant.

— Vous vous rendiez où, à ce moment précis ?

— J'allais faire le tour des classes, vérifier la fermeture des portes et des fenêtres, avant de fermer les grilles de l'établissement. En général le collège se vide complètement entre 17 et 18 heures. Logiquement, à cette heure-là, il n'y a plus personne dans les couloirs, tout est vide.

— Vous avez combien de grilles à verrouiller ?

— Deux : l'entrée principale, celle par où vous êtes arrivé et qui donne sur le boulevard Arago, et une petite grille intérieure qui donne accès au gymnase et au stade que vous avez longés pour venir.

— Combien de coups de feu, pour vous ?

— Deux. J'en suis sûr. Pan pan, il n'y a pas eu de temps mort entre les deux, répondit le directeur, s'animant, tandis que sa femme servait un café serré à leur hôte.

— Et vous, madame, vous les avez entendus, les coups de feu ?

— Oui, je les ai entendus. Mais je n'y ai pas prêté attention. On est tellement habitués aux bruits de pétard ici, précisa-t-elle avant de retourner sécher ses larmes dans la cuisine.

— Qu'est-ce que vous avez fait, alors, sitôt après les coups de feu ? demanda Leprêtre, s'adressant de nouveau au mari.

— Au début, je n'ai pas précisément situé d'où ça venait. J'ai tout de suite senti que ce n'étaient pas des bruits de pétard, c'étaient des bruits sourds, et trop rapprochés l'un de l'autre... Et puis j'ai vu deux élèves passer en courant devant l'entrée principale.

— Dans quel sens ?

— Dans le sens opposé, par rapport à l'endroit où Rémy est... tombé.

— Combien de temps après ?

— Vingt secondes, trente secondes peut-être.

— Donc ces deux gamins ont vraisemblablement vu quelque chose ?

— Vu comment ils ont détalé, à mon avis oui.

— Vous les connaissez ?

— Oui, ce sont des élèves de la 5e F, une classe pas facile, dit-il en chaussant une paire de lunettes. J'ai sorti leurs fiches avant votre arrivée. J'en ai fait des photocopies. Tenez, voilà, dit-il en tendant les documents à l'officier.

— Et ensuite ?

— Ensuite, je me suis rendu aussitôt au bord de la route. Et là j'ai tout de suite reconnu Rémy. Il était allongé sur le ventre, dans la largeur de la partie droite de la chaussée. Il y avait un gamin de couleur à sa hauteur qui essayait de lui parler. Un ancien du collège, de la cité Pablo Neruda, je crois. J'ai pas eu besoin de m'approcher pour comprendre qu'il avait été agressé, d'autant qu'il paraissait complètement inerte. Je suis revenu au bureau, j'ai pris le téléphone et j'ai appelé les secours. Après, je suis retourné sur place et j'ai tenté de le ranimer.

— Comment ?

— En arrivant, j'ai vu qu'il y avait un peu de sang sur sa veste et son tee-shirt. Pas grand-chose, mais il ne respirait plus. En plus il avait les yeux clos. Je l'ai tiré sur le trottoir parce que j'avais peur que les voitures déboulent sur nous, et j'ai commencé à faire la respiration artificielle.

— Et le Black ?

— Le Black ? Ah oui. Je lui ai demandé d'aller chercher des secours dans l'immeuble voisin. Il est revenu en compagnie d'une dame assez âgée. Mais elle n'a pas pu m'aider, elle était complètement paniquée. Au bout d'une dizaine de minutes, une fois le SAMU arrivé, j'ai de nouveau aperçu le jeune, il parlait d'un motard à plusieurs de ses amis, en faisant les gestes d'un tueur.

— Et vous, vous avez vu un motard, ou entendu le bruit d'une moto ?

— Non. À aucun moment.

— Et ce Black, vous le connaissez ?

— De vue, oui. Il me semble qu'il était dans les effectifs l'année dernière. Je vais éplucher les trombinoscopes. Vous savez, on a plus de six cents élèves dans l'établissement.

« Le genre de bahut recherché par tous les directeurs », pensa Leprêtre qui savait les principaux être plus ou moins rémunérés en fonction du nombre d'élèves.

— Ça faisait longtemps que vous connaissiez Rémy Jacquin ? poursuivit le capitaine de police.

— Deux ans. On était assez complices, d'autant qu'on est arrivés ensemble dans cet établissement. C'était un type très sérieux et qui savait s'imposer sans braquer ni brusquer.

— Des soucis particuliers ?

— Comment ça ? Au collège, ou par rapport à Rémy ?

— Les deux.

— Vous savez, des cas difficiles, il y en a partout en banlieue, et surtout en Seine-Saint-Denis. Maintenant, avec eux, il faut savoir prendre du recul. Surtout avec ceux qui n'ont pas de cervelle.

— Pourquoi ?

— Parce qu'ils sont dangereux. Comme celui qui a agressé Rémy l'année dernière.

— Vous évoquez le coup de compas ?

— Oui, c'est ça. Dylan Sainte-Rose, un Antillais. Tout ça pour une histoire de chewing-gum, dit-il tristement.

— Qu'est-ce qui s'est passé, précisément ?

— L'année dernière, Mme Martin, un professeur de mathématiques, a sollicité l'intervention de Rémy pour exclure de sa classe un élève qui ne voulait pas cracher son Malabar dans la corbeille. Rémy est arrivé devant l'élève, il a tapé du plat de la main sur la table, et immédiatement Sainte-Rose lui a planté le compas à la jointure du pouce et de l'index. Résultat, Sainte-Rose a été définitivement exclu de l'établissement et Rémy a eu droit à un passage à l'infirmerie et à un arrêt de travail d'une semaine.

— D'autres soucis de cet ordre ?

— Non, pas que je sache. Comme je vous dis, il s'imposait naturellement, et s'énervait rarement…

— En plus il allait être papa dans quelques jours, intervint Mme Estanguet, qui écoutait la conversation depuis l'encadrement de la porte de la cuisine, un mouchoir en tissu à la main, tandis que son mari mordillait une branche de ses lunettes.

— Bien. Je ne vais pas vous ennuyer plus longtemps, il est déjà suffisamment tard. Par contre, il faudrait que vous passiez demain au service pour qu'on couche tout ça sur le papier. Je vous propose 14 heures, ça vous va ? demanda Leprêtre en tendant une carte de visite de la Brigade criminelle avec son numéro de téléphone professionnel.

— J'y serai. D'ici là, je vais tâcher de trouver l'identité du jeune qui évoquait un motard.

— Très bien. Venez en transport en commun, nous vous raccompagnerons. Métro Saint-Michel sur la ligne 4, vous traversez le pont avant de longer les fourgons de gendarmerie jusqu'au 36. Les plantons nous contacteront à votre arrivée.

**

Deux douilles à se mettre sous la dent. Rien de plus. Une fois n'est pas coutume, Pierre Sibierski ne semblait pas embarrassé par le nombre de scellés. Un butin bien maigre pour un homicide traité par la Crim'. La culture du service poussait en effet les enquêteurs à relever un maximum d'éléments, quitte à s'en défaire ensuite. Mais force était de constater que le ou les tueurs avaient fait du boulot propre : ils n'avaient pas semé beaucoup d'indices.

Lorsque Jean Leprêtre revint du collège, il ne restait plus rien sur la chaussée. La dépouille de Jacquin prise en charge par les pompes funèbres peu avant minuit, le procédurier avait alors invité les policiers de la compagnie de district à lever le dispositif de blocage de la circulation sur le boulevard. Guignard et Boitel, les deux tauliers, avaient également filé.

— Tu as pensé à récupérer ses effets personnels ? demanda Leprêtre en se tournant vers Pierre Sibierski.

— Ouais. J'ai pris son portefeuille, son portable et un gros trousseau de clés. Je lui ai retiré ses bijoux, aussi. J'ai eu un peu de mal avec sa chevalière. Et pour toi, ça donne quoi ?

— Le dirlo m'a donné les noms de deux gamins qui ont certainement vu ce qui s'était passé. Et un troisième, dont il devrait me donner l'identité demain, aurait parlé d'un motard. À creuser.

— David Mukombo.

— Quoi ?

— Il s'appelle David Mukombo, c'est un Zaïrois de quinze ans. Le gardien du stade nous a donné son nom, ajouta Belhali. C'est Mukombo qui a dit que c'est un motard qui a fait le coup. Il aurait même précisé que le tueur circulait sur une Yamaha noire.

— Il a vu la plaque ?

— Le gardien ne sait pas. Reste à demander directement à l'intéressé.

— Beau travail. Ça fait du monde à convoquer demain, tout ça. On a des nouvelles de Scarface ? s'enquit Leprêtre qui n'utilisait le surnom de son chef de groupe qu'en son absence.

— Non, pas à ma connaissance, répondit le procédurier qui s'apprêtait à monter dans sa voiture pour retourner au quai des Orfèvres, afin d'y déposer les deux étuis contenus dans un sachet en plastique transparent.

***

Daniel Duhamel était connu sous le sobriquet de Scarface dans la plupart des brigades centrales de la police judiciaire parisienne. Ce surnom était dû à la cicatrice qui lui barrait la pommette droite, fruit d'une filature qui avait tourné au fiasco, une quinzaine d'années plus tôt, à cause de la présence d'un panneau de signalisation triangulaire sur son chemin. Les femmes, elles, préféraient voir dans son surnom un rapport avec son regard noir, ténébreux, et sa voix éraillée similaire à celle d'un Tony Montana. Des cheveux poivre et sel, des mâchoires puissantes et une peau cuivrée finissaient de fournir à cet homme de quarante-quatre ans une seconde jeunesse qu'il cultivait trois fois par semaine à coups de séances d'haltères dans une salle aménagée de sa péniche.

Mais là, en présence d'une Chrystel Jacquin effondrée, il n'avait aucunement envie de faire le beau. Dès les premiers mots, il l'avait prise dans ses bras, essayant de contenir son premier chagrin sur le revers de son costume. Puis, rapidement, il avait dû la serrer plus fort – la crise de nerfs semblait imminente. Il dut même la retenir afin qu'elle ne tombe pas comme une masse sur le parquet. Finalement, il l'allongea sur le canapé avant d'appeler les pompiers. L'hospitalisation paraissait désormais indispensable, inéluctable même. On n'est jamais suffisamment préparé à la mort des siens, surtout lorsqu'on a moins de trente ans et qu'on attend un enfant. Mais Duhamel se moquait bien de ce veuvage précoce. Ce qui le chagrinait surtout, c'était que Chrystel Jacquin n'allait pas pouvoir être interrogée avant plusieurs jours. On ne change pas un homme qui aime jouir de la réussite d'une enquête.

— Vous voulez que je prévienne l'un de vos proches ? demanda le commandant alors qu'un pompier contactait son état-major afin de connaître l'hôpital de destination de la jeune femme.

— Mon... ma mère, rectifia-t-elle, anéantie. Son numéro est enregistré dans le téléphone, sur le buffet.

Minuit vingt. C'est l'heure à laquelle les pompiers quittèrent le domicile en direction de l'hôpital Jean-

Verdier, à Bondy. C'est également l'heure à laquelle Duhamel fut appelé par son adjoint.

— Alors ?

— C'est pas brillant. Elle est complètement à la ramasse. Les pompiers viennent de la prendre en charge. D'ici à ce qu'elle perde le bébé... Et toi, de ton côté ?

— On a fini. Il y a un gamin dont on a le nom qui aurait vu un motard tirer sur Jacquin. Et on a deux autres collégiens qui ont pris la poudre d'escampette juste après les coups de feu. Ah oui, j'oubliais... le gamin qui a vu le motard, il aurait parlé d'une Yamaha noire. C'est tout ce qu'on a pour le moment.

— On a leurs adresses, aux mômes ?

— Pour deux d'entre eux, oui. Le directeur m'a fourni leurs fiches scolaires.

— Et Pierre, il a fini ?

— Ouais, il vient de rentrer au service. Il veut déposer les douilles au labo avant d'aller se coucher.

— Bon, dis aux autres de décrocher, qu'ils aillent dormir. On se retrouve à 8 heures au service. Je m'occupe des croissants.

— OK. Et toi, t'as fini ?

— Presque. Il me reste à joindre la mère de Chrystel Jacquin.

2 – Début d'enquête

« La plupart des coupables, dans les fictions, finissent par mourir ; ça soulage le téléspectateur. La Brigade criminelle, elle, se contente de les arrêter ; ça soulage les victimes. » C'est cette devise que Fabrice Chadeau, six mois auparavant, avait mise en introduction de la page d'accueil de son blog consacré à l'histoire du service qui l'employait.

L'allure bonhomme du lieutenant Chadeau, arrivé directement de l'école d'officiers de Cannes-Écluse deux ans plus tôt avec un certain embonpoint, avait un temps fait sourire. Mais les moqueries ne firent pas maigrir ce jeune homme d'un mètre soixante-douze, ni même l'obligation de grimper deux fois par jour l'escalier du service, haut de près de cent cinquante marches. Bien au contraire : il ne lui fallut que quelques mois pour s'arrondir un peu plus et dépasser le quintal. Certains de ses collègues voyaient là le fruit des sucreries et autres barres chocolatées dissimulées dans ses tiroirs fermés à clef. Surnommé le Gros ou Nounours par certains, Bibendum pour les persifleurs, l'officier eut droit à l'éventail classique des quolibets de cour de récréation ; ce qui poussa rapidement Nora Belhali à révéler la véri-

30

table nature de l'adiposité de son voisin de bureau. Si ce coup de gueule n'eut pas pour effet de stopper l'effet pervers de la thyroïde active de Chadeau, il eut au moins le mérite de faire taire les quelques railleurs du service.

Malgré tout, la mobilité réduite du jeune officier ne l'empêcha pas de s'adapter à ses nouvelles fonctions, à la grande surprise de Guignard, le chef du service. Non content de se spécialiser dans le domaine de la téléphonie et des logiciels ad hoc, il devint rapidement l'homme ressource du service en matière informatique. Curieux et passionné, et à coups de stages diligentés par l'OCLC-TIC[1], l'identification d'une adresse IP, voire le démontage et l'analyse d'un disque dur n'avaient plus de secret pour lui. Élément incontournable de son groupe, moteur essentiel dans un grand nombre d'affaires réussies, Chadeau était la preuve vivante qu'un bon enquêteur au sein de la police judiciaire se devait de maîtriser les nouvelles technologies. « Pas besoin de lever le cul de sa chaise pour sortir les affaires », disait-il, le sourire aux lèvres, à qui voulait l'entendre. Au grand dam des anciens qui regrettaient les contacts avec feu les concierges.

Mieux, fasciné par les affaires médiatiques traitées par ses prédécesseurs, il sacrifiait désormais chaque minute de son temps libre à fouiner, remuer la poussière, recueillir des témoignages dans le but d'enrichir son blog. Travail fastidieux, recherches Internet, épluchage de procédures d'avant-guerre au siège des archives de la

---

1. Office central de lutte contre la criminalité lié aux technologies de l'information et de la communication, service basé à Nanterre.

Préfecture de police dans le 5ᵉ arrondissement, recherches journalistiques à la bibliothèque des littératures policières rue du Cardinal-Lemoine, lectures diverses et variées à la BNF et au centre Beaubourg, il avait commencé une chronologie du service où le moindre détail était retranscrit. Quelques photographies glanées dans les archives mêmes de la Direction de la police judiciaire agrémentèrent rapidement ses billets, articles fourmillant d'anecdotes qu'il classa en plusieurs chapitres : les grandes affaires de la Brigade ; les célèbres criminels, au rang desquels Violette Nozière, Petiot, Thierry Paulin, Cons-Boutboul, tous arrêtés par les fins limiers du service ; les grands policiers du service dont Guillaume, Massu, Clot, Guichard, Bouvier, Ottavioli et autres ; sans omettre les panégyriques du parcours des huit policiers du 36 tués en service au cours du siècle. Le blog supportait plusieurs inédits : la photographie de la Peugeot 403 bleue de François Mitterrand « mitraillée » dans la nuit du 15 au 16 octobre 1959, en marge d'un article relatif au faux attentat de l'Observatoire ; le cliché du célèbre commissaire Guillaume et quatre de ses hommes au moment des aveux du joaillier Mestorino, accusé d'avoir tué et fait disparaître l'un de ses créanciers en 1928 ; ou encore la fiche anthropométrique de Max Frérot, l'artificier d'Action directe, glanée dans les sommiers de l'Identité judiciaire. Le forum rencontra rapidement un franc succès, en partie grâce aux liens tissés aux quatre coins de la France avec des blogueurs dont le fonds de commerce était également la police et la justice. Les demandes d'abonnement à la newsletter affluèrent, les mails de commentaires également, le lieutenant de police s'efforçant d'y répondre entre deux saisines ; des félicitations, des demandes de renseignements complémentaires, mais aussi des regrets de nombreux lecteurs déçus que l'auteur n'aborde aucun sujet contemporain. « Pas tant que les affaires ne sont pas définitivement jugées », répondait-il à ceux qui réclamaient des billets sur le « gang des barbares » ou sur les attentats des années 1990.

« Pixel », puisque c'est ainsi qu'il fut définitivement surnommé en raison du temps passé devant son écran d'ordinateur, devint donc rapidement un ambassadeur à part entière de la Brigade criminelle.

— Mets ton blog de côté, lui lança Duhamel, et dis-moi tout du portable de Jacquin.

Chadeau, qui n'avait pas besoin d'être recadré pour juger des priorités, avait déjà lancé toute une batterie de recherches auprès des opérateurs. Mais le week-end, il fallait se montrer patient avec les services juridiques des sociétés de téléphonie. Souvent jusqu'au lundi.

— Café pour tout le monde ? demanda Leprêtre, qui tenait un récipient d'un litre qu'il s'apprêtait à verser dans les tasses disposées sur une table ronde de bistrot.

— Ouais, deux sucres pour moi, répondit Nora Belhali – elle ne prenait jamais un gramme malgré les nombreuses tartines de confiture qu'elle ingurgitait chaque matin.

— Pierre ! Descends de ton nid et rejoins-nous, on attaque le café et les croissants, cria Duhamel au capitaine Sibierski.

Ce dernier, dont les grands-parents paternels étaient arrivés de Pologne peu avant la crise de 1929, était isolé dans un petit bureau situé un étage au-dessus, sous les combles du bâtiment, à l'instar de la plupart des procéduriers de la Crim'. Les quatre autres flics du groupe, eux, partageaient une salle rectangulaire d'une quarantaine de mètres carrés munie de deux vasistas. On y pénétrait par une coursive étroite qui surplombait de deux niveaux les principaux bureaux de la Direction de la police judiciaire. À l'aplomb d'une imposante verrière, un filet, installé vingt ans plus tôt à la suite d'une tentative de suicide d'un terroriste, empêchait toute chute. Fortes chaleurs l'été, froid glacial l'hiver vu l'exposition des lieux aux vents du nord, bureaux peu propices aux confidences et pas toujours sécurisés, escalier sans charme revêtu d'un affreux lino noir malgré son classement au rang des monuments historiques, l'endroit n'en restait pas moins prestigieux aux yeux des enquêteurs. Gravité et puissance s'y mélangeaient allègrement depuis près d'un siècle.

Contrastant avec les longs couloirs étroits aux peintures défraîchies, le bureau du groupe Duhamel, bien que composé de meubles, objets et personnages très hétéroclites, était somme toute relativement convivial. La superficie mais aussi la disposition des bureaux offraient malgré tout un minimum d'isolement à qui voulait travailler dans la discrétion. Duhamel et Leprêtre, les deux plus gradés, occupaient le fond de la pièce. Les deux plus jeunes, les corvéables de l'équipe, avaient pris place près de la porte d'entrée. Ils étaient séparés de leurs chefs par un futon rouge et un « perroquet » pour y accrocher vestes et manteaux. Quelques chaises de terrasse encadraient la table de bistrot. Deux grandes armoires en chêne, maintenues par les murs, regorgeaient de dossiers de procédures. Dessus, un ventilateur et un téléviseur permettaient à nombre d'enquêteurs de profiter, l'été, de la dramaturgie du Tour de France.

À part Belhali, qui entreposait ses affaires de jogging dans un vestiaire situé derrière son fauteuil de bureau, chaque fonctionnaire possédait un rangement métallique. Duhamel occupait un bureau d'angle en bois clair, les trois autres des tables en merisier rouge. Entre les calendriers et autres plans punaisés de la région parisienne, les espaces libres des murs supportaient divers posters : des reproductions de Picasso pour Leprêtre, des affiches de films policiers pour Chadeau, des dossards récupérés lors de marathons pour la frêle Nora Belhali. Duhamel détonnait. Lui, c'étaient les trophées de guerre qu'il collectionnait, des objets amassés à la suite de perquisitions ou d'interpellations : une pipe à eau, une défense d'éléphant, un dé en bois supportant six figures imposées du Kama-sutra, une statuette en teck représentant un chameau, des objets qui lui rappelaient des affaires traitées à la Brigade des stupéfiants, son ancien service, ou à la Brigade criminelle. Plusieurs plantes grasses et deux ficus agrémentaient l'ensemble, de manière aussi à atténuer la présence des lourds écrans d'ordinateur.

— Alors, vous en êtes où ? intervint Boitel du pas de la porte alors que Duhamel avait la bouche pleine de pâtisseries qu'il avait achetées sur le quai de la Mégisserie.

De taille et de gabarit moyens, le chef de section présentait le visage rond et lisse d'un homme de trente ans. Ses vestes noires et ses habituelles cravates club dans les tons bleus ne suffisaient pas à faire oublier sa bouille d'enfant.

— Un café ? s'enquit Leprêtre.

— Non merci. Vous avez contacté la mairie comme je vous l'ai demandé ? lança-t-il à Chadeau.

— Il y a plus urgent à faire, le coupa le chef de groupe la bouche encore pâteuse. On ne va pas commencer à se perdre dans des recherches qui n'aboutiront pas. En revanche, je ne suis pas contre un ou deux renforts pour la journée. On a pas mal d'auditions et de perquisitions à faire.

— Je vais voir ce que je peux faire…

Les relations entre Duhamel et Boitel n'avaient jamais été bonnes. Le chef de groupe voyait d'un mauvais œil toute intrusion d'un carriériste de passage dans ses enquêtes, tandis que le chef de section, lui, cherchait à diriger, s'immiscer coûte que coûte, puisque c'est ce qu'on exigeait de lui en haut lieu. Plus qu'un conflit d'hommes ou de générations, il s'agissait là d'un problème récurrent de positionnement entre officiers et commissaires de police. Il n'en restait pas moins que les chefs de groupe étaient interchangeables. Et quoique sa réputation fût faite, la situation de Scarface pouvait rapidement se fragiliser. Il devait donc éviter d'aller au clash inutilement sous peine de se voir muté, être ferme mais pas virulent, solliciter de l'aide, parfois, pour mieux garder ses prérogatives de directeur d'enquête.

— Et la veuve, comment a-t-elle pris la nouvelle ? demanda Boitel dans un sursaut de lucidité.

— Pas très bien. J'ai dû faire venir les pompiers, répondit Duhamel. J'ai contacté sa mère qui doit venir ici en début d'après-midi. À l'issue, on ira faire la perquisition au logement de la victime.

— Bien. Prévenez-moi quand vous irez. J'aimerais y assister.

— Pas de problème.

Dernier répit avant une longue journée de labeur, un lourd silence suivit le départ de Boitel. Silence qui s'éternisait un peu trop au goût de Sibierski :

— T'as rappelé la substitut, Daniel ? Parce que j'aimerais bien être fixé sur la date de l'autopsie afin de m'organiser.

— Je m'en occupe dans deux minutes, dit-il avant de vider le fond de sa tasse à l'effigie de Sherlock Holmes, cadeau offert lors d'un des nombreux passages d'un collègue anglais enquêtant sur l'accident tragique de la princesse de Galles dix ans plus tôt.

— Je vais m'occuper de convoquer Mukombo et les deux autres collégiens, intervint Leprêtre.

— Le plus tôt possible sera le mieux. Il faudrait que tu convoques également le conseiller d'orientation du collège et les surveillants qui travaillaient sous les ordres de Jacquin. Si tu peux voir avec le principal… Nora, tu me prépares le rapport d'enquête de voisinage. Et dresse-moi aussi une liste exhaustive des papiers présents dans le portefeuille de Jacquin. Tu le trouveras sur le bureau de Pierre.

— Et moi ? demanda Chadeau.

— T'en es où de la téléphonie ?

— J'ai tout lancé. Y a plus qu'à attendre.

— Tu t'es occupé des lignes fixes, aussi ?

— Ouais, ligne professionnelle, et domicile.

— OK. Lance-moi les recherches sur Dylan Sainte-Rose, l'as du compas. Il me paraît un peu jeune pour commettre un assassinat mais on ne sait jamais. Ça peut avoir un lien. Allez, au boulot tout le monde !

**

La conseillère d'orientation et le bibliothécaire du collège furent les premiers à se présenter. Ils furent suivis de deux surveillants, même si l'un d'eux avait dans un premier temps souhaité être convoqué un jour ouvrable. Tous avaient été avisés des faits la veille au soir par le principal. Chacun, à sa manière, dépeignit Rémy Jacquin comme un collègue à la fois souple et rigoureux, deux qualités essentielles pour durer dans cette fonction.

— Un peu comme les flics, finalement, réagit Duhamel qui entendait l'un des deux pions. Et son rôle au sein du collège, en quoi ça consistait ? poursuivit le chef de groupe pour qui le collège n'était qu'un lointain souvenir.

— S'assurer de la présence des élèves en cours, contrôler les registres d'appel, délivrer les certificats de retard, informer les familles des absences, surveiller les récréations et les études, faire des rondes pour dépister les chahuts et les élèves en maraude, etc.

Puis les questions se firent un peu plus précises. Situations conflictuelles avec élèves ou familles, liste des exclusions temporaires de l'année écoulée, exclusions définitives des deux derniers exercices, rapports professionnels entre les cadres de la vie scolaire et les enseignants, emploi du temps de chacun la veille.

— Vous ne pensez quand même pas que je puisse être impliqué dans cette histoire ! répondit outré le bibliothécaire, qui mangeait chaque midi avec Jacquin.

— Mon métier consiste à tout vérifier, monsieur. C'est le meilleur moyen de retrouver la personne qui a tué votre collègue. Ne soyez pas offusqué, on pose cette question à tout le monde, ajouta Chadeau pour le rassurer.

— J'ai quitté l'établissement à 17 heures, juste après être passé saluer Rémy d'ailleurs, puis je suis rentré chez moi vers 17 h 40 par la ligne de bus 154.

— Quelqu'un peut le confirmer ?

— Mes enfants.

— Et vous qui le connaissiez bien, vous avez noté un changement de comportement, ces derniers temps ?

— Absolument pas. J'ai encore mangé avec lui hier midi, et comme d'habitude il était très jovial. Sauf que depuis quelques jours il ne quittait plus son téléphone portable. Mais je crois que c'était surtout lié à la grossesse de son épouse.

— Si je vous dis que le tueur pourrait être un motard, ça vous parle ?

— Un motard ? Oui, Philippe Estanguet m'en a parlé. Je ne sais pas quoi vous dire. Ce qui est arrivé est incompréhensible, ajouta-t-il en fixant Chadeau qui transpirait déjà malgré l'heure matinale.

— Si un élément vous revenait, même anodin, n'hésitez pas à nous contacter, conclut l'enquêteur.

— Je n'y manquerai pas.

***

La convocation des trois mineurs fut une autre histoire.

La famille Mukombo, dont l'adresse et le téléphone avaient finalement été communiqués par Estanguet, ne voulait pas se rendre au 36. Pas de véhicule, pas d'argent pour les tickets de bus, un rendez-vous à honorer... toutes les meilleures raisons pour ne pas se déplacer « à l'autre bout du monde » furent invoquées par la mère de famille, qui semblait plus habituée à recevoir qu'à donner. Les arguments du subtil Leprêtre n'y firent rien, jusqu'à ce qu'il menace cette mère de sept enfants d'adresser un courrier à la caisse d'allocations familiales pour lui couper les vivres.

Quant à la ligne téléphonique de Kévin Potain, elle était en dérangement. Cela obligea le capitaine de police à envoyer une équipe du commissariat d'Épinay-sur-Seine au domicile du collégien, à qui on reprochait de s'être enfui juste après les coups de feu. En règle générale, une convocation remise en main propre était du meilleur effet.

La grande sœur du dernier témoin, un jeune d'origine ivoirienne répondant au nom de Mamadou Bagayoko, indiqua au policier qu'il était sorti en début de matinée. Elle fit preuve d'un manque d'entrain certain à répondre aux questions sur la localisation de son cadet. Leprêtre s'assura qu'elle avait pris acte des raisons de l'appel et noté ses coordonnées, puis raccrocha. Un dicton chinois revint à l'esprit de l'enquêteur : « Patience, avec le temps l'herbe devient du lait. » Et de la patience, il fallait en avoir avec les Africains. « Vous, les Français, vous avez l'heure ; nous autres, les Africains, avons le temps », lui avait dit récemment un Sénégalais à l'accent chantant. À d'autres moments, cette nonchalance pouvait prêter à sourire. Mais pas en ce samedi, où « le Taciturne » manquait un pique-nique familial prévu de longue date.

C'est accompagné de son père que Kévin Potain débarqua le premier au quai des Orfèvres.

— Tu sais pourquoi on t'a demandé de venir ? lui demanda sur-le-champ Leprêtre en l'accueillant à hauteur du sas de sécurité du deuxième étage.

Le jeune Potain, treize ans et demi, n'avait rien d'un caïd des cités. Petit, gras comme un piquet de vigne, timide, un léger duvet en guise de moustache, il portait des habits de premier communiant : un pantalon en velours clair, une chemise à carreaux et des souliers vernis, probablement choisis par sa mère pour l'occasion. Inconnu des services de police, élève moyen, il n'aspirait qu'à faire plaisir à ses parents pour mieux arpenter les terrains de football le dimanche matin. Il répondit au policier par un hochement de tête.

— Il nous a dit que c'était à cause du meurtre de son CPE, confirma son père.

— Eh bien dans ce cas-là, nous n'en avons pas pour longtemps, poursuivit l'officier de police en grimpant une série de marches. Je vais m'entretenir avec votre fils dans mon bureau, je vous laisse patienter ici, conclut-il en indiquant le banc métallique situé sur le palier du troisième étage.

Ambiance feutrée le jour, salon la nuit, la convivialité du bureau occupé par l'équipe était réservée à ses seuls occupants. Les affiches, le plan de Paris au 1/10 000 émaillé de punaises multicolores, les photos de « famille » et les trophées n'avaient de sens que pour eux. Tout visiteur y était observé, chaque propos épié. Les témoignages, à la vue de tous, provoquaient mouvements de tête et coups d'œil complices propres à déstabiliser n'importe quel étranger. L'analyse de Kévin Potain pouvait débuter :

— Raconte-moi tout ce que tu as vu hier soir, un peu comme quand tu rédiges une rédaction, lui demanda Leprêtre après l'avoir invité à s'asseoir en face de lui.

— En fait, j'ai vu M. Jacquin se faire tirer dessus, répondit l'adolescent après quelques secondes de silence.

— Et ?

— Et quoi ?

— Un peu léger ta rédaction, sourit l'officier. T'étais où exactement ? Avec qui ? T'as vu quoi précisément ? Qu'est-ce que tu as fait ensuite ?

Leprêtre s'arrêta, voyant que les yeux de l'adolescent s'écarquillaient un peu plus à chacune des questions.

— J'étais avec Mamade.

— Mamade ?

— Mamadou Bagayoko. Il est dans ma classe. Mamade, c'est son surnom.

— C'est tout ?

— Oui. On était posés devant l'entrée du gymnase.

— Vous faisiez quoi ?

— Rien. On traînait.

— Alors, qu'est-ce que t'as vu ? s'impatientait l'interviewer.

— Bah, à un moment, on a aperçu M. Jacquin qui quittait le bahut, il est passé devant nous, et au même moment un motard est arrivé en sens inverse et lui a tiré dessus.

— Combien de fois ?

— Deux. Deux ou trois fois, je sais pas. Mamade et moi, on a tellement eu peur qu'on s'est baissés derrière un muret.

— C'était quoi ? Un scooter ou une vraie moto ?

— Une moto, une grosse cylindrée.

— Quelle couleur ?

— Noire, je crois.

— La marque ?

— Je sais pas. J'y connais pas grand-chose. Je peux juste vous dire que c'était une sportive.

— Tu pourrais la reconnaître si on te montrait des photos ?

— Je sais pas.

— T'as vu la plaque ?

— Non. J'ai pas fait ga… J'ai pas fait attention.

— Et le conducteur ?

— Quoi *le conducteur* ? répondit un Kévin Potain toujours aussi empoté.

— Comment était-il habillé ? Y avait-il un passager ? Si oui, qui tenait l'arme ? Portait-il un casque ? De quelle couleur ? Le connais-tu ? L'avais-tu déjà vu ? As-tu vu l'arme ? Par où est-il parti ? A-t-il ralenti ? S'est-il arrêté ? A-t-il accéléré ?

Les questions étaient beaucoup trop nombreuses, posées trop rapidement. Les accumuler avait un seul but : qu'il se lâche, qu'il se libère du poids de la solennité du cadre et que son discours devienne naturel. Oui le tueur portait un casque, non il n'y avait pas de passager, non il n'avait pas fait attention à l'arme, oui le motard avait ralenti avant de tirer, oui il avait ensuite accéléré sans faire demi-tour, non il ne le connaissait pas.

— Par contre, lorsqu'il a ralenti, il a relevé sa visière.

— Sa visière ? demanda Leprêtre qui regardait Duhamel par-dessus l'épaule de Potain pour vérifier si le chef de groupe suivait la conversation. Chadeau et Belhali, eux, ne perdaient rien de l'entretien.

— Oui. Il a relevé la visière de la main droite, a glissé sa main dans son blouson et a tiré.

— Parle plus fort, pour que mes collègues entendent. Tout de la main droite ? enchaîna-t-il.

— Oui.

— Des gants ?

— Oui.

— Couleur ?

— Euh… noirs.

— Et à ton avis, le fait de relever la visière, c'était pour quoi ?

— Je sais pas, moi. Mais ça faisait un peu comme dans les films, lorsque le tueur veut montrer son visage à son ennemi.

— Genre règlement de comptes ?

— Oui, c'est ça.

— Tu as vu son visage, alors ?

— Un peu.

— C'était quoi ? Un Black, un Blanc, un Arabe ?

— Un Blanc, ça c'est sûr.

Tout fut retranscrit sur procès-verbal. Y compris la tenue vestimentaire du motard : casque noir, blouson de cuir, pantalon jean bleu et bottes de moto sombres. Kévin Potain était fatigué. Son père, heureux de le récupérer, fut triste d'apprendre qu'il n'avait pas eu l'idée de secourir le conseiller principal. En repartant ils croisèrent David Mukombo qui, lui, se présenta seul sous le porche du 36.

— T'es venu tout seul ! s'étonna Nora Belhali, qui prenait le relais de Leprêtre.

— Ma mère a des problèmes de varices, elle ne peut pas se déplacer.

— Et ton père ? lui lança la Berbère qui avait de la répartie.

— Mon père ? Il est au bled.

Élevé dans la cité, suivi par un juge des enfants après plusieurs affaires d'infraction à la législation sur les stupéfiants, David Mukombo n'en était pas à un mensonge près. Nora Belhali, une fois n'est pas coutume, ne chercha pourtant pas à le brusquer, de peur qu'il se referme comme une huître à marée basse. N'imaginant pas un instant gagner sa confiance, elle espérait que le peu de civisme qui animait l'adolescent permettrait d'obtenir quelques renseignements supplémentaires.

— Alors cette Yamaha noire ? commença aussitôt l'enquêtrice.

Mukombo soupira, avant de sourire. Il se rappelait, maintenant, avoir évoqué la marque de la moto devant le gardien du gymnase, la veille au soir. Il ne pouvait désormais plus nier, bien que la collaboration avec la flicaille ne fasse pas partie de ses rites.

— Je pourrais savoir ce que vous a dit Kévin ? s'enquit-il.

— Pourquoi ? T'as des choses à cacher ? répondit-elle à brûle-pourpoint.

Nouveau rictus de l'adolescent.

— Écoute, on sait tout de toi, on sait très bien ce que tu trafiquais à proximité du collège à cette heure-là de la soirée. Mais faut bien que tu comprennes qu'on n'en a rien à foutre de toi. Ici, t'es à la Crim', pas aux Stups. On te demande juste de coopérer, de nous dire ce que t'as vu, et tu rentres tranquillement chez toi reprendre tes activités. En revanche, dans le cas contraire, je te cache pas que rien ne m'empêchera d'appeler mes collègues de Bobigny... ceux des Stups, conclut-elle, pour le persuader de parler.

Les menaces à peine voilées de Nora Belhali payèrent. Dans les cités, c'était le commerce qui primait. La Maghrébine le savait trop bien, elle qui avait grandi au contact de frangins un peu trop turbulents, dans la banlieue de Nantes. Mukombo fut même plus précis que Kévin Potain. Il affirma avoir vu le motard à la Yamaha tirer deux coups de feu, à moins de cinq mètres de sa cible. Mais lui aussi avait à peine vu le visage de l'assassin, malgré une visière relevée à proximité du gymnase. Et il ne connaissait personne dans son quartier qui possédait une Yamaha 600 Diversion noire, moto qu'il reconnut formellement sur présentation d'une planche photographique composée pour la circonstance par le lieutenant Chadeau.

***

Les procès-verbaux s'accumulaient dans la bannette de l'équipe Duhamel, Pierre Sibierski étant chargé de les lire, les trier et les dispatcher dans des sous-dossiers. Mais pour l'heure, le procédurier du groupe, isolé dans son cabinet mansardé, était occupé – malgré la faim qui le tiraillait – à la rédaction des constatations : bref rappel historique concernant la commune d'Épinay-sur-Seine, description du quartier, des emplacements des lignes de bus et des cabines téléphoniques, situation de la scène de crime par rapport au collège et à l'avenue Arago, et en annexe, les photographies des douilles et le plan de masse effectué par les fonctionnaires de l'Identité judiciaire.

Fabrice Chadeau avait également la dalle. C'est lui qui céda le premier, prenant la charge de la commande de sandwiches chez le Pakistanais du boulevard du Palais, avant que les personnes convoquées pour l'après-midi se signalent. Jambon-fromage pour tous, y compris pour Nora Belhali qui n'avait pas de scrupules à rompre avec la doctrine de ses aïeux.

Comme convenu, Philippe Estanguet arriva à 14 heures, dix minutes avant que Mireille Delalande, la mère de Chrystel Jacquin, débarque essoufflée en haut des marches. L'audition du principal n'était que pure formalité, celui-ci ayant dit l'essentiel la veille. Le capitaine Leprêtre l'invita à s'asseoir face à son bureau, alors que

Daniel Duhamel, une fois n'est pas coutume, s'isola pour l'entretien dans un bureau voisin.

— Vous avez des nouvelles de votre fille ? demanda-t-il en guise d'introduction.

— Oui, elle reste en observation. Les médecins lui ont donné des antalgiques. Par contre, ils ont peur pour le bébé. Ils parlent de provoquer l'accouchement.

— Et vous, comment ça va ?

— Ça va, dit-elle malgré un chagrin certain. Mais je suis surtout inquiète pour les parents de Rémy. Je n'ai pas osé les appeler. Ils sont au courant, au moins ?

— Les gendarmes de Saint-Florent sont allés leur apprendre la nouvelle ce matin. Ils doivent prendre le premier avion pour Paris.

Rémy Jacquin était né vingt-huit ans plus tôt à Paris. Ses parents, dijonnais d'origine, avaient mené l'essentiel de leur carrière à Paris, avant de migrer en Corse à l'aube de leur retraite pour jouir du climat de l'île.

— Et Rémy, il est où actuellement ?

— À l'Institut médico-légal, place Mazas, dans le 12e arrondissement.

— On pourra le voir ?

— Pas avant l'autopsie. Elle aura lieu lundi matin, précisa le commandant de police qui avait passé dix minutes en ligne avec la substitut de Bobigny pour faire le point. On commence ? poursuivit le chef de groupe qui, de loin, préférait poser les questions plutôt que d'y répondre.

— Je vous écoute.

Mme Delalande collabora du mieux qu'elle put. Mais nombre de questions restèrent sans réponses. Elle ne savait pas grand-chose, finalement, de la vie de son gendre. Tout juste put-elle dire qu'il avait grandi dans le

15e arrondissement, qu'il avait abandonné la fac de droit en deuxième année après un baccalauréat scientifique, et que faute de mieux il avait réussi le concours de conseiller principal trois ans plus tôt, période où il faisait aussi office de pion dans un grand lycée parisien. Il avait épousé sa fille l'été dernier, peu après avoir été titularisé.

— Et Chrystel, elle fait quoi ?

— Elle enseigne l'anglais dans un lycée technique. Mais depuis quelques semaines, elle est arrêtée, à cause de sa grossesse.

— Et votre gendre, il avait des hobbies ?

— Je sais qu'il lisait beaucoup. Et qu'il passait beaucoup de temps devant la télé, à regarder le sport. Ah oui, il jouait au football aussi, tous les dimanches matin.

— Quel club ?

— Le nom du club, je ne le connais pas. Mais je crois qu'il jouait à la porte de Montreuil, à côté de chez lui.

Il fallait tout passer au crible, désormais. Quelques jours suffiraient à l'équipe pour tout apprendre de Rémy Jacquin et de ses proches : mode de vie et habitudes, relations familiales et professionnelles, situation bancaire, antécédents médicaux, et vices cachés. Car la plupart des victimes avaient leurs travers. Dans le cas présent, il était beaucoup trop tôt pour porter un jugement. À première vue, Jacquin n'avait rien d'un voyou. Il ne s'était jamais fait remarquer par la police. Mais sa mise à mort ne plaidait pas en sa faveur, la préméditation étant le fruit d'une haine particulièrement tenace ; mode opératoire peu conforme à celui d'un collégien en colère. Duhamel en était à cette réflexion lorsqu'il contacta Nora Belhali par la numérotation téléphonique interne.

— T'es prête ?

— J'arrive, répondit la gardienne de la paix qui s'était équipée en vue de la perquisition au domicile de Rémy Jacquin.

Longs cheveux noir de jais attachés, magnifiques yeux marron, pommettes saillantes, lèvres légèrement ourlées, Nora Belhali était belle à croquer. Elle faisait depuis maintenant deux ans les beaux jours du groupe, auquel elle avait insufflé un doux mélange d'insouciance et d'enthousiasme, malgré le peu de bienveillance dont avait fait preuve à son arrivée l'ancien chef de groupe, le misogyne Michel Deforges. La relation entre elle et Scarface, jugée très paternelle pour certains, incestueuse pour les plus radicaux, n'en était pas moins riche. Duhamel lui transmettait chaque jour son lot de connaissances. Belhali, elle, rendait du rêve, de l'espoir, sa jeunesse et sa générosité dans l'effort, et tirait l'équipe vers le haut. Équipière modèle, compétitrice hors norme, elle était aussi redoutable dans son métier que sur les pistes d'athlétisme.

***

Seul Pierre Sibierski resta dans les murs. Les quatre autres flics se partagèrent les perquisitions. Belhali et Duhamel se rendirent au domicile de Rémy Jacquin, Leprêtre et Chadeau au collège Arago pour relever tout indice ou document susceptibles de se trouver sur le lieu de travail de la victime. Tâche fastidieuse, parfois pénible, une perquisition pouvait s'avérer longue ou délicate. Tout jugement de valeur, tout propos superflu était à proscrire. Une remarque déplacée sur la découverte d'un sex toy par exemple pouvait rapidement tourner au vinaigre, surtout lorsque les propriétaires des lieux étaient suspectés. Ne jamais jouer avec l'intimité des gens même pour se libérer d'une tension psychique : règle déontologique évidente mais pas toujours respectée. En l'occurrence, Rémy Jacquin mort et son épouse hospitalisée, les risques de conflits étaient faibles. Les flics allaient pouvoir jouer aux voyeurs en toute discrétion, malgré la nécessaire présence des accompagnateurs.

C'est au milieu d'un couloir d'une centaine de mètres que le capitaine Leprêtre et le lieutenant Chadeau furent conduits par Philippe Estanguet. Les deux policiers avaient longé plusieurs salles de classe, une salle vidéo, une grande salle d'étude sur la gauche, et la bibliothèque sur la droite. Le bureau occupé par Rémy Jacquin jouxtait la salle des professeurs. Les murs du long corridor, clairs, étaient légèrement décrépis. « À l'image des couloirs de la Crim' », pensa Chadeau. Mais nulle part trace de tags, contrairement aux façades du préau par lequel les enquêteurs étaient entrés. À l'aide d'une partie du trousseau découvert sur la dépouille, Leprêtre déverrouilla l'accès au bureau de Jacquin. La porte s'ouvrit sur une pièce d'une douzaine de mètres carrés : équipement sommaire, pièce sans âme, bureau dépourvu de bibelots. Pas d'affiches ni de cadres, pas de photos de famille ou d'amis, Jacquin ne semblait pas très attaché à son lieu de travail.

— Peut-être n'envisageait-il pas de faire carrière à Épinay-sur-Seine ?

— Non, je crois que c'était surtout une forme de protection vis-à-vis des élèves. Vous savez, quand on officie en Seine-Saint-Denis, moins on en montre ou moins on en dit, et mieux on se porte, répondit le principal à l'interrogation de Leprêtre. Ça évite les appels anonymes malveillants, par exemple.

— Les lieux ne sont quand même pas très engageants. J'ai vu des cellules de prison mieux aménagées que ce bureau, précisa le capitaine.

— C'est vrai, mais Rémy était rarement à son bureau. La plupart du temps, il surveillait les couloirs et naviguait entre les salles de classe, la salle d'étude et la salle des professeurs.

La pièce contenait un large bureau contemporain supportant un écran d'ordinateur de dix-sept pouces et son unité centrale, ainsi que deux grandes armoires métalliques. Porte ouverte, on distinguait l'accès central aux trois étages supérieurs, dont les couloirs desservaient exclusivement des salles de cours. La perquisition pouvait débuter. Chadeau sortit un bloc-notes pendant que Leprêtre déverrouillait les armoires et les deux tiroirs superposés du bureau.

— On va être obligés de récupérer l'unité centrale, précisa le capitaine. Si vous avez besoin de certaines données, faites-le-nous savoir et nous vous ferons une copie. Mais il faut qu'on vérifie s'il y a des documents personnels dessus.

— Je comprends, répondit Philippe Estanguet alors que Chadeau commençait déjà le démontage de la bécane.

— Qu'est-ce qu'on fait des dossiers ? demanda cinq minutes plus tard un Chadeau particulièrement pantois devant les nombreuses rangées de classeurs administratifs que contenaient les deux grandes armoires métalliques.

51

— On laisse. Si on a besoin d'en consulter certains, on reviendra, répondit Leprêtre qui se souvenait du nombre d'élèves inscrits.

C'étaient les tiroirs du bureau qui intéressaient le policier. Celui du bas contenait une épaisse documentation sur le métier de principal ainsi qu'une copie du règlement intérieur de l'établissement. Le contenu du tiroir supérieur était plus hétéroclite : un paquet de Marlboro rouge, la réplique parfaite d'un pistolet Beretta 9 mm, une dizaine de cutters, deux bombes lacrymogènes, deux téléphones portables de marques et de couleurs différentes, des barrettes de cannabis à foison, un marteau d'alarme, et toute une panoplie de couteaux à cran d'arrêt.

— C'est quoi, tout ça ?

— Des objets trouvés sur les élèves, ou remis par les enseignants.

— Il comptait en faire quoi ?

— En général, on attend la fin du cycle scolaire pour les jeter.

— Et vous savez qui étaient leurs propriétaires ? s'enquit Leprêtre qui suspectait un conflit pour chaque objet saisi.

— L'arme en plastique a été trouvée sur un élève de 4ᵉ qui s'appelle Damien Utrillo. Et l'un des deux portables appartient à Mamadou Bagayoko, celui que j'ai vu courir avec Potain. Je crois que la puce est encore à l'intérieur, d'ailleurs.

— Et Jacquin, il gardait également les portables ?

— Non. Sauf si les élèves ne viennent pas les réclamer. Vous savez, on ne leur court pas après. En l'occurrence, il semble que Bagayoko ait eu envie de changer de téléphone, sourit-il.

La fouille de l'appartement des Jacquin, effectuée par Duhamel et Belhali, prit plus de temps. Au dire de la belle-mère de la victime, le couple avait emménagé dans ce deux-pièces de la porte de Montreuil quelques mois avant leur mariage. L'étage, quatrième sans ascenseur, n'était pas fait pour faciliter les déplacements de la future maman. Mais l'accession à cette HLM des années 1930 avait été une aubaine : le loyer restait très abordable par rapport au parc privé. Cuisine carrelée et équipée sur la gauche du hall d'entrée, salon parqueté sur la droite et chambre dans le fond de l'appartement. Duhamel dut ouvrir les épais rideaux des deux pièces principales pour permettre à la lumière de pénétrer. L'enquêtrice, elle, invita Mme Delalande à s'asseoir dans le fauteuil du salon le temps des opérations. Chacun sa pièce : Nora Belhali s'intéressa à la cuisine avant d'inspecter un cagibi, son chef de groupe débuta par la chambre. Mais aucun objet n'attira leur curiosité. Les deux policiers finirent par se rejoindre dans la pièce de vie. Coin canapé et fauteuil en face d'un écran plat relié à un lecteur DVD et à une PlayStation, rien de plus classique. Les regards convergèrent vers un meuble bibliothèque qui devait valoir une petite fortune. L'élément, en chêne massif, prenait toute la longueur et la hauteur du mur opposé à la fenêtre. Toutes les étagères étaient occupées, certaines débordant de piles de chemises en carton. Sans hésiter, les deux enquêteurs se mirent au travail, leur accompagnatrice guettant leurs moindres faits et gestes. Une chemise pleine de factures EDF pour l'enquêtrice, les contrats de garantie du matériel hi-fi et de l'équipement électroménager pour Duhamel. Des livres de Shakespeare en anglais, des Agatha Christie et tout un tas d'autres polars en langue française, des ouvrages scolaires, plusieurs romans de Marc Levy et de Paulo Coelho, des cours du Centre national d'enseignement à distance, relatifs au concours de CPE, des ouvrages illustrés sur plusieurs périodes historiques, la collection complète de l'encyclopédie Universalis, ainsi que de vieilles revues de la presse people. Superficiel dans ses investigations, le commandant Duhamel avançait plus vite que sa collègue, laquelle prenait soin de noter dans les grandes lignes les documents et collections rencontrés.

C'est dans un grand classeur vert que Duhamel découvrit les documents comptables. Les courriers bancaires étaient systématiquement perforés et classés chronologiquement. Il lui fallut toutefois une bonne dizaine de minutes avant de comprendre que les époux possédaient un compte commun, un compte personnel chacun et un PEL dans le même établissement. Jamais dans le rouge sur le compte joint, les Jacquin avaient, au total, réussi à économiser une quinzaine de milliers d'euros depuis qu'ils vivaient en ménage.

— On prend ! On épluchera ça au service, indiqua-t-il à sa collègue afin qu'elle couche l'information sur le procès-verbal de perquisition.

— Et ça ? demanda-t-elle en montrant un épais travail dactylographié intitulé *Souffrances*.

— C'est quoi ?

— On dirait un genre de livre, répondit Belhali qui feuilletait le document fixé par une reliure rouge de type Capiclass. Il y a plusieurs annotations manuscrites sous le titre.

— Laisse tomber. Note-le quand même. Tiens, regarde, les albums photos sont là !

— Vous allez les prendre ? intervint Mme Delalande alors que l'officier feuilletait le premier des deux classeurs.

— Au moins momentanément. On les remettra à votre fille après exploitation, répondit sagement le directeur d'enquête.

La gardienne de la paix poursuivit son exploration par les CD et autres DVD. Rien d'anormal, pas de contenu ambigu.

— Votre gendre ne possède pas d'ordinateur ? demanda Duhamel qui jetait de temps en temps un œil sur les investigations de sa collègue.

— Non. Il était plutôt télé. Ma fille envisageait d'acheter un portable pour préparer ses cours. Mais ce n'était qu'à l'état de projet. En fait, avec mon mari, on s'était dit qu'on allait leur en offrir un.

Un carton suffit à transporter les documents saisis au domicile des Jacquin.

— Pas grand-chose à éplucher, déclara Duhamel au téléphone à son adjoint. Et de votre côté ?

— Pareil. Je la sens pas cette affaire, poursuivit le sombre Leprêtre.

Duhamel ne répondit pas. Dans la voiture conduite par Nora Belhali, le silence régnait ; y compris après Bondy, une fois la belle-mère déposée devant l'entrée principale de l'hôpital.

3 – La Crim' un dimanche

La Crim', le dimanche, ressemblait à un navire sans capitaine. Un sous-marin plutôt qu'un paquebot d'ailleurs, vu l'architecture intérieure et le calme des lieux ce jour-là. Ce n'étaient pas les commissaires de permanence de la police judiciaire parisienne qui auraient démenti, trop occupés à tourner de service en service, afin d'y signer les procédures urgentes avant leurs transmissions au parquet et l'envoi au dépôt de la Préfecture de police des personnes déférées. Les policiers et autres enquêteurs retenus par la dernière affaire en date étaient ainsi déchargés de toute pression hiérarchique.

Duhamel, qui vivait sur l'eau, était arrivé à pied du pont du Carrousel, distant de deux kilomètres du quai des Orfèvres et de la place Dauphine. Une promenade d'une vingtaine de minutes, le long des voies sur berge pavées, histoire de se remettre les idées en place après une soirée solitaire consacrée à sa bouteille de cognac, sur l'*Ostrogoth*, sa péniche amarrée à hauteur du jardin des Tuileries. Son visage s'animait face au soleil qui se levait entre les tours de Notre-Dame. « La plus belle vue de Paris », pensait-il, s'accoudant parfois à la rambarde du pont des Arts pour mieux observer la Tour pointue et

56

le quai de l'Horloge. Mais aujourd'hui, ni la sérénité des rollers et des cyclistes de la capitale ni les premiers rayons de soleil annonçant de nouveau une chaude journée ne semblaient l'atteindre. Malgré les vertus insoupçonnées de la marche à pied, l'affaire d'Épinay ne l'enthousiasmait pas. Aucun élément sérieux n'avait été relevé au cours des premières auditions, si ce n'est quelques noms de collégiens frondeurs. Surtout, Rémy Jacquin n'avait rien du profil de la victime : vie rangée, pas d'antécédents judiciaires, un métier pénible dans une zone difficile certes, mais exercé avec doigté et déonto-logie au dire des premiers témoins.

L'expérimenté Duhamel savait qu'une enquête sans mobile était compliquée. Le groupe échafauderait plu-sieurs hypothèses, travaillerait sur plusieurs pistes en même temps et s'asphyxierait au fil de mois de recherches si les chemins suivis n'aboutissaient pas. Tout ça pour finir par un non-lieu dans deux ou trois ans.

— T'as acheté *Le Parisien*, ce matin ? lui demanda Leprêtre.

— Non. Pourquoi ?

— Y a un entrefilet sur notre affaire.

— Et qu'est-ce qu'ils disent ? s'enquit Scarface qui en fait était habitué à lire le suivi des affaires de la Brigade criminelle dans la presse.

— Pas grand-chose : *Vendredi 16 mai vers 18 h 30, Rémy Jacquin, 30 ans, conseiller principal d'éducation au collège Arago à Épinay-sur-Seine, a été découvert sans vie à une centaine de mètres de son lieu de travail, mortellement blessé par des coups de feu. Des indices auraient été relevés à proximité de son cadavre par la police judiciaire parisienne qui est chargée de l'enquête.*

— C'est tout ?

— Ouais. À mon avis, c'est le parquet qui a balancé.

— Possible. Ou alors les syndicats enseignants. Va savoir. En tout cas, ils se sont plantés sur son âge.

Premier arrivé, Jean Leprêtre, une nouvelle fois, avait préparé le café. Moins strict qu'à l'habitude, ayant abandonné son habituelle veste en cuir, il était en jean et portait une chemise ouverte. Duhamel également se serait bien défait de sa cravate, mais la venue des parents Jacquin l'avait obligé à la garder. Quant à Nora Belhali, elle arborait un magnifique tee-shirt du marathon de Barcelone 2008 lorsqu'elle arriva à petites foulées en haut du 36.

— On fait le point ? proposa Daniel Duhamel lorsque toute l'équipe fut réunie au centre de leur bureau commun. Pierre, t'en es où de tes constatations ?

— J'ai presque fini. Il me reste à inclure quelques photos de la scène de crime dans le procès-verbal.

— Et la balistique ?

— Calibre 7,62, ça c'est sûr et certain. Et au vu des traces de percussion et d'extraction, le laborantin confirme que les deux étuis ont été éjectés par la même arme.

— Il ne peut pas donner le type d'arme ? demanda Chadeau qui n'y connaissait rien dans ce domaine.

— Pistolet automatique, c'est tout. Il attend que je lui apporte les projectiles, en espérant qu'ils ne soient pas écrasés, pour étudier les stries laissées par le canon et les comparer avec leur base de données. Mais on n'aura pas pour autant le type ou le modèle de l'arme. Dans le cas d'une comparaison positive, on saura juste où cette arme a déjà servi.

— Et toi, Fabrice, la téléphonie ?

— Toujours en attente. J'ai un souci avec la ligne professionnelle de Rémy Jacquin car l'Éducation nationale a dégroupé ses lignes vers un opérateur virtuel. Ça risque de prendre un peu plus de temps que prévu.

— Mets-leur la pression, insista le chef de groupe.

— Oui, mais pas avant demain matin, ils n'ont pas de cadre d'astreinte le dimanche.

— Votre perquisition d'hier, ça donne quoi ? lança-t-il en se tournant vers son adjoint.

— Rien d'exceptionnel. On a récupéré son ordinateur de bureau, une réplique de Beretta que Jacquin avait saisie à un gamin du nom de Damien Utrillo, et le téléphone portable qu'il avait confisqué à Bagayoko.

— Bagayoko ? C'est le même qui n'a pas répondu à notre convocation ?

— Ouais, c'est celui qui s'est enfui avec Kévin Potain et qui a été aperçu par Estanguet, confirma le second du groupe.

— Il ne va pas me chauffer longtemps, celui-là. Bon, dès demain matin, on va le chercher au collège. S'il n'y est pas, on ira foutre le bordel chez lui, s'emporta-t-il. Fabrice, t'as rien à faire ?

— Non, rien d'urgent.

— L'ordi, tu peux t'en occuper ?

— Pas de problème, répondit-il en se levant.

— Et toi, Nora, si t'es pas occupée, tu me fais une gamme[1] sur Utrillo.

— C'est parti, dit la gardienne de la paix qui ne refusait jamais rien à son supérieur.

---

1. Batterie de recherches.

59

— Et vous, qu'est-ce que vous avez trouvé au domicile de Jacquin ? demanda Leprêtre qui n'avait pas encore lu le procès-verbal de perquisition dressé par sa collègue.

— Des albums photos, de la paperasse, rien de bien passionnant. On fera le tri plus tard, répondit Scarface.

— T'as des nouvelles de Chrystel Jacquin ? poursuivit Leprêtre.

— Je dois appeler l'hôpital ce matin. Si on peut l'entendre, on tâchera d'aller la voir dès demain.

***

On ne fait pas attendre les parents d'un défunt. Duhamel les accueillit à hauteur du sas de sécurité, au deuxième étage, trente secondes après que les plantons de garde du 36 les eurent annoncés et dirigés vers l'escalier A. Malgré des mines défaites, les poignées de main furent franches.

— Suivez-moi !

De taille moyenne, le père, qui portait des lunettes rectangulaires, avait un visage allongé et des cheveux bruns bouclés. Il était vêtu d'une veste saumon sur un polo sombre et d'un pantalon clair à pinces. Son épouse, légèrement plus grande, avait le teint pâle. Son regard semblait sans vie, en partie masqué par des lunettes aux fines montures enserrant des verres ovales. Ses cheveux gris, maintenus en chignon par une pince noire, son cou fripé et les taches de vieillesse sur ses mains évoquaient une femme d'une soixantaine d'années. Vêtue d'un pantacourt blanc et d'un chemisier rouge clair à manches courtes, Mme Jacquin paraissait coquette. Le rubis à l'annulaire gauche et un pendentif plat et rond de couleur ocre fournissaient d'ailleurs une touche de gaieté supplémentaire. Mais pour l'heure, malheur et incompréhension les habitaient.

— Rémy était un modèle de gentillesse, commença-t-elle en pleurant lorsque l'enquêteur lui demanda de décrire son fils, alors que son mari esquissait le geste de lui prendre la main.

Depuis vingt-quatre heures, tout n'était que souffrance pour ces gens-là. Ils avaient trimé leur vie durant en région parisienne pour apporter bien-être et avenir à leur fils unique, un fils sérieux et adorable, qui leur avait donné satisfaction en entrant dans la fonction publique trois ans auparavant, un fils qui allait enfin leur donner un petit-fils qu'ils envisageaient déjà d'accueillir en Corse tous les étés. Duhamel l'écouta, longuement, patiemment, bien vissé sur son siège. Nora Belhali et Jean Leprêtre, eux, avaient quitté la salle pour se réfugier près de la machine à café à l'étage inférieur. L'impassible Chadeau poursuivait le démontage de l'unité centrale de l'ordinateur pour retirer de ses doigts boudinés les nappes connectées sur le disque dur.

Vinrent les premières questions de la famille :

— Vous avez une petite idée de ceux qui ont tiré sur Rémy ?

— Non, pas pour le moment. C'est encore tôt.

— Vous savez peut-être pourquoi, alors ? demanda M. Jacquin qui prenait ainsi le relais de son épouse.

— Non plus.

— Vous ne pouvez peut-être rien nous dire ? insista-t-il.

— Non, je ne vous cache rien.

Le couple de retraités ne sembla pas s'offusquer de cet aveu d'impuissance. Le deuil précédait toujours le désir de vengeance. Pour le moment, ils n'aspiraient qu'à visiter leur fils.

— Malheureusement, vous ne pourrez pas le voir avant mardi. Il se trouve actuellement à l'Institut médico-légal de Paris, en attente d'une autopsie.

— Une autopsie ? Pour quoi faire puisqu'on sait comment il est mort ? s'émut la maman.

— C'est un acte obligatoire lors de toute mort suspecte ou violente, répondit le chef de groupe. On ne peut pas y déroger, mentit-il, lui qui avait ouï dire par Nora Belhali que le parquet des mineurs de Paris, sous la pression d'une famille influente, avait annulé la prescription d'examen *post mortem* d'un nourrisson victime d'une mort subite.

— Son corps va être très abîmé, alors ?

— Non, rassurez-vous, les médecins légistes de Paris ont très bonne réputation, dit-il pour la rassurer. Ils ne toucheront pas à son visage, précisa-t-il alors qu'il savait pertinemment que les légistes roulaient la peau pour mieux procéder à la découpe de la boîte crânienne.

— Vous savez s'il a souffert ? s'inquiéta le père.

— Il n'a pas eu le temps, non…

— Vous êtes sûr ? insista la mère.

— Je vous l'assure sur la tête de ma fille, répondit maladroitement Duhamel pour mieux convaincre les parents.

Le commandant de police avait effectivement une fille de sept ans, Julie, née d'une relation épisodique avec une greffière du tribunal de grande instance de Créteil. Un week-end sur deux et la moitié des vacances scolaires, tel était le régime de garde que celle-ci lui avait imposé, n'ayant jamais pardonné ses tromperies successives.

— Et pour les funérailles ?

— Pas avant plusieurs jours, j'en ai bien peur. C'est le procureur de Bobigny qui donnera le feu vert.

Touché de compassion pour ces parents désormais orphelins de leur fils, Duhamel n'osait reprendre la direction de l'audition. Chadeau, lui, concentrait toute son énergie à brancher un vieux disque dur de trente gigaoctets sur un ordinateur portable muni d'un logiciel d'investigation informatique. Soudain, les données apparurent : des centaines de lignes pour autant de fichiers texte, des sigles partout, les fichiers cachés en couleur rouge, des références incompréhensibles à qui ne savait pas maîtriser le software. Le lieutenant s'empara de la souris. Un clic sur une icône et des milliers d'images et de bannières, relatives aux pages Web consultées par l'utilisateur de l'ordinateur saisi, défilèrent à l'écran. Chadeau s'enfonça un peu plus dans son fauteuil, le curseur dans la main droite et la tête maintenue par la gauche. Patiemment, il déroulait la molette du dispositif de commande manuel.

***

Daniel Duhamel était un dur à cuire. Il ne comptait plus les scènes de crime sur lesquelles il s'était déplacé, et collectionnait les photographies des suspects à qui il avait extorqué des aveux. Si ce n'est l'admiration qu'il portait à la mécanique des corps, la vue d'un cadavre décharné sur une table d'autopsie le laissait totalement indifférent. Et pourtant, il n'avait jamais réussi à endiguer les troubles qui l'animaient lorsqu'il se retrouvait face aux parents ou conjoints des victimes. Pris d'empathie, Scarface absorbait une partie de leur chagrin le temps de la rencontre. La carapace pouvait donc se fissurer, au grand étonnement de Leprêtre qui était ce midi-là, autour d'un plat turc arrosé de bière, l'un des témoins de l'amertume de Duhamel.

Malgré tout, le déjeuner pris dans le Quartier latin fut agréable. Les boissons étaient fraîches et le repas, copieux, fut servi en terrasse. Pour ne rien gâcher, les hommes du groupe s'étaient installés de façon à ne rien manquer des premiers décolletés de l'année et des robes vénéneuses de quelques touristes – au grand dam de Nora Belhali qui faisait sa jalouse. Ce fut seulement au café que les discussions se recentrèrent sur l'affaire, à l'instigation de Pierre Sibierski qui avait enfin terminé la rédaction de son procès-verbal de constatations :

— On a pensé à préparer le certificat de décès ?

— Non. Je vais m'en occuper en rentrant au service. J'enverrai le collègue de permanence à la mairie d'Aulnay dès demain matin.

— Et Boitel ? T'as des nouvelles ? demanda de nouveau le procédurier.

— Pas de nouvelles depuis hier matin. Il doit être bien au chaud pendant que les autres bossent, déclara Duhamel au sujet de son chef de section auprès de qui il avait sollicité des renforts.

— Peut-être qu'il fait la gueule parce que tu ne l'as pas emmené sur la perquisition chez Jacquin.

— Possible, répondit-il de manière laconique. S'il nous avait refilé les renforts que j'avais réclamés, peut-être aurais-je fait un effort, ajouta-t-il.

— Et les parents Jacquin, qu'est-ce qu'ils en pensent ?

— Comme nous, ils ne comprennent pas. Ils n'ont pas la moindre idée. On a feuilleté ensemble les albums photos récupérés chez leur fils. Ils m'ont donné les noms des amis, de la famille, pour la plupart des gens présents au mariage de Rémy Jacquin. Rien de plus.

— Moi, j'ai fait des recherches sur Damien Utrillo, poursuivit la fille du groupe. Il est inconnu.

— Bon. Et toi, Fabrice ?

— Rien. *Nada*. J'ai trouvé quelques images de cul dans la bécane, mais que du grand classique. Et tout un tas de fichiers relatifs aux dossiers scolaires des élèves. Il n'avait même pas de compte de messagerie.

— T'as pas trouvé de fichiers perso ?

— Non. Ah si ! En faisant une recherche par mot-clé, j'ai trouvé un document de deux ou trois pages où il a retranscrit ses sentiments sur des lectures de livres policiers, genre Patricia Cornwell, Mo Hayder ou Kathy Reichs. C'est tout.

— Il y avait plein de polars dans sa bibliothèque, rebondit Nora Belhali.

— Moi, j'ai jeté un œil dans le fichier des cartes grises, au sujet de la Diversion noire. 23 548 motos de ce type en circulation, ajouta Jeannot Leprêtre.

— Putain ! On n'a pas le cul sorti des ronces, répondit Scarface qui avait habitué ses collègues à plus d'optimisme.

***

Duhamel libéra l'équipe sitôt la fin du repas. Sibierski, Chadeau et Leprêtre filèrent retrouver leurs proches, Nora Belhali décida de profiter de l'après-midi pour aller se dégourdir les jambes. Scarface, en bon chef de groupe, resta au 36 pour remplir sa corbeille de la paperasse inutile, relire et classer quelques copies de procès-verbaux, et préparer les actes à venir.

4 – Lettre de Liège

Centre névralgique de la Brigade criminelle, le palier du troisième étage était un lieu de passage obligé pour qui désirait connaître les dernières nouvelles. Les notes de service et autres télégrammes étaient punaisés sur les murs, une vieille armoire vitrée présentait les produits vendus par l'amicale de la Brigade criminelle, avec leurs tarifs, et la machine à café était le point de rassemblement idéal, tandis qu'un banc métallique offrait trois places aux visiteurs d'occasion. En l'occurrence, ce lundi matin, deux stagiaires attendant d'être reçus pour intégrer les groupes vivaient l'effervescence des premières heures de la semaine. Il faisait bon vivre dans ce service. Des flics s'interpellaient à qui mieux mieux, d'autres se lançaient des vannes après s'être serré la main, certains, plus sages, lisaient les télégrammes relatifs aux dernières affaires après avoir rendu la clé de leur véhicule de permanence.

Si tout se discutait à proximité de la machine à café, tout se décidait à quelques mètres, au sein du bureau de Jean-Paul Guignard, le grand patron. C'est dans cette grande pièce rectangulaire avec vue sur le Pont-Neuf que Duhamel, un gobelet à la main, résuma à son supérieur les avancées de l'enquête.

— Prenez les deux stagiaires avec vous. Ils vous donneront un coup de main durant la semaine, répondit le commissaire divisionnaire après les plaintes de Scarface quant au manque de renfort durant le week-end. J'évoquerai le problème avec Thomas, ajouta le divisionnaire au sujet du commissaire Boitel. Mais bon Dieu, mettez de l'eau dans votre vin, Daniel. Si vos guéguerres ne prennent pas fin, je serai obligé de sévir. Et je ne suis pas certain d'abonder dans votre sens.

— J'en prends bonne note, répondit amèrement le commandant de police.

Sur les pas de Duhamel, les deux stagiaires pénétrèrent dans le bureau du groupe. L'un d'eux, Sébastien Joly, se présenta comme brigadier de police ayant travaillé à la prise de plaintes au commissariat de police du 19e arrondissement. Le second, qui se prénommait David, lunettes d'intello et traces d'acné sur le visage, eut vite fait – trop vite au goût de l'équipe – de mettre à son profit l'arrestation récente d'un violeur récidiviste qui fréquentait les beaux quartiers de la capitale.

— Bon, vous finirez les présentations dans les voitures, intervint le chef de groupe qui semblait sombre depuis son retour de chez le taulier. Sébastien, tu accompagnes Pixel à la mairie d'Épinay pour y déposer l'acte de décès de Jacquin.

— À vos ordres, répondit le stagiaire au commandant de police.

— Tout le monde se tutoie en PJ, bonhomme. T'es pas dans ton ciat[1], là, releva Duhamel en descendant dans les graves.

1. Commissariat.

— OK, d'accord… répondit l'autre tout penaud.

— Jean, Nora et David, vous filez au collège et vous me ramenez Bagayoko.

— Et s'il n'y est pas ?

— Vous filez chez lui. S'il n'est pas au collège à 10 heures du mat, c'est qu'il est encore au bercail.

Duhamel resta seul, au calme. Il s'assit derrière son bureau et décrocha le combiné du téléphone.

— Madame Delalande ?

— Oui.

— Bonjour. Commandant Duhamel. Je venais aux nouvelles, dit-il de sa voix éraillée.

— Ma fille ne va pas mieux. Les médecins ont décidé de provoquer l'accouchement.

— Il y a une date prévue ?

— Cet après-midi.

— Et vous, comment ça va ?

— Ça va. Les parents de Rémy m'ont appelée hier. Ils sont venus voir Chrystel à l'hôpital en fin d'après-midi.

— Est-ce que vous avez pu parler avec votre fille de la mort de son mari ? demanda Duhamel qui ne perdait jamais de vue ce pour quoi on le rémunérait.

— Je lui ai posé des questions, à peu près les mêmes que les vôtres, mais elle non plus ne comprend pas.

Le commissaire Boitel, arrivé à l'improviste, assista à la fin de la conversation.

— Alors ?

— Rien de neuf, répondit Scarface après avoir raccroché. Vous voulez un jus ? demanda-t-il tout en jetant un œil vers la cafetière que l'équipe n'avait pas eu le temps de vider.

— Euh oui, pourquoi pas ? répondit le jeune patron qui n'en buvait jamais habituellement.

Mais il fallait faire des efforts, lui avait également dit Guignard. Un nouveau refus aurait pu être considéré comme un affront.

— Je vous ai préparé une copie de tous les P-V, annonça Duhamel qui savait les raisons de la venue de Boitel.

— Qu'est-ce que vous avez prévu aujourd'hui ?

— Pierre est à l'IML[1] pour l'autopsie, et les autres sont partis chercher un témoin qui n'a pas répondu à notre convocation.

— Vous avez pensé à déposer l'acte de décès ?

— C'est en cours. Le lieutenant Chadeau s'en charge avec un stagiaire. Il en profitera pour noter l'emplacement des vidéosurveillances.

— Parfait. Je vais lire les procès-verbaux. Vous m'appelez s'il y a du nouveau ?

— Vous serez le premier informé, répondit Duhamel qui constata que Boitel avait à peine touché au café offert.

***

L'arrivée de l'équipe de la Crim' au collège Arago ne passa pas inaperçue. Le fait que trois inconnus descendent d'un véhicule français immatriculé à Paris, trois jours après le meurtre du CPE, ne laissait aucun doute sur leur fonction, d'autant que l'arme de la

1. Institut médico-légal.

menue Nora Belhali se devinait sur sa hanche droite, à peine masquée par une surveste.

— Oh ! t'es keuf, toi ? lui lança un gamin surpris par sa couleur de peau, alors que le trio se dirigeait vers la salle des professeurs où attendait Philippe Estanguet.

Elle ne répondit pas, ce qui n'empêcha pas d'autres collégiens téméraires de l'insulter.

— T'es pas une vraie Arabe. T'as du sang de Blanche dans les veines, toi !

Cela lui rappelait les insultes faites aux flics de couleur dans les cités :

— Regarde, y a un Bounty !

Bounty, noir à l'extérieur, blanc à l'intérieur.

— Ne te retourne pas, lui conseilla Leprêtre.

Des *bâtards, enculés*, et *fils de pute* pleuvaient de toutes parts. Mais les trois flics ne cherchèrent pas à en connaître l'origine. Éviter les jets de pierres et autres crachats serait déjà une petite victoire. Repartir avec Bagayoko dans leurs bagages et sans incident paraissait nettement plus compliqué. Mais l'Africain ne semblait pas se trouver dans l'enceinte scolaire. Il n'avait été vu par aucun des surveillants, qui eux ne faisaient pas grève, contrairement à la plupart des enseignants amassés dans la salle des professeurs. Plus rapides que les flics, ils avaient tôt fait de considérer la mort de Jacquin comme un crime lié à son activité professionnelle.

Les invectives reprirent dans la cour du collège lorsque les trois enquêteurs rebroussèrent chemin.

— Ça ne doit pas être simple de bosser ici, déclara le stagiaire qui distinguait, au loin, trois jeunes au visage masqué qui faisaient des doigts d'honneur.

— Pour rien au monde je n'échangerais ma place, répondit Leprêtre en reprenant le volant pour se rendre dans la cité Pablo Neruda, à quelques centaines de mètres.

La cité était calme, comme tous les quartiers sensibles le matin : les oiseaux de nuit récupéraient des soirées passées dans les halls d'immeubles à refaire le monde en fumant et en vendant du shit. L'ascenseur de l'immeuble du domicile de la famille Bagayoko était en panne, bien sûr, au grand regret de Chadeau qui en avait terminé à la mairie d'Épinay-sur-Seine et avait rejoint ses collègues. La porte d'entrée du domicile, elle, résistait bien aux coups portés par Leprêtre. Vraisemblablement, il n'y avait personne à l'intérieur. Il insista pourtant, tandis que le stagiaire criait « Police ! » à tout-va sur le palier. Fabrice Chadeau n'y croyait plus lorsque la porte, finalement, s'ouvrit sur un grand Noir de seize ans, torse nu, sec comme un coup de trique et les abdominaux bien découpés.

— Mamadou Bagayoko ?

— Ouais.

— Police ! Tu sais pourquoi on est là ?

— Mmm.

***

— Ta casquette !

— Quoi *ma casquette* ? répondit-il avant de claquer sa langue contre le palais.

— Ta casquette, enlève-la !

— Pourquoi ? demanda Bagayoko interloqué.

71

Où les sociologues analysaient un choc des cultures, le Taciturne, lui, ne voyait qu'un manque d'éducation.

— On ne t'a pas appris les bonnes manières ? poursuivit avec cynisme l'adjoint, qui, chaque jour, se faisait un honneur de rappeler la politesse à ses filles. Enlève ta casquette !

Jean Leprêtre ne paraissait pas foncièrement méchant. Mais sa hargne incita finalement Mamadou Bagayoko, assis face à lui, à s'exécuter. D'autant que les autres flics, dans le bureau, semblaient tous prêts à lui sauter dessus au premier écart. Loin de sa cité, il ne pouvait faire le barbot. D'ailleurs, la veille, c'est plus par flemme que par provocation qu'il n'avait pas daigné répondre à la convocation des enquêteurs. Une invitation au 36 ne se refusait pas, surtout pour un voyou en devenir. Et aujourd'hui, il s'en mordait les doigts. Ces flics qui avaient certainement bossé tout le week-end étaient tendus. Il n'avait plus le choix, il fallait parler même si, là aussi, la culture des cités invitait à se taire. De toute manière, ses potes n'en sauraient rien.

Il dit tout. Sans le savoir, il évitait ainsi la garde à vue qui lui était promise. Comme Kévin Potain, comme David Mukombo, il avait vu le motard lâcher les gaz, soulever sa visière, prendre une arme coincée dans son blouson et tirer de la main droite sur le conseiller principal d'éducation. Mais il n'avait pas vu la plaque minéralogique de la cylindrée. Et à bien y réfléchir, il n'était pas certain que la moto en fût dotée. En tout cas, il n'avait rien à voir avec cette histoire et n'était au courant de rien, même s'il avait des raisons d'en vouloir au CPE pour la confiscation de son téléphone portable.

— Attendez, on ne tue pas quelqu'un pour un bilmo, quand même ! répondit le jeune au casier judiciaire long comme un jour sans pain.

— Un bilmo ?

— Un mobile quoi, ponctua Mamade avec un nouveau bruit de bouche.

Le Français d'origine ivoirienne n'était pas mécontent de la fin tragique du conseiller principal, même s'il se garda bien de le dire. Les tics à répétition qui animaient ses lèvres en disaient long pourtant sur ses sentiments.

— Vous ne me ramenez pas chez moi ? demanda Bagayoko en feignant la surprise à l'issue de l'audition.

— Tu ne veux pas cent balles et un Mars, non plus ? répondit Nora Belhali.

— Attendez, j'ai pas de thunes sur moi. Comment je vais faire pour rentrer sur Aulnay ?

— T'as des jambes, non ? Quinze kilomètres à pied, ça ne doit pas te faire peur ? lui balança-t-elle sous le porche du 36 en lui indiquant le nord.

Il fallait moins d'une heure à la marathonienne pour parcourir cette distance en courant. Elle ne fut pas surprise de voir Bagayoko s'engouffrer dans la bouche du métro Saint-Michel, alors qu'elle discutait encore avec l'un des deux plantons de service.

— J'espère qu'il va se faire taper[1] par les agents RATP, dit-elle à son collègue en uniforme.

***

1. Verbaliser.

73

Pierre Sibierski avait une sainte horreur des autopsies. Il ne s'était habitué ni aux corps abîmés ni aux odeurs méphitiques. Sa fonction de procédurier l'obligeait malheureusement à se rendre à la « maison des morts » – ce bâtiment de briques rouges situé en face de la gare d'Austerlitz, sur la rive opposée de la Seine – dès qu'un macchabée venait à se faire connaître le jour des doublures du groupe Duhamel. Depuis quatre ans qu'il tenait ce rôle, il n'avait pas compté, mais il pensait avoir assisté, au bas mot, à une trentaine de dissections de cadavres humains : les brûlés, les noyés, les gonflés, les putréfiés, les squelettes, les déjà autopsiés, les morceaux, les enfants aussi. Bouche pincée, visage livide et regard figé – pareils à ceux du mort –, il patientait, appuyé contre l'un des murs de la salle de nécropsie. Le garçon de morgue lavait le corps, les organes, étiquetait les tubes de conservation, le légiste découpait et le photographe de l'Identité judiciaire prenait cliché sur cliché. Lui tenait fermement, convulsivement, son bloc-notes dans ses mains, attendant la dictée finale. Contrairement à Scarface, Sibierski n'aimait ni les cours sur la mécanique bien huilée du corps humain ni les blagues de mauvais goût. Il préférait le silence. Il ne bougeait que lorsqu'on lui demandait de s'approcher. Ce fut le cas lorsque le médecin du jour lui indiqua que l'un des deux projectiles s'était fiché dans la colonne vertébrale. Et surtout, qu'il n'était pas dégradé, contrairement au second dont la course avait été déviée par une côte.

— La Balistique va pouvoir examiner et comparer les rayures laissées par le canon, dit-il au téléphone à Duhamel après avoir confectionné les scellés des balles et autres prélèvements dans un couloir de l'Institut médico-légal contigu aux salles de découpe. En espérant que l'arme ait déjà servi…

— Ça serait bien. Parce que pour l'instant, on a que dalle. Les collègues sont allés chercher Bagayoko chez lui. Mais son audition n'a rien donné. On aura peut-être plus de chance avec Damien Utrillo.

— Utrillo ? C'est qui ?

— Celui qui s'est fait confisquer une réplique de Beretta par Jacquin.

— Mouais. Faut pas rêver.

Effectivement, Daniel Duhamel n'attendait pas grand-chose de l'audition du collégien, mais plutôt que tergiverser au 36, il avait préféré renvoyer ses gars à Épinay. Et puis, autant fermer un maximum de portes le temps du flagrant délit.

En tout état de cause, cette affaire ne se présentait pas sous les meilleurs auspices. Le CPE n'avait pas le profil classique de la victime, et Chrystel Jacquin semblait trop perturbée pour avoir une quelconque responsabilité dans la disparition de son mari. Il était encore trop tôt pour s'égarer, pour évoquer des pistes insensées, peu probables. Beaucoup trop tôt pour mettre l'échec de l'enquête sur le compte du crime de hasard, ou sur une éventuelle erreur d'objectif du meurtrier. Il découpait l'entrefilet paru la veille dans *Le Parisien* pour le glisser dans un sous-dossier « Presse », quand la sonnerie de son téléphone portable le sortit de ses pensées.

— Allô, Daniel ?

Duhamel reconnut aussitôt la voix de son pote journaliste, Éric Vermeulen, un ami de dix ans.

— Écoute, là j'ai pas le temps. Je suis occupé.

— Sur l'affaire Jacquin, je parie ?

— T'as lu *Le Parisien*, toi !

— Non. J'ai reçu une lettre du tueur…

— Qu'est-ce que tu me chantes là ? lança le chef de groupe qui était habitué aux facéties de son ami. T'as pas un papier à écrire, plutôt, parce que je suis occupé, là…

— Non, non, je ne te raconte pas de bobards. J'ai reçu une lettre d'un type qui dit avoir tué Rémy Jacquin. D'ailleurs, je ne te cache pas que j'ai eu un peu de mal à apprendre que c'était ton service qui était saisi, ajouta Vermeulen qui cherchait à convaincre le chef de groupe.

Originaire de Lille, ce Ch'timi de quarante ans, après avoir débuté à *La Voix du Nord*, avait gagné ses lettres de noblesse au début des années 1990 comme correspondant de presse du *Figaro* et du *Point* en Europe centrale. Prix Albert-Londres de la presse écrite pour un reportage sur les massacres de Serbes par les forces bosniaques commandées par Naser Ori ?, lors du Noël orthodoxe en 1993, ce globe-trotter avait par la suite intégré le quotidien de centre droit pour prendre en charge le suivi de la rubrique des faits divers. Il avait finalement été débauché à coups de surenchères salariales par *Le Reporter français*, hebdomadaire spécialisé dans le traitement des affaires judiciaires, implanté rue de Provence, dans le 8e arrondissement de Paris.

— Qu'est-ce qu'elle dit, la lettre ? s'enquit Duhamel qui doutait encore.

— C'est plutôt sommaire. Attends, je la déplie. Voilà, écoute : *Rémy Jacquin, c'est moi. Pour preuve j'ai utilisé un pistolet Tokarev. C'est le début d'un long feuilleton.* Signé : *Aramis.*

— Aramis ? Comme dans *Les Trois Mousquetaires* ?

— Ouais. Même orthographe.

— Et c'est écrit comment ?

— À la main. Avec un stylo à plume, on dirait.

— C'est bien écrit ?

— Ouais. Pas de fautes d'orthographe, si c'est ce que tu veux savoir.

— Et Jacquin, tu peux me l'épeler ?

— J.A.C.Q.U.I.N. C'est la bonne orthographe ?

— Ouais, répondit un directeur d'enquête déjà plus intéressé.

— Ah ! J'oubliais...

— Quoi ?

— La lettre, elle vient de Belgique.

— Hein ! ?

— Ouais, ouais. De Liège exactement. Avec un timbre de Simenon, dessus.

— De Liège ?

— Ouais. Oblitération du 17 mai, précisa Vermeulen qui dictait en lisant.

— 17 mai. Putain, c'est bon ! Tu peux me relire plus lentement le contenu du courrier, que je le note ?

Puis ils raccrochèrent. À la demande de Duhamel, Vermeulen apportait le courrier, il s'y était engagé. Le cerveau du chef de groupe bouillonnait. Il tira une feuille de papier vierge de son imprimante, attrapa plusieurs stylos sur son bureau, pour ne garder finalement qu'un vieux Bic rouge à l'extrémité rongée, afin de noter ses idées. Il s'impatientait surtout, martelant convulsivement le sol de ses souliers, désireux de voir le courrier et son contenu au plus vite. Vermeulen serait au 36 d'ici une demi-heure. Malgré tout, les informations, dans l'attente, se téléscopaient : une lettre postée le lendemain du meurtre, et surtout la veille de la publication du premier article de presse ; un courrier, manuscrit de surcroît, ce qui collait mal avec les pratiques des voyous des cités, qui savaient à peine lire et écrire ; la référence à Jacquin, également, ce qui écartait complètement la thèse du crime hasardeux. Enfin une certitude, le tueur connaissait Jacquin ! Un meurtrier belge, peut-être. Il faudrait penser à demander à la famille si la victime n'y possédait pas de contacts. Un tueur signant son acte du nom d'Aramis. Pourquoi pas ? Duhamel ne connaissait personne répondant à ce patronyme, mais il fallait vérifier. Surtout, ce qui intriguait le directeur d'enquête, c'était la raison qui poussait l'inconnu à signer son acte alors qu'il venait de réaliser un crime quasi parfait. Sans compter cette phrase, qui faisait froid dans le dos : « C'est le début d'un long feuilleton ». Que signifiait-elle vraiment ?

— Laissez tomber Utrillo ! Rentrez au service, y a du neuf… téléphona le chef de groupe à son adjoint qui arrivait devant les grilles du collège Arago pour la seconde fois de la journée.

— Quoi ?

— Vermeulen, tu sais, mon pote journaliste…

— Ouais ?

— Il a reçu une lettre du tueur.

— Merde ! C'est pas vrai ! ?

Le coup de fil passé, Duhamel, dans la foulée, tint à prévenir sa hiérarchie. Mais ni Boitel ni Guignard, probablement partis déjeuner, ne se trouvaient à leur poste. Finalement, désireux de ne pas se lancer dans des explications sans fin, il profita de l'aubaine pour répondre aux douces voix mécaniques des messageries de bureau des deux intéressés. Pour l'heure, l'affaire ne méritait pas qu'on les perturbe durant leur pause repas.

Combiné aussitôt raccroché, il fila chez Sibierski qui semblait se réconcilier avec la vie en avalant de la brandade de morue – contenue dans un plat Tupperware – que lui avait concoctée son épouse.

— Un Tokarev, tu sais ce que c'est ?

— Jamais entendu parler. J'imagine que c'est un flingue, non ?

— Ouais. Vermeulen a reçu une lettre du tueur qui indique le nom de cette arme. Tu peux vérifier avec le service de la balistique pour voir si ça peut correspondre ?

— Tout de suite. Mais c'est quoi cette histoire de lettre ?

***

Le journaliste arriva vingt minutes plus tard. Étouffante et malodorante comme ses sœurs, la ligne 1 du métro offrait toutefois à ses usagers la possibilité de traverser la capitale d'est en ouest dans un temps record. Les plantons du quai des Orfèvres n'étant jamais les mêmes, Éric Vermeulen dut faire contacter son ami pour pénétrer dans la fameuse cour du 36, majestueuse et froide, mais surtout défigurée par l'horrible préfabriqué du greffe des ordres.

— Alors, cette lettre ? lui demanda Duhamel en lui serrant la main.

Le journaliste sortit de la poche latérale droite de son trois-quarts une enveloppe à bulles.

— Tiens ! Elle est à l'intérieur.

— J'imagine que tu n'as pris aucune précaution en l'ouvrant.

— Pourquoi veux-tu que je prenne des précautions lorsque le courrier m'est destiné ? Je ne pouvais pas deviner, ajouta Vermeulen qui sourit au passage.

— C'est pas grave. On va juste être obligés de te désincriminer[1] pour écarter toutes les empreintes que tu as pu laisser dessus.

— Pas de problème. Ça va prendre longtemps ?

— Une demi-heure, pas plus. Par contre, il va falloir qu'on procède à ton audition. Ça, ça risque d'être un peu plus long. C'est Nora qui va t'entendre. Tu vois qui c'est ?

— La petite Beurette ? Génial.

Scarface ne releva pas ce léger outrage. Le témoignage de son ami était bien trop précieux pour se fâcher avec lui. Et puis Nora, encore sur le terrain, ne saurait rien de ces propos, après tout.

— Le plaisir des yeux compensera la perte de temps, rajouta Vermeulen. Par contre, si tu le permets, je vais appeler ma secrétaire, au journal, pour qu'elle décommande le rendez-vous que j'avais prévu à 15 heures.

C'est Pierre Sibierski, le procédurier, qui, muni de gants en latex, se saisit de l'enveloppe. De format standard, elle ne portait aucune indication particulière si ce n'est le nom et le prénom du journaliste, son adresse professionnelle et un timbre belge représentant Simenon oblitéré le 17 mai de la poste de Liège-Guillemins. Aucune identité d'expéditeur n'était mentionnée. Cela

---

1. Relever les empreintes de témoins pour mieux isoler celles d'éventuels suspects.

aurait été trop beau. L'enveloppe avait été décachetée à l'aide d'un coupe-papier.

— C'est toi qui as procédé à l'ouverture ? lui demanda Sibierski, qui comme de nombreux flics du 36 tutoyait le journaliste.

— Non, c'est ma secrétaire. Elle fait toujours un premier tri.

— Alors il va falloir aussi qu'elle vienne nous voir.

Le procédurier extirpa précautionneusement la lettre pliée en deux. Les quelques mots étaient effectivement rédigés à la main, à l'encre bleue. Chaque phrase faisait l'objet d'une ligne, y compris la signature. Le texte, aéré et horizontal, était la marque d'un auteur prévoyant et serein, au dire du flic d'origine polonaise qui avait quelques notions de graphologie.

Éric Vermeulen avait eu du mal à identifier le service enquêteur. C'est ce qu'il dit, assis face à Nora Belhali, qui était rentrée avec Chadeau et Leprêtre au « gyro deux-tons », pressée de connaître précisément le contenu du courrier. Le journaliste, ne sachant qui était Rémy Jacquin, avait contacté tour à tour les parquets de la région parisienne. Il se sut sur la bonne voie lorsqu'il sentit son interlocutrice de Seine-Saint-Denis intriguée par son coup de téléphone.

— Mais si le tueur vous écrit, peut-être vous connaît-il ? insinua la gardienne de la paix.

— On peut se tutoyer, si tu veux, dit-il arborant au passage un long sourire.

— Non, je ne préfère pas, répondit la rebelle.

— Tu n'aimes pas les journalistes ?

— Ce tueur, peut-être vous connaît-il ? reprit Nora Belhali en boudant la question de son interlocuteur.

— Je ne pense pas. Je crois qu'il m'écrit parce qu'il sait que j'ai pas mal de contacts au sein de la famille Poulaga.

— Pourquoi, dans ce cas-là, n'écrit-il pas aux enquêteurs directement ?

— Ça, c'est à vous de le déterminer. C'est vous qui faites l'enquête, pas moi. Je n'y peux rien, moi, s'il m'a choisi comme correspondant.

Il y avait du *moi, je* à toutes les sauces dans la bouche de ce journaliste, ce qui énervait foncièrement Nora Belhali. Il avait pourtant une bonne tête : sourire ultra-bright, yeux gris-bleu clair, front plissé, sourcils épais, mâchoire carrée, puissante, peau rasée de près. Et malgré le bureau qui les séparait, l'enquêtrice réussit à identifier son eau de toilette.

Chadeau, lui, ne s'arrosait jamais de Drakkar noir. Il se colla devant son ordinateur, de loin l'endroit où il était le plus performant. Il n'avait, pour l'heure, reçu que le tiers des informations téléphoniques sollicitées auprès des opérateurs. Malgré tout, il vérifia qu'aucun numéro belge n'était répertorié dans la longue suite de numéros à dix chiffres qui s'affichait. Puis, de sa connexion Internet, il vérifia le temps de parcours entre Paris et Liège : trajets compris entre deux heures dix et trois heures trente, à raison de dix rames par jour reliant la gare du Nord à celle de Guillemins. Puis il cliqua sur un site de généalogie dont sa mère était une utilisatrice chevronnée. Mais aucune famille française n'usait du patronyme Aramis.

— Moi j'ai trouvé, lui lança Jean Leprêtre de l'autre bout de la pièce.

— Et où ? s'enquit Pixel.

— Dans le fichier des cartes grises. Il y a un Aziz Aramis qui est né en 1959 à Alger et qui demeure dans les Bouches-du-Rhône. Inconnu des services de police, et titre de séjour en règle, ajouta l'adjoint du groupe.

— Alexandre Dumas doit se retourner dans sa tombe, intervint Vermeulen qui assistait en direct aux opérations de recherche.

— Et pourquoi ? se rebiffa Nora Belhali dont les parents étaient également originaires d'Algérie.

— Parce que Aramis, dans *Les Trois Mousquetaires*, n'est autre qu'un pur Béarnais, répondit-il sans se démonter.

— Je crois qu'il y a pas mal de Nord-Africains en Belgique. Faut vérifier qu'il n'y ait pas de famille portant ce nom-là, coupa Duhamel. Jean, t'as toujours ton contact à Bruxelles ?

***

L'enveloppe, Liège, le Tokarev, Aramis… enfin du concret sur quoi travailler. Trop d'un coup, peut-être. Pierre Sibierski fila à l'Identité judiciaire avec le courrier et les balles usagées récupérées à l'issue de l'autopsie, précédant de quelques pas Éric Vermeulen accompagné des deux stagiaires. Ceux-ci prirent le chemin de la dactyloscopie, afin que les empreintes du journaliste soient relevées par un technicien. Le procédurier, lui, s'invita au service de la balistique, où il apprit, après avoir longé plusieurs armoires qui présentaient toute une panoplie d'armes longues, que le Tokarev était un pistolet semi-automatique de plus de neuf cents grammes avec chargeur à huit cartouches, massivement distribué en Union soviétique durant la guerre froide. Surtout, cette arme, qui était effectivement compatible avec les douilles de calibre 7,62 retrouvées sur la scène de crime, présentait la caractéristique d'avoir une puissance de pénétration supérieure à celle d'un 44 Magnum, avec des dégâts occasionnés relativement faibles. Après avoir remis les projectiles au laborantin en blouse blanche, désormais chargé de relever les rayures internes, l'officier de police se dirigea vers le service de la dactylotechnie pour y déposer l'enveloppe et son contenu afin qu'y soient recherchées des traces papillaires. Il longea deux longs couloirs, s'attarda un moment sur les clichés de nuit de la Seine mis en lumière par la section Photographie, puis déboucha dans une grande pièce carrée où étaient entreposés de nombreux scellés en attente de leur restitution aux services enquêteurs. C'est dans cette salle mal éclairée qu'il se dirigea vers un technicien avec lequel il avait déjà travaillé sur une scène de crime.

— J'ai besoin de ton expérience, lui dit-il.

— Je t'écoute, répondit le collègue qui, muni de gants transparents, appliquait de la cire préalablement chauffée aux quatre coins d'une enveloppe kraft.

— On a reçu un courrier venant de Belgique dans lequel l'auteur se dit être l'assassin du conseiller principal d'Épinay-sur-Seine. T'es au courant de l'affaire ?

— Ouais, j'en ai entendu parler. Et tu veux savoir ce qu'on peut faire dessus ?

— C'est ça. En fait, je voulais surtout savoir si on devait commencer par un foulage, ou s'il valait mieux s'occuper en priorité de l'ADN et des paluches[1].

— J'imagine que l'enveloppe est polluée ?

1. Empreintes.

— Oui, au moins par un journaliste et sa secrétaire.

— Alors, on va commencer par les traces de foulage, et ensuite on passera un révélateur chimique dessus.

— Pour les empreintes ?

— Ouais, de la ninhydrine. Par contre, ça risque d'être un peu long.

— Combien de temps ?

— Une bonne semaine pour la révélation. Mais on peut avoir le résultat dès demain pour le foulage.

— Et la ninhydrine ne risque pas de détériorer les traces biologiques ?

— Si, mais pour l'ADN, tu pourras toujours demander au labo de le rechercher sous le timbre, précisa le technicien.

— OK.

***

Certes, il fallait travailler les pistes évoquées dans la lettre comme autant de pièces d'un puzzle. Mais Duhamel n'oubliait pas que toutes ces informations étaient fournies par le tueur, ce qui le turlupinait au plus haut point. Qu'avait le meurtrier dans la tête ? Que cherchait-il ? Allait-il commettre d'autres crimes pour mieux jouer avec les enquêteurs ? C'est ce que craignait le directeur d'enquête, c'est aussi ce que la dernière phrase du tueur laissait présager. Scarface restait en tout cas persuadé qu'il y avait un lien entre Jacquin et le tueur. Le seul moyen de le mettre hors d'état de nuire était de l'identifier.

Une nouvelle fois, le groupe au grand complet veilla tard au service, au grand dam des deux stagiaires qui n'étaient pas habitués à des journées de travail aussi harassantes. Leprêtre transmit un mail à son ami et collègue bruxellois, à qui il demandait, hors cadre juridique, des informations sur d'éventuelles familles belges portant le patronyme Aramis. Chadeau poursuivit ses recherches téléphoniques, tandis que Duhamel eut, une fois n'est pas coutume, à en découdre avec Boitel.

— Vous vous étiez engagé à m'informer de toute avancée notable, non ? lui reprocha le jeune commissaire, qui avait appris les dernières nouvelles par la bande.

— Si vous écoutiez la messagerie de votre bureau, vous sauriez que j'ai cherché à vous contacter entre midi et deux, rétorqua le chef de groupe.

Mais c'était son ami Vermeulen que Duhamel voulait surtout recadrer. Il descendit à l'Identité judiciaire avant que le journaliste quitte le 36.

— Alors, ce relevé d'empreintes ?

— J'ai encore plein d'encre sur les mains. La police pourrait investir un peu plus en produit détergent.

— Éric…

— Oh, attends… Quand tu commences comme ça, c'est que tu as quelque chose d'important à me demander. Laisse-moi deviner : *Éric, si tu pouvais ne pas ébruiter cette affaire durant quelques jours, etc. etc.* C'est ça ou je me trompe ?

— Ça serait pas mal, oui, répondit Duhamel. Je sais tout ce que représente la Brigade criminelle pour toi, et je te sais notre plus fervent supporter. Tes papiers nous mettent systématiquement en valeur, et personne dans la maison n'a jamais eu à se plaindre de tes propos, bien au contraire. Ce n'est pas ma hiérarchie qui le demande, c'est moi. Laisse-nous un peu de temps pour résoudre cette affaire, et je te promets de te fournir un maximum de renseignements pour que tu pondes le plus beau de tes articles, OK ?

— Il n'y a pas de problème. Tiens-moi au courant quand même, conclut Vermeulen qui se trouvait à hauteur du fourgon d'intervention de la BRI[1] garé dans la cour intérieure.

— Ah ! Au fait. Pense à nous envoyer ta secrétaire. Je lui savonnerai moi-même les mains à l'issue de sa désincrimination, lança Duhamel, tout de suite moins sérieux lorsqu'il s'agissait des femmes, tandis que le journaliste quittait l'enceinte du Palais de justice en direction du quai de l'Horloge.

---

1. La Brigade de répression et d'intervention.

5 – Pierre Santoni

En quelques jours, le temps sur Paris s'était dégradé. Le nuage laiteux couvrant la Seine au petit matin avait laissé place à une pluie continue et violente, parfois mêlée de giboulées. Certains voyaient dans ces brusques changements de temps, fréquents depuis le début de l'année, la conséquence d'un réchauffement planétaire. D'autres comme Duhamel, loin de ce type de préoccupations, vérifiaient chaque matin l'amarrage de leur péniche, à cause des crues fréquentes du fleuve au printemps. Car vivre sur un bateau ne présentait pas que des avantages. Scarface n'avait pas voulu renoncer à ce bien hérité sept ans plus tôt d'un grand-oncle qui avait su profiter de la crise de la batellerie dans les années 1970 pour transformer cette péniche de commerce en lieu d'habitation. Mais Duhamel avait dû investir, en temps et en argent. Il avait obtenu son permis de navigation, recevant au passage un ciré jaune et une casquette de marin offerts par ses collègues à l'occasion d'un petit pot improvisé pour la circonstance. Et surtout, il avait dû faire monter le bateau en cale sèche pour procéder à un plan de sondage et à un gazage complet de la coque, condition préalable à toute obtention du permis. À l'écouter, vivre sur une péniche coûtait plus cher qu'un habitat classique. Il y avait les réparations obligatoires, les plans de sondage, les expertises décennales et les taxes de stationnement, toujours plus onéreuses dans la capitale. Mais certains aimaient lui rappeler qu'il ne payait pas de taxe foncière et qu'il vivait dans un lieu idyllique, à moins de deux kilomètres de son lieu de travail, avec vue sur la tour Eiffel.

Comme il l'avait imaginé, l'enquête sur la mort de Jacquin s'enlisait malgré le courrier de Liège. Chadeau et Leprêtre s'étaient pourtant lancés dans la bataille avec une rage qui leur était peu coutumière. L'énigme communiquée par le tueur avait le don de les titiller. Le jeune lieutenant avait poursuivi ses recherches sur Aramis. Il connaissait tout, désormais, et du personnage créé par Alexandre Dumas, et d'Henri d'Aramitz – à l'origine de l'inspiration de l'écrivain –, abbé laïc du XVIIe siècle, fils d'un maréchal des logis de la compagnie des mousquetaires et petit-fils d'un capitaine huguenot. L'enquêteur, à la pêche aux infos, contacta même la gendarmerie d'Aramits dans le département des Pyrénées-Atlantiques, d'où était originaire la famille. Mais Chadeau, qui n'avait rien de concret, rien de précis à demander, dut passer pour un fou auprès de son interlocuteur. Le militaire se fit expliquer l'affaire à deux reprises afin d'être sûr de bien comprendre, mais il ne fut d'aucune aide au policier. Surtout, il distinguait mal le rapport entre la commune d'Aramits, dans le sud-ouest de la France, et le meurtre d'un conseiller principal d'éducation dans la banlieue nord de Paris.

Leprêtre, lui, s'était cassé les dents sur la piste belge. Son ami bruxellois, qui l'invitait régulièrement outre-

Quiévrain, avait rapidement effectué les recherches sollicitées par mail. Malheureusement, la Belgique ne comptait aucun ressortissant du nom d'Aramis. L'adjoint recentra alors son enquête sur le fameux Aziz Aramis né en 1962 en Algérie et domicilié dans les Bouches-du-Rhône. Mais ce récoltant spécialisé dans la production d'abricots, qui bossait six jours sur sept d'après les services de l'URSSAF, n'avait rien d'un criminel.

Quant à Nora Belhali, elle prit en main la secrétaire du *Reporter français*, une femme d'une quarantaine d'années à la chevelure cuivrée et aux ongles rongés. Celle-ci expliqua, avant de se faire accompagner à l'Identité judiciaire pour le relevé d'empreintes, qu'elle recueillait chaque matin le courrier de l'entreprise de presse et était chargée de le décacheter et de le distribuer aux différents collaborateurs. La lettre de Liège était directement adressée à Éric Vermeulen. Elle ne l'avait pas lue, elle s'était contentée d'ouvrir l'enveloppe à l'aide d'un coupe-papier.

— Peut-être qu'il va écrire à nouveau, dit l'un des deux stagiaires au moment du café, le jeudi après-midi.

— Ça serait pas mal, répondit Chadeau qui touillait le contenu de sa tasse depuis deux minutes.

Duhamel et Leprêtre se regardèrent. Eux n'étaient pas sûrs de vouloir recevoir de nouveaux courriers, de peur d'avoir en même temps d'autres crimes sur les bras.

— Pierre, où en est la procédure ? s'enquit le chef de groupe.

— Elle est prête. Il me reste juste à coucher sur P-V le résultat du foulage. L'Identité judiciaire vient d'appeler pour dire que les recherches étaient négatives.

— Merde ! réagit Daniel Duhamel. J'ai eu la substitut ce matin. Elle veut qu'on lui transmette le dossier dès demain pour faire ouvrir[1], précisa le chef de groupe.

— Pas de problème. J'aurais juste besoin de main-d'œuvre pour dispatcher les procès-verbaux.

Rémy Jacquin était mort depuis près d'une semaine. Le temps du flagrant délit arrivait à son terme. La magistrate de Bobigny, Mme Dumortier, régulièrement informée des avancées de l'enquête, réclamait désormais la transmission de la procédure traitée par les enquêteurs afin que le parquet se dessaisisse au profit d'un juge d'instruction de Seine-Saint-Denis. Sans élément matériel notable, les investigations s'annonçaient longues et fastidieuses. D'autant que le courrier du tueur ne laissait rien présager de bon. Une commission rogatoire en bonne et due forme semblait, de loin, la formule la plus adaptée à la poursuite de l'enquête.

— Tu iras avec Jeannot lui porter la procédure. Moi, je ne la sens pas. Voyez si vous ne pouvez pas récupérer Lecouvreur à l'instruction. C'est le seul juge qui soit potable dans ce TGI[2].

Duhamel, parfois excessif mais toujours sincère, avait une piètre image des magistrats de Bobigny. Plusieurs erreurs judiciaires, autant de remises en liberté inexplicables avaient été mal vécues par la police judiciaire qui, sans cesse, s'acharnait à mettre hors d'état de nuire les malfrats des cités du 9-3. Incompétents, débordés ou fainéants, Duhamel ne voulait pas trancher. Tant qu'à faire,

---

1. Fait de transférer l'enquête d'un magistrat du parquet à un juge d'instruction.
2. Tribunal de grande instance.

si Leprêtre et Sibierski en avaient la possibilité, qu'ils demandent la saisine de Fabien Lecouvreur, un juge qui prenait des risques et qui ne comptait pas ses heures.

***

Quentin Rémy Charles Jacquin était né le lundi 19 mai à l'hôpital Jean-Verdier de Bondy à 16 h 10. Deux kilos huit cent quarante pour quarante-neuf centimètres, selon Mme Delalande qui fut jointe dès le lendemain de l'opération par Scarface. La maman récupérait de l'anesthésie générale, et le nourrisson, privé de son géniteur dès la naissance, se portait bien.

Le surlendemain Duhamel et Belhali se rendirent au chevet de Chrystel Jacquin. L'hôpital, massif, entre le canal de l'Ourcq et une zone pavillonnaire, datait de la fin des années 1960. Le parking était bondé. Les deux flics de la Crim' garèrent leur voiture sur un emplacement réservé, plaque « police » dépliée afin d'éviter tout enlèvement. Duhamel trouva rapidement son chemin. Il était déjà venu, quelques années auparavant, effectuer des constatations sur le corps d'un Arménien tué par balle. Il reconnut au premier coup d'œil le chef de la sécurité, assis derrière son bureau, porte grande ouverte sur le hall d'entrée de manière à guetter les conflits qui opposaient fréquemment des patients excédés au personnel médical ou administratif des urgences. Salutations faites, le commandant lui remit une réquisition qui leur permettait d'accéder à l'enceinte hospitalière et d'y procéder à l'audition de Mme Jacquin née Delalande. D'un pas rapide, le chef de la sécurité les précéda à travers l'établissement, jusqu'à la maternité, isolée au fond d'un couloir du quatrième étage.

— Madame Jacquin ?

Informé de la situation, le personnel avait isolé la jeune maman dans une petite chambre. Elle était allongée sur son lit, dans un peignoir vert pâle, les cheveux longs coiffés à la diable, tandis que Quentin dormait à proximité, les poings fermés. Chrystel Jacquin ne fut pas longue à reconnaître Daniel Duhamel. Des larmes se mirent à couler sur son visage légèrement cireux.

— Excusez-moi, dit-elle, avant de se redresser pour attraper un mouchoir en papier posé sur sa table de nuit.

— Prenez votre temps. Votre maman vous avait prévenue de notre visite, je crois ? demanda Duhamel.

— Oui, elle m'en a parlé, répondit-elle en se levant avec difficulté pour vérifier le sommeil de son fils.

— On ne va pas vous déranger très longtemps. On a juste quelques questions à vous poser, essentiellement au sujet des relations de Rémy. Avant de commencer, je tenais à vous présenter ma collègue, Nora Belhali, qui travaille avec moi sur cette affaire.

Le terme « affaire » échappa à Duhamel. Elle ne releva pas.

— Vous pouvez vous rallonger, si vous voulez, intervint l'enquêtrice qui sentait que Chrystel Jacquin avait du mal à rester sur ses pieds.

— Merci, répondit-elle.

Duhamel s'assit sur la seule chaise présente dans la pièce, puis sortit d'une serviette une feuille sur laquelle il avait préparé plusieurs questions. Nora Belhali se contenta d'un équilibre incertain sur le rebord de la fenêtre, qui donnait au loin sur les grands ensembles d'Aulnay-sous-Bois.

— Ça ne sera pas long, dit-il en préambule. Mais il y a peut-être des questions qui vont vous paraître surprenantes, voire désagréables, précisa-t-il en cherchant à adoucir sa voix.

— Je n'ai rien à cacher. Je vais faire de mon mieux pour vous répondre.

— Bien. Tout d'abord, j'aimerais… nous aimerions faire un point sur la situation et vous donner notre avis de flics sur cet assassinat. Ça fait maintenant près de cinq jours que nous enquêtons et nous n'arrivons toujours pas à appréhender, à comprendre qui était Rémy Jacquin.

Duhamel utilisa volontairement l'imparfait et le patronyme de la victime. Il entrait véritablement dans le vif du sujet. Il poursuivit :

— En fait, nous avons entendu votre maman, vos beaux-parents, les collègues de votre mari, et nous avons visité votre domicile pour tenter de mieux cerner sa personnalité. Sans être offensant à son égard, on nous donne l'image de quelqu'un de relativement lisse. Vous voyez ce que je veux dire ?

— Non, répondit-elle sèchement.

— Ce que veut dire mon collègue, reprit Nora Belhali qui se trouvait de l'autre côté de la pièce, en pleine lumière, c'est qu'on trouve qu'il y a un gros décalage entre sa personnalité et la manière dont il a été tué. Pour être plus précise, je dirais qu'on a une victime qui n'a pas le profil de la victime, et un meurtre, un assassinat plutôt, qui demande des préparatifs et qui pue la vengeance à plein nez.

— Qu'est-ce que vous essayez d'insinuer ? Que ma famille cache quelque chose ? s'énerva-t-elle.

— On n'insinue rien du tout. On essaie juste de comprendre, reprit Duhamel.

Les deux enquêteurs avaient jeté un froid dans la chambre. Le nourrisson se mit à gigoter, comme réceptif à la tension, ses poings venant se frotter contre son visage dans des gestes désordonnés, convulsifs. Quelques secondes, il fut le centre d'attention des trois protagonistes. Ce fut Chrystel Jacquin qui reprit.

— Écoutez, je ne sais pas. Avec Rémy, ça faisait presque quatre ans qu'on se connaissait. Il a toujours été gentil, attentionné, doux. Même dans son travail, d'après les échos que j'en avais. Tout se passait bien.

— Des problèmes personnels, peut-être ? suggéra le commandant de police, qui lui-même n'avait jamais connu de saine relation sentimentale.

— Mais non ! s'emporta-t-elle une nouvelle fois, manquant de peu de réveiller le petit Quentin. Nous allions avoir un enfant, nous avions un logement depuis quelque temps, tout allait bien pour nous.

— Aucun souci ? insista Belhali. Pas d'appels malveillants, pas de conflits de voisinage, pas de dérapages sentimentaux ?

— Non, rien de tout ça.

— Et de votre côté, des dérapages sentimentaux ? reprit Duhamel qui trouvait l'expression adaptée.

— Hein ! Mais ça va pas, non, répondit-elle en le fusillant du regard.

— Je vous avais prévenue, nos questions ne sont pas faciles, dit Duhamel qui trouvait son interlocutrice assez franche.

Mais il ne fallait jamais se fier aux apparences. Il l'avait constaté à ses dépens à plusieurs reprises au cours de ses vertes années d'enquêteur.

— Et au niveau financier ? Des difficultés particulières, des crédits, des assurances vie ?

— Non, rien de tout ça.

— Il y a des motards parmi les amis de Rémy ?

— Des motards ? Non, pas à ma connaissance. Peut-être parmi ceux qui jouent au foot avec lui, le dimanche matin. Je ne sais pas, je ne les fréquente pas.

— On vérifiera, répondit Duhamel.

— La Belgique, ça évoque quelque chose pour vous ? réattaqua la gardienne de la paix.

Ils étaient déconcertants, voire déstabilisants. Ils passaient sans arrêt du coq à l'âne.

— La Belgique ? Non, rien. On est allés à Bruges, il y a deux ans, c'est tout.

— Des amis là-bas ? insista Duhamel.

— Non. On n'est restés que deux jours, c'était pour visiter la ville. On a dormi à l'hôtel.

— Pas de soucis particuliers, durant ce voyage ?

— Non, quel genre de soucis voulez-vous qu'on ait eus ?

— Je ne sais pas, je demande juste, répondit Duhamel.

— Mais pourquoi ces questions sur la Belgique ?

— On vérifie une piste, c'est tout.

Les policiers ne voulaient rien révéler du courrier envoyé par le tueur. Ils n'évoquèrent pas plus la signature Aramis. Avancer par petites touches, telle était la règle. Chrystel Jacquin comprit que les deux enquêteurs ne lui répondraient pas. Qu'ils fassent leur boulot après tout. Mais elle, elle n'avait rien à voir dans la mort de son mari, au grand jamais !

***

96

Bizarrement, exception faite du meurtre de Rémy Jacquin, la Crim' vivait en ce mois de mai une période de disette comme elle en avait peu connu depuis une dizaine d'années. Il n'y avait pas de règle, et comme tous les services de police, le service fonctionnait à la demande : pas de crime, pas de saisine. Les flics en profitaient pour travailler sur les queues[1] de commissions rogatoires, dépoussiérer leurs bureaux, ou encore relire de vieilles procédures dans la perspective d'éventuels témoignages en cour d'assises. Jean-Luc Charpentier, le chef de groupe qui était de « doublure » en ce vendredi 23 mai, n'était pas contre une « belle » affaire. Ce n'est pas qu'il souhaitait la mort des gens, mais ses hommes commençaient à se regarder en chiens de faïence. Et s'il pouvait choisir, autant dérouiller sur un meurtre classique, simple, avec deux ou trois éléments permettant de résoudre l'affaire en quelques jours, histoire de ressouder les liens. Surtout pas de règlements de comptes de dealers, où les enquêteurs passaient leur temps à faire de la téléphonie et à courir aux quatre coins de la France pour interpeller les auteurs en cavale ; et encore moins d'enlèvements, comme le service en avait tant vécu par le passé, la brigade au grand complet trimant jour et nuit pour tenter d'identifier les auteurs et faire libérer les otages.

Ce fut pourtant le groupe Duhamel qui fut directement contacté par l'état-major de la police judiciaire, vers 10 heures du matin.

---

1. Rédaction des derniers actes d'un dossier, en général sans grand intérêt.

— C'est vous, le groupe chargé de l'affaire d'Épinay ? demanda le chef de salle d'état-major.

— Ouais, répondit le lieutenant Chadeau en lieu et place de Duhamel parti boire un café à l'étage inférieur.

— Y a une affaire qui chauffe[1] du côté de Malakoff. Un type tué par balle.

— Et alors ? C'est le groupe Charpentier qui est de permanence.

— D'accord, mais le problème c'est que la victime est professeur de français. Le procureur de Nanterre demande un observateur de la Crim' sur place.

— Bon. Je vais voir avec mon chef de groupe.

— Tu me tiens au courant ?

— Pas de problème. Tu me donnes l'adresse ?

L'information se propagea au sein du service en quelques minutes. Charpentier voulait en être, Duhamel aussi. C'est Guignard qui trancha, après avoir appris par la Direction de la PJ qu'une équipe du service départemental de police judiciaire des Hauts-de-Seine se trouvait déjà à pied d'œuvre :

— Allez-y tous les deux. Et au galop !

Nora Belhali, qui n'avait pas perdu une miette des directives, s'équipa de son arme en urgence et sauta à bord du véhicule conduit par Duhamel. Il n'était pas de bon ton d'arriver à trois sur une scène de crime gérée par un autre service. Mais Duhamel, ensorcelé par les yeux de diablesse de son équipière, ne savait pas lui dire non. Il l'avait prise sous son aile deux ans auparavant, la protégeant un temps des sarcasmes et autres tâches ingrates commandées par le misogyne Michel Deforges, avant

1. La saisine de la Brigade criminelle semble imminente.

qu'elle prenne complètement son envol au départ en retraite de ce dernier.

La route fut longue, faite de ralentissements fréquents, en partie dus à la pluie soutenue qui faisait bouillir l'asphalte de la capitale depuis la veille. Finalement, passé la porte de Châtillon, la chaussée se dégagea et les trois enquêteurs purent, sans dommage, arriver à bon port. Muni de son ciré jaune, Duhamel sortit le premier. En costume et portant un parapluie, Charpentier lui fila le train, avec à ses côtés Belhali qui espérait ainsi échapper aux cordes. Les trois flics repérèrent rapidement les lieux. L'immeuble en question, situé en bordure d'une voie de circulation à sens unique, était en forme de U. Une pelouse coupée par une allée centrale goudronnée occupait l'espace intérieur. Trois hommes et une femme, laquelle était vêtue d'une veste en jean, d'un débardeur kaki et d'une longue jupe de même couleur sur des bottines en cuir noir, discutaient en cercle devant l'un des trois halls d'entrée, abrités de la pluie par un appentis en béton. À quelques pas, sur l'allée centrale, un revêtement plastifié blanc de deux mètres de long ne laissait aucun doute sur la forme qu'il dissimulait, tandis qu'un technicien de l'Identité judiciaire, en bottes et partiellement protégé de la pluie par une combinaison, ratissait l'herbe humide à l'aide d'un détecteur de métaux. Derrière la porte vitrée d'accès à l'immeuble, un autre enquêteur semblait occupé à relever le nom des résidents sur les boîtes aux lettres.

Les présentations furent froides. Surtout entre Duhamel et l'enquêtrice. Ces deux-là n'échangèrent aucune poignée de main. Myriam Joly avait pourtant de beaux yeux vert émeraude, des cheveux courts, châtains, parsemés de mèches blondes, et une silhouette susceptible d'émouvoir plus d'un homme.

— Il s'agit d'un professeur de français de cinquante-quatre ans qui s'appelle Pierre Santoni, commença le parquetier en lisant aux arrivants le bout de papier qu'il tenait dans la main. On vous a demandé de venir parce qu'on a appris que vous étiez saisis d'un cas similaire à Saint-Denis.

— À Épinay-sur-Seine précisément, rectifia Duhamel. Cas similaire, je ne sais pas… en tout cas, la victime d'Épinay n'était pas professeur mais conseiller d'éducation.

— Qu'est-ce que vous avez d'autre sur ce Santoni ? s'enquit Charpentier alors que l'enquêtrice du SDPJ des Hauts-de-Seine s'écartait du groupe pour regagner l'intérieur du hall d'entrée.

— Il habite au cinquième étage, côté pelouse justement. Il quittait son domicile, vers 7 heures ce matin, lorsqu'on lui a tiré dessus, précisa le magistrat qui portait un costume sombre à fines rayures.

— Combien de fois ?

— Deux fois, au dire des voisins. Mais il semblerait que personne n'ait rien vu. Il faut dire que le temps n'incite pas à regarder par la fenêtre, ajouta le procureur qui ne devait pas être beaucoup plus vieux que Nora Belhali.

— On a retrouvé les étuis ?

— Pas encore. L'un de vos collègues est en train de passer la pelouse au peigne fin.

— Et il travaillait où ? demanda à son tour la Maghrébine.

— Lycée Louis-le-Grand, derrière la Sorbonne. Pas très loin de chez vous, en somme.

— Ça n'a rien à voir avec la banlieue, ça, réagit Duhamel qui se montrait sceptique quant à un éventuel rapprochement avec la mort de Jacquin.

— Écoutez, je vous laisse le choix. Si vous voulez cette affaire, je vous la laisse. Si vous n'y voyez pas de lien avec votre enquête, en revanche, je préfère que vos collègues de Nanterre la gardent. D'autant qu'ils sont dessus depuis déjà deux bonnes heures et qu'ils ont commencé l'enquête de voisinage. Et surtout, le parquet de Nanterre leur fait entièrement confiance, dit-il en fixant le commissaire du SDPJ 92 qui se trouvait sur sa droite.

— Vous permettez que je donne un coup de fil à mon collègue de groupe qui gère la téléphonie ?

— Allez-y, répondit le substitut du procureur à Duhamel qui s'écartait déjà pour mieux converser avec Chadeau, pendant que Charpentier soulevait la bâche en plastique pour observer les impacts de balles.

— Fabrice ?

— Ouais ?

— T'en es où de la téléphonie Jacquin ?

— J'ai tout reçu. Pourquoi ? demanda Pixel.

— Tu peux regarder si tu as un Pierre Santoni parmi les correspondants de Rémy Jacquin ?

— Attends deux secondes que je vérifie… Santoni tu dis ? demanda Chadeau, le combiné dans une main, la souris d'ordinateur dans l'autre.

— Santoni. Pierre Santoni ?

— Non, rien. Pourquoi ? C'est le nom de la victime ?

***

101

— C'est qui ? Encore une ex ? l'interrogea avec une pointe de jalousie Nora Belhali au sujet de la belle enquêtrice aux yeux verts.

— Qu'est-ce que ça peut te foutre ? T'es pas ma mère à ce que je sache, répondit sèchement le chef de groupe.

Les trois enquêteurs restèrent à peine plus d'une demi-heure à Malakoff, soucieux de ne pas froisser leurs homologues de Nanterre par une présence jugée trop longue. Duhamel, seul, avait pris la décision de leur laisser l'enquête. Il n'était pourtant pas totalement convaincu de l'absence de lien entre les deux affaires. Certes, Jacquin et Santoni ne semblaient pas se connaître. Certes, aucune douille n'avait été retrouvée à proximité du cadavre de Santoni, ce qui évoquait l'usage d'un revolver et non d'un pistolet comme à Épinay. De plus, les deux victimes n'avaient pas les mêmes professions. L'un œuvrait comme CPE dans une ZEP de la banlieue nord, le second enseignait dans l'un des établissements les plus réputés de France. Mais en tout état de cause, ils travaillaient tous les deux au sein de l'Éducation nationale, et le courrier adressé par le tueur de Liège annonçait « le début d'un long feuilleton ».

Ce fut un Duhamel contrarié qui rentra à la Crim'. Cependant, il sauvait le week-end de son équipe, et allait lui-même pouvoir assurer son tour de garde auprès de Julie, sa fille, à qui il avait promis une visite à la ménagerie du Jardin des Plantes. Il fut doublement contrarié lorsqu'il apprit que le juge d'instruction Fabien Lecouvreur se trouvait en maison de repos à la suite d'une dépression. C'était finalement Nadine Martinon, une nouvelle au TGI, qui héritait du bébé.

6 – Lettre de Suisse

— Accélère Nora ! Allonge la foulée ! Plus vite !

La séance n'en finissait pas. Elle avait véritablement du mal à accrocher le wagon, malgré les encouragements de son entraîneur. Usée psychologiquement par une semaine éreintante, Belhali avait éprouvé le besoin d'ajouter une journée de congé à son week-end pour bien souffler. Du souffle, pourtant, elle n'en manquait pas, sauf autour de la piste d'athlétisme de la Croix de Berny, à une dizaine de kilomètres au sud de Paris, où elle s'entraînait cinq fois par semaine si le boulot le permettait.

Huit fois mille mètres en trois minutes trente avec récupération d'une minute, un régime de stakhanoviste pour une femme. Habituellement, elle tenait le rythme, s'accrochant aux garçons qui lui servaient de lièvres. Mais aujourd'hui, elle se sentait lasse, larguée. Son pouls, mesuré par une montre reliée à un cardio fixé sur sa poitrine, était anormalement élevé ; surtout durant les phases de repos. Finalement, elle abandonna au sixième kilomètre. Elle décida de trottiner sur le couloir extérieur pendant que ses potes de club finissaient à grandes enjambées les derniers tours de piste.

Depuis toute petite elle courait. Elle battait tous les garçons de sa classe à l'école primaire. Referée par son instituteur de CM2, elle avait fini par s'inscrire à l'ASPTT de Nantes, sa ville natale, avant d'engranger coupes et médailles lors de compétitions départementales ou régionales. Un article dans le *Ouest-France* local avait même loué ses qualités d'athlète l'année de sa victoire aux régionaux de cross des Pays de la Loire, dans la catégorie juniors. Depuis son installation à Paris, elle était de loin la meilleure athlète féminine de l'association sportive, la seule capable de flirter avec les deux heures quarante-cinq au marathon.

— Ça va, Nora ?

— Ouais, ouais. Je suis juste un peu vannée, répondit-elle entre deux inspirations à Laurent Delapierre qui venait de lui prendre un tour.

— T'es sûre ?

— Ouais, je te dis.

Elle devait tout à Delapierre. Au capitaine Delapierre, précisément, puisque c'est lui qui, cinq ans plus tôt, à la Brigade des mineurs de Paris, l'avait accueillie dès sa sortie de l'école. Elle était alerte et vive d'esprit, et il n'avait pas mis longtemps à lui apprendre les ficelles du métier. Surtout, tout heureux de découvrir qu'ils avaient une passion commune pour l'athlétisme, il lui avait dégotté un appartement du parc HLM de la Préfecture de police situé à proximité de la porte d'Orléans, dans le sud de Paris. Animé de sentiments à son égard, il lui avait également déclaré sa flamme. « L'amour ne se commande pas », lui répondait-elle à chaque fois qu'il revenait à l'abordage.

— Nora ! Téléphone ! cria son entraîneur.

Laurent Delapierre et elle étaient les seuls flics du club. Disponibilité à leur métier oblige, ils étaient également les seuls, durant les entraînements, à confier leurs portables au coach, chargé de les prévenir dès que l'un des appareils sonnait.

— Un problème, Nora ? lui demanda son ancien collègue.

— Non, non. Faut juste que je rappelle mon chef de groupe, dit-elle après avoir consulté sa boîte vocale.

— C'est au sujet de votre affaire d'Épinay ? questionna-t-il de nouveau avant de porter une bouteille d'eau à sa bouche.

— J'en ai bien peur.

Elle tint toutefois à finir son décrassage avec ses partenaires. Elle en avait trop bavé, aujourd'hui, pour échapper à la douceur de quelques étirements sur la pelouse qui bordait le tartan de la piste. C'était aussi l'occasion de faire patienter Duhamel, qui oubliait un peu trop souvent les services qu'elle pouvait lui rendre.

***

— Daniel ? C'est Nora. Qu'est-ce qui se passe ? lui demanda-t-elle au sortir de la douche.

— Tu sais, vendredi à Malakoff… C'était notre gars.

— C'est pas vrai ! Il a envoyé un nouveau courrier ?

— Ouais. Encore à Vermeulen. De Lausanne, cette fois. Avec oblitération datant de samedi.

— Hein ? Putain ! Il voyage sacrément.

— Écoute ça : *Un prof de français, c'est un écrivain raté. Ne cherchez pas les douilles, je les ai ramassées. Luc Dorsan.*

— Luc comment ?

— Luc Dorsan. Identité bidon, probablement. Je crois qu'il cherche à nous faire tourner en bourrique.

— Tu veux que je ramarre[1] ? demanda-t-elle, utilisant l'un des termes récurrents de l'argot policier cher aux enquêteurs de PJ.

— Non, laisse tomber, il est trop tard. Par contre, demain matin, peux-tu passer à Nanterre récupérer la procédure des collègues ?

— Pas de problème. On a un supplétif ?

— Ouais. Les collègues risquent de faire la gueule mais on n'a pas le choix. On risque aussi de passer pas mal de temps sur Malakoff dans les jours à venir... Ah ! au fait... Excuse-moi pour vendredi, je me suis un peu énervé. J'étais pas mal stressé...

— Pas grave. J'avais déjà zappé.

Le journaliste du *Reporter français*, cette fois-ci, avait directement contacté Daniel Duhamel. Mais une nouvelle fois, la lettre avait été polluée par sa secrétaire.

— Ce n'est pas grave. On a déjà vos empreintes à tous les deux, lui répondit le directeur d'enquête avant de lui redemander de faire un saut au quai des Orfèvres avec l'enveloppe et son contenu.

— J'espère que tu ne vas pas me faire perdre mon après-midi, cette fois !

— Non, le rassura son interlocuteur. Tu déposes le courrier et tu peux partir. Sauf si tu as des infos supplémentaires au sujet de ton correspondant ?

1. Rentrer au service.

— Absolument pas. Comment veux-tu que je sache de qui il s'agit ? Par contre, il y a un élément intéressant…

— Quoi ?

— La deuxième lettre… elle est encore affranchie avec un timbre de Simenon.

— Hein ! ? Comment ça ? s'enquit Scarface.

— Le timbre belge et le timbre suisse sont tous les deux à l'effigie de Simenon.

Duhamel fit la moue. La tête de Simenon sur le premier courrier pouvait n'être qu'un pur hasard. Cette seconde enveloppe envoyée à Vermeulen modifiait la donne. Nul doute, désormais, que le tueur s'amusait. Satisfait de fournir la preuve de ses méfaits, il entendait narguer les enquêteurs en marquant ses courriers du portrait de Simenon, l'écrivain belge qui, à travers les nombreuses enquêtes du commissaire Maigret, avait rendu mythique la Brigade criminelle du quai des Orfèvres.

***

Crime isolé dans un premier temps, l'affaire, avec ce second meurtre revendiqué, prenait une tout autre ampleur. Les enquêteurs, désormais, étaient inquiets. Duhamel en tête. Même s'il se refusait pour le moment à employer le terme, il envisageait sérieusement une suite d'assassinats perpétrés par un tueur en série.

— Réunion dans le bureau du patron à 15 heures, lui indiqua Boitel au petit matin du mardi 27 mai.

Ça lui laissait quelques heures pour synthétiser tous les éléments, et en particulier lire l'épaisse procédure du SDPJ 92 relative à l'homicide de Pierre Santoni que Nora Belhali venait de rapporter.

— Ça s'est bien passé avec les collègues de Nanterre ?

— Ouais. Comme une lettre à la poste, précisa-t-elle en gardant le sourire. Ils avaient même l'air content de s'en débarrasser.

— Ah bon ! ? Tu as récupéré les scellés ?

— Ouais. Qu'est-ce que tu veux que je fasse des ogives ?

— Apporte-les au labo en demandant une comparaison avec celles de l'affaire Jacquin. À première vue, ça ressemble effectivement à du calibre 7,62, dit-il en jetant un œil au sachet plastique rendu inviolable par de la cire.

Les cent vingt feuillets dactylographiés étaient résumés sur trois pages, dans un rapport de synthèse contresigné par le commissaire de la police judiciaire de Nanterre. On y apprenait que Pierre Santoni quittait son domicile pour se rendre au lycée Louis-le-Grand lorsqu'il fut victime de deux coups de feu – une balle se fichant dans l'épaule gauche, le second projectile touchant le cœur – devant le hall de sa résidence, aux alentours de 7 heures du matin. Ses cours débutaient une heure plus tard le vendredi. Les constatations techniques n'avaient rien révélé. Aucune douille n'avait été découverte, et l'endroit n'était pas soumis à vidéosurveillance. Surtout, personne dans l'immeuble n'avait aperçu le tueur, avant ou après les faits. On relevait également dans le rapport que le professeur de français était marié à une assistante maternelle et que leurs trois filles, toutes majeures, vivaient hors du domicile parental. Les enquêteurs avaient procédé à un maximum d'auditions durant le week-end. Mais rien ne transpirait des témoignages des proches, si ce n'est un récent conflit entre Mme Santoni et le père d'un enfant de deux ans dont elle assurait la garde plusieurs jours par semaine. Pierre Santoni avait une vie bien rangée, faite de lectures diverses et d'une passion démesurée pour les poètes de la Pléiade. « Rien qui ne méritât que l'on soit tué en pleine force de l'âge », pensa Duhamel qui avait déjà tenu à peu près les mêmes propos au sujet de Jacquin.

Le dossier était vide. Pas d'éléments. Il fallait tout refaire, reprendre tout de zéro, y compris l'enquête de voisinage. Sensibiliser les résidents sur l'éventualité d'un acte commis par un motard, aussi. Chadeau venait de lancer de nouvelles recherches téléphoniques sur Pierre Santoni et les lignes utilisées par ses proches. Sibierski, après avoir fait des photocopies destinées aux membres du groupe, avait déjà transmis l'enveloppe et son contenu à l'Identité judiciaire. Jean Leprêtre, lui, fouinait dans les fichiers à la recherche de toute identité pouvant correspondre à Luc Dorsan.

— J'en ai un. Né en 1938, il demeure à Pontoise, dans le Val-d'Oise.

— Mouais. Faut voir. Un peu vieux comme tueur, non ?

— La signature Luc Dorsan n'est pas là par hasard, quand même ?

— Et pourquoi pas ? Pourquoi le tueur n'utiliserait-il pas de vraies identités pour nous faire marner inutilement ?

— Faut quand même vérifier, finit par dire Leprêtre, qui n'avait pas trouvé d'autres individus portant ce nom-là sur le territoire national.

— On ne va pas pouvoir tout gérer, reprit le chef de groupe. Il va falloir que Guignard nous file des renforts. D'autant qu'il reste plein de pistes à exploiter sur le dossier Jacquin.

— Lesquelles ? s'enquit la gardienne de la paix.

— Le club de foot où il jouait le dimanche matin, et Damien Utrillo également.

— Qui s'occupe des réquisitions à la SNCF ? demanda Pixel.

— Quelles réquisitions ?

— Celles concernant les paiements de titres de transport à destination de Liège et de Lausanne.

— OK. Occupe-t'en, mais il ne faut pas trop se disperser. Avec ses lettres, le tueur cherche juste à nous déstabiliser. Il faut avant tout se recentrer sur les deux meurtres.

Et chercher un point commun entre les deux homicides. Car Duhamel ne pouvait pas croire un instant que le meurtrier agissait au hasard. La preuve, par deux fois, il avait expressément mentionné dans ses lettres « Rémy Jacquin » et « un prof de français ».

***

Le bureau de Guignard représentait à lui seul la superficie du deux-pièces loué par Nora Belhali. Trois portes capitonnées le desservaient, dont deux donnaient directement sur le palier de l'étage. La troisième offrait un accès direct au bureau – plus petit – occupé par l'adjoint du commissaire. Les murs, couleur crème, se mariaient mal avec un mobilier terne, sans âge, dont certains disaient qu'il avait été récupéré rue Lauriston en 1944, à la suite du déménagement de la Gestapo. Quelques bibelots, ici et là, et des ouvrages de droit occupaient plusieurs rangements. Le commissaire divisionnaire était tout sauf un archiviste de la mémoire, contrairement aux flics qu'il avait sous ses ordres et qui collectionnaient à n'en plus finir, soucieux de mar-

110

quer leur territoire ou de laisser une trace. Trois ans, quatre dans le meilleur des cas, était le temps consacré à la gestion d'un service. Guignard, lui, arrivait en fin de cycle. Il attendait son tour pour prendre un poste de contrôleur général au sein de la Direction de la police judiciaire, voire au ministère, place Beauvau. En tout cas, quoi qu'il advienne, l'homme laisserait un bon souvenir. Peut-être parce qu'il n'avait jamais eu la prétention de gérer les enquêtes. Son rôle, sans que ce soit réducteur, consistait à superviser les dossiers et à manager les troupes. C'est entouré de Duhamel, Leprêtre, Charpentier et Boitel, tous assis autour d'une longue table ovale, qu'il tint à jouer le médiateur.

— Je remonte de chez le directeur. Sans vous mettre la pression, messieurs, sachez qu'il est particulièrement sensibilisé à ces deux affaires. On commence à lui réclamer des comptes en haut lieu, par ministères interposés, semble-t-il. En tout cas, la presse a été informée du meurtre de Santoni, ce qui ne va pas manquer de faire les gros titres dès demain.

— D'ici à ce qu'ils fassent le rapprochement avec Jacquin, il n'y a qu'un pas, répondit en écho Thomas Boitel, le supérieur direct de Duhamel et de Charpentier.

— Daniel, vous avez vu avec Vermeulen, à ce sujet ? reprit Guignard.

— Je lui ai demandé de rester discret. En contrepartie, je me suis engagé à lui fournir un maximum de renseignements dès que cette affaire serait terminée, pour qu'il fasse un joli papier.

— Parfait. Si j'ai demandé à Jean-Luc d'être présent, enchaîna-t-il en fixant le commandant Charpentier, c'est parce que son groupe va vous aider en soutien, dit-il à Duhamel. Si on suit le raisonnement du tueur, celui-ci n'entend pas s'arrêter là. Ce que je propose donc, si personne n'y voit d'inconvénients, c'est que le groupe Charpentier prenne complètement en charge l'aspect Santoni. Ce qui vous permettra, Daniel, de réduire votre champ d'investigation sur Jacquin et sur les courriers du tueur.

— Ça me va, répondit Duhamel qui n'en demandait pas tant.

— Moi aussi, ajouta Charpentier.

— Et s'il y a un nouveau crime ? demanda Boitel qui ne semblait pas avoir été impliqué dans la prise de décision de Jean-Paul Guignard.

— On avisera à ce moment-là. Pour l'instant on gère à deux groupes, sous ta responsabilité, Thomas.

— D'accord.

— Bien sûr, si vous voulez du monde en plus pour refaire le voisinage à Malakoff, il n'y a pas de problème, poursuivit le chef de service à l'intention du commandant Charpentier.

— Volontiers. On va y retourner dès ce soir. Plus on sera nombreux sur place, mieux ce sera.

— Et puis ça montrera aux journalistes qu'on met le paquet, ajouta Boitel.

— Des questions, des remarques ? enchaîna de nouveau Guignard.

— Oui, répondit Duhamel. J'aurais souhaité décrocher[1] Chadeau de l'affaire pour qu'il s'occupe à temps complet de la téléphonie, si vous n'émettez pas d'objections…

1. Écarter.

112

— Vous avez raison. Pour les recoupements et croisements de données, c'est mieux. Vous vous débrouillez comme vous voulez pour communiquer entre vous, mais je veux tout le monde dans mon bureau chaque matin à l'heure du laitier.

***

Une demi-heure plus tard, le groupe Charpentier au grand complet squattait le bureau de l'équipe Duhamel, avant de partir sur la commune de Malakoff. Une copie de la procédure Santoni leur fut remise, ainsi qu'une mise à jour des recherches en cours. Duhamel avait également préparé sur deux feuilles distinctes, à titre d'information, un résumé de l'enquête sur la mort du conseiller principal d'éducation et quelques notes sur les deux courriers reçus par Éric Vermeulen. La dizaine d'enquêteurs réunis pour l'occasion vit débouler Pierre Sibierski, lequel remontait de l'Identité judiciaire.

— Je reviens de la Balistique. C'est positif. Les projectiles qui ont tué Santoni ont bien été tirés avec l'arme de l'affaire Jacquin.

Si certains enquêteurs en doutaient encore, la preuve était désormais faite qu'un seul et même individu était à l'origine de la mort des deux hommes.

— Par contre, les stries laissées par le canon sont inconnues dans la base de données CIBLE, ajouta le procédurier du groupe Duhamel. L'arme n'est pas répertoriée. Je suis également passé à la dactylotechnie. Pas de paluches sur le premier courrier, hormis celles de Vermeulen et de sa secrétaire.

— Bon, dans ce cas-là, on va envoyer l'enveloppe à Bordeaux. Peut-être que le tueur a collé le timbre ou l'enveloppe à l'aide de sa salive... précisa Duhamel.

— Pour le timbre, c'est possible, parce qu'il a été émis en 1994. À l'époque, les timbres n'étaient pas autocollants. Mais pas pour l'enveloppe. Elle se cachette par simple pression, lui répondit Sibierski.

Depuis peu, la Crim' travaillait étroitement avec un laboratoire d'hématologie de Bordeaux pour tout ce qui relevait de l'exploitation de traces ADN. Plus coûteux que le laboratoire de police scientifique de Paris, les techniciens girondins étaient surtout plus performants. Même si Duhamel n'était pas loin de penser que le rédacteur des courriers avait pris d'infinies précautions, il préférait mettre tous les atouts de son côté. Quitte à dépenser l'argent du contribuable.

— Il faudra l'accord de la juge... ajouta le procédurier.

— On l'aura ! répondit le commandant sans s'offusquer.

La réunion des deux groupes ne s'éternisa pas. Les équipiers de Charpentier quittèrent rapidement le bureau, motivés comme jamais et bien décidés à mettre un nom sur l'assassin de Santoni. Le chef de groupe envoya aussitôt deux de ses hommes, munis de procès-verbaux vierges, au lycée Louis-le-Grand, situé à six cents mètres de la Crim', alors que le reste de l'équipe partit illico presto à Malakoff effectuer un nouveau voisinage avec le soutien d'une vingtaine de flicards du service.

Dessaisi de l'affaire Santoni, Duhamel pouvait enfin recentrer les activités de son groupe sur le cas Jacquin. Un groupe qui, malgré tout, s'étiolait, Chadeau étant

décroché sur la téléphonie et Leprêtre semblant obnu-
bilé par Luc Dorsan. Restait Nora Belhali qui fut
chargée de convoquer Damien Utrillo et d'identifier,
via la Ligue de football de Paris, le club au sein duquel
évoluait le conseiller d'éducation.

Au bout d'une demi-heure d'échecs répétés, Scarface réussit enfin à entrer en contact avec Nadine
Martinon, la juge d'instruction chargée du dossier.

— Vous êtes difficile à joindre, lui dit-il après s'être
présenté.

— Ma greffière et moi avions décroché le combiné.
Je menais une confrontation, répondit-elle comme si
elle parlait à un adversaire dans le cadre d'une partie de
Cluedo.

La voix fluette de son interlocutrice avait le don
d'agacer Duhamel. « Ce n'est pas avec un tel organe
que tu vas les faire cracher au bassinet, tes mis en
examen », pensa-t-il.

— Et ça s'est bien passé ? demanda-t-il en jouant le
fourbe.

— Moyennement.

— En fait, je vous appelais pour vous sensibiliser à
l'affaire Jacquin, vous savez le…

— Oui, le conseiller d'éducation d'Épinay, j'ai pris
connaissance du dossier.

— Bien. On vient d'avoir le retour de l'Identité judiciaire. Aucune trace papillaire n'a été relevée hormis
celles du journaliste qui a reçu le courrier et de la
secrétaire qui l'a ouvert.

— Cette affaire ressemble étrangement à celle du
Zodiaque, vous ne trouvez pas ? Un tueur qui communique avec les journalistes, ce n'est pas tous les jours
que l'on voit ça.

Nadine Martinon avait vraisemblablement envie de parler, chose rare pour une juge. Duhamel se souvenait vaguement d'un article évoquant ce tueur en série qui frappa la région de San Francisco à la fin des années 1960. Celui-ci adressait alors à la presse de nombreuses lettres qui portaient des cryptogrammes indéchiffrables. Mais le commandant de police n'avait cure des références de la magistrate.

— Les tueurs en série, ce n'est pas trop ma tasse de thé, enchaîna-t-il.

— Pourtant, avec Guy Georges, vous êtes bien placés, à la Brigade criminelle.

Décidément, il allait vraiment finir par l'insulter. Cette sombre idiote, avec sa voix de première de la classe, évoquait une affaire mal vécue par nombre de flics du 36. Sujet tabou par excellence, le dossier Guy Georges n'était jamais abordé dans les murs de la Crim', ni sur le blog géré par Chadeau, d'ailleurs. La patience avait ses limites, même avec la hiérarchie. Mais Duhamel revint à sa préoccupation première :

— Concernant cette lettre, on aurait besoin de l'envoyer à Bordeaux pour recherche de traces biologiques sous le timbre.

— Comme dans l'affaire Grégory ?

— C'est ça.

Décidément, Nadine Martinon était une véritable accro des émissions de faits divers.

— Mais le LPS de Paris[1] n'est pas apte à faire cette recherche ? s'enquit-elle.

1. Laboratoire de police scientifique de Paris.

116

— Si, mais les recherches sont plus poussées dans un labo privé. Et celui de Bordeaux est l'un des meilleurs. Pour votre gouverne, beaucoup de vos collègues de Bobigny travaillent avec lui, mentit-il pour mieux la faire céder.

— Bien, dans ce cas...

Aval donné, Duhamel souffla un bon coup après avoir raccroché. Son interlocutrice suivante fut moins volubile :

— Madame Jacquin ?

— Oui.

— Commandant Duhamel. Je ne vais pas vous déranger bien longtemps. J'ai juste une question à vous poser.

— Allez-y.

— Luc Dorsan, est-ce que ça évoque quelque chose pour vous ?

— Non.

— Et le nom d'Aramis ?

— Non plus.

Coup de fil bref et concis. Chrystel Jacquin n'avait même pas cherché à savoir qui étaient Luc Dorsan et Aramis.

7 – Identification de Franck Lemaire

La nouvelle enquête de voisinage n'avait rien donné, malgré la vingtaine d'hommes déployés durant quatre heures en ce mardi soir et près de quatre cents logements visités dans la rue de l'immeuble où résidait Santoni. Personne n'avait aperçu le moindre motard au petit matin du vendredi précédent. Il faut dire que les intempéries se prêtaient mal à la conduite des engins à deux roues.

Les flics n'apprirent que des broutilles. Un vieil acariâtre reprochait aux éboueurs d'être passés dix minutes plus tard qu'à l'habitude, tandis que l'une des voisines avait constaté le stationnement, devant une sortie de garage, d'une voiture Clio noire immatriculée dans le département, voisin, du Val-de-Marne.

— Vous vous souvenez de l'immatriculation ?

— Non. Mais ce que je peux vous dire, c'est que je n'avais jamais vu cette voiture garée dans notre rue.

Très peu de résidents avaient entendu les détonations, probablement à cause de la pluie battante qui frappait alors l'Île-de-France. Mme Santoni n'avait rien entendu. Pourtant elle était levée, ce matin-là à

7 heures. Elle avait pris son café avec son mari et s'apprêtait à faire sa toilette lorsqu'elle avait entendu des bruits dans le couloir, dix minutes après que Pierre Santoni fut parti. Alertée, elle était sortie de l'appartement pour en connaître les causes. Ce fut à la vue de la sacoche en cuir marron, posée à deux pas de l'homme étendu, qu'elle réalisa. Un drame s'était joué, là. Elle ne reverrait plus son mari vivant.

C'est une femme effacée mais entourée de ses trois filles qui s'entretenait avec le commandant Charpentier. Il leur avait présenté sa carte de visite en pénétrant dans l'appartement et précisé que les policiers de Nanterre avaient été dessaisis au profit de la Brigade criminelle de Paris, en partie à cause du caractère sensible de l'affaire.

— Quel caractère sensible ? lui demanda la fille aînée qui se tenait debout, à moins d'un mètre de sa mère assise profondément dans un fauteuil.

— Ce que je vais vous dire ne doit pas être répété, mais on pense que votre père est la deuxième victime d'une série de meurtres.

— Comment ça ? demanda à son tour la veuve.

— Vous allez très vite l'apprendre donc je ne vais rien vous cacher, mais une semaine avant la mort de votre mari, un conseiller d'éducation a été tué dans la banlieue nord de Paris par un motard qui a vraisemblablement utilisé la même arme.

Charpentier, les yeux couleur noisette parfaitement mis en valeur par sa tenue claire et endimanchée, avait tout dit. Il espérait désormais que la famille n'irait pas divulguer les informations aux journalistes qui rôdaient dans les parages depuis quelques jours.

— Et comment s'appelait ce conseiller d'éducation ?

— Rémy Jacquin.

Les quatre femmes ne bougèrent pas. Ce nom leur était totalement inconnu.

— Est-ce que le nom de Luc Dorsan évoque quelque chose pour l'une d'entre vous ?

Elles se regardèrent, cette fois-ci, mais sans plus de succès.

Il n'y avait pas de motard, non plus, dans l'entourage proche de Pierre Santoni, ni personne fréquentant de manière épisodique ou assidue la Belgique ou la Suisse.

— Santoni, c'est corse comme nom ? demanda-t-il en se souvenant que les parents de Rémy Jacquin étaient installés depuis peu sur l'île de Beauté.

— Oui, la famille de notre père était originaire de la région de Bonifacio. On a encore des cousins qui y vivent, mais on a très peu de contacts là-bas, répondit sans intonation et sans accent la fille cadette, la plus jolie de toutes.

— Pourquoi ? Vous pensez que ça peut avoir un lien ? intervint de nouveau l'aînée.

— Non, je ne pense pas. Sauf si votre père a joué un quelconque rôle dans le militantisme nationaliste...

— Non, jamais de la vie ! réagit au quart de tour la fille, qui avait toujours contesté l'action des indépendantistes. Il a quitté l'île pour la région de Marseille à l'âge de quinze ans. Il aimait y retourner pour les vacances, mais n'avait plus vraiment d'attaches là-bas.

— Et ses parents ?

— Ils sont décédés depuis une dizaine d'années. Mais eux non plus n'étaient pas retournés en Corse. Ils ont fini leurs jours dans la région marseillaise.

Finalement, Charpentier prit congé en les remerciant de leur hospitalité. Il n'était pas utile de les déranger plus longtemps.

***

Un tantinet bougon, défiant vis-à-vis de la hiérarchie, naturellement charmeur avec les belles femmes, exécrable avec les incompétentes, le charismatique Duhamel faisait la paire avec Leprêtre chez qui l'on trouvait surtout distance et froideur. Mais l'adjoint de Scarface avait l'œil, et il avait souvent gagné l'admiration de ses collègues en tirant les vers du nez de témoins récalcitrants qu'il retournait comme une crêpe à coups de paroles pieuses ou d'arguments fallacieux. Curieux, patient, alerte, il savait sentir et renifler. L'instinct le guidait dans la conduite de ses auditions. Mais en l'occurrence, face à Luc Dorsan, Jean Leprêtre ne sentait absolument rien. L'homme de soixante-dix ans était arrivé avec son épouse quarante-cinq minutes avant l'heure notée sur la convocation. Le couple avait garé sa vieille Mercedes dans le parking souterrain du parc Harlay, situé sous l'entrée éponyme du Palais de justice. Le tarif du stationnement pouvait surprendre pour qui venait visiter le cœur de Paris, mais les Dorsan avaient les moyens. Pendant près de quarante ans, le couple avait fréquenté les salles de théâtre. Lui était comédien. Il était bien apparu dans quelques films, mais n'avait jamais abandonné les planches. Il vivait chaque représentation comme une remise en cause, et le contact avec un public conquis était pour lui une source de bonheur intarissable. Sa femme, elle, n'avait jamais joué, exception faite de

121

quelques rôles de figurante. C'est en 1961 qu'elle avait rencontré son futur mari, salle de l'Odéon. Maquilleuse de profession, elle était tombée sous le charme de cette belle gueule d'ange.

Fort charmant, ce couple de retraités n'allait jamais plus au théâtre et demeurait dans une villa à Pontoise. N'ayant pas d'enfants, ils vidaient le compte en banque en voyageant beaucoup à travers l'Europe. Bien sûr qu'ils avaient visité Liège et Lausanne ; Liège en coup de vent, et la région de Lausanne en trois ou quatre jours. Madame avait même conservé une photo Polaroid de son mari, debout sur un échiquier géant de la capitale helvétique. Mais ces voyages remontaient à plusieurs années, et le cliché avait bien jauni.

Sauf à être bons comédiens, ces gens-là n'étaient pas machiavéliques pour un sou. Par ailleurs ils ne possédaient pas de moto et ne connaissaient pas le maniement des armes à feu. L'échange n'apportait absolument rien de concret, mais Leprêtre aimait ces moments. Découvrir les autres, comprendre leurs mœurs, interroger les cultures était pour lui une source d'enrichissement ; et une marque de respect pour les honnêtes gens, qui, rassurés, se sentaient forcément plus à l'aise.

— Vous allez quand même nous dire pourquoi vous nous posez toutes ces questions ?

— Il s'avère que nous cherchons un meurtrier qui a revendiqué un assassinat en signant de votre nom, monsieur.

— Luc Dorsan ?

— C'est ça, confirma Leprêtre.

— Alors vous pensiez que ça pouvait être moi ?

— Vous, non. Mais quelqu'un qui vous connaît, peut-être...

Le regard du vieil homme accrocha quelques instants le corps d'une des *Demoiselles d'Avignon* qui figuraient sur un poster derrière Leprêtre. Puis il revint vers l'enquêteur :

— Je ne vois pas. Quelqu'un qui me voudrait du mal ?

— Pourquoi pas ?

— Non, je ne vois vraiment pas.

— Dans le milieu de l'Éducation nationale, peut-être ? relança le Taciturne.

— Un prof qui me voudrait du mal ?

— Par exemple...

— Je ne connais personne dans ce milieu-là, s'étonna-t-il. Ce que je peux vous dire en tout cas, c'est que je suis le seul Dorsan en France.

— Comment ça ? s'enquit l'enquêteur.

— En fait, ce n'est pas mon vrai nom. C'est un nom d'emprunt que j'utilise depuis mes débuts dans la comédie.

— Et quel est votre vrai nom ?

— Marteau. Luc Marteau. J'ai bien fait de changer, vous ne croyez pas ?

— Mais pourquoi Dorsan, alors ?

— Parce que je rêvais de gloire lorsque j'étais jeune. Et de gloire internationale, de surcroît, comme Gabin ou Montand ! s'emballa-t-il. C'est au cours d'un voyage aux États-Unis que je suis tombé sur ce nom-là. Il était peint en blanc sur la devanture d'une épicerie dans le Bronx, à New York. J'ai trouvé que ça sonnait bien. Par contre, j'ai gardé mon prénom. Luc, c'était original à l'époque.

— Et il n'y a pas d'autres Dorsan en France ?

— Non, pas à ma connaissance. Mais il y a des d'Orsan, ajouta-t-il en épelant le patronyme. Il y a un prieuré qui porte ce nom dans le Berry, et un château près d'Avignon qui fait un bon côtes-du-rhône. Mais je ne pense pas que cela vous intéresse.

— Non, effectivement, répondit le Taciturne qui buvait rarement de l'alcool.

Luc Dorsan n'était pas l'assassin de Jacquin, c'était une certitude. Mais il était le seul qui possédait ce patronyme en France, et son nom n'était pas référencé dans les Pages blanches. Leprêtre était désormais convaincu que le tueur n'avait pas choisi ce nom-là au hasard. Il n'avait pu l'inventer. Il y avait nécessairement un lien entre Dorsan et lui. Mais lequel ? Il devait trouver. Il allait trouver, pensa-t-il pour mieux se rassurer.

**

— T'as fait du foot, toi, quand t'étais jeune ?

— Ouais. Pourquoi ?

— Tu peux m'expliquer comment ça marche ?

— Quoi ?

— Dans une équipe… au niveau licences, je veux dire.

— Ben, comme dans notre club. Il y a deux types de licences, celles pour les coureurs, celles pour les dirigeants. Pourquoi ?

Il n'y avait guère que le pont au Change, témoin du ballet des bateaux-mouches, qui séparait le Palais de justice et la Brigade criminelle de la Brigade de protection des mineurs. À tout casser cinq cents mètres, autant dire une bagatelle pour ces coureurs de fond qui couvraient entre soixante et cent kilomètres par semaine. Nora Belhali avait gardé d'excellents contacts avec ses anciens collègues, mais c'est dans un café, à l'ombre de la tour Saint-Jacques, qu'elle aimait se retrouver seule avec Laurent Delapierre. Échange d'infos sur les dernières affaires traitées, conseils, ragots et rumeurs, ces petites rencontres offraient rires, sourires, et réconfort parfois, car la jolie Nantaise, malgré sa force de caractère et son rendement, doutait fréquemment. Tandis que lui, Delapierre, aurait bien troqué, même pour un quart d'heure seulement, son statut de thérapeute contre un rôle d'amant. Mais il n'était pas du goût de son ancienne collaboratrice, même si sa grande taille et un regard azur compensaient une forte calvitie et un nez qui avait gardé les stigmates d'une fracture ; et même s'il savait se mettre en valeur, aidé d'un salaire net de près de trois mille euros. Blouson et pantalon de marque Bering, chaussures montantes en cuir, il n'était jamais aussi élégant que lorsqu'il descendait de son bolide, son casque Shoei dans la main droite. Mais, pas vénale pour un sou, elle n'éprouvait aucun désir à son égard, tout simplement. Seulement une amitié, une forte amitié.

— En fait, il faut que tu saches qu'en région parisienne, il existe plusieurs championnats gérés par la Ligue de football : championnats du samedi après-midi, du dimanche matin, plus sérieux, celui du dimanche après-midi. Tout ça pour que les passionnés de foot puissent utiliser au maximum le peu d'installations sportives existantes. Est-ce que tu connais le nom du club dans lequel il jouait ?

— Non.

— Tu sais où il jouait, au moins ?

— Stade de la porte de Montreuil, à côté de chez lui.

— Commence par là, alors. Tu appelles le gardien du stade pour lui demander le nom des clubs qui utilisent les installations sportives. Et tu adresses une réquisition à la Ligue pour obtenir la liste de tous les licenciés, dirigeants compris, de l'équipe dans laquelle il évoluait.

— D'accord.

— Ah ! Un conseil : n'en dis pas trop au gardien du stade, Ils ont parfois la langue un peu trop pendue.

L'enquête s'annonçait compliquée. C'est ce qu'elle finit par dire à son ancien collègue qui apprit du même coup qu'une deuxième équipe de la Crim' s'était greffée au groupe Duhamel.

***

Le commandant Charpentier ne possédait pas la légendaire patience d'un Leprêtre. Lui, c'est avec la main qu'il préférait remuer les consciences. Il évita toutefois de s'en servir face à Martinache, ce père de famille qui conduisait chaque jour de la semaine, vers 7 h 30, son fils de deux ans chez Mme Santoni.

— Nom, prénom, date et lieu de naissance, profession ?

— Fabien Martinache, je suis né aux Ulis le 1er décembre 1980, formateur RATP.

— C'est-à-dire ?

— Je dispense des cours de self-défense et de tonfa aux équipes du GPSR, les groupes de sécurité et de protection que vous voyez dans les rames du RER.

— Je ne prends pas le métro, répondit sèchement Charpentier. Vous enseignez le tir, aussi ?

— Non. Pas moi. Je n'ai pas le monitorat.

— Vous savez utiliser une arme, quand même ?

— Bien sûr. J'ai droit à plusieurs séances de tir par an. Comme dans la police, je crois…

— Vous avez une arme ?

— Oui. Mais elle reste dans un coffre, au boulot.

— Vous savez pourquoi on vous a convoqué ?

— Pour la mort de M. Santoni, j'imagine.

Fabien Martinache avait appris la nouvelle en arrivant au domicile de Mme Santoni, un peu après 7 h 40, le jour des faits. La police judiciaire des Hauts-de-Seine n'était pas encore arrivée, mais de nombreux flics en uniforme sécurisaient les lieux. C'est dans le hall, où il avait couru avec son enfant dans les bras pour se protéger de la pluie, qu'il avait appris et constaté la mort du mari de l'assistante maternelle. Il avait donné son nom à un brigadier de police qui notait tout. Mais il doutait, avec raison, que ce fût pour cela qu'il était convoqué.

— C'est Mme Santoni qui vous a parlé de moi ?

— À votre avis ?

Chaussé de Timberland, vêtu d'un pull camionneur et d'un pantalon en toile kaki, le père de famille secoua la tête. Puis il s'expliqua :

— Je suis dégoûté. Écoutez, Mme Santoni, ça fait un peu plus d'un an qu'on l'emploie. Ma femme et moi, on n'a jamais eu à se plaindre de son travail. Notre fils est content de la retrouver, il ne pleure jamais quand je le dépose, et à la maison il prononce souvent son prénom, ce qui nous laisse penser qu'il se sent bien chez elle. Alors, effectivement, c'est vrai qu'en début de semaine, on s'est un peu disputés, elle et moi. Mais c'est pas une raison pour donner mon nom à la police, quand même. Est-ce que j'ai la tête d'un tueur ?

— Donnez-moi les raisons de cette dispute, après on verra...

— Raisons financières, c'est tout. En fait, au départ, on s'était accordés sur un forfait de vingt-quatre euros pour chaque jour de garde. Et depuis deux semaines, elle voulait qu'on transforme le contrat en un forfait mensuel de six cents euros.

— Pourquoi ?

— Pour gagner plus d'argent, pardi. Pour nous, ma femme et moi, c'est nettement moins intéressant puisque sur un mois, on ne place notre fils en nourrice qu'une quinzaine de jours. Vous ne croyez pas que j'aie pu tuer M. Santoni pour ça, quand même ?

« On tue pour moins que ça, si vous saviez », pensa le commandant de police.

— Vous faisiez quoi, vendredi dernier, aux alentours de 7 heures ?

— J'étais chez moi. Je préparais le petit pour le conduire chez la nounou. Tout simplement.

— Votre femme peut confirmer ?

— Ma femme ? Elle était au boulot. Elle fait 5 heures-13 heures tous les jours. Elle est conductrice de bus. Elle travaille du mardi au samedi alors que moi, je ne bosse pas le week-end. C'est pour ça qu'on avait préféré un forfait journalier. Parce qu'à nous deux, on peut garder notre fils trois jours sur sept.

Mme Santoni n'avait évoqué ce conflit que parce que les enquêteurs avaient été insistants. Mais ça, Charpentier se garda bien de l'expliquer à son interlocuteur. On ne fait pas d'omelette sans casser des œufs.

Voilà ce qu'il disait souvent à ses hommes au sujet des enquêtes de police.

***

Les mines des enquêteurs s'assombrissaient au fur et à mesure que la semaine avançait. L'investissement ne payait pas. Et les premiers articles de fond apparaissaient dans la presse. Manque de reconnaissance de la société à l'égard de son corps enseignant pour les journalistes de *Libération*, article plus pragmatique pour *Le Parisien* où les deux faits étaient disséqués, tandis que *Le Figaro*, ancien employeur de Vermeulen, voyait dans ces deux assassinats un nouvel exemple de la violence des cités. En tout cas, à la surprise générale, près de trois semaines après la mort de Rémy Jacquin, aucun journaliste n'évoquait de lien entre les deux affaires.

Damien Utrillo était blanc comme un linge, assis face à Nora Belhali.

— Je peux aller aux toilettes ?

— T'as oublié de faire pipi en te levant ? lui demanda une policière moqueuse.

Le collégien, qui revendiquait quinze ans, en paraissait douze. Il n'avait vraiment pas la tête d'un assassin, plutôt celle d'un type qui mouille son froc dès qu'il se fait disputer par sa mère. Utrillo détestait l'école. Dès qu'il pouvait s'éclipser, il se réfugiait chez lui, dans sa chambre, pour jouer en réseau sur Internet jusqu'à oublier de se nourrir. *Counter Strike* et *Call of Duty 2* étaient ses jeux préférés. Tirer sur tout ce qui bouge le passionnait : le bruit des armes automatiques, cette puissance de feu, même virtuelle, le soulageait, le rassurait. Il ne pouvait expliquer pourquoi il avait acheté la réplique de Beretta qui lui avait été confisquée par Jacquin. Sûrement pour se sentir fort avec l'arme à la ceinture, un peu pour crâner aussi.

— T'en as déjà eu une vraie entre les mains ?

— Non.

— T'étais où le soir de la mort de Rémy Jacquin ?

— Sur mon ordinateur.

Sa mère, entendue par Duhamel un peu plus tard, confirma.

L'enquêtrice mit moins de temps à interroger Utrillo qu'à éplucher les pedigrees de tous les coéquipiers de Rémy Jacquin transmis par la Ligue de football. Un seul dirigeant pour vingt-quatre licenciés représentait l'effectif de l'équipe du Paris olympique club qui évoluait chaque dimanche matin en première division de district, un niveau relativement bas. La plupart vivaient dans les arrondissements ou les communes périphériques à la porte de Montreuil, et ils avaient tous entre vingt et un ans et trente-sept ans, y compris le dirigeant qui était le doyen de l'équipe. Seulement trois d'entre eux avaient des antécédents, des délits mineurs : violences volontaires pour l'un, accident corporel avec alcoolémie pour le deuxième, infraction à la législation sur les stupéfiants pour le dernier, qui avait été interpellé en possession de douze grammes de cannabis, ce qui leur avait valu des gardes à vue sans grandes conséquences. Mais surtout, deux autres possédaient des motos. L'un, Abdel Bourguiba, était propriétaire d'une Suzuki 600 cm^3 depuis un an et demi. Le second semblait être un motard accompli au vu des sept cylindrées recensées à son nom au sein du fichier des cartes grises.

Baptiste Ebangue présentait en outre la caractéristique d'avoir possédé, entre 2004 et 2006, une Diversion noire.

— Et ce Baptiste Ebangue, il est connu ?

— Non, répondit la gardienne de la paix à son chef de groupe, à qui elle avait communiqué l'état de ses recherches.

— Ebangue, ça fait plutôt africain comme patronyme, tu ne crois pas ?

— Ouais.

— Je te rappelle qu'on cherche un Blanc, voire un Arabe. Bon, si on n'est pas occupés ce week-end, on le convoquera la semaine prochaine, ajouta-t-il sans entrain. Fais-moi un P-V de toutes tes recherches, s'il te plaît.

Les informations s'accumulaient, tant chez les « Charpentier » que chez les « Duhamel ». La masse de renseignements devenait telle que personne au sein du service n'était plus en mesure de tout ingurgiter. En particulier Pierre Sibierski, le procédurier, à qui tous les procès-verbaux étaient transmis *in fine*.

***

— Bordel ! ! ! J'ai trouvé !

— Quoi ?

— J'ai un nom. Ils avaient un correspondant commun...

— Qui ? ! Parle, bon Dieu !

— Jacquin et Santoni.

Le lieutenant Chadeau était complètement immergé dans la téléphonie depuis trois jours. Seul, à son bureau, au milieu d'un océan de listings chiffrés, il avait enrichi son logiciel des numéros des correspondants de chaque victime, grâce aux informations transmises par les opérateurs. Travail fastidieux, certes, mais tellement indispensable.

— Je croyais que Jacquin et Santoni ne se connaissaient pas ? insista Duhamel.

— Au vu de la téléphonie, oui. Ils ne sont jamais en relation l'un avec l'autre. Par contre, ils ont un correspondant commun, un ami commun, si tu veux…

— Qui s'appelle ? intervint du pas de la porte Charpentier, alerté par les exclamations de Chadeau.

— Franck Lemaire, né le 23 août 1972 à Paris 14e. Il demeure dans le 15e arrondissement, au 95, rue de Lourmel.

— L'info est fiable ? demanda à son tour Duhamel.

— Ouais, c'est un forfait Orange. Il n'y a pas mieux. Les autres opérateurs sont moins vigilants sur l'identité des souscripteurs de contrats.

— Lancez-moi une gamme ! Nora, tu me fais les cartes grises. Jeannot, tu t'occupes des antécédents. Jean-Luc, il te reste du monde pour aller faire une vérification de domicile ?

— Ouais, j'ai encore deux gars. Je les fais décoller tout de suite.

— Dis-leur de faire gaffe, surtout. Et qu'ils restent discrets. Moi, je vais prévenir Boitel et Guignard.

8 – Franck Lemaire

Il n'était pas tout à fait 20 heures lorsque les deux collègues du groupe de Charpentier quittèrent le 36 pour aller vérifier l'adresse de ce Franck Lemaire. Le jour déclinait mais les voies sur berge étaient encore chargées en ce vendredi soir. Nombre de Parisiens abandonnaient leur ville pour deux ou trois jours, histoire de se ressourcer à la campagne. Guignard était de ceux-là. Le temps du week-end, il laissait Thomas Boitel aux manettes avec la charge de faire le lien entre la Direction de la police judiciaire et les groupes d'enquête. Faire le messager n'était pas compliqué en soi, ce qui inquiétait Boitel, c'était la gestion des hommes, des flics de la trempe de Duhamel et de Charpentier, plus âgés et plus expérimentés, et parfois incontrôlables.

— On a quelque chose d'intéressant…

— Quoi ? fit Boitel en voyant Duhamel débarquer dans son bureau à toute vitesse.

— On vient de faire le lien entre Jacquin et Santoni. Il y a un type, un certain Franck Lemaire, qui est en contact avec les deux victimes.

— Contacts téléphoniques ?

— Ouais. Une équipe est partie vérifier le domicile.

— Vous avez fait des recherches le concernant ?

— C'est en cours. Nora et Jeannot s'en occupent.

— Génial !

Boitel devint comme fou. Ses yeux allaient dans tous les sens. Il prit un stylo, le reposa, puis attrapa un crayon à papier qu'il coinça entre ses doigts. De sa fenêtre, située sur le côté du bâtiment, on percevait les premières illuminations de la tour Eiffel. C'était un moment d'extase pour le jeune commissaire : étourdi, comme les touristes, par la dame de fer parée de mille éclats bleu et or, seul à la tête du service, il pouvait enfin s'exprimer, s'émanciper. Paris à ses pieds, et cette belle affaire qu'il attendait tant, de celles qui font les grands flics. Mais tout allait trop vite. Tant pis, ne pas réfléchir, fonctionner à l'instinct, il se lança :

— Bon, finissez vos recherches, moi je préviens la direction. Ensuite on s'équipe et on va le sauter[1].

— Hors de question ! répondit sèchement Duhamel. Pas tant qu'on n'en sait pas un peu plus sur lui.

— Comment ça, *hors de question* ? Qui c'est qui décide, ici ? Depuis quand les officiers font la loi ? s'énerva Boitel en brisant en deux le crayon de bois.

— Depuis qu'ils font les enquêtes. Jusqu'à preuve du contraire, c'est moi qui gère cette affaire, donc c'est moi qui choisirai le moment opportun pour interpeller.

— Sortez d'ici ! ! ! Vous entendez ? hurla un commissaire de police ulcéré.

« Trou du cul », répondit Duhamel en lui-même.

1. Interpeller.

134

Thomas Boitel n'était pas courageux, Duhamel le savait. Il ne piperait mot de cette altercation avec le directeur. Le commissaire avait eu une journée harassante. Toute la journée il avait guetté les télégrammes diffusés par l'état-major, à la recherche d'un nouveau crime commis par le tueur. Mais à sa grande surprise aucun meurtre n'avait été recensé à Paris et dans ses trois départements limitrophes, contrairement aux deux vendredis précédents. Certes, la journée n'était pas terminée, tout pouvait encore arriver, mais il n'était pas loin de penser que l'assassin avait peut-être décidé de mettre un terme à sa folie ; ou bien, l'oblitération des deux lettres indiquant qu'il voyageait beaucoup, se trouvait-il en déplacement à l'étranger.

***

— Alors ?

— Pas de moto, si c'est ce que tu veux savoir, répondit Nora Belhali. Par contre, il possède une Golf bleu marine.

— Il n'a jamais eu de moto ?

— Non, pas à son nom en tout cas.

— Et toi, Jeannot ?

— Pas la moindre condamnation à son actif, mais il a déposé plainte au commissariat du 15ᵉ pour des appels malveillants, il y a deux ans. Il déclarait être enseignant à l'époque.

— Intéressant. Tu peux en savoir plus ?

— Je vais aller chercher la copie de la procédure aux archives. Je n'en ai pas pour longtemps, précisa Leprêtre qui, au vol, récupéra sur le perroquet sa veste en cuir qu'il portait été comme hiver.

135

— Dépêche-toi, je crois qu'ils ferment à 21 heures, lui précisa Chadeau.

***

On n'interpelle pas tant qu'on n'a pas un minimum de billes. Pas à la Crim' en tout cas. Boitel était un jeune con irréfléchi et inconscient, un saute-dessus digne des fictions de série B. Et Duhamel, un vieil aigri, déçu d'avoir échoué au concours de commissaire vingt ans plus tôt au sortir de sa faculté de droit.

— Tu te comportes avec lui comme Deforges se conduisait avec Nora. Comme un mauvais père qui se voit vieillir et qui ne veut pas transmettre le témoin.

Charpentier, le vieux sage, savait trouver les mots justes. Il fréquentait Duhamel depuis toujours et connaissait ses faiblesses : les femmes, bien sûr, mais aussi ses rapports avec la hiérarchie.

— Tu es un vieil ingrat qui veut garder son savoir pour lui, ajouta-t-il.

— C'est pas vrai ! s'offusqua Scarface.

— Si, c'est vrai, et tu le sais très bien. Boitel est jeune, inexpérimenté, mais il est intelligent et ne demande qu'à apprendre.

— C'est pas vrai ! Il en a rien à foutre des enquêtes. Lui, ce qu'il veut, c'est briller. Pour grimper plus vite vers le sommet.

— Et alors ? Toi aussi, quand t'étais jeune, tu voulais tout bouffer, non ?

Duhamel ne répondit pas. Il avait intégré la Brigade des stupéfiants avec l'ambition d'éradiquer le trafic de drogue à Paris. Force était de constater qu'il avait échoué dans cette mission. Charpentier poursuivit afin de raisonner son collègue :

— Quand t'as besoin de renforts sur une affaire, qui est-ce que tu vas chercher en priorité ? Je vais te le dire : les gamins, comme Belhali ou Chadeau. Parce qu'ils ne rechignent pas à la tâche, parce qu'ils sont sur-motivés. Boitel, il est pareil. Comme toi quand t'étais jeune. Sois plus tolérant avec lui, Daniel. Vos rapports n'en seront que meilleurs...

D'autres comparaient la Brigade criminelle à une Rolls-Royce : l'alliance du cuir et de l'acier. Le cuir pour les chefs de groupe, tannés par le nombre d'années et la vue du sang ; l'acier pour les plus jeunes, chacun représentant une pièce chromée d'une machine propre à déstabiliser, à mettre hors d'état de nuire.

— Mmm. C'est à Boitel qu'il faut parler...

— T'inquiète pas, c'est déjà fait.

Charpentier était une figure emblématique de la brigade. Arrivé dans le service en 1978, il avait tout vécu : l'enlèvement du baron Empain, l'attentat de la rue des Rosiers, la mort de l'un de ses collègues abattu par un fou furieux devant une ambassade, l'affaire du Grand Véfour, l'équipée sauvage de Florence Rey et Audry Maupin, le meurtre du régisseur de Coluche, l'affaire Nakachian, les attentats de Saint-Michel et de Port-Royal. Sans oublier la ribambelle d'affaires de droit commun qu'il avait élucidées, comme ripeur[1] à ses débuts, et comme chef de groupe depuis quelques années. Et des tauliers, il en avait vu passer. Il ne les

---

1. Policier le moins gradé au sein d'un groupe d'enquête (argot policier).

comptait plus. Beaucoup d'entre eux étaient devenus directeurs, à l'étage inférieur du quai des Orfèvres, à la tête de la Direction centrale de la police judiciaire à Nanterre, ou encore au sein de l'Inspection générale de la police nationale. Mieux, quelques-uns étaient devenus préfets, il y avait même eu un directeur général de la police nationale. Et lui, Charpentier, avait su garder de bons rapports avec la plupart, ceux-ci venant parfois honorer de leur présence le banquet annuel de la Brigade criminelle, qui, cette année, était fixé au mardi 17 juin.

— Jacquin-Santoni, c'est *ton* enquête, Daniel, ajouta-t-il en insistant sur le pronom possessif. Personne ne te l'enlèvera. Et certainement pas Boitel. Mais on a besoin de lui. Alors lâche du lest. Dans vingt minutes, je débouche une bouteille dans mon bureau. Boitel sera là. Et je compte sur ta présence et celle de tes gars.

***

Le bureau de Charpentier ne ressemblait en rien à celui de l'équipe Duhamel. Plus petit, il n'était occupé que par deux personnes. Le reste de l'équipe se partageait deux autres pièces contiguës. Ils s'y retrouvèrent à dix, toutefois, tous debout autour de verres dépareillés dans lesquels le chef de groupe servit du champagne, accompagné de Tuc et de cacahuètes.

— Nora, je te sers ?

— Oui, pourquoi cette question ? J'ai une tête à ne pas boire ?

— Ben, c'est que je pensais que…

— Que je ne buvais pas d'alcool vu que je suis arabe, c'est ça ?

— Ouais.

— Sache que je n'ai qu'une religion : la course à pied. Et comme en ce moment, je n'ai pas trop le temps de courir, je me permets de goûter ton breuvage.

Les convives trinquèrent, finalement. Y compris Duhamel et Boitel qui n'échangèrent, pourtant, aucun regard.

— À la réussite de cette affaire ! lança le locataire des lieux.

Les deux collègues de Charpentier étaient rentrés de leur visite dans le 15e arrondissement. Le 95, rue de Lourmel, correspondait à un vieil immeuble d'habitations de cinq étages. Ils avaient franchi la porte d'entrée du bâtiment dans les pas d'un résident, glanant au passage le numéro de digicode nécessaire pour actionner l'ouverture. Franck Lemaire demeurait bien à cette adresse : deuxième étage, porte gauche, comme indiqué sur le tableau des résidents. L'un des flics, qui avait pris soin de jeter un œil par l'ouverture de la boîte aux lettres, avait cru distinguer la présence de plusieurs courriers. Peut-être Lemaire se trouvait-il en déplacement, d'autant qu'aucun appartement du deuxième étage n'était éclairé…

— Moi, j'ai récupéré la plainte qu'il a déposée pour appels malveillants, intervint à son tour Leprêtre. C'est Aimé Césaire qui m'a reçu.

— Aimé Césaire ? s'étonna Boitel, qui ne comprenait pas l'origine de ce surnom chez un collègue du service des archives.

— On l'appelle Aimé Césaire parce qu'il est à la fois martiniquais et passionné de poésie. Il y a une dizaine d'années, il a même publié un recueil de sa composition, à compte d'auteur.

— À compte d'auteur ?

— Ouais. Ça veut dire que c'est l'auteur lui-même qui prend en charge les frais d'édition.

— Et alors, cette procédure ? recadra Scarface, une coupe à la main.

— Lemaire, il y a deux ans, déclarait être célibataire et professeur d'histoire et de géographie au lycée Henri-IV

— Henri-IV ? Santoni, lui, c'était à Louis-le-Grand. Tous deux profs dans les deux lycées les plus réputés de Paris ! signala Pierre Sibierski qui, vu son rôle de procédurier, avait une vision globale des faits.

— Appelons les veuves. Elles pourront peut-être nous en dire davantage, suggéra Nora Belhali.

— Non, je crois qu'on les a assez embêtées cette semaine. Demain matin, à la première heure, on tape[1], ajouta Duhamel. Qui veut être de la partie ?

***

Chadeau et Boitel y croyaient dur comme fer. Franck Lemaire, ce célibataire trentenaire, était le seul lien entre les deux victimes. Charpentier semblait plus réservé, et Duhamel sceptique. Ce jeune prof était inconnu des services de police et ne possédait pas le permis moto. Sa culpabilité était, de fait, difficilement imaginable. Mais c'est un peu pour se réconcilier avec Boitel, et surtout pour crever l'abcès, que Scarface prit la décision d'interpeller Lemaire dès le lendemain matin.

1. On interpelle, on intervient.

Sur le coup de 5 h 30, en ce dernier samedi du mois de mai, ils partirent tous les quatre, accompagnés de Nora Belhali, pour interpeller Franck Lemaire. Leprêtre et Sibierski étaient laissés au repos, familles obligent. Circulation fluide, aucun passant en vue, y compris aux abords de la tour Eiffel, pourtant jamais tout à fait endormie. Duhamel eut du mal à trouver un emplacement dans la rue de Lourmel. Même les places de livraison étaient occupées. Il tourna dix bonnes minutes dans les rues adjacentes avant de se poser, empiétant largement sur un passage clouté. Le silence régnait sur l'immeuble de Lemaire. Les enquêteurs prirent soin de le respecter. Gilets pare-balles sur le dos, ils arrivèrent à tâtons à proximité de la porte de l'appartement. Charpentier, vieux briscard, y colla l'oreille, sondant un éventuel signe de vie. Pas de bruit. Les flics se regardèrent : 6 heures du matin à leurs montres, l'heure légale.

— On y va, chuchota Duhamel, le cœur palpitant.

Sonnerie d'une dizaine de secondes.

— Rien, répondit Charpentier qui écoutait toujours à travers la porte. Recommence.

Nouvelle sonnerie, plus longue cette fois. En réponse, des mouvements de tête latéraux. Coups sur la porte de Duhamel. De plus en plus forts, avec le poing cette fois-ci. En prime, l'index de Boitel sur la sonnette. Pas mieux.

— On dirait qu'il n'y a personne. Qu'est-ce qu'on fait ? demanda Charpentier à Duhamel.

— On appelle un serrurier, décida un Duhamel soudain grognon. Fabrice, contacte le commissariat du 15e pour qu'il nous en envoie un.

— Tout de suite, répondit Chadeau.

Les flics, tous assis à même le sol à force d'attendre, virent arriver l'homme de l'art près d'une heure plus tard. Tee-shirt noir, jean élimé, vieilles baskets, maigre et la cinquantaine grisonnante, le type arborait sur le dessus des avant-bras des tatouages d'une époque révolue : cœur fléché surmonté du prénom « Monique » sur le gauche, croix catholique sur le droit, le tout à l'encre de Chine. Il posa les deux mallettes qui l'accompagnaient sur le sol, donna un coup d'œil à la serrure, puis sans un mot et en deux coups de cuiller à pot, dévissa proprement le barillet de la porte à l'aide d'une chignole électrique.

— Je vous en installe un nouveau ?

— S'il vous plaît, répondit Duhamel.

En dix minutes à peine, le serrurier eut terminé. Chadeau lui remit la réquisition judiciaire et le mémoire de frais nécessaires à son remboursement par le tribunal de grande instance de Bobigny. Cent euros pour le déplacement et dix minutes de main-d'œuvre, plus quatre-vingts euros pour le mécanisme qui en coûtait à peine vingt dans le commerce. L'ouvrier, en échange, laissa à l'enquêteur trois clés de la nouvelle serrure, et, vite fait, quitta les lieux pour dépanner de nouveaux clients.

Sitôt ouvert, l'appartement fut investi par Duhamel et Boitel. Un petit couloir mena les enquêteurs dans une pièce unique avec coin cuisine, éclairée par une grande baie vitrée. Moquette au sol, murs de crépi blanc, la pièce principale, outre l'espace cuisine, était meublée d'un clic-clac vert et d'un ensemble télé lecteur DVD. À proximité, une colonne contenait de nombreux CD, et une quinzaine de DVD étaient empilés contre le mur.

— On dirait l'appartement d'un étudiant, commenta Boitel qui s'y connaissait en la matière.

— Ouais. Ou de quelqu'un qui vit là par intermittence. À mon avis, il possède un autre logement. Nora, tu peux me trouver deux témoins dans le voisinage pour qu'ils assistent à la perquisition ?

— Je m'en occupe, répondit la Maghrébine qui avait pourtant commencé à fouiner dans la salle de bains.

Elle revint au bout de dix minutes, accompagnée du voisin de palier réveillé pour l'occasion et d'une mamie du rez-de-chaussée, qui, à 7 heures du matin, se trouvait en train de vérifier le contenu de sa boîte aux lettres. L'enquêtrice leur demanda de rester sur le pas de la porte le temps de la perquisition. Le logement contenait déjà difficilement tous les policiers.

La fouille fut rapide. Non que les enquêteurs fussent pressés, mais il n'y avait pas grand-chose à « retourner ». Chadeau dégotta toutefois dans un tiroir de la salle d'eau un tube de vaseline entamé qu'il s'empressa de montrer aux autres.

— Regardez ce que j'ai trouvé !

— Attends, ça veut rien dire. Moi aussi j'en utilise, pour la course à pied.

— Ah bon ?

— Ouais, sous les aisselles, pour éviter que ça me brûle le jour des compétitions.

— En tout cas, moi, je ne pense pas que c'était pour protéger ses aisselles. Regardez ! lança Duhamel qui montrait deux DVD aux jaquettes et aux titres évocateurs qu'il venait d'extirper de la pile près du téléviseur : *Gentleman Club* et *Pompiers vol. 1*.

Le commissaire Boitel, assis sur le rebord du clic-clac, feuilletait trois albums de timbres non oblitérés découverts dans la penderie du placard mural du couloir.

— Il y a des timbres de Simenon ? lui demanda le commandant Charpentier qui épluchait en même temps les titres de livres entassés dans les cartons.

— Non. Mais il a une belle collection. Tous les timbres français neufs depuis 1986. De quelle année sont le timbre belge et le timbre suisse de Simenon, déjà ?

— 1994 je crois, répondit Duhamel. Faudra que je vérifie, ajouta-t-il.

Il n'y avait rien de mal à collectionner les timbres. Boitel, lui-même, avait été philatéliste durant son adolescence. Mais la chose méritait d'être notée, tout comme la présence de films gays laissait présumer que leur propriétaire était homosexuel. Il y avait trop de meurtres à connotation sexuelle à Paris pour éluder la piste d'un règlement de comptes entre prostitués et clients. À méditer, pensa Duhamel.

— Mais qu'est-ce que vous lui reprochez exactement ? demanda la mamie qui en entendait plus qu'elle ne voulait bien le laisser croire.

— Rien de bien grave, madame, répondit Nora Belhali.

— Parce que si vous le cherchez, il se trouve dans l'Essonne, le week-end.

— Comment ça ?

— Ben oui, il travaille sur Paris du lundi au jeudi. Les vendredis, samedis et dimanches, il rentre chez lui.

— Et comment savez-vous ça ? continua la gardienne de la paix qui était surprise de voir une grand-mère si bien renseignée.

— M. Michu, notre voisin, possède un double des clés de son appartement. Allez le voir, il doit être là.

— Bonne idée.

144

Simon Michu, architecte de profession, ne comprenait pas vraiment les raisons qui poussaient des policiers de la fameuse Brigade criminelle à venir perquisitionner l'appartement du sympathique Franck Lemaire en son absence. Nora Belhali, prise de court, eut du mal à trouver un mensonge crédible.

— On fait juste une simple vérification…

— Une simple vérification avec autant de policiers ! ?

— En fait, on a reçu un appel anonyme nous signalant que M. Lemaire était susceptible d'héberger des mineurs en fugue, ajouta Belhali, qui avait procédé à plusieurs contrôles de ce type du temps où elle bossait avec Laurent Delapierre.

— Des mineurs en fugue ! ? Jamais de la vie !

— Vous avez l'air d'être bien au courant.

— Franck, ça fait presque cinq ans que je le connais. Je le vois mal héberger des mineurs. Il a assez de ses lycéens à s'occuper.

Simon Michu ne la lâchait plus.

— Ça reste un appel anonyme, à la base. Rien de plus. On vérifie et on s'en va.

— Vous avez quand même cassé la porte pour ça. Ce n'est pas un peu exagéré, dites donc ?

— Dites-nous où on peut le trouver. Comme ça, ce sera plus simple.

— Attendez que je cherche dans mon agenda. J'ai son numéro de téléphone en province.

— En province ?

— Non, pas exactement. Du côté d'Étampes, précisément.

— Vous y êtes déjà allé ?

— Non, jamais. Mais j'ai vu des photos… Ah voilà. Vous voulez l'adresse aussi ?

Nora Belhali eut tôt fait de répondre par un joli sourire.

— 12, place de l'Église, à Boigneville, mademoiselle.

***

Les enquêteurs embrayèrent sur le 36. Boitel et Chadeau étaient chauds comme la braise, surtout depuis qu'ils avaient appris que le professeur d'histoire s'absentait de Paris du vendredi au dimanche inclus. Le vendredi pour tuer, le samedi pour se rendre en Belgique ou en Suisse, le dimanche pour rentrer. Pourquoi pas ? répondit Charpentier à l'hypothèse énoncée par ses jeunes collègues convaincus, enfin, d'être sur la bonne voie.

— On se pose cinq minutes, on récupère un GPS et on repart.

— On a le 18-4 ? demanda Boitel qui se faisait le gardien de la procédure à défaut de tenir véritablement les rênes de l'enquête.

— Ouais.

L'article 18 alinéa 4 du Code de procédure pénale régissait les extensions de compétence. Sans cette mention sur la commission rogatoire, impossibilité de quitter Paris et les départements de la petite couronne pour interpeller Lemaire.

— Je vais quand même aviser Nadine Martinon de notre transport. Autant faire les choses dans les règles, ajouta le commissaire de police.

— On n'a peut-être pas besoin d'y aller à cinq, intervint Duhamel qui, secrètement, souhaitait que Boitel se désiste.

Mais tous voulaient en être. C'est répartis dans deux véhicules, finalement, que les cinq flics quittèrent le quai des Orfèvres : Duhamel, Belhali et Chadeau dans le premier, Charpentier et Boitel dans le second. L'enquêtrice, qui dirigeait le convoi, prit soin de ralentir sur le quai de Bercy afin d'échapper au flash du radar, puis accéléra sur le boulevard périphérique après avoir passé le pont National. En avant la fanfare. Autoroute A6, nationale 20, Étampes, platanes feuillus défilant le long de la route départementale qui les menait à Boigneville, petite commune de cinq cents âmes située aux portes du Loiret, le tout en moins d'une heure. Le village, bordé par l'Essonne et la ligne de chemin de fer qui relie Orléans à la gare d'Austerlitz, semblait isolé, enclavé. Les rues étaient désertes. Ils se garèrent derrière l'église, à cent mètres à peine du domicile de Lemaire, avant de contourner l'édifice roman. Chadeau fut le premier à constater la présence de la Golf bleue du prof d'histoire. Elle était garée le long d'un trottoir où de nombreuses bâtisses se succédaient, toutes construites à la perpendiculaire de la route. Aucune ne portait de numéro de rue. C'est vers une jeune femme d'une vingtaine d'années, qui tenait une baguette sous le bras, que Duhamel se tourna. Sa tenue vestimentaire fit sourire la belle Nora : escarpins noirs vernis avec un bas de jogging sombre, et collier doré, type sautoir, sur un blaser gris trop court.

— Nous cherchons le domicile de Franck Lemaire.

— C'est là ! indiqua-t-elle en montrant une grille verte large de trois mètres.

— Merci, mademoiselle, répondit Duhamel avec un sourire qui en disait long sur son assurance quant à son pouvoir de séduction.

Le portail aurait mérité d'être poncé puis repeint. Des traces de rouille apparaissaient à divers endroits. Large d'une douzaine de mètres, la propriété semblait s'étendre sur une centaine de mètres dans la longueur, le terrain marquant une forte déclivité. Un potager, avec un puits, composait la partie basse, tandis que l'habitation, de deux niveaux, et une vieille grange occupaient le haut du terrain. Un peu éloignée de la rue, une porte vitrée semblait faire office de porte d'entrée pour la maison. Mais, de l'endroit où se trouvaient les enquêteurs, on ne distinguait pas âme qui vive. Pas de sonnette sur le portail. Boitel jeta un coup d'œil sur la serrure. Elle n'était pas verrouillée. Il sortit son arme et s'engagea, faisant grincer la grille d'entrée. Tous progressèrent derrière lui, calmement, discrètement.

Ce fut au moment de frapper sur la vitre de la porte d'entrée que Boitel l'aperçut. Coup de massue. Le commissaire devint blanc comme neige. À l'intérieur de la bâtisse, un homme était allongé sur le dos, à trois mètres de lui, au pied d'une lourde table en chêne. La nuque baignait dans une mare de sang coagulé sur un carrelage clair et moucheté.

**

Toutes les belles certitudes de Boitel et de Chadeau s'effondrèrent. L'homme à terre n'était autre que Franck Lemaire, celui qu'ils suspectaient depuis la veille d'être l'assassin de Jacquin et de Santoni. Territorialement compétents, les gendarmes de Milly-la-Forêt arrivèrent très rapidement. Mais c'est la brigade territoriale d'Étampes qui fut désignée par le parquet d'Évry pour enquêter, avant un éventuel dessaisissement au profit de la Brigade criminelle dans les jours à venir. En tout cas, Duhamel allait batailler dans ce sens, car il semblait évident que ce nouvel homicide s'inscrivait dans la continuité des meurtres de Jacquin et de Santoni.

Aucun des flics n'était entré, et personne n'avait posé ses mains sur la poignée de la porte. Belhali et Chadeau avaient faim. Ils partirent à la recherche de la boulangerie du village. Boitel et les deux commandants de police restèrent à l'extérieur le temps que les techniciens en identification criminelle de la gendarmerie procèdent aux constatations. Le travail des pandores ne différait guère de celui des techniciens de scènes de crime de la police. Les méthodes et les savoirs étaient les mêmes. Ils figèrent la scène de crime à l'aide d'un appareil photographique, déshabillèrent le corps, protégèrent ses mains avec des poches, dans l'attente de l'autopsie, effectuèrent divers relevés d'empreintes et de traces de contact sur les poignées de porte, et relevèrent les cotes de la pièce où était allongé Franck Lemaire. Deux bonnes heures plus tard, à l'issue des constatations, Boitel et Duhamel furent invités à pénétrer dans les lieux. La pièce était grande, une trentaine de mètres carrés. Une cheminée et un bar américain encadraient la longue table en chêne massif qui surplombait la tête du cadavre.

— On peut le retourner ? s'enquit Duhamel auprès de l'adjudant-chef qui dirigeait les opérations.

— Allez-y. Mais mettez des gants.

Le commandant se mit à genoux, à mi-hauteur du corps, puis il plaça ses mains en dessous et le renversa sur le flanc. Malgré le plastique qui couvrait ses mains, il ressentit la froideur du cadavre. Surtout, celui-ci était complètement rigide, signe que Lemaire était mort depuis au moins douze heures, et vraisemblablement depuis moins de deux jours. Quant aux lividités cadavériques, elles étaient fixes et se répartissaient sur le dos et l'arrière des cuisses, position dans laquelle Lemaire avait été découvert. Sans toucher, de peur de se salir, Duhamel observa la nuque du défunt, mais l'hémoglobine collée au cuir chevelu l'empêcha d'évaluer le nombre d'impacts. L'homme était mort dans sa maison, probablement la veille, voire l'avant-veille. La datation serait plus précise à l'issue de l'examen médico-légal, mais tout laissait penser qu'il était décédé vendredi, comme Santoni et Jacquin. Et l'absence d'arme alentour ainsi que l'emplacement de la blessure écartaient vraisemblablement la thèse du suicide, bien que le commandant, dans sa longue carrière, ait eu à traiter un cas où, pris de folie à cause d'une tumeur au cerveau, un homme s'était poignardé l'arrière du crâne à de multiples reprises après avoir tué toute sa famille.

— Merci, dit-il au sous-officier de gendarmerie à la fin de son examen.

***

Les cinq enquêteurs étaient abattus : retour sur Paris sinistre. Les jeunes s'attendaient à interpeller l'auteur, les chefs de groupe espéraient, au minimum, quelques explications de ce Lemaire, et tous furent stupéfaits à la vue de son cadavre. L'inébranlable Duhamel devait se rendre à l'évidence : un assassin battait le pavé parisien. Un tueur en série, précisément, puisqu'on pouvait désormais lui imputer au moins trois meurtres.

9 – Lettre de La Rochelle

Duhamel se leva fatigué, en partie à cause du cognac ingurgité la veille pour calmer sa solitude et rayer de sa mémoire ce tueur de profs. Cela faisait près d'un mois qu'une femme n'était pas montée sur le pont de sa péniche ; et plus de deux semaines qu'il cherchait à comprendre pourquoi Jacquin et consorts étaient morts. Il vieillissait, peut-être. Il doutait de lui, surtout. La longue douche qu'il prit ne fit rien pour apaiser cette déprime naissante.

« Bouge-toi, bordel ! » Mais plutôt que soulever de la fonte dans la salle des machines, il préféra s'habiller et sortit acheter le *Journal du dimanche* sur la rue de Rivoli. Peut-être y parlait-on de la mort de Lemaire ? Ou tout simplement des assassinats de Jacquin et de Santoni ? Il ne résistait pas à l'envie de savoir. Il se posa sur une chaise, en plein cœur du jardin des Tuileries, puis déplia le *JDD*. Mais rien de tout ça, si ce n'est un long article en page 8 sur le meurtre d'un enfant par son père dans la Somme. Il replia le journal et le glissa dans la poche arrière d'un jean qu'il ne portait que le week-end ou durant les vacances. Il se leva, s'arrêta un instant pour regarder une belle femme qui patientait dans la file d'attente menant à la salle du Jeu de paume, puis repartit vers son bateau-logement. Il ne s'arrêta pas sur le pont, lieu qu'il ne fréquentait plus que pour faire plaisir à ses maîtresses de passage. Plus que la vue des bateaux-mouches, c'étaient surtout les commentaires traduits en cinq langues qui lui étaient devenus insupportables. *Sur votre gauche, le musée du Louvre... A la izquierda...* Il s'installa sur la banquette de son salon, fit fondre une aspirine qu'il avala aussitôt, et ralluma son portable. *Vous avez six messages :*

Message 1, hier à 20 h 42 : Salut Daniel, c'est Éric. J'ai pas eu de nouvelles de toi, je voulais savoir si je devais surveiller mon courrier. À plus.

Message 2, hier à 20 h 54 : Daniel, c'est Brigitte. Peux-tu garder Julie dimanche après-midi ? J'ai une course à faire. Rappelle-moi.

Message 3, hier à 22 h 14 : C'est de nouveau Brigitte. Je compte sur toi demain après-midi. Rappelle-moi.

Message 4, hier à 22 h 37 : Salut chef, c'est Nora. Je voulais juste savoir comment tu allais. Je t'embrasse.

Message 5, aujourd'hui à 8 h 42 : Dany, c'est Nolwenn. Je compte passer dans la matinée pour récupérer ma trousse de toilette.

Message 6, aujourd'hui à 9 h 14 : Daniel, c'est encore Brigitte. Est-ce que je peux compter sur toi cet après-midi ? Appelle-moi pour que je puisse m'organiser.

C'est Nora Belhali qu'il contacta en premier. Sans pouvoir l'expliquer, il était tombé sous son charme dès leur première rencontre. Elle était belle, avait du chien malgré ses vingt-six printemps, était aussi rebelle que douce avec ses collègues, et aimable ou vicieuse selon les clients. Surtout, elle était super complice avec Julie, sa fille.

— Nora ?

— Ouais ?

— C'est Daniel. Je viens à peine de prendre connaissance de ton message. Merci. Tu veux venir manger avec moi ce midi ? Y aura Julie, précisa-t-il pour la décider.

— Pas de problème. Je vais courir une heure, je prends ma douche et j'arrive.

— Qu'est-ce que tu veux manger ?

— N'importe, du moment qu'on profite du soleil sur le pont.

Puis il appela la mère de sa fille. Quant à la fameuse Nolwenn, une secrétaire de l'hôpital Cochin rencontrée un mois et demi plus tôt au cours d'une soirée organisée par un ami commun, il n'arrivait plus à s'en dépêtrer. Il s'empressa de lui envoyer un texto pour lui signaler qu'il s'était déjà débarrassé de sa brosse à dents et autres crèmes de beauté.

***

Duhamel allait mieux. L'après-midi du dimanche en compagnie de sa fille et de Nora l'avait revigoré. Du travail attendait son groupe, beaucoup de travail. Il avait à nouveau plein d'idées, et surtout le sentiment qu'il fallait recentrer les recherches sur Franck Lemaire, le trentenaire homosexuel qui avait enseigné au lycée Henri-IV. Le commissaire divisionnaire Jean-Paul Guignard était également rentré de week-end. Boitel lui avait gâché une partie de son repos en le contactant dès le samedi après-midi pour lui apprendre qu'un suspect était désormais à comptabiliser au rang des victimes. Conséquence de cette nouvelle mort tragique, toutes les chaises encadrant la table ovale de son bureau furent prises d'assaut pour le briefing du lundi matin. Outre les tauliers qui avaient leur mine des mauvais jours, étaient présents Duhamel, Charpentier, cinq autres chefs de groupe, ainsi que Didier Deplaix, un capitaine chargé des relations presse auprès de la Direction de la police judiciaire.

— On fait le point, Thomas ? démarra Jean-Paul Guignard qui, fidèle à son habitude, portait une cravate trop longue.

— Oui. Pour ceux qui ne sont pas au courant, nous avons depuis avant-hier une nouvelle victime, un certain Franck Lemaire, trente ans, qui était professeur d'histoire et de géographie au lycée Henri-IV. Pour l'heure, nous ne sommes pas saisis de ce dossier étant donné que la victime a été découverte à son domicile, dans l'Essonne…

— On est sûr, au moins, que le tueur est le même ? demanda Michel Fournier, l'un des chefs de groupe, qui ne se défaisait jamais de pantalons serrés et de pull-overs fins et moulants.

— On n'est jamais sûr de rien mais il y a fort à parier qu'il a été victime de notre tueur, compte tenu que Lemaire était le facteur commun entre Jacquin et Santoni. En tout cas, on compte récupérer dès aujourd'hui le dossier des mains des gendarmes.

— Et qu'est-ce que vous attendez de nous ? s'enquit de nouveau Fournier qui se faisait le porte-parole des nouveaux invités.

— Que vous mettiez vos gars à disposition des groupes Duhamel et Charpentier, et que vous nous donniez des idées, des pistes de travail, répondit Guignard.

— Qu'est-ce qu'on sait exactement sur ce Lemaire ?

— Pas grand-chose justement, reprit Boitel. C'est pour ça qu'il faut qu'on récupère en urgence le dossier de la brigade territoriale d'Étampes. Et surtout, il faut qu'on gère son environnement professionnel sur Paris. Nos trois victimes travaillaient dans l'enseignement, deux dans des lycées de renom, et la troisième dans un collège de banlieue.

— Et est-ce que les journalistes sont au courant de ce troisième homicide ?

— Non, pas pour l'instant. Mais on ne pourra garder l'info secrète très longtemps à partir du moment où l'encadrement du lycée va nous voir débarquer, déclara Boitel qui n'était jamais aussi à l'aise que lorsqu'il résumait les affaires.

— Et que nous vaut la présence de Didier autour de cette table ? interrogea Duhamel.

— On a pensé qu'il serait intéressant qu'il soit présent. Pour deux raisons, poursuivit Guignard : primo, pour qu'il gère les relations avec Vermeulen afin de vous décharger, Daniel ; secundo, pour qu'il puisse avoir une vision globale de l'affaire afin de répondre aux sollicitations d'usage des honorables correspondants de la direction.

Les enquêteurs, eux, jugeaient cette présence inopportune, même si la compétence de Deplaix, cet ancien flicard de la BRB[1], était reconnue de tous. Il n'avait pas à fouiner dans les dossiers de la Crim'. Mais Guignard n'avait probablement pas eu d'autre choix que d'accepter l'ordre du directeur qui, de son bureau, aurait ainsi une vue d'ensemble sur l'enquête.

1. Brigade de répression du banditisme.

— À ce sujet, Daniel, qu'en est-il de Vermeulen ?

— Je lui ai envoyé un SMS, hier soir, l'invitant à nous aviser dès réception d'un nouveau courrier.

— Vous l'avez informé de la mort de Lemaire ?

— Non, je ne lui ai donné aucun nom. Je lui ai juste dit qu'on attendait une nouvelle lettre, c'est tout.

L'appel du journaliste du *Reporter français* ne tarda pas. Duhamel se trouvait encore autour de la table ovale.

— Daniel ? T'avais raison, il y a une nouvelle lettre...

— Tu l'as ouverte ? demanda le commandant pour mieux faire comprendre à ses collègues de bureau qu'il était en relation avec Vermeulen.

— Non, j'avais sensibilisé la secrétaire. Elle a reconnu le timbre de Simenon.

— Encore !

— Oui, mais cette fois, c'est un timbre français.

— Et la lettre, d'où vient-elle ? demanda le commandant devant un public attentif.

— La Roche, je crois.

— La Roche-sur-Yon ?

— Non, il y a juste La Roche. Faut dire que l'oblitération est de mauvaise qualité. Attends, non, il y a des lettres supplémentaires... La Rochelle, peut-être.

— Bon, ne bouge pas. Surtout tu ne l'ouvres pas, on envoie une équipe à ton bureau pour la récupérer.

— OK. Pas de problème. J'attends.

***

Deux brigadiers de police, qui avaient eu la mauvaise idée de venir à la machine à café contiguë au bureau du commissaire divisionnaire, furent envoyés illico presto au siège du *Reporter français*. Ils en revinrent une demi-heure plus tard, munis d'une enveloppe à bulles de grand format dans laquelle ils avaient glissé avec précaution la troisième enveloppe du tueur.

— Qu'est-ce qu'on fait ? On l'ouvre nous-mêmes ? demanda Boitel à Guignard.

Le commissaire divisionnaire ne répondit pas. Il avait déjà un coupe-papier dans les mains. Muni de gants, il prit le courrier dans la main gauche. De la droite, il inséra la pointe de l'instrument dans l'un des coins de l'enveloppe et glissa la lame le long de la partie supérieure. Il en extirpa une feuille, pliée en deux. Quelques mots, de nouveau, qu'il lut à haute voix, devant Boitel, Charpentier et Duhamel, tandis que plusieurs hommes de troupe restés dans le couloir écoutaient sur le pas de la porte ouverte du bureau.

Scène 3 : Vous trouverez le cadavre de Franck Lemaire dans sa maison de campagne.

Miquette.

L'écriture correspondait aux autres. Encre bleue, direction horizontale des lignes, trait ferme, forme des lettres anguleuse. Une nouvelle fois, le tueur de profs avait choisi une signature inédite : Miquette. Le timbre représentait de nouveau Simenon. L'oblitération, effectuée dans la préfecture de Charente-Maritime, était datée du samedi 31 mai, le jour même de la découverte du cadavre de Franck Lemaire. Le tueur semblait vouloir s'amuser avec la Brigade criminelle.

Aramis, Luc Dorsan, Miquette : c'était à n'y rien comprendre. Mais, dans l'esprit du tueur, il devait forcément y avoir un lien. Tout comme les villes de Liège,

Lausanne et La Rochelle, éloignées l'une de l'autre mais toutes à moins de quatre heures de train de Paris.

— Daniel, on va réorganiser les rôles, débuta Guignard. Je veux désormais que vous gériez l'aspect global de l'affaire en vous focalisant sur les lettres, et en parallèle vous collectez toutes les informations recueillies sur les dossiers. M. Charpentier va poursuivre sur le cas Santoni, et je mets un nouveau groupe sur le dossier Lemaire.

— Je suis d'accord. Mais la masse de données à collecter est importante à digérer. Ce qu'il faudrait, c'est un bon logiciel de traitement d'informations qui nous permette de faire des croisements, comme en téléphonie, ajouta le commandant qui se faisait ainsi l'ambassadeur des idées du lieutenant Chadeau, le spécialiste en la matière.

— Vous savez bien que le directeur est contre. D'autant qu'un tel logiciel coûte cher, et qu'il faudrait du personnel supplémentaire pour intégrer les données.

— Ils le font bien, au SRPJ de Versailles… Pour ce type d'affaire, ce serait utile, non ?

— Je ne veux pas en entendre parler, Daniel. Allez, au boulot !

Avec ce nouveau meurtre, un troisième groupe se greffait sur l'affaire. Charpentier et ses hommes gardaient la main sur le dossier Santoni, tandis que le groupe Fournier s'attendait à récupérer l'enquête sur le meurtre de Franck Lemaire, dès que le chef de section Thomas Boitel aurait obtenu le feu vert des magistrats. Quant à Duhamel, il lui était demandé de prendre plus de recul par rapport aux faits bruts, son équipe étant chargée d'identifier les points de concordance au vu des éléments communiqués par les autres groupes d'enquête.

Une esquisse du tueur se dessinait tout doucement dans l'esprit du commandant. Il l'imaginait intelligent, froid, et surtout calculateur. Il n'avait rien à voir avec les clients habituels du service : il voyageait donc il possédait de l'argent, contrairement aux clodos qui se retrouvaient sous les verrous pour des agressions sanglantes ; il était méticuleux, prudent et ordonné, il ne laissait aucun indice sur place, tandis que les délinquants primaires agissaient le plus souvent sur un coup de sang ; et il ne s'attaquait qu'à des hommes, alors que les victimes prises en charge par la brigade étaient fréquemment féminines. C'était surtout le mobile qui tracassait Duhamel. Le hasard n'avait pas sa place dans cette série de meurtres, pour preuve les lettres nommant les victimes. Deux formules le titillaient toutefois : « début d'un long feuilleton » et « scène 3 ». Le tueur parlait comme un scénariste. Et puis il y avait les timbres, belge, suisse et français, tous à l'effigie de Simenon. Il allait mettre Leprêtre sur le coup. Mais avant cela, aidé des recherches téléphoniques de Chadeau, il comptait faire le point avec les veuves :

— Madame Santoni ? On ne se connaît pas mais je suis un collègue du commandant Charpentier qui s'occupe de l'enquête consécutive à…

— Oui…

— J'ai juste une question à vous poser.

— Allez-y.

— On s'est aperçus que votre mari était souvent en contact avec un professeur d'histoire du nom de Franck Lemaire. Vous le connaissez ?

— Franck, oui, bien sûr. Il travaille à Henri-IV. Pierre allait souvent manger chez lui.

— Et vous savez comment ils se sont connus ?

— En fait, Franck a débuté à Louis-le-Grand. Mon mari et lui avaient plusieurs classes en commun. Après Franck est parti un peu plus haut sur la montagne Sainte-Geneviève. Pourquoi ces questions ?

La montagne Sainte-Geneviève était une colline du Quartier latin, dans le 5e arrondissement de Paris. Quartier historique de la ville, s'y trouvaient en autant de lieux prestigieux le Collège de France, le Panthéon, la faculté de la Sorbonne, la bibliothèque Sainte-Geneviève, l'École normale supérieure, le ministère de la Recherche, sans omettre le lycée Henri-IV

— J'ai une mauvaise nouvelle à vous apprendre, poursuivit Duhamel. Franck Lemaire a également été tué.

— Quoi ! ?

La ligne cellulaire de Mme Jacquin était sur messagerie. C'est vers Mme Delalande, la belle-mère de Rémy Jacquin, que Duhamel se tourna. Si cette dernière ne pouvait dire s'il avait côtoyé un certain professeur d'histoire du nom de Lemaire, elle confirma toutefois que feu son gendre avait été surveillant durant deux années au lycée Henri-IV, période qu'il avait mise à profit pour préparer son concours de conseiller principal d'éducation.

***

Pierre Sibierski, une fois n'est pas coutume, avait fermé la porte de son cabinet de procédure. Les bannettes débordaient de procès-verbaux d'auditions, de constatations, de recherches, qu'il fallait lire et classer. Surchargé de travail, il avait délégué, plus tôt dans la matinée, Nora Belhali pour l'envoi de la dernière lettre du tueur à l'Identité judiciaire à fin de recherches de traces papillaires. *Ter repetita*. Il n'y croyait plus vraiment, mais il devait s'assurer que le meurtrier, malgré sa prudence, n'avait pas commis d'erreurs. Le procédurier attendait surtout les conclusions de l'analyse du timbre transmis par coursier à Bordeaux. Le résultat ne se fit pas attendre :

— C'est négatif. Il n'y a pas de trace biologique au dos du timbre, précisa le professeur Huet, chef du service d'hématologie.

— Comment l'a-t-il collé, alors ?

— Probablement en le trempant dans de l'eau.

— Si c'est le cas, il est vraiment très prudent, pensa tout haut Pierre Sibierski. Je risque de vous envoyer une autre lettre dans la semaine, pour le même type d'expertise.

— Pas de problème. On traitera en urgence, dès réception.

Chadeau, tiraillé entre son téléphone, son ordinateur de bureau et le fax situé au secrétariat un étage plus bas, s'était replongé dans les recherches téléphoniques. Les informations arrivaient en masse, surtout depuis qu'il avait sollicité les factures détaillées des lignes utilisées par Franck Lemaire.

— T'as lancé les bornages ? lui demanda Duhamel, qui, par le passé, avait su manier les outils *ad hoc*.

— Ouais, c'est parti. J'ai déjà reçu les listings des bornes relais qui couvrent le collège Arago. J'attends ceux de Malakoff et de Boigneville.

— Tiens-moi au courant.

Bien qu'il n'y connaisse rien, Jean Leprêtre prit les recherches philatéliques à bras-le-corps, tel un pit-bull rongeant son os. Sur indication de Thomas Boitel, il contacta le directeur du musée de la Poste, 34, boulevard de Vaugirard, dans le 15e arrondissement. Le directeur lui apprit que les trois timbres de Simenon avaient été émis de manière conjointe par la Belgique, la Suisse et la France, le 25 octobre 1994. L'œuvre de l'artiste belge Roegiest présentait sur les trois timbres-poste l'écrivain coiffé d'un chapeau cerclé, lunettes sur le nez et pipe à la bouche. Seuls les dentelures et les arrière-plans différaient : pont des Arches de Liège pour le timbre belge, château d'Echandens pour le timbre suisse et le quai des Orfèvres et sa tour pointue pour le timbre français. Le conservateur invita alors Leprêtre à contacter André Saulnier, quatre-vingt-huit ans, collectionneur averti de timbres à l'effigie de personnages célèbres, et membre fondateur de la Fédération française des associations philatélistes. Celui-ci se fit un plaisir de répondre aux questions de l'enquêteur, même si, d'emblée, il crut à un canular. Le vieil homme à la voix alerte, alléché par l'intérêt que portait le policier au célèbre auteur belge, expliqua que Simenon avait été victime du succès de son personnage. Seuls trois pays honoraient la mémoire de l'écrivain par la mise en circulation d'un timbre à son effigie, tandis qu'on retrouvait les traits du commissaire Maigret partout à travers le monde, y compris au Nicaragua et dans la principauté de San Marin.

— Ce qui m'intéresse surtout, monsieur Saulnier, c'est de savoir où l'on peut se procurer les trois timbres de 1994...

— Mais partout, mon bon monsieur, répondit-il. Dans les salons, sur les foires aux timbres, dans les magasins spécialisés, et même sur Internet.

— Et aujourd'hui, peut-on se les procurer auprès de la poste, par exemple ?

— Impossible.

— Et pourquoi ?

— Parce que, en règle générale, les périodes d'émission d'un timbre ne dépassent pas six mois.

André Saulnier ne s'arrêta pas là. Il posa son combiné, puis revint au bout de quelques instants après avoir consulté le dernier catalogue des timbres-poste à sa disposition.

— Date de retrait : 14 avril 1995.

— Et ces trois timbres, faisaient-ils partie d'un même feuillet ou bien étaient-ils vendus séparément ? demanda de nouveau Leprêtre.

— Vous voulez savoir si la poste française, par exemple, a vendu à cette occasion les timbres belge et suisse ?

— Oui, c'est ça...

— Impossible, mon bon monsieur. Comptabilités différentes. Chaque timbre a exclusivement été vendu dans son pays.

— Et vous-même, vous possédez les trois timbres ?

— Ah non, je n'ai acquis que le timbre français. Il aurait fallu que je commande les autres dans leurs pays respectifs à l'époque de leur vente.

— Et si vous cherchiez, aujourd'hui, à vous procurer les trois timbres, comment feriez-vous ?

— Pas simple, mon cher monsieur. Le meilleur moyen, c'est probablement les sites de vente aux enchères sur Internet.

Les trois timbres avaient été vendus pendant la même période mais chacun séparément dans les trois pays francophones. Surtout, leur utilisation dans les trois courriers adressés à Éric Vermeulen ne tenait pas du hasard, compte tenu de la difficulté technique à se les procurer. Il semblait impossible de « remonter » le *serial killer* par ce biais. Leprêtre en fit mention sur un procès-verbal avant d'adresser une énième réquisition à la SNCF pour recenser les clients qui avaient voyagé entre La Rochelle et Paris le samedi précédent.

***

Ce fut seulement le mardi midi que Duhamel reçut un appel d'Éric Vermeulen. Le chef de groupe se trouvait attablé en terrasse dans le quartier des Halles avec Belhali, Chadeau et Sibierski. Leprêtre était rentré chez lui pour souffler quelques heures.

— Comment ça va ? demanda Duhamel qui avait vu le nom de son interlocuteur sur son portable.

— Bien. Je venais aux nouvelles…

— Je ne peux pas te dire grand-chose, en fait, j'ai reçu des ordres.

— Comment ça ! ? Des ordres de qui ?

— Ma hiérarchie. Il faut que tu passes par Didier Deplaix pour tout ce qui est relations presse, je suis désolé.

— J'espère que tu te fous de ma gueule, Daniel ! ! ! s'énerva le journaliste. Je suis le seul contact du tueur, je sensibilise ma secrétaire, on fait gaffe à ne pas ouvrir le courrier de lundi, et tout ce que tu trouves à me dire, c'est que tu ne peux pas me filer d'infos ! ?

— Écoute, je suis désolé, j'ai des ordres, répondit Duhamel, qui semblait penaud au bout du fil.

— Et t'avais des ordres pour me cacher le mort de ce week-end ! ?

— Attends, je t'ai envoyé un SMS pour t'avertir qu'on attendait une lettre…

— Et tu m'aurais averti si je ne t'avais pas laissé un message, la veille ?

Le vieil ami de Vermeulen ne répondit pas. Il était embarrassé, avait même un peu honte à l'égard de celui qui avait tant fait, comme journaliste au *Figaro*, en louant les mérites de la Crim'.

— Deplaix, c'est un con. Il ne file aucune info s'il n'a pas l'aval du directeur, reprit le journaliste du *Reporter français*, énervé. Si c'est comme ça, dès vendredi, je publie un article, parce que les types du *Parisien* et de *Libé*, eux, ils sont sur la brèche. Leurs papiers sont déjà prêts.

Ne laissant pas le temps à son interlocuteur de répondre, Vermeulen raccrocha. Duhamel, contrit, trempa ses lèvres dans la mousse d'une bière blonde.

— Faut que j'en parle à Guignard, dit-il après avoir avalé une grande gorgée.

— Il n'a pas à te parler comme ça, en tout cas, déclara Chadeau qui sortait ainsi de sa réserve habituelle.

— Je comprends qu'il soit énervé. Faut pas oublier qu'il a été le seul, en 1995, à ne pas nous tirer dessus à boulets rouges.

— En 1995 ? Que s'est-il passé ? demanda Belhali.

— L'affaire Guy Georges. Je venais d'arriver dans le service. On a mis trois ans avant de l'identifier. Et Éric a été le seul, du temps où il était au *Fig'*, à ne pas fustiger notre travail.

Éric Vermeulen avait fait mieux. Il avait suivi durant des semaines le travail des enquêteurs, non pour rapporter leurs faits d'arme, mais pour décrire leurs conditions et cadre de travail qu'il avait soumis aux lecteurs, photos à l'appui, dans six chroniques qui parurent à la fin de l'été 1998. Raison pour laquelle, chaque année, il faisait partie des invités de choix de l'amicale de la Brigade criminelle pour la dégustation du beaujolais nouveau.

***

Le groupe Fournier récupéra la procédure Lemaire tard dans la journée du mercredi. Le parquet de l'Essonne avait eu du mal à se dessaisir de cette enquête. Thomas Boitel ne sut jamais pourquoi. Peut-être Nadine Martinon, la juge d'instruction de Bobigny, avait-elle manqué de persuasion auprès des magistrats d'Évry. Ou peut-être les gendarmes avaient-ils cherché à garder le plus longtemps possible le dossier, de manière à profiter des retombées d'une éventuelle identification dans le cadre d'une affaire qui devenait chaque jour plus médiatique. Un peu des deux, probablement.

Force était de constater, à la lecture du dossier, que les militaires n'avaient rien établi de concret. Hormis le rapport d'autopsie qui évoquait des traces de brûlure sur le contour de l'orifice d'entrée situé à l'arrière du crâne de Lemaire, peu d'éléments notables avaient été relevés.

— Exécution à bout touchant, alors… traduisit Scarface.

166

— Ah si ! De nombreuses traces de fouille et le vol d'un ordinateur dans la chambre ont été constatés, ajouta Fournier au détour d'une conversation de couloir avec le commandant de police.

— Intéressant ! Ça diffère des deux premiers homicides. Et le voisinage ?

— Les gendarmes ont fait le tour de la commune. À peine une centaine de maisons. Type discret, rarement chez lui vu qu'il travaillait sur Paris. Mais le week-end, il lui arrivait de recevoir du monde, et en particulier un jeune qui conduisait un véhicule immatriculé dans le Loiret.

— Ah bon ?

— Ouais, sauf que ça fait plusieurs semaines que sa voiture n'a plus été aperçue.

— Un ex, probablement.

— C'est ce que je pense aussi. En tout cas, on ne devrait pas tarder à l'identifier par la téléphonie.

— Et les parents ?

— Morts dans un accident de voiture il y a une dizaine d'années alors que Franck Lemaire était à peine majeur.

— Rien d'autre ?

— Si. Y a un gamin de sept ans qui jouait au foot contre un mur dans la rue et qui a vu un type sortir de chez Lemaire avec une cagoule sur la tête.

— C'était quand, ça ?

— Vendredi, après l'école.

— Il l'a vu partir ?

— Ouais, dans une petite voiture, probablement de marque française. Mais il n'a pas fait gaffe à la plaque. Les gendarmes lui ont montré plusieurs modèles, il a hésité entre une Renault Clio et une Peugeot 205.

— Quelle couleur ?

— Noire. Le plus drôle, si on peut dire ça, c'est que le gamin, lorsqu'il a raconté l'histoire le soir même, il a pris une torgnole par sa mère qui croyait qu'il racontait encore des bobards. Demain, je compte aller faire un tour à Boigneville avec mes gars, pour qu'on se fasse une idée précise. Si tu veux venir avec nous, tu es le bienvenu…

Une Clio noire immatriculée dans le Val-de-Marne avait été aperçue le matin de la mort de Pierre Santoni, à Malakoff. Des propriétaires de Clio dans un département de plus d'un million d'habitants, il y en avait autant que des utilisateurs de Yamaha Diversion à travers la France : plusieurs dizaines de milliers.

***

Le jeudi matin, à l'occasion du briefing, chaque chef de groupe passa en revue les investigations effectuées par son équipe la veille. Fournier résuma ce qu'il avait précédemment dit à Duhamel. Charpentier expliqua en détail le travail accompli par ses hommes au sujet de l'environnement professionnel de Pierre Santoni, ses hommes qui avaient multiplié les auditions d'enseignants et recueilli toutes les identités des élèves dont le professeur de français avait eu la charge les dix dernières années au lycée Louis-le-Grand. Duhamel, sans montrer de désarroi, fit part des vaines recherches menées par Nora Belhali au sujet de la signature « Miquette ». Personne ne répondait à ce nom, à l'exception d'une alcoolique d'une cinquantaine d'années surnommée ainsi et qui purgeait depuis plusieurs années une peine d'emprisonnement de dix-huit ans pour le meurtre de son mari.

— Et où est-elle emprisonnée ? demanda Guignard.

— À Muret, près de Toulouse.

— Faut y aller.

— Hein ! ?

— Vous avez bien entendu. Envoyez une équipe. Je veux qu'on l'interroge.

Excepté le cri du cœur de Duhamel, aucun des chefs de groupe présents n'intervint pour raisonner son patron. C'était inutile. Mais l'audition de Luc Dorsan n'avait rien apporté et le transport en Haute-Garonne semblait tout aussi absurde, compte tenu du profil de l'intéressée et du fait qu'elle était incarcérée. Cet ordre s'apparentait, pour les enquêteurs et Boitel, à un geste de dépit et de découragement. Surtout, Duhamel perdait petit à petit la direction d'une enquête qui n'avait jamais véritablement décollé.

— Et pour Vermeulen ?

— Quoi *Vermeulen* ? Qu'est-ce qu'il veut, encore, celui-là ? s'emporta le commissaire divisionnaire en présence de Didier Deplaix, l'œil du directeur.

— Il menace de ne plus collaborer si on ne lui donne pas l'autorisation de publier, précisa le commandant le plus calmement du monde.

— Il nous fait chier ! ! ! Il me fait chier, ce Vermeulen ! ! ! Qu'il le publie son article de merde, mais s'il reproduit un seul mot du contenu des lettres, je le brise, je le casse en deux !

Habituellement calme et distant quant aux affaires de droit commun, Jean-Paul Guignard était devenu, en quelques jours, exécrable. La pression du directeur, probablement.

10 – Visite chez Miquette

Le bureau des missions s'occupa de tout : billet électronique pour le vol Air France de 6 h 55 au départ d'Orly pour une arrivée à Toulouse-Blagnac une heure et quart plus tard, puis retour par le dernier avion, à 22 h 15. Pas de frais à avancer. Quant aux vingt-cinq kilomètres séparant l'aéroport de la prison de Muret, Nora Belhali s'était arrangée pour se faire conduire par une collègue du SRPJ de Toulouse qui avait fait ses armes avec elle à la Brigade des mineurs quelques années plus tôt.

Les demandes de mission étaient systématiquement acceptées dès qu'une affaire devenait sensible. Ce fut donc encore le cas, même si tous, hormis Guignard, s'accordaient à penser que l'audition de Florence Thoinard, dite Miquette, était inutile. C'est peut-être pour cela que la gardienne de la paix s'y rendit seule, avec en poche le permis de communiquer transmis par le juge d'application des peines.

Le soleil se levait sur Orly lorsque l'avion décolla. Bizarrement, la grisaille prit le relais au-dessus de Limoges. Ce fut dans ce cadre, le crachin en plus, que Belhali découvrit la centrale de Muret, dont l'architec-

170

ture ressemblait à s'y méprendre à celle de la maison d'arrêt de Fleury-Mérogis. « On ne s'échappe pas de Muret », lui dit un maton sévère qui croyait peut-être que la jeune femme d'origine berbère venait y prendre ses quartiers.

Chaussée de charentaises, traînant les pieds, Miquette arriva alors que la gardienne de la paix patientait dans le parloir depuis vingt bonnes minutes. Celle-ci avait eu largement le temps de raccorder son ordinateur portable à la seule prise disponible, de vérifier le fonctionnement de l'imprimante et de relire dix fois la commission rogatoire de Nadine Martinon. La femme, qui avait cinquante ans, en paraissait soixante-cinq. Elle était grosse, laide et triste. Ses yeux de merlan frit fixèrent le matériel installé par l'enquêtrice.

— C'est quoi, ça ? demanda-t-elle, les sourcils en forme d'aile de mouette.

— Du matériel d'audition. Je vais vous expliquer. J'aimerais d'abord que vous lisiez ceci, dit Belhali en lui tendant la commission rogatoire.

— C'est quoi, ça ? dit-elle devant le papier tendu.

— C'est le document qui me permet de vous interroger. En fait, on enquête sur une succession de meurtres commis en région parisienne depuis trois semaines. Vous en avez entendu parler ?

— Le tueur de profs ? C'est ça ? questionna la détenue dont le téléviseur était son seul lien avec le monde extérieur.

— Oui.

— Et qu'est-ce que j'ai à voir là-dedans, moi ?

— C'est ce dont je suis venue discuter avec vous, justement.

171

— Mais je sais pas qui c'est moi, votre tueur ! J'ai même jamais mis les pieds de ma vie à Paris !

— Même en voyage ?

— Non, j'ai jamais bougé de mon village. Sauf pour venir là.

La désœuvrée Florence Thoinard, qui ignorait ce qu'était le travail, était alcoolique bien avant le mariage qu'elle avait contracté avec un pilier de bar qui, rapidement, s'était mis à la battre. Vingt ans de misère quotidienne plus tard, elle l'avait tué d'un coup de couteau dans le dos au cours d'une énième beuverie. Depuis quatre ans, à défaut de se reconstruire, elle revivait, malgré la privation de liberté.

— D'où vous vient le surnom de Miquette ?

— Miquette, c'est ma mère qui m'a appelée comme ça. Depuis toute petite. Sans raison.

Elle fut fière d'apprendre qu'elle était la seule, en France, à être surnommée ainsi. Elle fut moins fière lorsque Nora lui lut le dernier courrier du tueur.

— C'est quoi ça ! ? fit-elle avec un accent campagnard qu'elle avait réussi à gommer jusque-là.

— Je ne sais pas. C'est à vous de me le dire...

En signe d'incompréhension, la bouche de Miquette gonfla démesurément.

— Et si je vous dis Aramis, ou encore Luc Dorsan, est-ce que ça vous aide ?

— Qui c'est, ceux-là ?

— Je ne sais pas. Des détenus de la centrale, peut-être ?

— On ne fréquente pas les hommes, ici, dit-elle.

Le procès-verbal ne faisait pas deux feuillets. Nora Belhali lui relut ses déclarations. Florence Thoinard hésita à parapher le document :

172

— Qu'est-ce qui va se passer si je signe ?

— Rien, absolument rien. Vous avez peur de quoi ?

— Moi, j'ai rien à voir dans cette histoire. Je ne vais pas être rejugée, quand même ?

— Non, ne vous inquiétez pas. Allez ! signez là, sous votre nom.

Misère et décadence. Malgré tout, Nora Belhali récupérerait très vite. Il lui restait tout l'après-midi, désormais, pour papoter avec son ancienne collègue de la Brigade des mineurs. Sitôt dans le véhicule où l'attendait la néo-Toulousaine, elle reprit son portable laissé dans la boîte à gants puis contacta son chef de groupe.

— Alors ? demanda Duhamel.

— Alors rien. Comme Dorsan, elle ne comprend pas.

— Mouais... Et ta collègue, elle est mignonne ? s'enquit Scarface qui, même sous pression et à plusieurs centaines de kilomètres, montrait de la ressource.

— T'approche pas de ma copine, répondit Belhali, vexée, avant de raccrocher.

***

C'est lors du trajet retour vers Paris que l'enquêtrice prit connaissance de l'éditorial publié par Éric Vermeulen dans *Le Reporter français* :

Quelle ne fut pas la surprise de Thierry Dagonet, en quittant son domicile de Malakoff situé à quelques encablures de Paris, de tomber nez à nez, au petit matin du vendredi 23 mai, avec le cadavre de son voisin de palier gisant dans une mare de sang au pied de son immeuble, abattu de deux balles à bout portant ! Pierre Santoni, marié et père de trois filles, avait 54 ans et enseignait la langue française depuis vingt ans au lycée Louis-le-Grand, situé dans le Quartier latin à Paris.

Quelle ne fut pas notre surprise, le lundi suivant, de recevoir au siège de notre journal un courrier du tueur ! Un tueur que nos confrères ont surnommé l'« assassin du vendredi » ; un tueur que nous nommerons « le fantôme de Maigret », car ses lettres, envoyées de trois pays différents, portent toutes un timbre à l'effigie de Simenon, le célèbre écrivain belge.

Sans révéler le contenu des courriers – secret de l'instruction oblige –, il semble que le tueur, par notre biais, veuille établir une correspondance avec la police, et plus particulièrement avec la Brigade criminelle du quai des Orfèvres à Paris, service mythifié par les enquêtes du commissaire Maigret.

Communication morbide puisque notre correspondant a par ailleurs revendiqué les assassinats de Rémy Jacquin, conseiller principal d'éducation tué le 16 mai dernier à proximité du collège d'Épinay-sur-Seine où il était employé, et de Franck Lemaire, professeur d'histoire au lycée Henri-IV dans le 5e arrondissement de Paris.

En tout état de cause, face à cette méthode de communication insolite, il semble que les enquêteurs se trouvent dans l'expectative : jeu de piste, pied de nez, ou tout simplement revendication des meurtres du vendredi, les hypothèses sont pour l'heure trop nombreuses.

Nul doute que les valeureux hommes du commissaire divisionnaire Jean-Paul Guignard de la Brigade criminelle sauront relever le défi et ainsi mettre un terme aux agissements du fantôme de Maigret.

Éric Vermeulen

Un second article, rédigé de nouveau par Vermeulen, reprenait chaque fait séparément, clichés miniatures des lieux sordides à l'appui. Ainsi, la mort de Rémy Jacquin était mise en scène avec force détails et un vocabulaire adapté aux meilleurs films d'horreur : *Un motard diabolique... regard terrifié de Rémy au moment des coups de feu... visage tuméfié sur le rebord du trottoir... yeux rougis du directeur du collège Arago... hospitalisation de la veuve... accouchement dans la douleur.* Un photomontage racoleur présentait un homme ensanglanté couché au milieu de la chaussée, tandis qu'en arrière-plan on distinguait dans la pénombre un motard arrêté, l'arme à la main et le buste tourné vers la victime. « Très réaliste, tout ça », pensait-elle quand un beau steward de la compagnie Air France lui proposa une boisson chaude.

La tradition, à la Crim', voulait que les enquêteurs en mission soient récupérés dans les gares ou les aéroports par leurs collègues de groupe. La Maghrébine savait ses partenaires de travail tous occupés. Elle ne voulait pas les déranger. C'est son motard préféré qu'elle chercha à joindre peu après avoir consommé sa boisson, planquée dans les toilettes de l'A320. Mais le cellulaire de Laurent Delapierre était sur messagerie. Probablement à l'entraînement.

— Lolo, c'est Nora. Je ne sais pas quand tu écouteras ce message, mais sache que j'arrive à l'aérogare d'Orly-Ouest vers 23 h 45 et que je n'ai pas de moyen de rentrer sur Paris. Bisous.

***

Nadine Martinon, la juge d'instruction de Bobigny, avait perdu de sa verve lorsque Duhamel la recontacta pour l'informer de sa volonté de se transporter de nouveau sur la commune de Boigneville, en compagnie du commandant Fournier. Trois homicides commis par le même homme, c'était trop pour cette jeune magistrate qui se trouvait encore, six mois plus tôt, sur les bancs de l'École de la magistrature, à Bordeaux.

— Je voulais obtenir l'autorisation de briser le scellé des gendarmes pour pénétrer à l'intérieur de la maison occupée par Franck Lemaire…

— Vous l'avez. Mais que voulez-vous y faire, exactement ?

— Je voudrais montrer les lieux au commandant Fournier qui va travailler avec moi sur ce dossier, et surtout faire un petit tour dans le reste de la maison, pour voir si les gendarmes n'ont rien oublié d'essentiel.

Car, parmi les scellés et documents recensés lors de la perquisition au domicile, il ne se trouvait aucun agenda ou répertoire appartenant au professeur d'histoire, à défaut de l'ordinateur portable probablement dérobé.

— Bonne idée, lança Martinon au policier. Tenez-moi au courant, dit-elle avant de raccrocher.

Duhamel, Fournier et deux de ses collègues arrivèrent à hauteur de l'église vers 16 h 30. Un air de grandes vacances se propagea au moment de la sortie des classes de l'école primaire, située à une centaine de mètres du domicile de Lemaire. Plusieurs mères de famille chuchotèrent en regardant les flics de la Crim' descendre de leur véhicule, à l'ombre de deux magnifiques châtaigniers dans lesquels s'égosillaient des oisillons. Muni d'un couteau à cran d'arrêt, Scarface brisa le premier scellé qui rendait juridiquement inviolable la grille d'entrée de la demeure, avant de décoller les cachets de cire fixés entre la porte d'entrée et un poteau d'huisserie.

Le sang coagulé s'était gentiment transformé en une croûte brune épaisse. Duhamel éclaira un peu plus la pièce en tirant les rideaux, avant de fournir à ses collègues moult détails sur la position du cadavre de Franck Lemaire. Puis, rapidement, les quatre hommes firent le tour du propriétaire. Outre le salon équipé d'une cuisine américaine, le rez-de-chaussée était composé d'une salle de bains et de toilettes séparées. Un escalier en bois, étroit, les mena sur un corridor desservant trois pièces, séparées par des cloisons en Placoplâtre. Les enquêteurs reconnurent la chambre à coucher à son grand lit. La pièce n'était que désolation et mise à sac. Mais, sans un contact avec la Brigade territoriale d'Étampes, il semblait impossible de savoir si cet état était le résultat de la fouille opérée par le tueur ou les conséquences de la perquisition des lieux. Tout était retourné sur le lit : les vêtements qui, à l'origine, devaient se trouver dans la penderie située sur la droite, tout comme des monticules de méthodes d'informatique qui avaient leur place initiale sur un petit meuble de rangement, à côté d'un bureau qui supportait encore un clavier, un écran plat, une imprimante et plusieurs cordons électriques. Y manquait effectivement, comme les gendarmes l'avaient relaté dans leur procès-verbal, l'unité centrale. Les quatre policiers décidèrent de tout remettre en place. Vêtements jetés en vrac dans la penderie, livres et CD-Rom d'informatique alignés sur le sol le long d'un mur. Mais ils ne découvrirent aucun agenda dans cette chambre, ni dans les deux pièces voisines, essentiellement fournies en livres scolaires, en livres de poche divers et variés, en ouvrages de collection et en cassettes vidéo et films DVD dont certains étaient interdits aux mineurs. Fournier prit en main les derniers prix Goncourt et Interallié que Lemaire semblait collectionner, tandis que Duhamel feuilletait un ouvrage historique sur le Paris gay de la Belle Époque. Il tomba sur un chapitre relatif à Alexandre Scoufi, romancier et poète égyptien connu de la Brigade des mœurs et assassiné en 1931 dans sa garçonnière de la rue de Rome par un amant de passage. Il décida de barboter l'ouvrage pour le remettre à Chadeau, qui, quelques semaines auparavant, avait évoqué sur son blog cette enquête menée par le commissaire Guillaume. Qui viendrait désormais se plaindre de cet emprunt ?

Toute information personnelle avait disparu. L'argent n'était pas le mobile puisqu'un porte-monnaie contenant cinq billets de vingt euros avait été retrouvé, bien en vue sur la table en chêne du salon. En revanche le disque dur de Lemaire s'était bel et bien envolé, ce qui laissait penser aux enquêteurs que le tueur et Lemaire se connaissaient. Bizarrement, c'est le seul endroit que le tueur avait « nettoyé ».

— On n'a pas retrouvé son cartable, non plus ? demanda Fournier en quittant les lieux.

— Non. Ni là ni rue de Lourmel. Le tueur a dû l'embarquer avec l'agenda dedans, répondit Duhamel en se dirigeant vers le domicile du môme de sept ans qui avait aperçu un homme encagoulé sortir de chez Lemaire.

L'enfant, qui portait un maillot trop grand de l'Olympique de Marseille, avait déjà reçu la visite des gendarmes, ainsi que d'un journaliste qui avait grassement payé la maman pour recueillir son témoignage et le prendre en photo. Mickaël Mangin se sentait désormais célèbre, presque autant que Thierry Henry, son idole. Pour la vingtième fois probablement, il redit aux policiers ce qu'il avait vu. L'homme qui sortait de chez Lemaire était grand, et courait presque. Il était monté dans une petite voiture noire et avait démarré en trombe.

— La voiture, c'était une « trois portes » ou une « cinq portes » ?

Le garçon, qui savait pourtant compter, ne comprit pas la question.

— Est-ce qu'il y avait des portes, à l'arrière de la voiture ?

Il hocha la tête.

— Est-ce que l'homme à la cagoule portait quelque chose dans les mains ?

— Des gants.

Ce n'était pas la réponse qu'attendait Duhamel, mais il poursuivit dans cette voie :

— Des gants ?

Le jeune Mickaël confirma.

— Mais est-ce qu'il tenait quelque chose dans les mains ?

— Je crois.

Le gamin était impressionné. Les quatre policiers étaient grands eux aussi, debout face à lui, et habillés comme les ministres qu'on voit à la télé. Il ne voulait surtout pas dire de bêtises, mais ils attendaient tant de lui…

— Est-ce que tu l'as vu transporter un ordinateur, par exemple ? intervint l'un des deux collègues de Fournier.

— Je crois.

— Et un cartable ?

— Je crois.

179

— Et un ours en peluche ? demanda Duhamel pour faire comprendre à ses collègues qu'il fallait arrêter de lui poser des questions fermées.

— Je crois.

Les enquêteurs n'en sauraient pas plus. Les auditions de mineurs étaient toujours compliquées. Nora Belhali, depuis deux ans, n'arrêtait pas de le lui dire. Il en avait enfin la preuve.

**

Laurent Delapierre injoignable, c'est finalement Chadeau qui vint chercher la fliquette à Orly.

— Il y a eu du mouvement aujourd'hui, lui dit le lieutenant en déposant l'ordinateur portable de Nora Belhali dans le coffre d'une Peugeot 306.

— Ah bon ?

— Nicolas Saint-Hubert, tu connais ?

— L'éditeur ?

— Ouais. Figure-toi qu'il s'est fait dessouder ce matin, à côté de chez lui, place des Vosges.

— C'est pour nous ?

— Non. Apparemment rien à voir avec notre affaire. C'est le groupe Charpentier qui s'en occupe.

— Les « Charpentier » ! Je croyais qu'ils bossaient avec nous, en soutien…

— Ouais, mais Guignard les a finalement décrochés de l'enquête.

Les groupes, à la Crim', portaient le nom de leur chef. Une petite famille, en quelque sorte. Quant à Charpentier, le patriarche, il était apprécié de tous. Jamais un mot plus haut que l'autre si ce n'est quelques claques aux voyous. Tout en rondeurs, de la bouteille, de la

classe, il saurait mener à bien une enquête qui le condui-
rait à s'immiscer dans le monde de l'édition et à
rencontrer hommes de lettres et intellectuels.

— Je préfère que ça tombe sur lui que sur nous, parce
que cette mort va faire grand bruit. Il y a des journalistes
partout devant le 36. Et puis, ça va peut-être nous permettre d'être un peu moins sous le feu des projecteurs,
déclara Chadeau qui reprenait les propos de Duhamel.

— Et il n'y a pas eu d'autre meurtre, aujourd'hui ?
s'enquit la gardienne de la paix, voulant savoir si le
tueur de profs avait de nouveau frappé.

— Pas pour le moment. Boitel est aux aguets. Il a
passé sa journée devant son ordi à surveiller les
télégrammes.

— Et de ton côté, ça avance, tes recherches téléphoniques ?

— Pas vraiment. Je peux te dire qu'on est tombés sur
un bon. J'ai demandé tous les bornages, y compris celui
de La Rochelle pour la journée du samedi 31 mai. Il y a
juste un numéro de téléphone qui a « matché ». Mais
c'est seulement celui d'un type qui travaille la semaine
sur Malakoff et qui rentre dans sa famille sur La Rochelle
chaque week-end.

— Le tueur n'a peut-être pas de ligne de portable ?

— Ça m'étonnerait. Tu connais quelqu'un, toi,
hormis les petits vieux et les enfants de moins de douze
ans, qui ne possède pas de téléphone portable ? À mon
avis, le mec, il est super prudent. Ou alors il connaît la
musique, il connaît nos méthodes d'investigation. Tu
veux que je te dépose chez toi, ou tu veux rentrer au service ? lui demanda Fabrice Chadeau en démarrant la
voiture.

— Les autres sont encore là ?

— Daniel et Jeannot, ouais.

— Alors au 36, s'il te plaît.

***

Chadeau gara sa voiture dans la rue. Au loin, malgré l'heure tardive, la place Saint-Michel débordait encore de touristes, venus jouir des caresses lumineuses du crépuscule sur les tours de Notre-Dame. Bien que les journalistes aient débarrassé le plancher, le quai des Orfèvres n'était pas désert. Jeunes en goguette, fumeurs de shit, couples enlacés et clochards dans la tourmente se partageaient allègrement les berges de la Seine, sous l'œil attentif de quelques gendarmes en faction autour d'un Palais de justice éteint. Minuit passé, seuls les vasistas du 36 laissaient échapper de la lumière, signe d'une grande activité au sein de la Brigade criminelle.

Les deux jeunes flics s'engouffrèrent sous le porche après avoir salué les deux policiers de garde. Leprêtre les attendait, à moitié assoupi sur les listings de noms transmis par les services financiers de la SNCF. Il avait reçu dans la journée ces listes de centaines de clients qui avaient réglé par carte bleue l'achat d'un aller à destination de Liège, Lausanne et La Rochelle pour les journées des samedis 17, 24 et 31 mai. Il s'était épuisé les yeux à comparer les trois listes. En vain.

— Notre tueur a probablement payé en espèces, déclara Belhali devant la détresse de Leprêtre.

— Ou bien il a pris l'avion, suggéra Chadeau.

— À moins qu'il ne se serve d'un véhicule personnel.

— Paris-Lausanne ! Il faudrait au moins quinze heures aller-retour !

— Vu que c'est un barjot, tout est possible. En tout cas, dès demain matin, je m'occupe des compagnies aériennes desservant les trois villes, ajouta Jean Leprêtre qui montrait encore de la ressource.

— Et Daniel, il est où ? s'enquit-elle.

— À ton avis ? T'as pas vu une rousse flamboyante en passant ?

— Si. Pourquoi ?

— Eh bien, il ne doit pas être bien loin.

La rousse flamboyante n'était autre que la femme de Nicolas Saint-Hubert, l'éditeur. Des yeux couleur miel, une chevelure dense, un chemisier échancré aux tons violet et parme surmonté d'un collier aérien en perles de verre, une jupe mauve et vaporeuse et des escarpins de même couleur donnaient un air de croqueuse d'hommes à cette beauté de trente-quatre ans. Toute la panoplie de la garce selon Nora Belhali, laquelle avait cru distinguer au passage le tatouage d'un lézard grimpant sur la cheville droite de cette jeune veuve éplorée.

De la coursive où elle se trouvait, la gardienne de la paix ne cessait de surveiller, en contrebas, le manège de plusieurs de ses collègues masculins qui déambulaient devant Esther Saint-Hubert. Toutefois, si la plupart se pavanaient, un seul s'arrêta à sa hauteur pour mieux la consoler : Daniel Duhamel en personne.

— Et son mari, il avait quel âge ? demanda Belhali en observant le manège de son chef de groupe.

— Trente ans de plus qu'elle, sourit Leprêtre.

— Quoi ! ?

— Ça pue l'affaire d'héritage à plein nez, déclara Chadeau.

— C'est une piste, répondit Leprêtre avec son flegme coutumier.

— Elle est en garde à vue ?

— Trop tôt, laisse Charpentier tisser sa toile. Quand son dossier sera monté, il ira gentiment la chercher, répondit le Taciturne à sa collègue.

— Quelqu'un veut un café ? demanda celle-ci à la cantonade.

Aucun de ses collègues ne répondit. Elle sortit rapidement une pièce de cinquante centimes d'une boîte où elle conservait surtout des trombones, et descendit rapidement à la machine, située à deux pas de l'endroit où la veuve patientait.

— Salut Daniel ! Ça va ?

***

« Faute de grives on mange des merles. » Cette expression prenait tout son sens à la Brigade criminelle, qui, faute de mieux, se contentait souvent d'affaires de voyous de cités. En revanche aujourd'hui, compte tenu de la personnalité de la victime, Charpentier avait touché le gros lot, l'affaire que tout chef de groupe rêve de prendre au moins une fois dans sa carrière. Une affaire à classer dans les annales si elle venait à sortir, une enquête qui ferait sa gloire.

11 – Lettre de Porquerolles

La Crim' était désormais sous les feux de la rampe.
Doublement, puisqu'un tueur en série sévissait dans la
capitale et qu'un éditeur de renom venait de se faire
tuer sous les arcades de la place des Vosges, dans le
4e arrondissement, en plein cœur de Paris. Le mot
d'ordre de Guignard avait été clair : « Tout le monde
sur le pont ce week-end. » Duhamel, qui devait garder
sa fille comme tous les premiers week-ends du mois,
était dépité. Sibierski et Leprêtre n'en pouvaient plus
de s'excuser auprès de leur femme, Chadeau n'avait
plus alimenté son blog depuis trois semaines, et Nora
Belhali n'irait pas se dépenser au parc de Sceaux
avec ses potes de club. Toutefois, dans son malheur,
l'équipe Duhamel verrait son enquête passer au second
plan, au moins momentanément. Tout était affaire de
priorité, et comme beaucoup de choses en France, ce
sont les médias qui en décident. En l'occurrence, la
mort violente du numéro deux – en termes de chiffre
d'affaires – de l'édition française avait plus de valeur
que celles de trois membres de l'Éducation nationale.

La veille déjà, dès la saisine de la Brigade, trente
policiers avaient, toutes affaires cessantes, investi le

quadrilatère situé en bas du domicile de Nicolas Saint-Hubert. Ceux parmi eux qui ne connaissaient pas l'endroit – surtout les plus jeunes qui vivaient en banlieue – furent surpris de découvrir ce havre de paix, en plein cœur de Paris, qui contrastait avec l'atmosphère pesante des grandes artères parisiennes. Pas de coups de Klaxon et peu de circulation automobile. Pour le reste, le procédurier chargé de la description de la scène de crime avait introduit son procès-verbal de constatations de la manière suivante : « Discrète à souhait, la place carrée offre une grande unité architecturale. Tous les immeubles d'habitation sont constitués de deux étages de briques rouges à chaînage de pierres calcaires blanches, et de toits d'ardoise bleue très pentus. Sensiblement plus hauts que les autres, les pavillons du roi et de la reine se font face. Des arcades, larges et basses, abritent nombre de magasins de luxe et d'ateliers d'artistes, fournissant la dernière touche à un décor Renaissance. Un square, où se dresse la statue de Louis XIII sur son cheval, occupe le centre de la place… »

C'était à quelques mètres de l'accès à la rue de Birague, à hauteur du pavillon du roi, que Saint-Hubert avait été découvert mort. L'assassin s'était acharné. Il avait tiré à six reprises : trois ogives s'étaient fichées dans la lourde porte en bois que l'éditeur venait de manœuvrer pour sortir de son immeuble, un projectile avait atteint la cuisse gauche, un deuxième l'arrière du bras et un autre avait été tiré en pleine tête, au milieu du front. L'ordre des impacts, pour l'heure, n'était pas connu. Seule l'autopsie pourrait le déterminer. En tout cas, tout le monde imaginait la balle dans la tête comme le coup de grâce. Certains, dans les conversations de couloir, disaient que c'était la marque du milieu, d'autres évoquaient un contrat. Charpentier était plus réservé. Ce qui lui semblait évident, de prime abord, c'était que l'assassin voulait véritablement la mort de l'homme sur lequel il avait tiré.

Esther Saint-Hubert fut rapidement conduite au siège de la Brigade criminelle. Elle avait entendu les coups de feu deux minutes après que son époux était parti travailler. Immédiatement, de la chambre où elle rêvassait encore, elle s'était précipitée à la fenêtre du salon. Les appartements surplombaient les arcades. Elle n'avait donc pu déterminer l'origine exacte des bruits, et n'avait vu personne s'enfuir. Elle s'était recouchée. C'étaient les sirènes des pompiers et de la police qui l'avaient poussée à se relever un quart d'heure plus tard. Elle était finalement descendue, vêtue d'une robe de chambre, et avait reconnu son mari couché sur le flanc au beau milieu des arcades.

Vinrent ensuite les questions sur le couple : date, lieu et contrat de mariage, profession, assurances vie, biens mobiliers et immobiliers, sexualité, et tout un chapitre sur les relations amicales et professionnelles. L'audition dura quatre heures, au cours desquelles elle tenta de répondre, sans se défiler ni sourciller, aux interrogations jugées parfois intimes. On comprenait à la lecture du procès-verbal que madame avait épousé trois ans plus tôt monsieur tant par amour que par cupidité. Cette ancienne top-modèle menait une vie simple, plutôt casanière, même s'il lui arrivait aussi de dévaliser, avec ses copines, les magasins de la rue Saint-Honoré. Elle n'avait pas d'amant et ne connaissait pas de maîtresses à son conjoint, bien qu'elle émît une réserve sur ce dernier point. Quant à la maison d'édition créée trente ans auparavant par Saint-Hubert, elle n'en maîtrisait ni le fonctionnement ni la gestion. Elle fournit toutefois le nom des principaux collaborateurs de feu son époux.

Les rombières de la place des Vosges, toutes manucurées et fardées, n'avaient rien vu non plus. L'une eut toutefois à se plaindre du vol de ses containers à ordures quinze jours auparavant, une autre de l'absence totale de vidéosurveillance dans le quartier, la mairie de Paris s'opposant à leur installation sous la pression des élus verts. Une bignole donna les noms des quelques « sans domicile fixe » qui, bizarrement, avaient tous déguerpi avec leurs matelas au petit matin du vendredi 6 juin.

— Retrouvez-les-moi ! lança Jean-Paul Guignard en guise de conclusion lors du briefing du lendemain.

***

Thomas Boitel avait veillé une partie de la nuit dans son bureau à faire défiler les télégrammes des états-majors. Étaient recensés trois vols à main armée, une douzaine de viols et agressions sexuelles, l'interpellation d'un escroc dans une banque postale, des dizaines de faits de violence conjugale, une agression à l'arme blanche, des vols à l'arraché, etc. Mais rien qui se rapportât aux agissements du fantôme de Maigret, comme l'avait si bien décrit Vermeulen dans l'édito de son canard. C'est avec une cigarette au bec que Boitel arriva dans le bureau du groupe Duhamel, au moment où l'équipe s'offrait un dernier whisky avant d'aller se coucher.

— Je peux m'asseoir ?

— Faites, répondit Leprêtre qui était pour la paix des ménages.

— Vous en pensez quoi, de la mort de Saint-Hubert ? demanda-t-il sans s'adresser à quelqu'un en particulier.

— Pourquoi cette question ? rétorqua Duhamel en servant un verre à son chef de section.

— Je sais pas, un sale pressentiment peut-être.

Duhamel avait la même crainte, mais il s'abstint d'abonder dans son sens. C'est Nora Belhali qui osa :

— Vous croyez que ça pourrait être notre tueur ?

— D'après Charpentier, l'assassin de l'éditeur aurait utilisé des munitions identiques à celles de notre tueur.

— Ça ne veut rien dire. C'est un calibre régulièrement utilisé par les voyous, répondit Leprêtre, pour le rassurer.

— On le saura bien assez vite, ajouta Duhamel qui savait que la Balistique communiquerait ses premiers résultats dès le lundi après-midi.

— Vous en êtes où des recherches sur les lettres ?

— Fabrice a travaillé sur les bornages, c'est négatif sur toute la ligne. Nora est allée à Toulouse pour rien, et Jeannot a épluché tous les listings SNCF, en vain. Pierre continue de trier les P-V. On n'a rien à se mettre sous la dent. Il nous reste juste la gamberge.

Un long silence s'ensuivit.

— Écoutez, reprit Boitel, je sais ce que vous endurez en ce moment. Il y a deux possibilités : soit notre tueur n'est pas passé à l'acte hier, soit c'est lui qui a flingué Saint-Hubert. Dans les deux cas, on le saura dès lundi. Alors si c'est pour gamberger, autant gamberger chez vous ce week-end.

Incrédules, tous les flics se regardèrent.

— Si le patron se rend compte de quelque chose, je prendrai sur moi. Ne vous inquiétez pas, finit-il en écrasant son mégot sur le linoléum.

Ils étaient tous trop claqués pour dire merci. Ils finirent leur verre, se levèrent difficilement du sofa et se saluèrent. Pour la première fois, la poignée de main de Duhamel à son chef de section fut ferme et franche. Reconnaissante.

**

Il était 8 h 55 lorsque Éric Vermeulen contacta Scarface. Ce dernier, la veille au soir, avait pris soin de lui laisser un message lui signalant la possibilité qu'il reçoive un nouveau courrier du tueur. Sans certitude toutefois.

— Alors ? demanda Duhamel qui s'était mis debout lorsqu'il avait reconnu le numéro de téléphone du journaliste.

— Porquerolles, cette fois.

— L'île de Porquerolles ? Dans le Var ?

— Ouais.

— Vas-y, ouvre.

— Quoi ! ?

— Ouvre, je te dis !

— Mais je croyais que…

— Ouvre, bordel ! Je te dis d'ouvrir ! ! !

Duhamel était rouge de colère. Il savait désormais ce que la lettre allait annoncer. Des collègues des groupes voisins se rapprochèrent de l'entrée de son bureau, appuyés contre la rambarde de la mezzanine, les mains dans les poches ou les bras croisés.

— Alors ?

— Attends, ça vient. Je la lis : *Mon voisin Saint-Hubert n'est plus. Vous pouvez mettre Janvier ou Février sur le coup, ça n'y changera rien. Tout comme pour l'affaire Denoël, vos fins limiers n'aboutiront pas.* Signé : *Germain d'Antibes.* C'est le fantôme qui a tué l'éditeur ! ? Putain de merde ! s'exclama Vermeulen.

— Bon, tu ne bouges pas. Je t'envoie une équipe pour récupérer le courrier.

— D'accord.

— Au fait, bien trouvé, le titre, dit le chef de groupe redevenu calme en faisat référence au « fantôme de Maigret ».

— Merci.

Aussitôt, l'information se propagea dans tous les bureaux. Rapidement informés, Charpentier et ses gars vinrent à la rencontre de Duhamel, histoire de se faire confirmer la rumeur. D'autres flics patientaient sur les coursives, en vis-à-vis du bureau occupé par le groupe de Scarface, appuyés contre la balustrade, sous le puits de lumière de la verrière, point de vue aérien sur l'anti-chambre du bureau du directeur. Salon aux teintes saumon, cette grande pièce rectangulaire, diversement composée d'une table au plateau de marbre noir enca-drée par quatre fauteuils de style Louis XV, d'un meuble chinois et d'un chandelier doré, de taille humaine, était le lieu de passage obligé à qui rendait visite au directeur de la police judiciaire parisienne. Pour l'heure, le vestibule semblait étrangement calme, contrairement aux couloirs de la Crim' qui, d'un coup, s'étaient animés et ressemblaient à des galeries mar-chandes le jour des soldes.

Il fallait l'avouer, le tueur était insaisissable, et sur-tout déroutant. Il s'était attaqué à un conseiller principal d'éducation, à deux enseignants, et désormais s'en prenait à un éditeur de renom. Ces gens-là n'avaient rien en commun. Confiant, il tuait désormais au sein même de la capitale. Ses repérages, ses surveillances étaient d'une grande discrétion compte tenu du faible nombre de témoins. Un fantôme, comme l'avait si bien qualifié Vermeulen. Un fantôme qui les défiait, qui adressait aux flics des lettres de revendication dans lesquelles il ne demandait rien, absolument rien. Pourtant, le tueur n'avait jamais été aussi loquace. Trois phrases signées par un certain Germain d'Antibes. Fallait-il y voir un lien entre Antibes et Porquerolles, villes de la Côte d'Azur distantes de cent quarante-cinq kilomètres ? Fallait-il s'intéresser à tous les Germain domiciliés à Antibes ? Pourquoi ne pas tous les identifier afin de les interroger ? La Brigade criminelle n'avait-elle pas, dix ans plus tôt, entendu les propriétaires de vingt mille voitures Fiat dans l'affaire Lady Di ?

Mais la vérité était ailleurs, Duhamel le sentait. Il se redressa, se détourna de la mezzanine, fixa Chadeau et Belhali, tous deux bouche pincée, assis à leur poste en train de pianoter sur leur clavier. Dépités, mais pas abattus. Ils avaient encore la rage.

***

Le briefing fut retardé. Jean-Paul Guignard voulait avoir en main la dernière missive avant d'ouvrir le bal. Son bureau était plein à craquer. Il y avait là les habituels chefs de groupe, les « crayons » qui équipaient en véhicules et matériel les fonctionnaires de permanence, le chef de section Thomas Boitel, l'œil du directeur Didier Deplaix, et même le Corse Orsini, sous-directeur des brigades centrales qui avait autorité sur les principaux services judiciaires implantés à Paris, au rang desquels la BRB et la Brigade des stupéfiants.

— *Mon voisin Saint-Hubert n'est plus. Vous pouvez mettre Janvier ou Février sur le coup, ça n'y changera rien. Tout comme pour l'affaire Denoël, vos fins limiers n'aboutiront pas. Germain d'Antibes.* Voilà la dernière lettre, reçue ce matin même de l'île de Porquerolles par Éric Vermeulen.

Les mots du patron étaient graves, et le silence, en écho, pesant. Il poursuivit :

— Comme vous le savez tous, il s'agit de la quatrième lettre en quatre semaines pour autant de meurtres. On a eu Liège, Lausanne, La Rochelle et maintenant Porquerolles, sur la Côte d'Azur. Pour ce qui est des signatures, on a eu Aramis...

— ... Luc Dorsan... intervint Duhamel qui sentait que le commissaire divisionnaire avait perdu le fil.

— ... Miquette, et aujourd'hui Germain d'Antibes. Je ne sais pas s'il cherche à nous rendre fous, mais en tout cas, sachez que le groupe Duhamel a travaillé sur tous ces surnoms, sans résultat. Alors, si l'un d'entre vous a une idée, qu'il n'hésite pas à en faire part. C'est pareil pour les quatre villes où les courriers ont été postés. Nous sommes preneurs de toute idée, même des choses qui pourraient, au premier abord, paraître incongrues.

— Est-ce que la SNCF et les compagnies aériennes ont été sollicitées ? demanda un chef de groupe qui se prit au jeu.

— Ouais, c'est en cours, répondit Duhamel. Leprêtre s'en occupe.

— Ce qui serait pas mal, c'est de faire le tour des hôtels pour recueillir le nom des clients de passage, non ?

— Les gîtes et les campings aussi… ajouta un autre chef d'équipe.

— Bonne idée. On va envoyer une équipe de deux fonctionnaires sur Porquerolles, décida Guignard.

— Et pour La Rochelle ?

— Il y a une centaine d'hôtels rien que dans la ville, répondit Duhamel. C'est pas un binôme qu'il nous faut, c'est un régiment entier.

— Monsieur Charpentier, on en est où des recherches des SDF ?

— Ils ne sont toujours par revenus sur les lieux. Dès ce soir, on va faire le tour des soupes populaires pour essayer de les rebecter[1].

— Bonne idée. Et vous, commandant Fournier ?

— On avance, on a identifié l'ex-petit ami de Franck Lemaire, vous savez, celui qui habite dans le Loiret. On l'a convoqué pour demain matin.

— Avancez le rendez-vous, quitte à aller le chercher. Je veux un retour dès ce soir.

— Très bien, répondit Fournier, obéissant.

— Quels sont les groupes disponibles ? demanda le divisionnaire aux « crayons ».

— Il en reste quatre, répondit le plus gradé des deux qui, debout, était appuyé contre un lourd coffre-fort.

— Bon ! Vous me les envoyez tous place des Vosges. Je veux un état exhaustif de tous les habitants

1. Retrouver.

194

du quartier, les hommes en particulier. Vous me faites une gamme de chacun d'entre eux.

Le travail était titanesque. Il y avait huit cents habitants domiciliés autour de la place carrée. Femmes et enfants en moins, il restait environ trois cents fiches à constituer, dans la perspective d'identifier le voisin de Saint-Hubert susceptible de lui vouloir du mal ; en considérant que le meurtrier soit véritablement son voisin. Mais personne n'osa contredire l'ordre du taulier.

— Ah ! dernier point. M. le directeur a décidé de nous attribuer des moyens supplémentaires. Dès cet après-midi, une psychologue intégrera le service le temps de l'enquête, annonça Guignard.

— Dans quel but ?

— Pour établir un profil psychologique, monsieur Duhamel.

— Attendez, si c'est pour s'entendre dire que le tueur a entre vingt-cinq et cinquante ans, qu'il est blanc et qu'il a souffert quand il était petit, c'est pas la peine. Le directeur, il ferait mieux d'investir dans les nouvelles technologies au lieu de nous refiler des spécialistes aux théories bancales, dit-il en fixant Didier Deplaix, à qui s'adressait en partie le message.

Le temps n'était pas propice aux jérémiades, mais devant un dossier de procédure qui s'épaississait de jour en jour pour atteindre maintenant plus de mille feuillets, Duhamel n'avait pu s'empêcher de faire part du manque de logiciels *ad hoc*, lesquels faisaient parfois le bonheur des services anglo-saxons qui traquent les criminels d'habitude.

Le briefing, qui dura une heure et demie, eut au moins le mérite de recadrer les recherches. Duhamel gardait la main concernant les lettres. Charpentier, assisté d'un nouveau groupe, poursuivait son travail sur le meurtre de Saint-Hubert. Et Fournier fignolait l'enquête Lemaire avec en perspective l'audition de l'ancien petit ami. Deux enquêteurs étaient décrochés d'un cinquième groupe afin de se rendre sans attendre sur l'île de Porquerolles, où le dernier courrier avait été oblitéré le samedi 7 juin à 12 heures.

— Le meurtre a été commis vendredi vers 7 h 30. Si le courrier a été oblitéré à la poste de Porquerolles à 12 heures le lendemain, le meurtrier a dû faire la route le jour même.

— Possible qu'il ait effectivement posté le courrier dès le vendredi soir de Porquerolles, répondit Duhamel à Leprêtre. Si ça se trouve, il a juste fait un aller-retour sur l'île sans y dormir.

— Quel intérêt ? dit Chadeau sans nécessairement attendre une réponse.

— Je crois que là est toute l'énigme, résuma Leprêtre. En plus il parle comme un flic, ajouta-t-il en évoquant la dernière phrase de la lettre.

À l'énigme s'ajoutait le défi. *Tout comme pour l'affaire Denoël, vos fins limiers n'aboutiront pas.* Le limier, grand chien servant à la chasse des grandes bêtes, correspondait surtout dans les rangs de la police judiciaire à un enquêteur possédant du flair.

— Par contre, l'affaire Denoël, je la connais, intervint Pixel. J'ai rédigé un article à ce sujet, le mois dernier.

— Ah bon !

— Robert Denoël, le célèbre éditeur. Il s'est fait tuer dans le quartier des Invalides en décembre 1945, je crois. Il faut que je vérifie.

Robert Denoël était effectivement mort le 2 décembre 1945. Rentrant d'une journée passée chez des amis en compagnie de Jeanne Loviton, sa maîtresse, il avait arrêté sa voiture à l'angle du boulevard des Invalides et de la rue de Grenelle à la suite d'une crevaison. Sur la demande expresse de l'éditeur, Jeanne Loviton s'était alors rendue au poste de police le plus proche pour solliciter un taxi qui puisse la conduire au théâtre de la Gaîté-Montparnasse afin d'assister à un spectacle réalisé par Agnès Capri. Jamais elle ne revit son compagnon vivant. Il avait été abattu d'une balle de calibre 11,45 pendant qu'il changeait la roue de sa voiture. Avaient suivi cinq années d'enquête menée par la Brigade criminelle du commissaire Pinault, sur fond de conflits de succession et d'intelligence avec l'ennemi, crime qui lui avait été reproché par la commission d'épuration du livre au moment de sa mort. Si les témoins des faits – des communistes employés au ministère du Travail – avaient refusé d'être entendus par la police, René Barjavel, lui, avait eu l'honneur de fouler les marches du 36. Mais, faute de meurtrier, la mort de Denoël resta inexpliquée. Cinq hypothèses furent alors envisagées dans un rapport final de soixante-quinze pages : crime passionnel, crime politique, crime d'intérêt, règlement de comptes et crime crapuleux. La dernière supposition semblait la plus vraisemblable du fait de l'utilisation probable d'un Colt 45, arme dont étaient dotés des soldats américains alors cantonnés à quelques centaines de mètres du lieu des faits.

— Je ne connaissais pas cette affaire, déclara le chef de groupe.

— Moi non plus, dit Leprêtre.

— Ceux qui connaissent cette histoire ne doivent pas être très nombreux, si ? demanda Duhamel à Pixel.

— Ceux qui lisent mon blog, et ceux qui ont accès aux archives aussi.

— Des flics, quoi !

— Des historiens aussi, des spécialistes de l'édition française, ou encore des gens qui sont passionnés par les faits divers, compléta le lieutenant Chadeau.

— Et pour Janvier et Février, t'as quelque chose ?

— Ça ne me dit absolument rien.

***

RTL...15 heures. Le journal vous est présenté par Anne-Marie Doucet :

Affaire Saint-Hubert : l'assassinat du célèbre éditeur revendiqué dans un courrier en provenance de l'île de Porquerolles par celui que l'on appelle désormais « le fantôme de Maigret ». La police judiciaire parisienne n'a pour l'heure aucune piste sérieuse...

Six heures après l'ouverture du courrier par Éric Vermeulen, toute la presse généraliste se faisait l'écho de la revendication du meurtre de Saint-Hubert. Didier Deplaix pouvait se trémousser autant qu'il voulait, l'affaire était trop sérieuse pour qu'il soit en mesure d'endiguer les fuites. Quoi qu'il fasse, quoi qu'il dise, il y aurait toujours un flic bien heureux de toucher un bakchich.

Excepté Duhamel et ses soldats, toutes les équipes se trouvaient sur le terrain. Les pigistes attendaient leur retour depuis des plombes devant le porche du 36, caméra à l'épaule, appareil photo en bandoulière, et Marlboro à la bouche pour faire passer le temps.

Chaque véhicule de police en mouvement provoquait agitation et interrogation, mais tous rentraient bredouilles. Leurs occupants présentaient des mines défaites lors des coups de projecteur, preuve que l'enquête n'avançait guère. Les journalistes ne remarquèrent même pas l'arrivée de Fabienne Varlin, la psychologue, tant elle ressemblait dans l'allure et dans la tenue à la plupart des avocates qui arpentent les couloirs du Palais de justice. La peau de son visage était granuleuse et sèche. Ses lèvres étaient fines et gercées, son teint pâle. Seuls ses cheveux mi-longs, ébouriffés et châtain clair, et ses yeux clairs et pétillants retenaient la lumière. Duhamel, qui la reçut dans le grand bureau, nota surtout le contraste entre de longues boucles d'oreilles couleur argent et un débardeur noir. Des épaules puissantes et une poitrine opulente n'eurent pourtant pas raison de l'idée qu'il se faisait des psychologues de la Préfecture de police : inutiles et surtout incompétentes en termes d'enquête policière. C'est la Maghrébine qui vint à son secours.

— Assieds-toi ! dit-elle en la tutoyant d'entrée pour la mettre à l'aise. Tu veux un café ?

— Dans une petite tasse, s'il te plaît, répondit-elle, satisfaite de ce premier accueil malgré la présence de poussière et l'odeur nauséabonde des lieux.

Nora Belhali lui présenta brièvement les collègues et la conduisit à l'étage supérieur pour lui montrer le cabinet de procédure occupé par Pierre Sibierski. Puis, après une rapide présentation d'une brigade vidée de ses hommes, elles revinrent dans la grande pièce commune où l'enquêtrice lui indiqua l'emplacement du dossier de travail qui regroupait une copie des actes principaux de la procédure : un dossier pour chaque victime avec procès-verbaux, listings, recherches téléphoniques, notes diverses et photographies. Une autre chemise contenait les articles de presse, une troisième, les recherches relatives aux lettres et à leur contenu. C'est par celui-ci qu'elle commença ses lectures, assise sur le sofa rouge et s'appuyant sur la table de bistrot pour la prise de notes, faute de bureau disponible.

**

L'ancien petit ami de Franck Lemaire avait à peine vingt-deux ans. Magasinier de nuit dans une boîte de fabrication de CD, il possédait une Super Cinq grise immatriculée dans le Loiret et vivait encore chez ses parents. Fournier ne mit pas longtemps à le faire pleurer, ce qui était relativement facile avec les jeunes homosexuels lorsqu'ils perdaient leurs proches. D'autant que les enquêteurs maîtrisaient parfaitement ce milieu, compte tenu de la recrudescence de meurtres homophobes commis par les truqueurs[1] depuis une quinzaine d'années à Paris.

Le professeur d'histoire du lycée Henri-IV et lui s'étaient connus cinq ans plus tôt, au cours d'un stage d'archéologie dans le Périgord animé par Lemaire. Ils étaient rapidement tombés amoureux et se retrouvaient chaque week-end malgré la cinquantaine de kilomètres qui les séparaient. Leur histoire d'amour, pourtant, n'avait pas d'avenir. C'est ce qu'expliqua à Fournier

1. Faux homosexuels qui font chanter les vrais ou qui pillent leur domicile.

200

un jeune homme incapable de révéler son homosexualité à sa famille.

— Ce qui nous intéresse avant tout, c'est d'identifier les amis de Franck, lança le commandant Fournier. Parce qu'on pense que votre ami et son tueur se connaissaient.

— Des amis, il n'en avait pas beaucoup sur Boigneville. Il ne sortait quasiment jamais de chez lui. Sur Paris, je ne sais pas trop, car je ne l'y rejoignais presque jamais.

— Et eux, vous les connaissez ? lui demanda Fournier en déposant devant lui les photos de Santoni et de Jacquin.

— Lui, oui. C'était un professeur de français. J'ai mangé avec lui une fois. L'autre, non, je ne le connais pas.

— Le second, il s'appelait Rémy Jacquin...

— Rémy, oui, il en parlait souvent. Mais je ne l'ai jamais rencontré.

— Et qu'est-ce qu'il vous disait de lui ? demanda Fournier, vêtu comme toujours d'un pull moulant malgré la chaleur qui régnait sur Paris depuis deux jours.

— Je sais qu'il était pion ou un truc comme ça dans la banlieue nord. Je sais aussi qu'il lisait beaucoup également, car il avait prêté pas mal de livres à Franck.

— Quel genre ?

— De tout, mais surtout des livres policiers.

— Et le prof de français, qu'est-ce que vous pouvez en dire ?

— Franck tenait à me le présenter. Il avait beaucoup de respect pour lui. Je crois qu'il était passionné de poésie.

— C'est tout ?

— Oui.

— Et vous, comment l'avez-vous trouvé lors de votre rencontre ?

— Bof. Je sais pas si j'étais fatigué ou quoi, mais ils m'ont un peu saoulé avec leurs histoires de profs. À les entendre, ils avaient les pires classes de leurs lycées.

— Ils n'ont pas parlé d'amis communs, par exemple ? interrogea le commandant de police.

— Non.

— Rémy, entre autres ?

— Non. Mais je ne crois pas que Rémy et Pierre se connaissaient.

— À votre avis, avaient-ils une passion commune, tous les trois ?

— Les livres, incontestablement. À ce sujet, le soir où j'ai dîné avec Pierre et Franck, ils ont parlé un bon bout de temps de la bonne manière d'écrire un roman.

— Et Nicolas Saint-Hubert, vous connaissez ?

— De nom, comme tout le monde. Mais pas personnellement, si c'est ce que vous désirez savoir.

— Et Franck, il le connaissait ?

— Pas à ma connaissance. En tout cas, il n'en a jamais parlé.

— Il a déjà publié des ouvrages ?

— Franck ? Non.

***

Pourtant, tout doucement, le livre et le monde de l'édition devenaient l'épicentre de cette affaire. Et des livres, il y en avait de toutes parts autour de Charpentier, au siège de la maison d'édition Saint-Hubert située rue

202

de Fleurus dans le 6ᵉ arrondissement de Paris. Contrairement aux perquisitions effectuées dans les entreprises de presse ou dans les cabinets d'avocats, celles effectuées au sein d'une maison d'édition ne nécessitaient pas la présence du magistrat instructeur.

Les habituels collaborateurs de Saint-Hubert étaient tous présents dans ce grand bureau à l'américaine, où, à part quelques pièces cloisonnées, seuls des paravents mobiles séparaient les postes de la majorité des employés. Regroupés par trois ou quatre, ils discutaient. Les femmes jugeaient cet assassinat inconcevable, les hommes, plus pragmatiques, évoquaient tout bas la piste passionnelle. Nicolas Saint-Hubert avait en effet la réputation d'un homme qui aimait les belles jeunes femmes, qu'elles soient seules ou accompagnées.

Surtout, tous s'interrogeaient sur le devenir de la société et le nom du repreneur, y compris les collaborateurs directs de l'éditeur qui étaient tous tenus à distance du coffre-fort dans lequel les documents comptables et autres contrats étaient enfermés. Les investigations durèrent six heures, le temps de requérir un technicien de la société Fichet apte à « casser » le code d'accès du coffre de même marque, et de trouer à l'aide d'une perceuse électrique les nombreuses liasses de documents découverts pour les placer aussitôt sous scellés. La vingtaine d'employés eut droit à sa convocation au quai des Orfèvres, puis les policiers placèrent les scellés dans de grands cartons à rangements destinés, initialement, à classer les manuscrits transmis par des auteurs désireux de se faire publier.

12 – L'étudiant rochelais

« Google est mon ami. Google est mon ami. Google est mon ami. » Voilà ce que se rabâchait sans arrêt Fabrice Chadeau lorsqu'il cherchait un renseignement. Ainsi, il lui avait fallu moins de dix minutes pour tout apprendre de l'île de Porquerolles, endroit où, pourtant, il n'avait jamais mis les pieds. Car Chadeau, comme les autres, était persuadé que ce lieu de destination n'était ni le fruit du hasard ni un lieu de villégiature de l'assassin. Il y apprit donc, sur un site encyclopédique, que Porquerolles était la plus grande des îles d'Hyères, successivement occupée par les Celtes, les Phocéens, les Romains, les Cisterciens, pillée par les Sarrasins, rachetée par Henri III, occupée par les Anglais durant la Révolution, et finalement vendue en 1912 à François Fournier, fils d'un pauvre batelier belge et qui avait fait fortune au Mexique avant de mourir brutalement en 1935 sur son île.

Fallait-il voir un rapport entre ce Belge naturalisé français et la première lettre postée de Liège ? Pixel n'en savait rien. Mais un ordre de Duhamel l'éloigna de ses recherches :

— Le secrétariat vient de recevoir l'appel d'un étudiant en lettres de la Sorbonne qui dit pouvoir nous aider dans l'enquête…

— Comment ça ?

— L'étudiant aurait établi le lien entre les quatre villes d'où sont partis les courriers. Tu t'en occupes ?

— T'as son nom ?

— Tiens. Voilà. Il s'appelle Julien Reveleau, dit Duhamel en lui tendant un Post-it sur lequel un numéro de téléphone était également noté.

— Reveleau, c'est un nom de l'ouest de la France, répondit le lieutenant de police qui récitait les cours de généalogie de sa mère.

— Je m'en fous. Tu l'appelles et tu vois ce qu'il veut. Méfie-toi quand même, j'aime pas trop qu'on vienne fouiner dans nos affaires.

***

Les jours se suivaient et se ressemblaient à la Crim'. Les informations s'empilaient dans la bannette, avant le tri opéré par Pierre Sibierski. Mais les enquêteurs avaient beau se creuser la cervelle, aucun lapin ne sortait du chapeau. Les têtes étaient basses, les mines patibulaires, les corps courbés. Surtout, les couloirs et la machine à café du troisième étage étaient désertés, de peur d'y croiser un Guignard devenu irascible au fil du temps. Tout se disait et se vivait désormais en catimini, dans la confidence des bureaux mansardés, au gré des mauvaises nouvelles. Le service de la balistique avait confirmé que les projectiles de la place des Vosges étaient identiques à ceux employés lors des trois premiers meurtres, tandis que les sans-abri étaient toujours dans la nature, au grand regret de Charpentier qui avait mis deux gars sur le coup.

Le banquet annuel de la brigade approchait. Jamais il n'avait été supprimé, sauf en 1995, l'année noire, celle des nombreux meurtres de Guy Georges, celle de l'attentat du RER Saint-Michel. Certes, le beau temps n'était pas toujours au rendez-vous de cette fête – elle se tenait dans le cadre somptueux d'une bâtisse du XVIIe siècle, dans la vallée de Chevreuse –, mais rien ne venait jamais ternir les retrouvailles entre les actifs et les retraités du service. Concours de pétanque, jeux de cartes et jeux de ballon improvisés les rassemblaient tous au son de l'orchestre du 36, un groupe composé exclusivement de policiers mélomanes.

Nadine Martinon, la juge d'instruction, se faisait un sang d'encre. Ses yeux se cernaient chaque jour un peu plus. Informée quotidiennement de l'évolution de l'enquête par Boitel, elle avait toutefois sollicité de la Brigade criminelle un premier envoi partiel du dossier de procédure, afin de prendre connaissance des axes de recherche et du contenu des auditions. La pression devenait insupportable pour la jeune femme : des journalistes ne cessaient de la harceler au téléphone et elle avait aperçu des cameramen à l'entrée du tribunal de grande instance de Bobigny – elle avait alors quitté les lieux par une porte dérobée. « Ma cocotte, t'es plus dans un film. C'est la vraie vie, là », aurait dit Duhamel s'il l'avait rencontrée à ce moment. Mais surtout, malgré ses responsabilités de magistrate, sa marge de manœuvre était bien faible. Ses six mois d'expérience ne lui permettaient certainement pas de juger ou de remettre en cause le travail et les compétences des flics de la Brigade criminelle, les « Seigneurs de la PJ », comme certains journalistes les appelaient en d'autres occasions. Leur mettre une pression supplémentaire n'aurait eu aucun sens. Et, surtout, elle n'avait ni l'étoffe ni le cran pour le faire.

***

Rendez-vous fut fixé à huit cents mètres du quai des Orfèvres, sur la place de la Sorbonne, devant la statue d'Auguste Comte dont le crâne chauve était souillé par les fientes de pigeons. Julien Reveleau n'avait qu'un quart d'heure à consacrer aux enquêteurs. Le suivi de ses modules de master ne lui offrait que peu de répit le mercredi. Le gros Chadeau, qui avait effectué un repérage des lieux quelques mois plus tôt pour illustrer un article de fond sur le rôle des flics de la Crim' lors des événements de mai 1968, préféra emprunter la ligne de bus 21 qui remontait le boulevard Saint-Michel jusqu'au jardin du Luxembourg. Il évitait ainsi de trop marcher.

— Qu'est-ce que tu bois ? demanda-t-il à Nora Belhali alors qu'ils attendaient l'étudiant attablés à la terrasse de L'Écritoire, le bistrot le plus près de la statue du philosophe français.

— Un Monaco.

— Deux Monaco, s'il vous plaît ! dit-il au garçon de café après avoir levé la main.

Dix minutes d'avance, c'est le temps qu'il fallut au lieutenant pour expliquer que leurs prédécesseurs de la Brigade criminelle avaient, quarante ans plus tôt, avant de lutter contre les reconstitutions de ligues dissoutes, participé au déblocage de la Sorbonne et au nettoyage du Théâtre de l'Odéon où pavés et maillets étaient stockés. Tel un passionné, Chadeau, suant à grosses gouttes, raconta avec un plaisir non dissimulé la fuite d'un commissaire de police, qui allait devenir par la suite chef de la Brigade criminelle, devant les « Katangais ». Cette milice, dirigée par deux anciens mercenaires et composée d'individus pour la plupart armés de chaînes, de haches ou de fusils, squattait alors la faculté.

Le lieutenant imaginait Julien Reveleau acnéique avec un menton hérissé de poils, ils découvrirent un homme athlétique, les cheveux blancs coiffés en brosse et le regard d'un bleu profond. L'ensemble ne laissa pas insensible la belle Nora. Mais la jeunesse du bellâtre – vingt-deux ans au grand maximum – n'était pas pour satisfaire les exigences de l'enquêtrice. Reveleau les cherchait tout autour de lui. Il ne pouvait croire un instant que le gros et la Beurette installés en terrasse puissent être policiers. Ce furent donc eux qui le hélèrent.

— Julien Reveleau ?

— Oui ?

— Lieutenant Chadeau, police judiciaire. Voici ma collègue, Nora Belhali. Vous avez cinq minutes à nous consacrer ?

L'étudiant prit place, posant un sac à dos vert au pied de la table.

— Je n'ai pas beaucoup de temps, commença-t-il. C'est le commissariat du 13ᵉ arrondissement qui m'a donné le numéro de votre standard.

— Pourquoi le 13ᵉ ?

— Parce que j'habite rue de Tolbiac quand je suis à Paris.

— Et quand vous n'êtes pas à Paris… ?

— Je vis à La Rochelle.

« Intéressant », pensa Chadeau tout en se rappelant les propos de Duhamel au sujet des gens qui cherchaient à en savoir un peu trop sur les enquêtes de police.

— Qu'est-ce que vous vouliez nous apprendre ? demanda la gardienne de la paix qui, elle, était moins distante que son collègue.

— En fait, je ne suis sûr de rien, mais je pense que votre tueur, il se prend non pas pour Maigret, comme j'ai pu le lire dans la presse, mais pour Simenon.

— Comment ça ?

— Liège, Lausanne, La Rochelle et l'île de Porquerolles sont des lieux où a vécu l'écrivain. Et je suis bien placé pour en parler…

— Pourquoi ? Parce que vous vivez à La Rochelle ? demanda Chadeau en se grattant le nez.

— Non, parce que je suis en train de rédiger une thèse sur lui. Simenon est né à Liège et est mort à Lausanne. Entre les deux il a vécu, entre autres, plusieurs années à La Rochelle et à Porquerolles.

Les deux flics restèrent pantois. Les lieux de postage comme les timbres, tout tournait autour de Simenon. Cette information avait son importance. Les pièces du puzzle, gentiment, se mettaient en place dans l'esprit des enquêteurs – mais pas assez vite au goût de la hiérarchie qui refaisait les comptes chaque vendredi. Duhamel, d'ailleurs, l'avait dit : « Lorsqu'on aura le mobile, on ne sera pas loin d'identifier l'assassin. » C'est son chef de groupe que Nora Belhali contacta, alors qu'elle s'éloignait de la terrasse du bistrot où Chadeau offrait enfin un verre à Reveleau.

— Daniel ? C'est Nora. Notre gars, il est super intéressant. Il nous apprend que le tueur envoie les courriers de villes où a systématiquement vécu Simenon.

Et ce n'était pas vraiment à classer au rang du concours de circonstances, vu les timbres utilisés.

— Je voulais savoir si on pouvait lui soumettre le contenu des lettres... Peut-être qu'il pourrait nous éclairer ?

— Il est clean ?

— Je pense. En tout cas, moi, je lui fais confiance.

— Bon vas-y. Mollo quand même. Et n'oublie pas de le convoquer au service pour qu'on mette tout ça sur procès-verbal.

— Très bien, chef.

L'étudiant rochelais était pressé, mais il daigna rester un peu plus longtemps, la compagnie de la délicieuse enquêtrice pesant pour beaucoup dans sa décision.

— Si je vous communique le contenu des lettres, on peut vous faire confiance ?

— Allez-y...

— L'une des lettres du tueur, celle dans laquelle il revendique le meurtre de Saint-Hubert, nous semble particulièrement énigmatique. Il déclare : *Mon voisin Saint-Hubert n'est plus. Vous pouvez mettre Janvier ou Février sur le coup, ça n'y changera rien. Tout comme pour l'affaire Denoël, vos fins limiers n'aboutiront pas. Germain d'Antibes.*

— Ça confirme ce que je vous disais...

— Nous sommes tout ouïe, dit le lieutenant impatient.

— Si la presse n'a pas menti, Nicolas Saint-Hubert vivait place des Vosges, c'est bien ça ?

— Oui.

— Eh bien, figurez-vous que Simenon aussi a vécu à cet endroit au début des années 1930. 21, place des Vosges précisément. Ce qui explique que le tueur, qui semble se prendre pour Simenon comme je vous le disais, utilise le terme de voisin.

Les deux enquêteurs restèrent interdits. Ils se sentirent embarrassés et inexcusables même, dans un deuxième temps. Saint-Hubert, lui, demeurait au 11. Et ce n'était pas fini.

— Je comprends que vous ne sachiez pas, surtout si vous ne vous êtes pas intéressés à l'écrivain. Par contre, en ce qui concerne Janvier et Février, vous êtes impardonnables…

— Comment ça ! ?

— Si vous ne connaissez pas l'inspecteur Janvier, vous devriez au moins connaître Février.

L'étudiant semblait maintenant s'amuser de l'ignorance de ses deux interlocuteurs. D'autant qu'ils paraissaient accessibles et sympathiques, contrairement aux flics de La Rochelle, parfois hargneux lors de leurs patrouilles pédestres aux abords de la tour des Quatre Sergents. L'inspecteur Janvier n'était ni plus ni moins qu'un personnage de fiction créé de toutes pièces par l'écrivain belge ; l'un des principaux collaborateurs de Maigret au même titre que les célèbres Lucas, Lapointe et Torrence.

— Pourquoi dites-vous qu'on devrait au moins connaître Février ? demanda Belhali qui crevait d'envie de tutoyer ce type légèrement plus jeune qu'elle.

— Parce que l'inspecteur Février a réellement existé. C'était un collaborateur du célèbre commissaire Guillaume, dans les années 1930.

211

— Tu ne savais pas ça, toi ! ? intervint Belhali en se tournant vers son collègue.

— Non. Mais je sais que Marcel Guillaume a souvent invité Simenon à la Brigade criminelle, ajouta Chadeau qui ne voulait pas passer pour un benêt aux yeux du Rochelais.

Nora pensa soudain aux trente collègues qui avaient été chargés, à la demande du commissaire divisionnaire, d'effectuer le recensement de tous les habitants de la place des Vosges en espérant ainsi identifier l'assassin de l'éditeur. Ils allaient être heureux de mettre un terme à ces investigations, devenues d'un coup complètement absurdes.

— Et pour Germain d'Antibes ? poursuivit-elle.

— C'est la signature, ça ?

— Ouais.

— J'ai une petite idée mais je ne suis pas sûr. Je veux vérifier quelque chose avant de vous répondre.

Aucune recherche, jusque-là, n'avait abouti. Les deux jeunes enquêteurs, eux, allaient enfin rentrer au service avec des billes. Simenon partout, sur les timbres, au bout des énigmes. Le tueur était un passionné, c'était certain.

— Probablement un flic, dit Duhamel à Guignard et Boitel lorsqu'il leur rendit compte des éléments rapportés par Chadeau et Belhali.

— Pourquoi un flic ? demanda le divisionnaire.

— Parce qu'un flic a tout de même plus de chances de savoir qu'un des siens se nommait Février.

***

212

Et comme une bonne nouvelle n'arrive jamais seule, deux des sans-abri recherchés furent découverts, couchés sous un campement de fortune à proximité de l'écluse du port autonome de Paris-Bastille, au milieu des pavés humidifiés par la pisse, à un kilomètre à peine de la place des Vosges. Malgré les odeurs, l'endroit, imbriqué sous le quai de la Rapée entre la Seine et le bassin, était discret pour qui cherchait à se mettre au vert. Il n'y avait guère que les usagers des bateaux-mouches et les policiers de la Brigade fluviale qui les dérangeaient. Les piétons ne s'aventuraient pas dans ce secteur où plusieurs bergers allemands avaient l'habitude de vagabonder.

Michel, le plus âgé des deux, portait une moustache épaisse qui faisait oublier en partie sa calvitie. Bouille ronde, embonpoint certain, l'homme était volubile. Il était né quarante-quatre ans plus tôt à Caen en Normandie, avait participé à quelques mauvais coups durant sa jeunesse et s'était retrouvé à la rue à la sortie de son dernier séjour en prison. Il n'avait jamais travaillé. De toute manière, il ne possédait aucun métier hormis une solide expérience dans le démontage de pièces automobiles. Aujourd'hui, il vivait du RMI et s'en satisfaisait. Son départ de la place des Vosges avait même été profitable : il avait obtenu de la Croix-Rouge une nouvelle toile de tente et trouvé un site moins venteux que celui des arcades bordant le pavillon du roi.

Hakim, le second, était tout en os. Mal rasé et malodorant, son dernier séjour aux bains douches de l'île Saint-Louis semblait dater. Il portait aux pieds des baskets de marque Asics qui auraient fait le ravissement de Nora Belhali, un pantalon gris côtelé et un sweat-shirt qui, à l'achat, avait dû être plus clair. L'homme, légèrement enivré, semblait dormir sur le siège auquel il était menotté.

— Réveille-toi !

— Mmm…

— Réveille-toi, bordel !

— Mouais…

— Pourquoi t'as quitté la place des Vosges ?

— C'est pas un crime, à ce que je sache…

Hakim n'avait pas l'intention de parler. Les flics, par essence, étaient tous des enculés, tout comme les pompiers, les employeurs, les bourgeois, les gardiens d'immeuble, les agents du Trésor, les médecins, les agents hospitaliers, les journalistes, les agents municipaux, les militants associatifs, et les pédés qui venaient bronzer sur les quais de Seine, pas très loin de son nouveau campement.

Michel était plus intelligent. Il y vint le premier, isolé dans un bureau du groupe Charpentier.

— On est partis parce qu'on a eu la trouille.

— Qu'est-ce que vous avez vu, exactement ?

— Moi ? Pas grand-chose. J'ai été réveillé par les coups de feu, c'est tout. J'ai juste vu le type partir.

— Partir comment ?

— En courant. Par la rue de Birague.

— Et il ressemblait à quoi ?

— Comment voulez-vous que je le sache ? Il avait un casque sur la tête.

— Un casque, ou une cagoule ?

— Non, non. Un casque.

— Quelle couleur ?

— Noir.

— Quoi d'autre ?

214

Michel, le marginal, aurait souhaité les aider un peu plus. Mais sa coopération était limitée en raison de problèmes de mémoire vraisemblablement dus à un sérieux manque d'activité intellectuelle. Il ne pouvait confirmer le nombre de coups de feu, n'en connaissait pas l'heure exacte faute de montre au poignet, comme il ne sut décrire la tenue vestimentaire de l'assassin. Pour lui, l'homme ne devait pas avoir plus de quarante ans, vu la vitesse à laquelle il s'était évaporé.

— On aurait dit le champion du monde du cent mètres.

— À combien de mètres de vous est-il passé ?

— Trois ou quatre, pas plus.

— Et vous n'avez pas vu sa tenue vestimentaire !

— Je ne voulais pas qu'il me voie. Je me suis planqué sous mes cartons, expliqua le quadragénaire, qui avait l'habitude de se protéger du froid de la nuit en se calfeutrant dans sa housse de couette sous un monticule de vieux cartons de déménagement.

— Et la moto, vous l'avez vue, ou entendue ?

— Non. À mon avis, il devait être garé dans la rue Saint-Antoine.

***

Jour des enfants oblige, le petit village de Porquerolles était animé en ce mercredi 11 juin, sans compter les nombreux touristes. Les deux envoyés de la Brigade criminelle avaient eu l'intelligence de ne pas se réjouir de ce voyage, hautement improbable quelques jours auparavant, mais force était de constater qu'ils garderaient un bon souvenir de ce séjour sur la plus grande des îles d'Or. Car, bénéficiant de la lumière d'un soleil orgueilleux, ils avaient décidé de visiter les quelques sites touristiques, en particulier le parc national de Port-Cros et le fort Sainte-Agathe où ils avaient découvert un magnifique panorama sur le golfe d'Hyères.

Concernant les investigations, les choses furent plus compliquées. C'est ce qu'ils dirent au téléphone à Thomas Boitel, peu avant de reprendre la route pour Paris. Ils avaient bien débuté, pourtant. L'unique poste de l'île, située sur la place d'Armes du village, était ouverte du lundi au samedi, de 9 h 30 à 12 h 30. Ils apprirent ainsi que le seul employé relevait le courrier chaque midi et l'apportait au port le plus proche, d'où l'acheminement se poursuivait. On pouvait dès lors en conclure que la dernière lettre du fantôme de Maigret avait été postée avant 12 h 30 le samedi précédent, puisque le courrier était arrivé dès le lundi matin sur le bureau de Vermeulen.

Forts de ce renseignement, les deux policiers s'étaient ensuite rendus dans les établissements hôteliers de l'île afin de recenser tous les clients qui avaient dormi sur place dans la nuit du 6 au 7 juin. Au total, ils visitèrent sept auberges et hôtels. Trois autres propriétaires proposaient des chambres d'hôtes et quatre agences fournissaient près de trois cents locations, à la semaine ou à la journée. N'ayant pas le temps d'interroger tous les aubergistes sur procès-verbal[1], ils se contentèrent de recueillir les listings des clients de chaque établissement. Même si rien ne permettait de penser formellement que le tueur avait dormi sur l'île.

1. De manière écrite.

Les recherches se corsèrent au sujet des liaisons maritimes, non pas à cause du nombre de prestataires, mais en raison des différents lieux d'activité des sociétés de transport. La Maison TLV se trouvait à Hyères, TVM à Giens et les vedettes *Île d'Or* et *Le Corsaire* offraient des départs de Cavalaire ou du Lavandou. Autant de villes à visiter, sans omettre le bateau-taxi *Le Pélican*, sis à Porquerolles, qui offrait ses services vingt-quatre heures sur vingt-quatre pour toute destination.

Le mode de règlement des courses posa un autre problème aux deux enquêteurs. Car seuls les clients ayant réglé par carte bancaire ou par chèque purent être listés. Les identités de ceux qui payaient en espèces n'étaient pas relevées par les transporteurs maritimes. Et le meilleur moyen de se faire discret, de ne pas se faire remonter[1], était de régler avec des petites coupures. Règle d'or chez les voyous, il s'agissait tout simplement d'un principe de bon sens chez n'importe quel quidam recherchant l'anonymat.

***

Simenon la décrivait glaciale dans *Pietr le Letton*. La cour intérieure du 36, quai des Orfèvres, avait surtout la particularité d'être entièrement pavée. La superposition classique des ordres dorique, ionique et corinthien sur les façades des bâtiments finissait de donner de la solennité à l'endroit. Au fond à droite, un porche fournissait un accès direct au quai de l'Horloge et au service de

1. Identifier.

217

l'Identité judiciaire. De même, à gauche, on distinguait l'entrée du service d'archivage où les enquêteurs de la région parisienne se rendaient pour compléter leurs fiches de renseignements sur d'éventuels suspects. Entre les deux, protégés par de hautes arcades surplombées par la bibliothèque du barreau de Paris, étaient garés au plus fort de la journée une cinquantaine de scooters et autres motos. La plupart appartenaient en propre aux fonctionnaires de police de la Crim', de la BRI, des Stups, ou de l'état-major de la police judiciaire. Suzuki, Kawazaki et Honda, principalement des grosses cylindrées, se partageaient les faveurs des policiers. On reconnaissait par ailleurs les véhicules de l'État à leur marque, leur couleur et leur mauvais entretien : Peugeot, blancs et sales pour l'essentiel.

C'est sur la gauche, devant la porte menant à l'escalier A, que Nora Belhali accueillit l'étudiant vêtu d'une chemise beige à manches courtes et d'un jean blanc.

— Suivez-moi !

— Volontiers.

La ville de La Rochelle à travers l'œuvre de Simenon, tel était le sujet de la thèse qu'il préparait à l'université de Paris 1 Panthéon-Sorbonne. Simenon, c'était trois cent cinquante œuvres, dont vingt-trois romans et une quarantaine de nouvelles rédigés en Charente-Maritime entre 1932 et 1940, date à laquelle il quittera la ville dont le port de la Pallice est bombardé par les Américains, pour une Vendée plus calme. Mais dès 1929 avec *La femme qui tue*, l'écrivain belge utilisa la ville charentaise comme décor. Suivront parmi quinze romans ou nouvelles *Le testament Donadieu*, *Le voyageur de la Toussaint* et *Les fantômes du chapelier*, où l'auteur évoque une ville ouverte sur le large mais repliée sur son passé.

— Et des *Maigret*, il en a écrit là-bas ? demanda Duhamel qui ne semblait pas supporter le savoir de ce jeune blanc-bec.

— Oui. *Liberty bar*, *L'écluse n° 1*, *Les caves du Majestic*, et *La maison du juge*, énuméra-t-il sans ciller.

Julien Reveleau semblait maîtriser son sujet. Et sans vanité, constata Belhali qui avait fait asseoir l'étudiant en face d'elle pour effectuer son audition. La Nantaise, conquise, mit du temps à résumer les éléments communiqués le matin même sur la place de la Sorbonne. Puis elle revint sur les signatures.

— Avez-vous réfléchi au sujet de Germain d'Antibes ?

— Bien sûr.

— Alors ? s'enquit la gardienne de la paix.

— Germain d'Antibes, c'est un pseudo que Simenon a utilisé en 1929.

— Hein ! ? cria un Duhamel consterné. Il s'est bien payé notre tête, ajouta-t-il malgré la présence de l'étudiant et de Fabienne Varlin, la psychologue, à qui il n'avait toujours pas adressé la parole.

— Simenon était coutumier du fait. Surtout dans ses premières années de création, reprit Reveleau qui souriait.

— Aramis, Luc Dorsan et Miquette, ça vous parle ? demanda Belhali.

— Luc Dorsan, c'est sûr. Il a écrit plusieurs romans sous ce nom. Pour les autres, il faut que je vérifie. Vous avez un accès Internet ?

13 – Une mère superstitieuse

Bien sûr que tous les flics du groupe Duhamel avaient un accès Internet. Mais ils utilisaient pour la plupart le mot de passe de leur chef, le seul qui permettait de surfer sur des sites commerciaux ou publicitaires. Reveleau passa de l'autre côté du bureau de Nora Belhali et lui prit délicatement la souris des mains. Il double-cliqua sur le moteur de recherche préféré de Chadeau, fit défiler les noms de plusieurs sites, ouvrit l'un d'entre eux, visita plusieurs onglets, et enfin réagit :

— Voilà. J'ai trouvé la liste des pseudos utilisés par Simenon. Il y en a plus d'une vingtaine, ajouta-t-il en se tournant vers Pixel qui, curieux, s'était rapproché.

Les deux enquêteurs purent lire, pêle-mêle, des noms aussi divers et surprenants que Jean Sandor, Plick et Plock, Misti, le vieux suiveur, et bien sûr Aramis et Miquette.

— Si vous voulez, je peux vous montrer pour Janvier et Février, poursuivit-il en s'adressant de nouveau au lieutenant Chadeau. J'ai trouvé un très bon blog où on aperçoit l'inspecteur Février en photo.

Sans attendre de retour, l'étudiant rochelais revint sur le moteur de recherche. Puis, après avoir pianoté sur le clavier, il fit apparaître le site en question.

— C'est mon blog, ça ! réagit au quart de tour l'officier de police.

— Ah bon ?

— Ouais. Mais je n'ai pas mis de photo de votre Février. Je ne sais même pas qui c'est.

— Attendez un instant, vous allez voir.

Reveleau fit apparaître l'article relatif à l'affaire Mestorino, célèbre joaillier qui avait tué l'encaisseur Truphème à la fin des années 1920. Chadeau avait agrémenté le sujet d'une photographie issue des archives de la Préfecture de police. On y apercevait le commissaire divisionnaire Guillaume assis derrière son bureau d'angle, lequel supportait des piles de dossiers, un cendrier en verre, un Bottin et l'annuaire des avocats du barreau de Paris, un buvard à main en bois d'olivier, deux lampes à abat-jour en verre, ainsi qu'un téléphone à cornet. Le taulier de l'époque avait les cheveux noirs laqués en arrière, la moustache et le regard sévères, tandis qu'un fin nœud de cravate fixait sa chemise blanche. Il faisait face au suspect, debout, déconfit, un pardessus sur les épaules. En arrière-plan, derrière le bureau du patron, se trouvaient trois autres personnes, à coup sûr des enquêteurs, vu leurs mines réjouies.

— C'est le bureau de Guignard, ça ! s'exclama Belhali qui n'avait jamais été attirée par le contenu du blog de Pixel.

— Ouais, répondit celui-ci. Sauf qu'aujourd'hui, il n'y a plus le poêle à charbon.

— Vous voyez, l'homme debout avec le mouchoir blanc fixé sur sa veste, qui semble se délecter de l'air stupéfait de Mestorino, eh bien il s'agit de votre inspecteur Février, coupa l'étudiant.

Chadeau lisait de l'assurance sur le visage de cet autre flic moustachu, qui avait replié son bras gauche sur sa hanche pour probablement se donner une contenance devant le photographe.

— Je n'avais pas connaissance de ça. Et d'où tenez-vous cette information ? demanda le gros Chadeau dont le métier était de douter de tout.

— D'un site consacré aux relations entre Simenon et la police. On y trouve d'ailleurs l'hommage rendu par l'écrivain aux commissaires Guillaume et Massu, dont il dit s'être énormément inspiré pour composer ses *Maigret*.

***

— Qu'est-ce que tu fais là ?

— Je viens aux archives compléter mes recherches sur un type qu'on doit mettre en garde à vue dans une affaire de viol sur mineure, répondit Laurent Delapierre qui franchissait le porche du 36 au moment où Nora Belhali raccompagnait l'étudiant de La Rochelle. C'est qui, lui ? demanda le capitaine de la Brigade des mineurs après que le jeune homme se fut éloigné en direction du pont Saint-Michel.

— Un étudiant de la Sorbonne qui nous a filé des infos concernant le fantôme.

— Ah bon ! Vous avez des pistes ?

— Non, pas vraiment. Mais on commence sérieusement à penser qu'il peut s'agir d'un flic.

— C'est pas vrai ?

— J'en ai bien peur, répondit Belhali qui pensait comme son chef.

— J'imagine que tu ne viens pas à l'entraînement ce soir, alors ? demanda Delapierre.

— C'est pas la grande forme. Mais si je ne finis pas trop tard, j'essaierai de passer. Parce que demain, si le tueur retape[1], je ne pourrai probablement pas me libérer avant plusieurs jours.

— À ce soir, alors. Ah ! Prends le temps quand même de jouer au Loto. C'est vendredi 13, demain, lui dit le capitaine de police, pendant qu'à une dizaine de mètres, sous les arcades de la cour, Aimé Césaire, l'archiviste antillais, fumait un cigarillo en profitant d'un soleil à son zénith.

***

Cela faisait maintenant un mois que Rémy Jacquin était passé de vie à trépas. La veille, Nora Belhali s'était finalement libérée pour aller courir. Mais elle n'avait pas pris la peine de suivre le conseil de son ancien collègue : elle n'avait coché aucun numéro, ni participé à un quelconque jeu de grattage. Islam et superstition se mariaient mal, et c'est bien là le seul précepte coranique qu'elle acceptait de suivre.

Quant à Boitel et Guignard, ils étaient beaucoup trop préoccupés pour penser à jouer. Le premier, comme la semaine précédente, ne cessait de vérifier le bon fonctionnement de son téléphone portable dans l'attente d'un appel funeste de l'état-major, tandis que le commis-

1. Recommence.

saire divisionnaire, contrarié et fatigué, s'était isolé dans son grand bureau pour mieux se concentrer sur les actes qu'il pouvait désormais solliciter des enquêteurs, à dix minutes d'un nouveau briefing. Et il avait beau réfléchir, aucune idée nouvelle ne lui venait à l'esprit.

Jean-Paul Guignard n'était pas totalement convaincu, contrairement à Duhamel, que le tueur soit un flic. En tout état de cause, le *serial killer* faisait preuve d'intelligence et de discrétion. Intelligence, car il avait pris la peine de revendiquer ses actes auprès d'un journaliste, ce qui lui avait permis de les médiatiser ; discrétion, parce que personne, pour l'heure, n'était en mesure d'apporter un quelconque élément d'identification. Même les flics de la BRI et de la BRB, pourtant sensibilisés par le sous-directeur Orsini, avaient échoué dans leur quête. À croire que leurs indics étaient muets, ou que le tueur, vieux loup solitaire, n'était pas disposé à faire de confidences. Depuis maintenant quinze jours, Guignard s'épuisait, chaque matin, à chercher les failles en fonction des éléments rapportés par les groupes d'enquête. Il fallait pourtant qu'il reste digne, confiant, majestueux, sous peine de voir le moral des troupes se déliter un peu plus. Ce fut devant deux nouvelles collègues et dans un mélange harmonieux d'orgueil et d'humilité qu'il s'adressa à son escouade de chefs de groupe.

— Avant de débuter, messieurs, je tenais à vous présenter Nadine Martinon, juge d'instruction de Bobigny en charge de l'affaire, qui nous fait l'honneur d'être présente, et Fabienne Varlin, psychologue clinicienne, que vous avez peut-être croisée dans les couloirs cette semaine, et qui va nous assister pour nous fournir un profil psychologique du tueur.

Le commandant Duhamel observa longuement la magistrate, qu'il n'avait pas encore eu l'occasion de rencontrer. Elle avait plus de charisme que sa voix ne le laissait supposer. Petite, certes, elle avait un regard assuré, des cheveux bruns très courts parsemés de mèches auburn, trois diamants alignés sur chaque lobe d'oreille, un nez droit et des lèvres légèrement charnues. Un long pull noir, maintenu par une épaisse ceinture de cuir couleur chocolat, lui habillait les fesses, tandis qu'une paire de santiags assurait la continuité d'un jean serré. « Un nom à noter dans son agenda, pensa le chef de groupe, mais faut pas trop qu'elle parle. »

— Une fois n'est pas coutume, poursuivit Guignard, j'aimerais qu'on fasse un tour de table. En commençant par vous, monsieur Charpentier, puisque vous avez pu mettre la main sur deux des sans-abri témoins du meurtre de Nicolas Saint-Hubert sur la place des Vosges.

— *Témoins*, c'est vite dit, patron. Disons qu'ils ont entendu les coups de feu qui les ont quelque peu réveillés, c'est tout.

— Ils ont quand même vu le tueur, non ? demanda le commissaire afin que tout le monde prenne connaissance du contenu de l'audition des SDF.

— Oui, et c'est là que c'est intéressant. L'un des deux nous dit avoir aperçu le tueur porteur d'un casque noir et s'enfuyant à grandes enjambées en direction de la rue Saint-Antoine, par la rue de Birague. Je vous rappelle que le premier meurtre a été commis par un motard, qui, selon un témoin, conduisait une Diversion 600 cm^3.

— Et vous, monsieur Fournier ? L'audition de l'ex-petit ami de Franck Lemaire ?

— Comme les proches de toutes les autres victimes, il ne comprend pas. Il nous apprend seulement avoir dîné à Paris avec Lemaire et Santoni, repas au cours duquel les deux enseignants n'ont pas arrêté de parler de bouquins et d'écriture. Ce qui nous rapproche quelque peu de Nicolas Saint-Hubert, non ?

— Et est-ce qu'il connaissait Jacquin ?

— Il en entendait parler assez souvent, mais ne l'a jamais rencontré. Ce qu'on peut dire, c'est que les trois hommes se refilaient fréquemment des livres, des polars si j'ai bien compris, et qu'ils en discutaient beaucoup.

— Genre club de lecture ?

— Ouais. Pour finir, je voulais juste signaler que Santoni était passionné par la poésie, ajouta Fournier.

— Il écrivait ? demanda un autre chef de groupe.

— Non, pas à ma connaissance.

— Monsieur Charpentier, quelque chose à ce sujet ?

— Non, patron. Ce qui est certain c'est que la maison Saint-Hubert n'est pas spécialisée dans la poésie. Leur créneau, c'est la science-fiction, le roman policier et la littérature classique. Trois prix Goncourt sur les vingt dernières années. Mais je peux toujours me renseigner auprès de Mme Santoni pour savoir si son mari avait un quelconque contact avec les éditions Saint-Hubert.

— Faites. Et vous, monsieur Duhamel ?

Le commandant paraissait bougon. Peut-être parce qu'il était interrogé après les autres.

— C'est intéressant tout ça. Mais ça ne nous donne pas le nom du tueur.

En d'autres temps, cette réflexion aurait fait sourire. Guignard le reprit à la volée :

— Vos états d'âme, foutez-les de côté ! Les faits, rien que les faits…

— On a pas mal avancé de notre côté. Grâce à un étudiant, on a réussi à comprendre pourquoi les courriers étaient postés des quatre coins de l'Europe. En fait, les quatre villes correspondent à des endroits où Simenon a vécu.

— C'est un malade, ce type ! déclara un participant qui semblait découvrir cet élément.

— Peut-être un dédoublement de personnalité ? intervint Boitel qui attendait une réaction de Fabienne Varlin.

— C'est possible, dit-elle simplement.

— En tout cas, Simenon n'a jamais tué personne à ce que je sache, précisa Duhamel.

— Lui non, mais il a une petite nièce qui est actuellement incarcérée en Belgique, intervint un autre chef de groupe pour l'anecdote.

En effet, Geneviève Simenon, rhumatologue d'une quarantaine d'années, avait tué son compagnon de dix-sept coups de maillet en juin 2000, après lui avoir administré deux doses de Valium.

— Je crois en fait qu'il y a un mélange de pas mal de choses, reprit Duhamel : un peu de défi à l'égard de notre service, et une bonne maîtrise de la vie de Simenon et du monde de l'édition. Maintenant, quand on aura fait le rapprochement de ces éléments avec Jacquin, Santoni et Lemaire, on sera tout proches d'identifier notre gus.

— Et cet étudiant, vous avez travaillé sur lui ?

— Non. Il a vingt-deux ans. C'est encore un gamin, répondit-il de sa voix éraillée.

— Faites-le, Daniel. Faites-moi son environnement. Je ne veux rien laisser au hasard. D'autant qu'il n'est pas rare que les tueurs en série se mettent en contact avec les enquêteurs. N'est-ce pas, mademoiselle Varlin ?

— C'est exact, répondit la psychologue qui semblait manger dans la main de son nouvel employeur.

Pourtant, le temps où Guignard haïssait les spécialistes de la santé mentale n'était pas si éloigné. Une autre que Fabienne Varlin s'était cassé les dents, quatre ou cinq ans plus tôt, à trop vouloir s'impliquer dans les dossiers gérés par des policiers trop rompus aux vieilles techniques d'investigation. Elle était finalement partie sous d'autres cieux.

— Des questions ? demanda le commissaire divisionnaire avant de renvoyer les hommes à leurs tâches.

— Euh oui, patron, osa Jean-Luc Charpentier. Qu'en est-il du banquet annuel ?

Colère noire de Guignard qui ne pouvait accepter que l'un des siens, de surcroît Charpentier, puisse revendiquer la tenue du banquet en présence de la juge d'instruction en charge du dossier.

***

Tiré à 112 000 exemplaires chaque vendredi, *Le Reporter français* fit paraître l'éditorial suivant – de la plume d'Éric Vermeulen –, que s'empressèrent de lire Chadeau, Leprêtre et Belhali en attendant la fin du briefing :

228

Le fantôme de Maigret frappe de nouveau.

Non content de s'attaquer depuis plus d'un mois à des employés de l'Éducation nationale (lire Le Reporter français, *n° 368), le fantôme de Maigret s'en est pris, au petit matin du vendredi 6 juin, à un grand nom de l'édition française : Nicolas Saint-Hubert.*

Âgé de 62 ans, parti de rien il y a trente-cinq ans, cet homme fin et élégant avait su se faire un nom dans le landerneau de l'édition, sa production faisant le bonheur des grandes librairies. Un temps spécialisé dans les livres de science-fiction, il avait su, au milieu des années 1990, élargir le registre de ses publications en signant avec de grands noms de la production littéraire. Remarié depuis quelques années, il laisse à ses successeurs une entreprise prospère et un patrimoine évalué à 12 millions d'euros.

Mais que penser de cet assassinat ? Les enquêteurs, de nouveau, semblent dans l'expectative. Car rien ne permet de rapprocher ce meurtre des trois précédents, si ce n'est l'utilisation de la même arme et des courriers de revendication, aux signatures fantaisistes, qui nous sont systématiquement expédiés.

Nul doute, désormais, que la psychose qui régnait au sein du milieu enseignant depuis quelques semaines va se propager au monde de l'édition. Jusqu'à quand ?

Éric Vermeulen

— Vous croyez que Daniel lui file des infos ? demanda Nora.

— Non, ça m'étonnerait, répondit Jean Leprêtre. Si tu lis bien l'article, tu verras que, dans le fond, il ne révèle absolument rien. D'ailleurs je pense que pour l'instant, Vermeulen cherche à nous ménager. Il en écrit moins qu'il n'en sait. Le seul problème, c'est que le tueur lui envoie directement les lettres. Et nous, on ne peut pas verrouiller.

— Verrouiller ? s'enquit Chadeau qui ne comprenait pas ce terme.

— Ouais. On ne maîtrise plus la presse comme on l'a fait du temps où Guy Georges était en liberté.

Le tueur était machiavélique. Pour Leprêtre, il envoyait les courriers à la presse pour mieux créer un état de psychose. Les journalistes l'avaient mise en veilleuse pour un temps. Mais la cupidité finissait toujours par l'emporter : fortune pour les quotidiens et hebdomadaires et prestige pour Vermeulen, qui faisait par ailleurs l'objet d'interviews par des confrères soucieux de recueillir le témoignage du contact privilégié de l'assassin.

***

À cinq jours de la fête annuelle de la Brigade criminelle, la tenue du banquet était au centre de toutes les conversations de couloir. Le site était réservé depuis longtemps, le traiteur commandé, les invitations envoyées, et les chèques des cotisants encaissés. Michel Deforges, l'ancien chef de groupe, était venu prendre la température. D'autant qu'il était responsable de la section « retraités » de l'amicale, ayant été récemment nommé, à cinquante-neuf ans. Une moustache fine lui habillait depuis peu le bas d'un visage creusé par des rides toujours un peu plus profondes.

Duhamel ne l'avait jamais supporté. Autant Deforges avait été inactif à l'époque où il travaillait, autant il vivait à cent à l'heure depuis qu'il avait rendu arme et carte de police, aidé d'un petit scooter qui lui permettait de naviguer rapidement entre Paris et Neuilly-sur-Marne, sa commune de résidence. Mais cette animosité ne l'empêchait pas de revenir dans un bureau qu'il avait hanté durant une bonne vingtaine d'années, et de débarquer, souvent sur le coup de 18 heures le vendredi, moment où les alcools venaient soulager les efforts d'une semaine harassante.

— Alors, ce banquet ? Il va avoir lieu, oui ou non ?

— Tout dépend du tueur. S'il refait parler de lui aujourd'hui, on est marron, répondit Pierre Sibierski qui avait quitté son bureau de procédure pour se joindre au groupe. C'est la décision de Guignard.

— De toute manière, on ne peut décemment faire la fête s'il recommence, ajouta Leprêtre qui débouchait une bouteille de champagne apportée par l'ancien chef de groupe.

— Il n'y a plus qu'à prier, alors… répondit Deforges.

Plus que la tenue du banquet, c'était le week-end dont il était avant tout question. L'ordre avait été donné d'assurer une permanence constante dans le service, de manière que les recherches, même ralenties, se poursuivent. Présence de deux fonctionnaires le samedi, de deux autres le dimanche. Et cela dans le meilleur des cas. En revanche, si le fantôme de Maigret récidivait, tout le monde devait rejoindre le 36. Mais pour l'heure, pas de mort violente. Restaient six heures à attendre.

Nombreux furent les flics à patienter jusqu'aux douze coups de minuit : Boitel, Charpentier, Fournier, Duhamel, Belhali, Chadeau, ceux qui avaient une haute considération de leur métier, ou ceux que personne n'attendait, comme Deforges qui était veuf depuis une dizaine d'années. Ils avaient commandé des pizzas et des bières qu'ils mangèrent sur le sofa.

— On est sauvés, lança Chadeau lorsqu'il perçut la cloche de la Sainte-Chapelle.

— Patience, répondit Boitel qui avait été échaudé les deux vendredis précédents. Patience jusqu'à lundi. Qui vient demain ?

— Daniel et moi, répondit Nora Belhali.

— Bien. Je passerai vous faire un coucou. Bonsoir à tous.

— Bonsoir.

***

— Mademoiselle Belhali ?

— Oui ?

— Julien Reveleau, vous vous souvenez de moi ?

Bien sûr qu'elle se souvenait. Même après une courte nuit.

— Je suis rentré sur La Rochelle, là, mais je voulais savoir si le tueur s'était de nouveau manifesté.

Elle hésita avant de répondre. Elle avait tout de même envie de lui faire confiance.

— Non, pas à notre connaissance.

— Ça ne me surprend pas, répondit-il.

— Pourquoi ? s'enquit-elle.

— Parce que Simenon est né un vendredi 13.

— Ah bon ?

— Oui. Et sa mère était tellement superstitieuse qu'elle a fait en sorte de modifier la date sur son état civil. C'est peut-être pour ça qu'il n'a pas... agi hier, dit-il.

14 – Lettre de Fontenay

La cinquième lettre mit à bas toute la théorie de Julien Reveleau. Il semblait évident, désormais, que le fantôme de Maigret ne s'était pas arrêté à de telles fadaises.

Viviane Castaing n'était qu'une illettrée binoclarde. Signé : *G.S.*

— T'aurais pu m'avertir, merde !

— Écoute, Éric, je suis désolé. On était persuadés que rien ne s'était passé vendredi. Redis-moi comment s'appelle cette femme ? demanda Scarface.

— Viviane Castaing. C.A.S.T.A.I.N.G. Tu sais qui c'est ?

— Pas du tout. Et la lettre a été postée à quel endroit, cette fois-ci ?

— Fontenay-le-Comte, répondit le journaliste.

— C'est où, ça ?

— En Vendée, je crois. Pas très loin de La Rochelle.

— Bon, je te rappelle.

Belhali et Chadeau, les deux fidèles, étaient muets. Les propos de leur chef étaient éloquents. Duhamel, figé, reposa le combiné. Il se sentait vidé, affaissé mentalement. Il n'avait plus la force de combattre, en tout cas pas celle d'un Nadal qui venait de remporter le

233

tournoi de tennis de Roland-Garros sous un soleil de plomb. Mais, à deux jours de son quarante-cinquième anniversaire, en avait-il encore l'envie ?

— Comment elle s'appelle ? demanda Chadeau.

— Viviane Castaing.

— OK, je lance les recherches.

— Moi, je vais prévenir Boitel, réagit la sportive de l'équipe qui franchissait déjà le seuil de la porte.

Plus que l'assassin, l'enquête elle-même était particulièrement déroutante. Personne en effet n'avait signalé la mort de cette Viviane Castaing. Qui était-elle ? Où vivait cette « illettrée binoclarde » ? La nouvelle fit l'effet d'une bombe. Cette fois-ci, le banquet annuel était plus que compromis. Guignard, la semaine passée, avait été clair à ce sujet : « S'il recommence, on annule. »

Une nouvelle fois, le briefing fut reporté. Il y avait mieux à faire : identifier cette Viviane Castaing, la loger[1], et foncer chez elle pour ramasser les morceaux. Puis recommencer avec elle ce qui avait été fait avec les autres : voisinage, environnements professionnel et social, auditions des parents, des amis, recherches téléphoniques, et tutti quanti.

Combien de temps allait-il encore sévir ? Quel était son mobile ? Pourquoi s'attaquait-il désormais à une femme ? Autant de questions qui trottaient dans la tête de Duhamel, toujours avachi dans son fauteuil.

— J'en ai trouvé une qui vit en face de la gare du Nord, 8, boulevard de Denain, exactement, précisa Chadeau.

1. Identifier son domicile.

— Quel âge ?

— Née le 12 janvier 1969 à Montélimar.

— T'as quoi sur elle ?

— Victime d'un vol à l'arraché il y a deux ans sur le boulevard Magenta. Elle a déposé plainte au commissariat du 10e.

— T'as rien d'autre ?

— Non. Pas de véhicule. Attends, je fais une recherche CIRSO, répondit Chadeau qui complétait sa gamme en consultant le site Internet des services URSSAF.

— Alors ?

— Putain ! Elle est employée chez un éditeur de la rue Mazarine, s'exclama-t-il au moment où Boitel et Belhali remontaient.

— Merde de merde ! Quel fils de pute ! ! ! Prends ta veste, on file à son dom', lança Duhamel, jamais en reste en matière de grossièretés.

***

C'est Nora Belhali qui prit le volant. Duhamel à sa droite, Boitel et Chadeau à l'arrière. Ils étaient tous habités par la haine, mais elle se manifestait différemment. Chadeau transpirait, Belhali faisait ronfler le moteur, et leur chef de groupe, pas complètement satisfait de dégager la voie de bus à coups de « deux-tons », qu'il déclenchait par un interrupteur situé dans la boîte à gants, hurlait après les chauffeurs de taxi en sortant la tête de l'habitacle pour mieux cacher sa détresse. Thomas Boitel, le chef de section, tentait désespérément, dans le brouhaha, de joindre Charpentier pour diriger une équipe sur la rue Mazarine, dans le 6ᵉ arrondissement.

Dix minutes plus tard, la benjamine de l'équipe se gara sur le parvis de la gare du Nord, place Napoléon-III. Le boulevard de Denain, à la perpendiculaire, était bordé d'immeubles de type haussmannien composés de six étages, quelques commerces et supermarchés occupant les rez-de-chaussée. Secteur très calme dans la journée, la gare et ses environs étaient plus agités la nuit avec les sans domicile fixe, les camés et les taxis clandestins. L'accès au numéro 8 était protégé par un digicode. Le commandant Duhamel, brème[1] tendue, obtint le code auprès du serveur d'une brasserie attenante à l'immeuble.

— Quatrième étage, deuxième porte gauche en sortant de l'ascenseur, dit Chadeau qui avait précisément noté l'adresse de la plaignante.

— Nora, Fabrice, vous voyez s'il y a un concierge ou quelqu'un qui puisse nous renseigner. Nous, on grimpe, ordonna Duhamel qui précédait le commissaire Boitel.

Les deux hommes préférèrent les larges escaliers à un ascenseur trop étroit. Ils débouchèrent, essoufflés, dans un couloir sombre où Scarface mit un temps certain avant de trouver le minuteur qui activait les plafonniers. Ils progressèrent sur une dizaine de mètres, passèrent devant une porte dont le judas avait été sorti de son orifice, puis s'arrêtèrent devant une autre munie d'un système anti-effraction. Au centre un œilleton, au sol un paillasson gris en demi-lune, sur la droite une sonnette.

1. Carte professionnelle.

— Mettez des gants, dit Boitel à Duhamel qui s'apprêtait à sonner.

— J'en ai pas.

Il se mit alors à frapper. La porte semblait solide, probablement verrouillée à double tour avec une serrure trois points. Pas de réponse. Il recommença : sans résultat.

— On appelle un serrurier ? demanda Duhamel, lorsque le téléphone de Boitel se fit entendre.

— Allô ?

— Patron, Mme Castaing est avec nous ! criait un Charpentier radieux.

— Comment ça ?

— Elle est vivante ! On est sur son lieu de travail.

— C'est quoi ce bordel ? réagit Duhamel qui avait tout entendu.

— Bon, monsieur Charpentier, ramenez-la au service, qu'on fasse le point.

— Daniel ! Daniel ! cria la gardienne de la paix en montant quatre à quatre les escaliers. Y a une jeune Suédoise qui a été agressée dans l'immeuble, vendredi matin.

— Quoi ! ?

C'est à cet instant qu'il comprit : la porte voisine, celle dont l'œilleton manquait. Il s'en rapprocha. Remit en marche le minuteur. Et fixa attentivement l'ouverture. Il y avait partout des traces de poudre noire sur cette porte en bois massif. L'Identité judiciaire l'avait probablement examinée, à la recherche d'empreintes éventuelles.

— Quel empaffé ! Il s'est planté de domicile, dit Duhamel en se tournant vers Boitel, lequel avait encore le téléphone à l'oreille.

— Comment t'as pu rater ça, bordel de merde ! ? gronda Guignard.

— Je ne pouvais pas deviner, répondit Boitel. Sur le télégramme, c'était marqué : « Violences volontaires entraînant une ITT de plus de quarante-cinq jours. » Comment voulais-tu que je fasse le rapprochement ? Des violences volontaires, rien qu'à Paris, il y en a une centaine par jour.

Force était de constater que la qualification retenue par le parquet de Paris semblait mal adaptée. Car Katarina Apelgren, fille au pair, magnifique Scandinave, se trouvait plongée dans un coma artificiel à l'Hôtel-Dieu de Paris, où elle avait été opérée durant sept heures la veille. Les chirurgiens étaient formels : cette jeune fille de dix-sept ans ne recouvrerait pas l'usage de son œil droit. L'œilleton en acier, propulsé à grande vitesse par une balle de calibre 7,62, s'était entièrement fiché dans la partie gauche de l'orbite, rompant ainsi toute liaison entre le nerf optique et l'œil.

L'affaire, jusque-là, avait paru obscure aux policiers de la 2e division de police judiciaire saisis du flagrant délit. La victime, pour l'heure dans l'incapacité de témoigner, était perçue par son entourage comme une adolescente consciencieuse et polie. Ses parents, arrivés de Suède en urgence, ajoutèrent, par le truchement d'un interprète, qu'il s'agissait d'une jeune fille réservée qui vouait un véritable culte à son petit ami resté dans le comté de Scanie, dans le sud du pays.

Les flics de la rue Louis-Blanc furent plutôt satisfaits de se débarrasser de ce dossier qui, faute de piste sérieuse, aurait fini par prendre la poussière. Ils ne pouvaient deviner que le tueur s'était trompé de porte.

Viviane Castaing, qui avait le profil d'une femme pouvant vivre dix vies sans avoir jamais affaire à la police, ne fut pas très réactive. C'est seulement dans la voiture de Charpentier, alors que tous rentraient au quai des Orfèvres, qu'elle porta la main à sa bouche, comprenant que le projectile reçu par la fille au pair de ses voisins lui était vraisemblablement destiné. Car tous, dans son immeuble, avaient été informés de l'agression. Elle-même avait reçu la visite des enquêteurs, le vendredi soir précédent, alors qu'elle rentrait de son travail. Absente au moment des faits, elle n'avait rien eu à leur apprendre. Quant à ses voisins, ils étaient discrets et elle les fréquentait trop peu pour les juger.

— Vous êtes certains que c'est après moi qu'il en a ? demanda-t-elle à Charpentier qui conduisait la voiture.

— Oui, on en est sûrs parce qu'il a revendiqué votre mort en adressant un nouveau courrier, répondit le commandant, qui, ainsi, mettait les pieds dans le plat quitte à l'affoler un peu plus.

Cette femme d'une quarantaine d'années vivait seule. Pas d'enfants, pas de mari, juste un chat siamois qu'elle laissait en garde chez un voisin lorsqu'elle rendait visite à ses parents dans la Drôme.

« Viviane Castaing n'était qu'une illettrée binoclarde. » Là, pour le coup, le tueur ne s'était pas trompé dans le descriptif de sa cible. Des yeux gris-vert surmontés de lunettes de vue aux larges montures de plastique, de marque Dolce & Gabbana – seule coquetterie. Le reste de la tenue était classique : robe bleu marine en partie couverte d'un petit gilet gris boutonné en son milieu, et aux pieds, des ballerines. Ni belle ni laide, comme le chantait le groupe de rock français Louise Attaque, cette Parisienne d'adoption déclara exercer depuis une dizaine d'années le métier de directrice littéraire pour une maison d'édition de taille moyenne. Rien à voir avec l'entreprise de Nicolas Saint-Hubert.

— Connaissiez-vous Rémy Jacquin, Pierre Santoni et Franck Lemaire, les trois premières victimes ?

— Du tout. J'ai lu ces noms dans la presse, c'est tout.

— Et Nicolas Saint-Hubert ?

— De nom, comme tout le monde. Mais même si nous sommes tous les deux dans le monde de l'édition, il n'y a aucune commune mesure entre sa fonction et la mienne, d'une part, et entre la taille de sa société et celle de la maison qui m'emploie, d'autre part.

— Du fait de vos activités similaires, vous n'avez jamais croisé la route de M. Saint-Hubert ! ?

— Je n'en ai pas le souvenir, non…

— Parlez-nous de votre fonction exacte…

— Je dirige une équipe de trois personnes, et ensemble nous sélectionnons entre sept et dix textes par an en vue de leur publication.

— Dans quel domaine ?

— Le roman policier. Exclusivement.

— Et combien de textes recevez-vous à l'année ?

— Oh là là ! Plusieurs centaines. On en reçoit en moyenne six à huit par jour.

— Hein ! Et vous lisez tout ?

— On aimerait bien. Mais nous ne sommes pas assez nombreux.

À Charpentier, Viviane Castaing expliqua travailler à l'ancienne. Chaque matin elle ouvrait les paquets qui lui étaient adressés et feuilletait les premières pages de tous les manuscrits. Faute d'un équilibre entre le style, le ton et l'inspiration, nombre d'entre eux étaient rapidement écartés. Les autres, les « réveille-matin » comme elle les nommait, étaient dispatchés entre ses collaborateurs qui, eux, se chargeaient de rendre une fiche de lecture pour chacun. Une seule note négative au sein de l'équipe valait corbeille.

— Et vos collaborateurs, ils sont salariés ?

— Chez nous, oui. Mais il y a des éditeurs qui sous-traitent auprès d'étudiants ou de retraités.

— Tout à l'heure, vous disiez que les écrivains en herbe vous adressaient directement les manuscrits... J'en déduis que vous êtes relativement connue dans le milieu ?

— Oui et non. Ils trouvent mon nom sur Internet ou en appelant la société. En fait, la plupart des paquets me sont destinés en nom propre, mais il faut savoir que c'est une pratique courante de les adresser au directeur littéraire. Il y a d'ailleurs plusieurs maisons d'édition qui délaissent les paquets anonymes.

— Et chez vous ?

— Chez nous ? On les ouvre, mais il est vrai qu'on préfère ouvrir un courrier qui vous est directement destiné...

— Si je comprends bien, au vu du nombre d'écrivains publiés, vous faites plus de mécontents que de satisfaits...

— C'est certain, répondit la directrice, qui revendiquait par ailleurs une part de subjectivité dans ses lectures.

— De ce fait, avez-vous déjà fait l'objet de menaces ou de violences de la part de certains d'entre eux ?

— Des violences ? Non, jamais. Des menaces non plus, mais il est certain que beaucoup d'auteurs, en attente d'une réponse, sont insistants pour nous joindre. Les secrétaires jouent souvent le rôle de tampon et parfois de paratonnerre, en quelque sorte, mais il arrive qu'on reçoive des courriers peu courtois.

— Du genre ?

— Des écrivains qui ne comprennent pas qu'on mette autant de temps à décortiquer leurs œuvres, des gens qui ne sont pas très heureux de recevoir la fameuse lettre de refus.

— Vous envoyez systématiquement une lettre de refus ?

— Oui. Il s'agit d'un courrier type dans lequel on les invite à persévérer.

Ne conservant pas les plaintes, et faute de registre recensant le nom des auteurs des manuscrits reçus, Mlle Castaing ne put fournir aux enquêteurs le moindre nom d'insatisfait.

— Il faut étoffer l'audition, déclara Duhamel en lisant le procès-verbal.

Car il n'en démordait pas, toutes les victimes connaissaient nécessairement le tueur. Pour l'heure, Viviane Castaing, oscillant entre effroi et soulagement, n'aspirait qu'à une chose : rester dans l'antre du 36 jusqu'à ce que Jean-Paul Guignard daigne lui octroyer une protection.

**

Si la directrice littéraire craignait désormais pour sa vie, le fantôme de Maigret, lui, semblait persuadé de l'avoir tuée puisqu'il s'était aussitôt rendu en Vendée pour poster son courrier.

— Fontenay-le-Comte, ça a un rapport avec Simenon ? demanda Duhamel.

Nora Belhali s'était dès lors empressée d'appeler Julien Reveleau.

— Tout comme La Rochelle et Porquerolles, répondit l'étudiant qui déclara se trouver encore en Charente-Maritime.

— Il a vécu dans tant d'endroits que ça ?

— Bien sûr. Il s'est même installé aux États-Unis, après guerre.

Simenon avait donc quitté La Rochelle à l'été 1940 pour la quiétude de l'ancienne capitale du bas Poitou, où l'écrivain, accompagné de sa femme Tigy et de leur fils Marc ainsi que d'une secrétaire, s'était installé dans le château de Terre-Neuve situé sur les hauteurs de la ville pour un prix défiant toute concurrence.

Troublée d'être en ligne avec ce jeune homme qu'elle appréciait tant, elle en oublia de l'interroger sur la signature G.S., mais il ne fallait pas être grand clerc pour comprendre que les initiales correspondaient à celles de Georges Simenon.

— C'est bizarre, ça me parle cette signature, lança Chadeau à la cantonade.

Personne ne commenta ces propos – qui pouvaient paraître superflus à certains –, surtout pas Fabienne Varlin, la psychologue, qui, après avoir lu toutes les auditions des témoins et des proches des victimes, s'était replongée dans l'étude des lettres.

***

— Peut-être qu'on peut lui faire passer un message ? débuta Fournier.

— Du genre ? demanda Guignard qui, comme toujours, avait une cravate qui couvrait la boucle de sa ceinture.

— Du genre que la petite n'est pas morte et qu'elle est en mesure de l'identifier…

— Vous êtes malade ! Il n'y a déjà pas assez de morts comme ça ? hurla un commissaire harassé.

Organiser un guet-apens ne semblait pas à l'ordre du jour. Hormis cette idée saugrenue, les flics de la Crim' semblaient secs, et surtout démoralisés.

— On peut peut-être envoyer une équipe à Fontenay, suggéra Boitel à son supérieur après que Charpentier eut résumé les déclarations de Viviane Castaing.

— Il faut avant tout organiser la protection de cette femme, répondit Guignard. Pour Fontenay, on verra plus tard. Cette nuit, je veux deux gars à son domicile.

— Encore faut-il qu'elle soit d'accord… s'aventura Duhamel.

— D'accord ou pas, je veux deux flics en permanence avec elle.

— Compris, répondit le « crayon », un commandant de police impassible qui avait l'habitude de piocher dans les groupes disponibles pour trouver des renforts.

— Et vous me lancez tout de suite les perquisitions à son appartement et à la boîte où elle bosse, ordonna de nouveau Guignard qui n'était pas sans savoir qu'il était déjà 18 heures.

15 – Anniversaire sur l'*Ostrogoth*

La femme du Taciturne fut fort marrie d'apprendre que Jean Leprêtre allait passer la nuit chez une autre. Celui-ci avait bien tenté de défendre sa cause auprès de la hiérarchie, jouant sur le fait qu'il faisait partie du groupe d'enquête spécifiquement chargé des recherches sur les courriers, mais on lui rétorqua que tous les effectifs étaient logés à la même enseigne, et que tous avaient une bonne raison pour ne pas découcher. Ce soir c'était lui, demain soir ce serait un autre. Sa mission était simple : assurer en compagnie d'un deuxième collègue la sécurité de Mlle Castaing jusqu'à ce qu'ils soient relevés au petit matin.

L'appartement était spacieux. Un grand salon moquetté aux teintes claires avec bibliothèque en bois d'acajou et deux fauteuils en cuir de bison, une cuisine dans laquelle on pouvait manger, et une chambre où trônait un lit deux places. Leprêtre pouvait réfléchir autant qu'il voulait, le problème du couchage allait rapidement se poser. D'une part, il semblait inconcevable que les deux enquêteurs se partagent le lit pendant que la victime patienterait dans un fauteuil ; d'autre part, ni l'un ni l'autre des policiers ne semblait trop intime avec Mlle Castaing pour s'allonger à côté d'elle, pendant que le second veillerait dans la pièce à côté. Certains comme l'audacieux Duhamel n'auraient pas hésité à rechercher cette proximité, mais Leprêtre, lui, restait très à cheval sur les principes.

Un terrain d'entente fut rapidement trouvé. L'hôtesse possédait quelques couvertures qui, pendant qu'elle préparait à dîner, furent disposées par les deux enquêteurs sur la moquette du salon afin de leur tenir lieu de matelas. Les deux « invités » ne connaissaient pas ses talents d'éditrice, mais, indéniablement, elle savait cuisiner. Malgré la frousse qui la tenaillait, malgré les incessantes interrogations sur le lien avec le tueur, elle mitonna un excellent bœuf bourguignon à ses convives d'un soir. Finalement, le repas, agrémenté d'un excellent saumur-champigny, fut agréable. Leprêtre, habituellement peu bavard, évoqua en long et en large son cursus professionnel. Grisé par le vin, il osa même parler de ses filles, domaine qu'il n'abordait jamais en temps normal.

— Messieurs, je vous propose un digestif ?

— Volontiers, accepta Leprêtre qui savait cette femme en sécurité tant qu'elle resterait enfermée.

Puis vinrent les confidences de Viviane Castaing. Après avoir coupé son portable qui la dérangeait trop souvent, elle évoqua une vie faite de paradoxes, entre un long, trop long célibat et une réussite professionnelle pleine et entière. Car elle aimait avant tout son travail. Vint ensuite l'heure de la thérapie, alors qu'elle ne cessait de caresser son chat siamois. Décomplexée, elle expliqua être en mesure de reconnaître le talent des autres, mais disait être incapable de discerner ses véritables problèmes relationnels avec les hommes.

— Vous voulez que je vous montre les manuscrits que je suis en train de lire ? proposa-t-elle à Leprêtre qui semblait véritablement intéressé.

— Allez-y.

— Peut-être que vous pourrez donner votre sentiment de policier, comme ça ! Parce que j'imagine que ce que vous lisez ne colle pas toujours avec la réalité…

Le Taciturne ne lui dit pas qu'il ne lisait plus de polars depuis des mois. Il n'y avait guère que Thierry Jonquet, Ed McBain et Ann Holt qui l'avaient ému. Il aimait avant tout les écrivains qui respectaient le fonctionnement de l'institution policière, et surtout pas ceux qui, à travers leurs personnages, se faisaient les gardiens du bien et de la morale. Car dans la police, il y avait de tout sauf des Zorro. On y entrait avec de grandes intentions, certes, mais quelques mois suffisaient pour vous ramener sur le chemin de la dure réalité.

Viviane Castaing remit deux manuscrits de format A4 à son invité d'un soir. Le même genre de documents que Nora Belhali avait eu entre les mains lors de la perquisition au domicile de Jacquin, la première victime.

— Ça va me faire de la lecture pour la nuit, sourit-il.

— Vous savez, je vais aussi avoir du mal à m'endormir, répondit-elle. Vous voulez que je prépare un café ?

Leprêtre lui adressa un sourire en guise de réponse. Chose assez rare pour être soulignée.

Le premier ouvrage était composé de trois cent soixante-quatre pages de vingt-cinq lignes chacune, avec double interligne. L'intitulé, *Nocturne à Raon-l'Étape*, prêtait à sourire. Le second, *Trithérapies*, était plus ramassé. L'auteur n'avait sauté aucune ligne, et la typographie employée semblait être de taille 10. Ni le titre ni la forme n'inspiraient son futur lecteur.

— Vous arrivez à lire ça ! ? demanda Leprêtre.

— En général, non. Mais comme je disais à votre collègue, celui qui m'a interrogée ce matin...

— ... Le commandant Charpentier...

— Oui, M. Charpentier... Comme je lui disais, je lis les premières pages de tous les manuscrits. Et l'accroche de celui-ci m'a donné envie de poursuivre.

— De quoi parle-t-il ?

— De policiers de la Brigade criminelle, justement, qui enquêtent sur des morts suspectes dans un grand hôpital parisien.

— Intéressant.

***

Cartes de police exhibées, les inséparables Duhamel et Belhali pénétrèrent au 58, avenue Mozart, siège du commissariat central du 16e arrondissement. Un voyou, domicilié à Villeneuve-la-Garenne, venait, trois heures plus tôt, de se faire « serrer » par la brigade anti-criminalité du 16e arrondissement de Paris à proximité d'une agence de change située sur l'avenue Kléber, un pistolet de marque Tokarev à la ceinture. Sitôt l'interpellation terminée, un télégramme qui mentionnait, entre autres, la marque de l'arme de poing avait été diffusé à tous les services de police. Boitel, qui avait paramétré un logiciel – récemment installé par le service informatique de la police judiciaire – en tapant plusieurs mots-clés tels que *meurtre, assassinat, lettre, courrier, tokarev, calibre 7,62, éditeur* et *enseignant*, avait directement reçu une alerte sur son compte de messagerie professionnel.

Le hall d'accueil franchi, ils furent annoncés par un brigadier de police au chef de l'unité judiciaire locale, un jeune commissaire en uniforme à qui il fallut tout réexpliquer. Cette chose faite, les deux enquêteurs quittèrent le bureau cossu de leur hôte, où trônait l'écharpe tricolore des grands serviteurs de la nation, pour une pièce non moins confortable, occupée par un subalterne dont la barbe lui mangeait le visage. L'homme, qui portait une chemise d'officier par laquelle s'échappait une multitude de poils roux, leur présenta aussi sec celui qui s'était rendu coupable d'un port illégal d'arme.

Les Mauser allemands devenus obsolètes, les fusils à pompe sciés peu adaptés, à défaut d'armes de poing dérobées aux agents de la force publique, ce sont les pistolets d'alarme trafiqués, de marque Kimar, qui étaient privilégiés dans les cités environnant la capitale. Finalement, des Tokarev, il n'y en avait guère en France. D'où l'importance d'en connaître l'origine, de manière à identifier une éventuelle filière d'importation. C'était la lourde tâche qui incombait au commandant de police à l'avant-veille de son anniversaire. Parce qu'il ne fallait pas croire un instant que ce Black du 9-2 soit pour quoi que ce soit dans les meurtres à répétition qui tourmentaient les Parisiens depuis plus d'un mois. Seul l'argent guidait sa raison. De plus, il savait à peine écrire.

— T'as quel âge ?

— Dix-sept.

— Dix-sept quoi ?

— Dix-sept ans.

— Un peu jeune pour partir au ballon[1], non ?

— J'ai rien fait, m'sieur.

— Oui, mais t'allais faire. Et c'est pareil.

— Non, j'ai rien fait, m'sieur.

— Et cette arme, elle vient d'où ?

— J'lai trouvée, m'sieur.

— Tu l'as trouvée ? Et où ?

— Dans la rue, m'sieur.

Visiblement Cédric M'Boma savait ce qu'était le « ballon », et il n'en avait pas peur. Il savait également que les policiers ne pouvaient pas lui reprocher grand-chose hormis le fait de posséder une arme de première catégorie. Il savait surtout qu'il ne reverrait plus cette arme, chose qui l'ennuyait plus que la garde à vue, qui elle, dans quelques heures, ne serait qu'un mauvais souvenir.

Plus qu'un élément particulier, c'est le package de mensonges qui valut à M'Boma, assis sur une chaise en bois, une grande claque en pleine figure. Surpris, déséquilibré, il tomba à terre.

— Relève-toi !

— Vous avez pas le droit, m'sieur.

— La ferme ! cria le chef de groupe en accompagnant ses paroles d'un nouveau geste brusque et violent.

— Me l'abîme pas trop quand même, intervint l'OPJ barbu qui avait en charge la garde à vue de M'Boma.

— Alors ? Tu l'as trouvée où, cette arme ?

Visiblement, Duhamel était excédé. Rien ne voulait sourire dans cette enquête, et personne n'y comprenait

1. En prison.

rien. Le grand Noir non plus, qui n'était pas habitué à un tel déferlement de violence pour si peu.

— À Nanterre. À Nanterre, m'sieur.

— Arrête de m'appeler m'sieur. Où, à Nanterre ? Et à qui ?

— Un inconnu, m'sieur.

— Combien ?

— Cent cinquante.

— Cent cinquante quoi ? Des billes ou des francs CFA ?

— Quoi ?

— En quoi t'as payé ?

— En euros, m'sieur.

Cent cinquante euros, un faible investissement vu ce qu'il comptait en tirer. Surtout, ce qu'il fallait retenir, c'était que M'Boma ne voulait fournir ni le lieu de la vente ni le nom du receleur. Restait au service de la balistique à effectuer un tir de comparaison, tandis que le délinquant regagnait la couchette en béton de sa petite cellule grillagée.

***

Duhamel ne célébrait jamais son anniversaire. Ceux des autres, oui, parce qu'il aimait bien faire la fête, mais pas le sien. Il détestait se voir vieillir. Pourtant, cette année, pour ses quarante-cinq ans, il se décida. Peut-être parce que le banquet annuel était annulé, peut-être aussi pour se faire pardonner auprès de collègues et amis avec lesquels, parfois, il était soupe au lait. « Rendez-vous à 20 heures sur l'*Ostrogoth* pour un cocktail dînatoire », avait-il annoncé de manière informelle à tous les membres de son équipe et à d'anciens collègues. Il invita également une magistrate de la cour d'appel qu'il croisait régulièrement dans la cour du 36, son ami journaliste Éric Vermeulen, ainsi qu'une avocate à la trentaine assurée qui ne lui en avait jamais voulu de l'avoir trompée avec une ancienne employée de la Samaritaine. Au total douze personnes étaient rassemblées sur le pont de sa péniche, quatre jours avant l'été, une coupe de champagne dans une main, un canapé dans l'autre.

Seul Leprêtre s'excusa. Il avait découché la veille, il ne pouvait une nouvelle fois délaisser le domicile conjugal. D'autant qu'il entendait lire attentivement sur l'oreiller les deux manuscrits que la directrice littéraire lui avait confiés, moins pour le contenu que pour le plaisir de discuter avec cette femme cultivée, qui ne demandait qu'à s'épanouir dans les bras d'un homme.

Nora Belhali, elle, se faisait une joie de retrouver ses collègues sur la péniche de son chef de groupe. Une fois n'est pas coutume, elle avait filé chez elle pour revêtir une robe noire et fine, et chausser des escarpins à talons plats. Incontestablement, elle était la plus belle de toutes, au grand dam des autres invitées qui, malgré des artifices complexes, ne pouvaient lutter. Car il y avait chez elle, dans le contraste entre une beauté sauvage et une fougue toute naturelle, quelque chose d'envoûtant pour qui la fréquentait. Et le fait que personne ne puisse l'apprivoiser attisait un peu plus le désir de mieux la connaître. Laurent Delapierre, le flic de la Brigade des mineurs, était de ceux-là. Il s'y était plusieurs fois cassé les dents. Éric Vermeulen, fier comme un paon, ne désespérait pas de dompter cette jeunette qui l'avait interrogé au début de l'affaire. Elle se trouvait près de la passerelle, seule, lorsqu'il l'aborda :

— Vous êtes très élégante, ce soir...

— Pourquoi ? Habituellement je pue ? répondit-elle pour couper court à tout plan drague.

— Arrêtez de me taquiner. Vous avez bien compris ce que je voulais dire, répondit-il avec un large sourire lui permettant d'éviter la crise.

— Alors, vous préparez un nouvel article ? s'enquit-elle.

— Pour vendredi, oui. Vous avez lu les précédents ?

— Non, mentit-elle.

— Je te les enverrai, si tu veux ? On peut peut-être enfin se tutoyer, non ?

Elle n'eut pas le temps de répondre, Daniel Duhamel arriva à point nommé, rejoint par Pierre Sibierski qui avait fait l'effort de passer saluer son chef de groupe.

Les discussions tournèrent essentiellement autour du fantôme de Maigret, et du rôle des journalistes dans un tel type d'enquête. Les points de vue divergeaient, bien sûr, mais ceux qui osèrent critiquer Vermeulen le firent avec retenue, compte tenu des liens qu'il avait avec les services de la police judiciaire en général. Trois heures plus tard, tous les petits fours et les alcools étaient épuisés. Duhamel dut d'ailleurs appeler un taxi afin de reconduire l'avocate qui avait bu plus que de raison. Vermeulen aussi semblait avoir abusé. Tel un obsédé, il ne cessait de relancer Nora Belhali.

— T'as fini de harceler ma championne... intervint Duhamel.

— Ta championne ? Pourquoi ta championne ?

— Ma championne de course à pied. Y a pas un type de la Crim' capable de rivaliser avec elle.

— C'est parce que vous êtes tous des lourdauds, répondit Éric Vermeulen alors que le lieutenant Chadeau se trouvait à proximité. Moi, je la mets dans le vent quand tu veux, ta championne.

— Pari tenu, intervint la marathonienne légèrement éméchée. Je te laisse le choix du terrain et de la distance, ajouta la rebelle qui s'abandonnait enfin, dans la confrontation naissante, au tutoiement.

— Mille mètres, ça te va ? Je ne voudrais pas que tu souffres trop longtemps.

— Va pour mille mètres. Je te laisse un mois pour te préparer, parce que vu l'état actuel de ton bide, même en talons aiguilles je te grille.

Nora Belhali n'aimait pas répondre à ce genre de provocation. Mais Vermeulen s'en était pris à l'ensemble de la Brigade criminelle et il fallait laver l'affront. Charpentier et Chadeau ne doutaient pas un instant des capacités de leur collègue. Mais ces dernières semaines, elle n'avait plus consacré beaucoup de temps à l'athlétisme. Duhamel, lui, se moquait de ce pari ridicule. Il attendait patiemment que ses invités quittent l'*Ostrogoth*, de façon à rester seul avec la magistrate de la cour d'appel, qui fumait clope sur clope à l'avant de la péniche.

***

Manque de chance pour la Brigade criminelle, l'arme découverte sur M'Boma n'était pas celle utilisée par le fantôme de Maigret. Les stigmates du percuteur et de l'extracteur ainsi que les rayures internes du canon ne correspondaient pas à ceux de l'arme utilisée lors des cinq homicides recensés. Manque de chance pour le garçon en garde à vue, le Tokarev avait déjà fait parler la poudre lors d'un règlement de comptes à Villeneuve-la-Garenne durant l'hiver. Une fois ces faits énoncés, le commissaire divisionnaire passa aux choses sérieuses :

— Daniel, ça donne quoi, vos recherches sur les lettres et Simenon ?

Simenon, encore Simenon, toujours Simenon. Duhamel n'en pouvait plus d'entendre ce nom-là. Il faut dire que l'écrivain n'était pas spécialement apprécié au 36. Certes, il en avait fait un lieu mythique, mais à quel prix ? Le chef de groupe n'avait que deux points communs avec lui : le nom de sa péniche, l'*Ostrogoth*, car bien avant l'oncle de Scarface Simenon avait baptisé son bateau – avec lequel il traversa l'Europe – du nom de ce peuple germanique ; et un nombre incalculable de conquêtes féminines, même si Duhamel semblait loin des dix mille femmes revendiquées par l'écrivain. Pour le reste, le travail de Maigret tel qu'il était décrit tout au long des soixante-quinze romans n'avait rien à voir avec celui des enquêteurs de la Crim'. Sorte de compromis entre Rouletabille et Sherlock Holmes, le commissaire Jules Maigret était un solitaire qui s'imprégnait d'un climat social, professionnel ou familial, et qui fonctionnait à l'instinct ; tout le contraire de Duhamel, lequel dirigeait une véritable équipe où seuls les éléments matériels comptaient. Et puis le commandant ne fumait pas la pipe, détestait la blanquette de veau et préférait de loin le cognac à la bière.

— Rien. Juste que la signature « G.S. » était, comme les autres, utilisée par Simenon pour certaines de ses œuvres. Concernant Fontenay-le-Comte, la ville où a été postée la dernière lettre, c'est une nouvelle fois un endroit où a vécu l'écrivain.

— Et les perquisitions, monsieur Charpentier, ça donne quoi ?

— On a relevé tout ce qu'on a pu. On a interrogé les trois collaborateurs de Mme Castaing, mais leurs auditions n'ont rien révélé de particulier. Des petites tensions entre eux, parfois, et la réception de quelques courriers outranciers, rien de plus.

— Et vous avez travaillé sur les manuscrits ? demanda Guignard.

— C'est impossible, monsieur, répondit Charpentier. Ils examinent des centaines d'ouvrages par an. Et hormis pour un seul collaborateur, les titres des travaux ne sont recensés sur aucun registre.

— Mais ceux qui ne sont pas sélectionnés doivent bien atterrir quelque part, quand même ?

— Oui. Retour à l'envoyeur si celui-ci l'a demandé, ou alors poubelle.

— Et les lettres d'introduction ?

Guignard faisait référence aux courriers qui accompagnent les manuscrits et qui contiennent les coordonnées des auteurs en herbe ainsi que quelques lignes de présentation de leur œuvre. Les trois chefs de groupe qui avaient fourni des hommes pour les perquisitions se regardèrent. Personne n'osa répondre.

— Retournez-y et décortiquez-moi tout ça. Et faites un croisement avec les données de chez Saint-Hubert.

— Sans logiciel, il y en a pour des mois, intervint Boitel qui prenait pour la première fois le relais de Duhamel et de Chadeau dans le domaine informatique.

— Démerdez-vous, je ne veux pas le savoir, répondit Guignard en présence de Didier Deplaix, qui assistait encore aux réunions malgré un rôle négligeable.

— Mademoiselle Varlin, votre avis ?

Une semaine après son arrivée, c'était la première fois qu'elle prenait la parole. Parfumée à la vanille, elle embaumait la grande pièce habituellement imprégnée des effluves de cigares que Jean-Paul Guignard fumait envers et contre la loi Évin.

— Vu les témoignages recueillis lors du premier meurtre…

— … Premier assassinat, rectifia Duhamel avant de rappeler à la psychologue clinicienne, devant un parterre d'officiers de police neutres et attentifs, qu'un assassinat était une circonstance aggravante du meurtre en raison de sa préméditation.

— Vu les témoignages recueillis lors du premier assassinat, donc, il y a fort à parier que nous avons affaire à un tueur narcissique. Le fait de relever sa visière, par exemple, au moment de lever son arme vers Rémy Jacquin, évoque un individu sûr de lui, dominateur, pervers, un homme…

— … et blablabla et blablabla.

Ce furent les seuls mots que Duhamel trouva pour interrompre le discours de la jeune femme, discours qui à ses yeux n'avait que trop duré. Le chef de groupe avait pourtant passé une nuit agréable et apaisante.

— Arrêtez, monsieur Duhamel. On vous sait peu favorable au profilage, mais ayez au moins la décence de rester discret durant l'intervention de notre collègue, intervint Guignard qui, au passage, se faisait le porte-parole de plusieurs chefs de groupe gênés par le manque de courtoisie d'un des leurs.

— Notre collègue ? Première nouvelle…

— Bon, Daniel, sortez ! C'est un ordre !

— Avec plaisir, répondit un Duhamel plus que jamais cynique.

— Vous passerez me voir à l'issue de la réunion. J'ai une mission pour vous.

Fabienne Varlin put alors finir en toute quiétude son exposé. Le tueur était, selon elle, organisé, réfléchi, animé par la haine, la domination et la vengeance. Son écriture, nette, et un style soigné semblaient dénoter une bonne éducation. Toutefois, la psychologue était troublée par la forme arrondie des *m*.

— Ses *m* ressemblent à des seins. Je ne suis pas loin de penser que le tueur est un solitaire qui a des problèmes sexuels.

— Si on commence à rechercher tous les solitaires ayant des problèmes de cul, on n'a pas fini, nota Fournier.

— Vous n'allez pas vous y mettre aussi, coupa Guignard. Mlle Varlin nous fournit des pistes de travail. En aucun cas elle ne va vous voler votre enquête. Il faut arrêter de considérer que les psys sont nos rivaux. Ils nous apportent une aide, un complément. Leur travail s'arrête là.

Contrairement à la gendarmerie, pionnière en matière d'analyse comportementale, la police judiciaire et ses hommes étaient réticents à employer des *profilers*. Deux psychologues avaient été embauchés par la Direction centrale de la police judiciaire dans les années 1990, mais l'expérience n'avait pas été poursuivie, faute de résultats. Le recrutement des derniers psychologues avait alors été recentré sur l'aide et le soutien aux victimes, les spécialistes de la santé mentale perdant toute prérogative dans le domaine du profilage. Le devenir de cette pratique au sein de la police judiciaire reposait désormais sur les épaules musclées de Fabienne Varlin, et surtout sur l'interpellation rapide d'un tueur qualifié de solitaire.

***

Le Taciturne s'était pris au jeu, à tel point que, muni d'un crayon à papier, il avait relevé les coquilles, les erreurs grammaticales et autres méprises sur le jargon policier. Lui, qui pensait ne rien savoir faire d'autre que mener des enquêtes de police, jouait désormais au correcteur et à l'expert. Les affaires vous menaient parfois à de drôles de rencontres. Leprêtre n'était pourtant pas du genre à s'émouvoir facilement, mais la compagnie de cette femme seule, cultivée, qui avait échappé à la mort, avait ébranlé ses certitudes. Combien de collègues, par le passé, avaient été pris par la compassion ? La plupart, probablement. Sauf lui, qui se carapatait dans son jardin secret pour mieux fuir les sentiments. Il en avait assez. On ne pouvait décemment s'imprégner des scènes de crime sans prendre en compte la psychologie des victimes. Et combien de fois avait-il rêvé remonter le temps pour discuter avec celles qu'il ne connaissait qu'à travers leur mort ? Viviane Castaing était vivante. Il avait enfin cette chance.

Sans évoquer Duhamel, qui avait parfois des rapports beaucoup plus intimes que ses collègues avec les proches des victimes, le mental des enquêteurs se fissurait à trop jongler avec la souffrance des autres. À force de vouloir aider, soutenir, sympathiser, des liens ambigus se tissaient. La douleur des familles éveillait parfois d'intenses sentiments.

La directrice littéraire, quant à elle, avait passé une bonne soirée en compagnie de ses deux protecteurs. Entourée comme jamais, bavarde comme une pie, elle s'était confiée sans mesure à ces inconnus d'un soir. Mais désormais dégrisée, elle vivait le contrecoup, car échapper au tueur avait un prix : l'angoisse continuelle. Prostrée au fond de son lit, elle ne cessait de pleurer. Les câlins de son chat n'y faisaient rien. À la demande des policiers qui assuraient sa sécurité, un médecin passa la soulager à coups de tranquillisants. Puis sa tristesse s'effaça quelque peu lorsqu'elle vit débarquer à son chevet Jean Leprêtre – dont elle avait récupéré la carte de visite –, qui se fendit d'un sourire en la saluant.

***

— Monsieur Duhamel, je vous attends dans mon bureau.

Tel fut l'ordre de Jean-Paul Guignard transmis par téléphone au chef de groupe. Ce dernier se leva, prit la veste posée sur le dossier de son fauteuil et descendit. Le taulier l'attendait assis derrière son bureau, en train de lire une note de service.

— Ne vous asseyez pas, j'en ai seulement pour un instant.

Guignard semblait véritablement courroucé. Il en avait plus qu'assez des enfantillages de Duhamel. Ce fut pourtant de manière sereine qu'il lui donna l'ordre de partir, sans attendre, mener l'enquête à Fontenay-le-Comte.

— Prenez le temps qu'il faudra. Vous me faites les hôtels et les campings, vous interrogez tout le personnel de la poste et vous m'épluchez la liste des voyageurs SNCF.

Thomas Boitel, le chef de section, n'eut pas son mot à dire. Il reconnaissait que l'homme, haut en couleur, était parfois insupportable, mais le flic était compétent. Il fallait parfois faire des concessions.

Seulement Duhamel avait poussé le bouchon un peu trop loin. Ce fut Nora Belhali qui l'accompagna en Vendée.

16 – Balade en Vendée

« Prenez le temps qu'il faudra. » Il aurait pu tout aussi bien dire : « Débarrassez-moi le plancher pendant une semaine, que je ne vous voie plus. » Le commandant Duhamel n'en voulait pas vraiment à Guignard. Après tout, ce dernier essayait de manager ses troupes du mieux qu'il pouvait. Et, dans cette période de chasse à l'homme, un climat de confiance, une harmonie entre les enquêteurs semblait indispensable.

Le chef de groupe était devenu le grain de sable dans la machine, le mauvais garçon. Il souffrait, tout simplement. Il vieillissait. Seul. Car ses coucheries n'avaient pas d'avenir. Et pour cause, il était aussi insupportable avec ses relations d'un soir qu'il l'était avec la hiérarchie.

— Tu veux que je prenne le volant ?

— S'il te plaît, répondit Duhamel.

Les kilomètres défilaient aussi vite que les quarante-cinq premières années de sa vie. Il faut dire que Nora Belhali avait le pied lourd. 160 km/h sur l'autoroute A10, avec brusque ralentissement pour traverser Tours. Les vallons du Poitou succédèrent aux grandes lignes droites de la Beauce, puis, après Niort, traversée du

262

Marais poitevin avec ses champs de maïs à perte de vue, qui asséchaient irrémédiablement les derniers marécages de ce secteur considéré il y a peu comme la deuxième zone humide de France après la Camargue.

Il ne faisait pas complètement nuit lorsqu'ils aperçurent la flèche de l'église Notre-Dame. Vingt minutes plus tard, le temps de parcourir les derniers kilomètres et d'insérer la carte d'autoroute au péage de Fontaines, ils se garèrent sur la place Verdun, à proximité du bureau de poste principal et de la gare routière – les trains reliant Nantes à Niort ne s'arrêtaient plus à Fontenay-le-Comte depuis une bonne vingtaine d'années.

— Tu sais où on va dormir ?

— Aucune idée. On va tâcher de trouver un hôtel-restaurant pas trop cher.

La sous-préfecture de Vendée, avec ses quatorze mille habitants, n'était pas très attractive. Pas assez, en tout cas, pour être desservie par les trains, pas assez pour qu'un hôtel de la chaîne Accor s'y implante. Une nouvelle fois, les enquêteurs en seraient de leur poche. Avec quarante-huit euros par jour de frais de mission, ils allaient devoir rallonger.

— À moins qu'on ne prenne une chambre à deux, lança Duhamel. En tout bien tout honneur, précisa-t-il pour mettre en confiance sa collègue.

L'argent n'était pas vraiment un problème pour Belhali. Elle n'avait aucun crédit, payait un loyer modéré et se déplaçait en transports en commun ou à l'aide des véhicules de la Brigade criminelle. Elle gagnait près de deux fois moins que son chef de groupe, mais elle dépensait à peine. Ses autres frais se résumaient à l'achat d'articles de sport et à quelques sorties théâtrales avec Laurent Delapierre, son ancien collègue.

Pourtant, elle non plus ne supportait pas de devoir mettre la main à la poche pour le boulot.

— Chambre à deux, mais avec lits séparés, rétorqua-t-elle.

C'est dans un trois étoiles avec piscine, situé près de l'ancienne gare, que les deux enquêteurs se posèrent. Quatre-vingt-cinq euros la chambre double, et menu à quatorze euros. À peine sortis de table, ils partirent marcher dans la vieille ville. Comme toute ville qui se respecte, Fontenay possédait ses maisons à colombages et ses vieilles ruelles pavées avec caniveau central. Fortement ébranlée pendant la guerre de Cent Ans, la ville connut ses heures de gloire sous la Renaissance. Les marchands de toute l'Europe s'y retrouvaient annuellement lors des trois foires royales. Protestante durant les guerres de Religion, républicaine durant les guerres de Vendée, c'est dans cette cité bordant la Vendée et située à une cinquantaine de kilomètres du littoral que Rabelais puis Simenon trouvèrent, un temps, quiétude et inspiration.

***

L'adjoint de Scarface aurait aimé, ne serait-ce que quelques heures, se retrouver lui aussi au vert. Ce n'est pourtant pas ce que lui demanda Boitel le jeudi 19 juin – jour où sa fille aînée passait plusieurs épreuves du baccalauréat. La fille au pair suédoise, à peine plus âgée que sa fille, était enfin réveillée après six jours de coma, et il fallait l'interroger coûte que coûte.

Leprêtre et Boitel se rendirent à pinces à l'Hôtel-Dieu, situé à l'ombre de la cathédrale Notre-Dame de Paris, sur l'île de la Cité. Les deux hommes se demandaient ce qui avait poussé le SAMU à transporter la jeune Katarina Apelgren dans le plus vieil hôpital de Paris. Bâtiment le plus sale du centre de la capitale, l'endroit possédait surtout la réputation d'accueillir nombre de délinquants placés en garde à vue, dans le cadre d'un examen médical réglementé par le Code de procédure pénale. L'accueil les renseigna très vite : l'Hôtel-Dieu était l'un des grands sites de prise en charge des patients qui souffraient de problèmes ophtalmologiques. Ils furent dirigés vers le secteur d'hospitalisation, galerie B, quatrième étage, où l'adolescente avait été transférée après son réveil en salle de réanimation. Du couloir, on apercevait en contrebas le magnifique jardin médiéval de l'hôpital. Ce sont des parents traumatisés qui accueillirent les deux policiers. Leprêtre prétexta ne pas parler l'anglais pour mieux esquiver la famille. D'autant que la veille au soir, il avait déjà eu à partager un long moment les tourments de Viviane Castaing. Il laissa Boitel en plan, dans le couloir, et s'engouffra dans la chambre de Katarina.

Même avec un bandage sur l'œil droit, la Suédoise était très belle. Sa chevelure dorée, éparse, compensait largement un teint légèrement pâle. Le Taciturne s'assit à son chevet. Il sortit de sa sacoche en cuir un procès-verbal vierge et le stylo Montblanc offert par ses collègues à l'occasion de la remise de la médaille de la Police pour ses vingt ans de fonction. La jeune fille semblait en bonne santé pour quelqu'un qui avait passé la semaine dans un monde léthargique. Elle était jeune, elle récupérait vite. Surtout, personne ne lui avait encore dit qu'elle ne recouvrerait pas l'usage de son œil, qui avait peut-être eu pour ultime vision l'image de l'homme qui l'avait rendue borgne.

— Tu te souviens de ce qui s'est produit ?

Le débit de Leprêtre était lent, de manière qu'elle ait le temps, elle qui ne vivait en France que depuis quelques mois, de saisir les mots de son interlocuteur.

— Pas vraiment. Je souviens que quelqu'un a sonné à la porte. J'ai été surprise parce que j'attendais personne.

La grammaire de la jeune fille n'était pas parfaite, mais Leprêtre comprenait. Elle poursuivit après avoir bu une gorgée d'eau :

— Alors j'ai approché de la porte, et c'est tout.

Une larme se mit à couler de son œil gauche. Les glandes lacrymales de l'œil droit, elles, ne répondaient plus.

— Et avant ça, est-ce que le visiteur ou la visiteuse s'était signalé à l'entrée de l'immeuble ?

— Comment ?

Leprêtre reformula :

— Est-ce que l'homme ou la femme qui est venu a sonné en bas de l'immeuble ?

— Non. *Nobody.*

— Et est-ce qu'en regardant dans l'œilleton, tu as eu le temps de le voir ?

— Non.

Leprêtre s'y était attendu, mais il avait dû s'en assurer. Il n'eut pas le temps de réfléchir à la question suivante qu'elle apporta une précision :

— En fait, je l'ai pas vu parce qu'il avait un… *a crash-helmet…*

— Un casque ! ? un casque de moto ? demanda Leprêtre qui comprenait mieux l'anglais que ce qu'il avait laissé entendre à son chef de section.

— *Yes, a crash-helmet*, confirma-t-elle.

— Quelle couleur ?

— *Black.*

— Et la visière ? s'enquit Leprêtre en portant la main à hauteur de ses yeux.

— *Deboute*, répondit-elle à la manière de Jane Birkin.

La visière était relevée. Comme lors de l'assassinat de Rémy Jacquin. Pour mieux voir peut-être, ou pour montrer son visage avant le coup de grâce.

— *Man or woman ?*

— *Man.*

— Et ses yeux ?

— *Blue, blue or grey.*

C'est tout ce que la fille au pair avait vu. L'homme lui avait laissé regarder la partie visible de son visage. Puis il avait tiré. Thomas Boitel se trouvait encore en compagnie des parents de Katarina Apelgren lorsque Leprêtre, moins ténébreux qu'à l'habitude, quitta la chambre. Vingt minutes avaient suffi.

— *Thank you very much. You are very nice*, avait-il dit en partant, au bord des larmes.

***

Pas un instant Duhamel n'avait dragué la belle Nora. Ça ne lui était même pas venu à l'esprit. Elle était sa confidente, son amie, sa meilleure amie, sa seule amie. Et il ne voulait surtout pas rompre ce lien qui les unissait depuis plus de deux ans. De peur de la perdre, probablement. Une chose ne l'intriguait pas moins pour autant : il ne lui avait jamais connu de petit ami. D'après les échos qui lui étaient parvenus de la Brigade des mineurs, même Laurent Delapierre, son ancien tuteur, avait échoué dans ses tentatives. Ce fut au petit déjeuner qu'il décida d'aborder le sujet :

— Explique-moi pourquoi une belle fille comme toi est toujours célibataire ? demanda-t-il alors qu'il tartinait du Nutella sur de la brioche vendéenne, tous deux attablés à proximité de la piscine.

— Parce que tous les mecs bien sont déjà pris. Et toi, pourquoi tu ne peux pas t'empêcher de sauter sur tout ce qui bouge ? réagit-elle, vexée.

La jeune femme était redoutable. Fin de la conversation. Ils finirent leur bol de café, se prélassèrent cinq minutes au soleil et quittèrent l'hôtel pour la journée. Direction la gare routière et la poste. Les deux policiers se partagèrent le boulot. Duhamel choisit la poste, Nora Belhali se rendit à la gare routière.

En une génération, Fontenay-le-Comte avait pris un sérieux coup de vieux. Il n'y avait plus de chef de gare, le commissariat de police avait récemment fermé ses portes, et le marché hebdomadaire faisait pâle figure devant des grandes surfaces toujours plus attractives. À défaut de trains, la SNCF offrait deux liaisons journalières par autocar avec la gare de Niort, à trente kilomètres à l'est, et celle de La Rochelle, plus éloignée, au sud. D'un point de vue pratique, en tout cas, un Parisien désirant séjourner à Fontenay n'avait aucun intérêt à descendre à la gare de La Rochelle. « Perte de temps et d'argent », déclara une hôtesse d'accueil âgée et acariâtre, qui lut longuement la commission rogatoire tendue par la Maghrébine avant de répondre. Exception faite de jeunes originaires des territoires et départements d'outre-mer venus effectuer leur service militaire au 137e régiment d'infanterie, on ne voyait que peu de basanés à Fontenay, et surtout pas d'Arabes ;

ce qui pouvait peut-être expliquer la froideur de cette employée.

— Il me faudrait la liste de tous les voyageurs qui ont transité depuis Niort ou La Rochelle vendredi et samedi derniers, demanda l'enquêtrice.

— On n'a pas ça. Il faut voir avec la direction, à Paris.

Belhali n'était pas sans savoir que Leprêtre avait déjà lancé les recherches.

— On peut rencontrer le chauffeur de bus, au moins ?

— Oui, il arrive de Niort dans la prochaine navette, dans moins d'un quart d'heure.

Mais l'homme, plus jeune, portant le costume vert bouteille de l'entreprise qui l'employait, ne sut quoi dire à l'enquêtrice. Les navettes comptaient, au grand maximum, une dizaine de voyageurs. Et à raison de deux allers-retours quotidiens depuis dix ans, il y a bien longtemps qu'il ne portait plus guère attention aux clients. En tout cas, après avoir réfléchi quelques secondes, il ne se remémora aucun problème particulier sur la ligne Niort-Fontenay les jours en question. L'enquêtrice rédigea brièvement un procès-verbal d'audition du chauffeur, ce au grand dam des quelques voyageurs qui s'impatientaient à l'intérieur du bus.

Scarface n'eut pas plus de chance. Face à trois guichetières inoccupées, il ne sut vers laquelle se diriger. Étrangement, aucune ne l'inspirait. La cinquantaine grisonnante, elles avaient toutes la tête dans le guidon, pour mieux bouder le client, probablement. Il avait véritablement plus de succès dans les guichets parisiens où les employées étaient souriantes, plus jeunes et surtout plus attentives à ses traits. Finalement, il fondit sur celle du centre avant de demander à parler au contrôleur des postes.

— À quel sujet ? demanda la guichetière avec une voix très masculine.

— J'ai quelques questions à lui poser, au sujet d'une série de meurtres.

Sans finesse. Mais les mots eurent le don de réveiller les deux autres employées qui, du coup, relevèrent la tête pour mieux observer cet étranger vêtu d'un costume trois pièces et présentant un document dactylographié avec cachet du ministère de la Justice à l'encre rouge.

— Tout de suite, monsieur.

Le responsable du bureau de poste était une caricature. Petit, lunettes cerclées, chemise et pantalon de ville noirs, et baskets de marque Reebok, il vint à grands pas à la rencontre de son visiteur.

— Monsieur ?

Longuement, Duhamel expliqua les raisons de sa venue. Toutes les employées du bureau avaient entendu parler de l'affaire, relayée chaque jour un peu plus par la presse, mais pas le contrôleur, qui lui ne semblait ni lire les journaux ni posséder la télé.

— Vous voulez dire que le tueur a posté un courrier de chez nous ? s'étonna la plus réactive des trois.

— Oui. Et c'est pour cela que je voulais savoir, primo, qui d'entre vous travaillait vendredi après-midi et samedi matin, secundo, si l'une d'entre vous avait constaté quelque chose de particulier lors de ces deux journées.

Toutes avaient travaillé l'un des deux jours, mais aucune n'avait noté quoi que ce soit.

— Vous savez, notre ville est relativement calme, ajouta le contrôleur.

— J'avais remarqué, répondit Duhamel sans sarcasme, ayant la veille au soir constaté à ses dépens la fermeture de toutes les brasseries de la rue principale.

Il ne quittait jamais Paris. Ces missions en province avaient le don de lui rappeler que seule la capitale offrait à ses habitants une deuxième vie ; celle de la nuit, où l'on peut bourlinguer dans les boîtes de nuit de Montparnasse, dans les boîtes de jazz de Saint-Germain, ou dans les boîtes à cul de Pigalle.

***

Belhali visitait son troisième et dernier hôtel lorsque son téléphone cellulaire sonna. Numéro masqué, c'était forcément le boulot.

— Allô ? dit-elle alors qu'elle consultait le registre des clients de l'hôtel de la Mélusine.

— Salut Nora, c'est Fabrice.

— Salut Pixel.

— J'essaie de joindre Daniel depuis une plombe…

— Il est sur messagerie, répondit-elle.

— Ah bon ! ? Ce n'est pas son habitude, pourtant…

— Je crois qu'il a vraiment besoin de souffler. Y a du neuf chez vous ?

— Ouais. Tu sais, G.S., les initiales, là… Ça me disait quelque chose… tu te souviens ?

— Mmm…

— Ça m'est revenu.

— Quoi ?

— G.S., c'est un de mes correspondants sur mon blog.

— Je comprends rien à ce que tu me dis, recommence mais moins vite…

271

— Sur mon blog, il y a une partie « commentaires », t'es d'accord ?

— Jusque-là, oui.

— Eh bien, parmi les gens qui envoient des commentaires, il y en a un qui signe toujours ses post avec les initiales G.S.

— Putain ! ! ! Mais ça ne prouve pas qu'il s'agisse de notre tueur, ajouta aussitôt la gardienne de la paix sur le ton de la modération.

— … Sauf que je suis allé voir le compte de G.S. Devine quel est son nom d'enregistrement ?

— Georges Simenon ? ? ?

— Tout à fait, mon cher Watson. Et surtout, lors de son inscription, il a communiqué une adresse mail : georges-simenon@hotmail.fr. Je viens de lancer les recherches pour savoir d'où il s'était connecté.

— T'es certain qu'il a utilisé cette adresse ?

— Ouais, au moins pour laisser les commentaires sur le blog. Sur les trois derniers mois, j'en ai recensé six. Et vous, de votre côté ?

— Bof. Daniel est à moitié dépressif. Tu te rends compte qu'on a dormi dans la même chambre et qu'il n'a même pas cherché à me toucher.

— C'est pas vrai ! T'as raison, il ne doit pas être bien dans sa peau. Quand est-ce que vous rentrez ?

— On a bientôt fini, mais je crois qu'on va passer une autre nuit dans le secteur, histoire de bien souffler.

Le sixième jour de la semaine approchait. Les deux enquêteurs, qui avaient fait le tour des hôtels et auberges, ne voulaient pas spécialement rentrer. Ensemble, ils étaient bien. Même loin de Paris. Surtout loin de Paris, car ils n'avaient pas l'once d'une piste et ils savaient l'un comme l'autre que le tueur allait recommencer. Ils souffraient de ne pouvoir rien faire.

— On n'est pas très loin de La Rochelle. Tu veux qu'on aille y faire un tour ? lui demanda-t-elle un peu plus tard.

— T'as envie de revoir ton étudiant, toi, répondit Scarface en blaguant.

— Ah ! ah ! ah ! chanta-t-elle avec ironie.

— Avant, j'aimerais qu'on aille faire un tour au château de Terre-Neuve, si tu n'y vois pas d'inconvénient. Tant qu'à faire, avant de partir, autant visiter la demeure de Simenon.

Aucun monument, aucun bâtiment à la gloire de l'auteur belge. Comme si Fontenay avait effacé de sa mémoire le passage de Simenon. C'est à peine si son nom fut évoqué par le guide du château. On lui préférait le duc de Sully, ministre d'Henri IV, l'écrivain et guerrier protestant Agrippa d'Aubigné, ou encore François Viète, mathématicien de renom né dans la capitale du bas Poitou. Tous furent d'illustres hôtes du château de Terre-Neuve.

La Rochelle semblait plus respectueuse envers l'homme qui, durant plusieurs mois de l'année 1940, avait œuvré à l'hébergement des réfugiés belges qui fuyaient leur pays envahi par Hitler. Ce fut d'ailleurs sur le quai Georges-Simenon, situé en bordure du quartier du Gabut, que Duhamel et Belhali retrouvèrent Julien Reveleau après avoir traversé du nord au sud le Marais poitevin et ses rivières. Jean-Paul Guignard se serait probablement offusqué s'il avait vu sa fonctionnaire de police tendre la joue, sur son initiative, à un proche de l'enquête pour recevoir la bise.

— Bienvenue dans l'Aunis. Vous êtes garés à quel endroit ?

— Sur l'esplanade Saint-Jean-d'Acre.

Les deux flics avaient longé à pied le vieux port. Artistes itinérants et autres troubadours sans logis occupaient déjà le cours des Dames. Ils offraient aux premiers touristes de la saison des spectacles qui, parfois, méritaient que l'on racle le fond de ses poches. Reveleau préféra un coin plus tranquille, en terrasse d'un restaurant face à l'enceinte gothique de l'hôtel de ville, dans la vieille ville. De son socle, Jean Guiton, maire héroïque de la ville dans la première moitié du XVIIe siècle, les regardait commander des bières.

— Vous restez combien de temps ? demanda Julien Reveleau.

— Pourquoi ?

— Parce que demain débute le festival annuel Simenon, aux Sables-d'Olonne. L'année dernière, il y a même un commissaire de votre service qui a participé à une conférence à l'occasion du soixante-quinzième anniversaire de Maigret. Je peux vous y conduire, si vous voulez. Les Sables ne sont qu'à une cinquantaine de kilomètres.

— Je pense qu'on va passer la nuit ici et repartir dès demain matin. On a fini notre travail dans la région. Pourquoi un festival aux Sables ?

— Parce que Simenon a aussi vécu là-bas.

— Il a vécu partout, dites donc !

— Oui, mais aux Sables, il y a vécu contraint et forcé. En fait, ça remonte à l'automne 1944. Il y a été assigné à résidence dans une pension le temps que la Justice et le comité d'épuration vendéen mènent l'enquête.

— Pourquoi ? Simenon a collaboré ?

— Non. En fait on lui a surtout reproché d'avoir entretenu une correspondance avec Alfred Greven, le patron de la Continental, société de production cinématographique aux mains des Allemands. Simenon a véritablement mis plus de temps à comprendre ce qu'on lui reprochait qu'à se défendre. Parce que, durant la guerre, il n'a pas publié un seul article politique, contrairement à d'autres auteurs.

— Comme Robert Denoël, alors ? demanda Duhamel qui avait bien retenu les leçons de Fabrice Chadeau.

— Oui, c'est ça.

Fallait-il y voir un lien ? Duhamel en doutait. En tout cas, à défaut d'analyser, la belle Nora, elle, buvait les paroles de l'étudiant. En un sens le chef de groupe les enviait. Ces deux-là semblaient faits pour s'aimer, ça se sentait. Il n'aurait su dire pourquoi, mais leur complicité était flagrante. Il était certainement un peu jaloux, oui, mais heureux de voir sa partenaire de travail épanouie. Elle le méritait tant.

Il prétexta un mal de crâne peu avant le dessert et laissa un billet de cinquante euros sur la table.

— Le vin est pour moi, dit-il.

Puis, s'adressant à Nora après s'être levé :

— Demain, 11 heures à la voiture. Ça te va ?

Elle sourit en réponse à son clin d'œil discret. Cette nuit, ils ne feraient pas chambre commune.

— Il est bizarre, ton chef, lui dit Julien Reveleau.

— C'est un guerrier. Il n'est jamais plus fort que lorsqu'il est blessé.

Il préféra lui prendre la main que chercher à comprendre ce qu'elle entendait par là.

17 – Michel Deforges

Il était temps de mettre un terme à l'exil. Cet inter-
mède de deux jours avait été riche d'enseignements
pour Duhamel. Plutôt sur le plan personnel, car d'un
point de vue professionnel, hormis quelques détails sur
la vie du père de Maigret, il n'avait pas appris grand-
chose. C'est plein de bonnes intentions qu'il allait rentrer sur Paris, bien résolu à s'assagir et à changer de
comportement avec les femmes. La veille au soir, en
quittant Belhali et Reveleau, il avait décidé à coups de
cognac, son eau-de-vie fétiche, de se sevrer de cette
débauche à laquelle il s'était livré durant tant d'années.
Seul l'avenir dirait si la méthode était la bonne. Quitte
à s'inscrire sur Meetic, le fameux site de rencontres sur
Internet, il devait trouver la stabilité, l'âme sœur, en
quelque sorte une compagne pour la seconde moitié de
sa vie.

Mais pour l'heure, à deux semaines des grandes
vacances scolaires, à deux semaines de son mois de
garde, seule la résolution de l'affaire comptait. Il
fallait désormais faire vite, pour limiter la casse
bien sûr, mais aussi pour assurer ses congés, car si
le banquet annuel de la Brigade criminelle avait été

annulé, les vacances des juillettistes pouvaient l'être aussi.

Quant à Nora Belhali, elle n'avait plus besoin de Meetic. Elle avait passé une nuit merveilleuse. Après s'être longuement promenés sous les arcades basses, étroites et sombres de la rue du Minage, main dans la main ils étaient allés au café de la Paix, le quartier général de Simenon du temps où il demeurait en Charente-Maritime. C'est dans cette brasserie, devant un dernier café, qu'elle apprit de Julien Reveleau que l'écrivain avait mis en scène un tueur en série. Issu de la bourgeoisie locale, un commerçant s'appliquait à assassiner les amies d'enfance de sa femme. Magnifiquement interprété par Michel Serrault sous la direction de Claude Chabrol en 1982, *Les fantômes du chapelier* n'avait toutefois pas fait recette.

— Et comment se finit l'histoire ?

— Le chapelier s'est endormi à côté de sa dernière victime. Il a été réveillé par les gendarmes.

« Encore un fantôme », songea-t-elle.

***

Comme convenu, les deux collègues se retrouvèrent à 11 heures sur le parking Saint-Jean-d'Acre balayé par un vent de force 4. Ils prirent aussitôt le chemin de l'Île-de-France. Elle était couverte d'un léger voile blanc lorsqu'ils arrivèrent en milieu d'après-midi. Nora avait dormi tout le long de la route, preuve que sa nuit avait été agitée. Duhamel avait conduit d'une traite, ses Ray-Ban vissées sur le nez. Il s'était à peine arrêté un quart d'heure, le temps de faire le plein de carburant et de caféine. Il n'avait pas mis pas la radio, de peur de gêner le sommeil de sa collègue. Téléphones coupés, ou l'art de transformer un bannissement en fugue, ils avaient profité des dernières heures de quiétude sur la route de Paris. Car d'autres morts les attendaient, probablement.

Ce n'est qu'après le péage de Saint-Arnoult-en-Yvelines, alors que Nora Belhali, la bouche pâteuse, réactivait son mobile, qu'ils apprirent le décès de Michel Deforges. Les SMS et messages vocaux de Chadeau, Leprêtre et Boitel s'étaient accumulés au fil des heures. Même Guignard y était allé de sa consigne.

— Michel Deforges est mort.

— Quoi ! ? réagit Duhamel, qui avait très bien entendu.

— Michel Deforges a été tué ce matin en quittant son domicile, dit-elle avec un grand détachement, la nuque reposant sur l'appuie-tête et le mobile toujours greffé à l'oreille.

Timbre de voix habituel chez Nora Belhali, pas d'expression particulière dans la formulation de la phrase, absence d'émotion. Il n'y avait rien de logique dans le décès de son ancien chef de groupe, mais compte tenu des meurtres à répétition des dernières semaines, rien ne l'étonnait plus. Scarface, ce vieil ours qui n'avait jamais supporté Michel Deforges, n'était pour autant pas complètement insensible à la nouvelle. Instinctivement, il porta sa main libre à sa cicatrice. Mais lui non plus ne s'offusqua pas de cette mort qu'il imaginait violente et dont le responsable était le fantôme de Maigret. Chacun de leur côté, ils fixèrent la route, au loin, le plus loin possible. Surtout ne pas se regarder, sous peine de s'effondrer.

Après l'enseignement, après l'édition, c'était au tour de la police. Le premier *short message*, celui de Fabrice Chadeau, datait de 13 h 24. Le deuxième, trois minutes plus tard, précisait que l'ancien chef de groupe avait été tué à Neuilly-sur-Marne de trois balles dans le dos, alors qu'il quittait son domicile en scooter. Thomas Boitel, dans un message adressé un peu avant 14 heures, demandait qu'on le rappelle de toute urgence. Leprêtre, ensuite, précisait que le groupe Fournier gérait la scène de crime et se trouvait sur place, tandis que Jean-Paul Guignard, par la voix du commandant Charpentier, demandait leur retour en urgence à Paris. À quelques détails près, Daniel Duhamel avait reçu des messages identiques, qu'il consulta pendant qu'il bifurquait sur l'autoroute A86 pour rattraper Créteil, puis Neuilly-sur-Marne par l'autoroute A4.

Duhamel connaissait par cœur le chemin. Sept ans durant, il avait travaillé sous les ordres de Deforges. Modèle de fainéantise, de misogynie et de compromission avec la hiérarchie, il n'en était pas moins quelqu'un d'avenant qui, une fois par an, organisait à son domicile un repas de groupe pour raviver la flamme. La jeune Nora Belhali s'était également prêtée à ce petit jeu, bien qu'elle fût longtemps l'objet des sarcasmes de ce commandant de police de la « vieille génération ».

Mal rasé et les vêtements fripés, Duhamel descendit de voiture, à deux pas d'une banderole de rubalise qui protégeait la scène de crime. Le corps, à une quinzaine de mètres, se trouvait sur le ventre, au milieu d'une allée privée, une épaule déboîtée et la jambe opposée en équerre, dans une position que même les meilleurs gymnastes asiatiques n'auraient pu reproduire. Le scooter était couché sur le flanc, à quatre mètres environ de Deforges, qui portait encore son casque. Il ne fallait pas être devin pour comprendre la scène. Le tueur s'était probablement dissimulé derrière une haie de troènes, près des box de la résidence, le temps que le retraité sorte le cyclomoteur de son abri. Lorsque Deforges était passé, l'« assassin du vendredi », comme certains journalistes le surnommaient encore, s'était alors précipité derrière lui pour l'abattre.

Guignard, Boitel et Leprêtre, alertés par les crissements de pneumatiques, vinrent à la rencontre de Duhamel. Pierre Sibierski, le procédurier, était assis un peu plus loin, sur le rebord d'un trottoir, la tête entre les mains. Fabrice Chadeau avait refusé de venir. Il voulait garder une belle image de son ancien chef de groupe, avec lequel, une semaine auparavant, il avait partagé des pizzas au 36. Les visages étaient livides, Leprêtre avait les yeux rougis bien qu'il n'ait jamais travaillé directement pour Deforges. Ce fut dans ses bras que Duhamel se précipita, avant de fondre en larmes comme un enfant.

On annonçait l'arrivée imminente du préfet de police et le retour précipité du ministre de l'Intérieur, qui participait à un colloque au siège d'Interpol à Lyon. Accompagné de Didier Deplaix, le directeur de la police judiciaire, le visage bouffi, les sourcils en bataille et la mèche rebelle, était déjà là. Réputé rigide, cruel parfois, il n'avait pas besoin de quitter son bureau pour être redouté de ses hommes. En l'occurrence, il restait statique, là, à quelques mètres de la dépouille. Il se contentait d'observer le travail des enquêteurs. Sa seule présence, et il le savait, était rassurante, apaisante. Les hommes de la PJ, plus que jamais, avaient besoin d'être soutenus dans cette nouvelle épreuve.

Car c'était l'un des leurs qui était tombé, même s'il n'était plus en activité. Michel Deforges avait cinquante-neuf ans. Sa femme était morte une dizaine d'années auparavant des suites d'un cancer du sein. Il laissait un fils de dix-neuf ans qui voulait suivre les traces de son père. Deforges avait gravi tous les échelons de la Brigade criminelle durant trente ans. Plus actif que jamais, deux jours par semaine, il participait depuis peu dans son département à des actions de formation au sein de la police nationale et à des réunions sur la prévention de la délinquance, fort de son expérience en matière de sécurité. Sans compter son rôle de responsable de la section « retraités » de l'amicale de la Brigade criminelle, ni le temps consacré à rendre visite à ses collègues du quai des Orfèvres.

Il avait été touché à trois reprises. Deux fois en bas du dos, une autre à la base de la nuque. Le coup de grâce, encore. Comme sur les autres scènes de crime, il n'y avait pas beaucoup d'indices à relever. Les douilles, de nouveau, étaient introuvables. Fournier, assisté de deux techniciens de l'Identité judiciaire, fouilla partout. Hormis des traces de pas bien marquées derrière une rangée d'arbustes, ils ne trouvèrent rien.

— Trente et un centimètres, ça colle avec une pointure 42 ou 43, précisa l'un des techniciens qui prit un cliché des empreintes de chaussures avant d'en faire un moulage.

Les traces, surtout, semblaient profondes, ce qui pouvait correspondre à un gabarit respectable. Mais elles n'étaient pas forcément celles du tueur et pouvaient très bien appartenir à un type désireux de se soulager dans un coin discret.

Une nouvelle fois, rien ne semblait avoir été dérobé. Le rangement du scooter renfermait le porte-documents qui accompagnait Deforges partout. Et les poches de son pantalon en toile contenaient, difficilement, un jeu de clés et un porte-monnaie bien lourd.

Rapidement, le corps fut pris en charge par les pompes funèbres. Il était inutile de le laisser plus long-temps sur le bitume, dans sa position indécente, même dissimulé sous un drap. D'autant que les pisse-copies et les échotiers, déjà informés de ce sixième meurtre, ne seraient plus longs à se manifester.

Il fallait réagir, rebondir, et vite. Guignard n'avait jamais connu une telle situation, il ne savait comment procéder. Thomas Boitel, le chef de section, avait sombré dans une certaine apathie. Ce fut Charpentier, qui avait vécu un drame identique trente ans plus tôt, qui prit les choses en main, car le procureur de la République de Bobigny, qui tournait en rond depuis deux heures, s'apprêtait à refiler le bébé aux enquê-teurs du SDPJ 93.

— Hors de question ! protesta Charpentier. C'est à la Brigade criminelle qu'il s'en prend, c'est à nous de régler cette affaire, ajouta-t-il.

Il semblait plus que jamais évident que le tueur avait une dent contre la Crim'. Les timbres à l'effigie de Simenon d'abord, les références à l'auteur, l'allusion à l'échec de l'affaire Denoël, et désormais l'assassinat de Michel Deforges, un ancien poulet du 36. Jusque-là, les enquêteurs étaient restés dans l'impasse, incapables de faire un rapprochement entre le monde de l'enseigne-ment et celui de l'édition. Certes, le rapport avec le métier de flic semblait ténu, mais Charpentier, qui avait une vue d'ensemble sur le dossier et qui connaissait mieux que quiconque Deforges pour l'avoir fréquenté pendant toute sa carrière, avait une petite idée. Mais avant d'en faire part, il fallait se rassembler, s'unir dans l'épreuve, de manière à épancher sa colère. Il s'adressa à Nora Belhali, qu'il estimait énormément :

— Nora, tu suis les pompes funèbres jusqu'à l'Institut médico-légal. Qu'ils placent Michel dans la salle de présentation des défunts. Je vais appeler tout de suite le directeur.

***

Exceptionnellement, Fabrice Chadeau avait fermé la porte du bureau. Un peu en signe de deuil, mais surtout pour ne pas être dérangé. Il excellait dans la rédaction de panégyriques. Plusieurs articles de son blog faisaient référence aux huit policiers du 36 tués en service depuis le début du XXe siècle. Les Mugat, Curnier et autre Maximy avaient donné leur vie à leur unité. Mais là, c'était tout autre chose. Il venait de perdre son premier chef de groupe, un homme qu'il avait côtoyé et servi.

Pixel n'avait pas voulu se rendre sur place. L'informatique était son seul refuge. Durant plusieurs semaines, il avait espéré beaucoup des recherches téléphoniques. Maintenant, c'était le compte-rendu du journal des logs de connexion du compte de messagerie georges-simenon@hotmail.fr, transmis par la société Microsoft, qui le laissait perplexe. Il y avait autant de protocoles Internet différents que d'échanges avec son blog, ce qui signifiait une chose : G.S. ne se connectait jamais du même endroit. À première vue, le tueur semblait se servir d'une connexion Wi-Fi pour établir le contact *via* des connexions lambda non sécurisées. Cela lui fut confirmé par les fournisseurs d'accès Internet une heure plus tard, au moment où l'annonce de la mort de Michel Deforges se propageait dans tous les bureaux. Le comble, c'est que tous les utilisateurs piratés par le tueur demeuraient aux abords de la place Dauphine, lieu cher à Yves Montand et Simone Signoret, et si apprécié de Jean-Paul Guignard, qui, de l'une des fenêtres de son bureau, aimait profiter de l'endroit lorsqu'il fumait ses cigares. L'une des IP utilisées correspondait à un cabinet d'avocats installé à l'emplacement même de l'ancienne brasserie Dauphine, là où Maigret commandait des bières et se délectait de blanquette de veau.

De deux choses l'une : soit G.S. demeurait place Dauphine et se connectait par le biais de voisins qui avaient omis de sécuriser leurs connexions, soit il y venait épisodiquement pour mieux narguer des policiers qui chercheraient à le « rebecter » par l'identification des adresses IP. Dans les deux cas, le tueur avait fait preuve de témérité et d'habileté. Il n'en restait pas moins que Chadeau allait devoir interroger les six résidents de la place Dauphine qui s'étaient, semble-t-il, fait pirater leurs connexions. Il faudrait aussi organiser une enquête de voisinage pour essayer d'identifier tout individu s'étant fait remarquer avec un ordinateur portable sur les genoux. Autant chercher une aiguille dans une botte de foin.

***

L'information avait été relayée par plusieurs radios nationales. Dès le vendredi après-midi, la Brigade criminelle et ses fonctionnaires furent inondés de messages de condoléances. Nora Belhali avait reçu une dizaine de coups de fil dont un de Laurent Delapierre, qu'elle n'avait pas vu depuis une bonne semaine. Mais ce fut celui de Julien Reveleau, lequel se trouvait aux Sables-d'Olonne dans le cadre du festival Simenon, qui la soulagea le plus. Quant à Duhamel, il eut la bonne surprise d'être contacté par la mère de Julie, qui ne l'avait pas habitué à tant de sollicitude.

Le temps était au recueillement. De nombreuses fleurs couvraient l'angle du quai des Orfèvres et du boulevard du Palais, là même où la façade à pan coupé du Palais de justice portait les stigmates des combats pour la libération de Paris en août 1944. Un cortège silencieux, filmé par plusieurs télés, partit du 36 le samedi matin aux alentours de 10 heures. En tête, Charpentier et Franck Deforges, Duhamel, Sibierski, Chadeau, Belhali, Guignard, Boitel, le préfet de police, le directeur de la police judiciaire, tous les chefs de groupe de la Crim', et la plupart des gars, jeunes et moins jeunes, qui avaient travaillé sous les ordres de Deforges. Le ministre de tutelle était également présent, au deuxième ou troisième rang, entouré de trois cerbères en costumes sombres. Le groupe s'était étoffé de flics et de Parisiens anonymes avant le départ pour la morgue, Charpentier ayant obtenu que la dépouille de Michel soit présentée à ses proches avant une autopsie qui devait avoir lieu dans l'après-midi.

Il n'y eut aucun discours, aucun dépôt de gerbe, aucune banderole. Les revendications et la colère, ce serait pour plus tard. À pied, ils passèrent devant Notre-Dame, traversèrent l'île Saint-Louis, puis longèrent les quais en direction du pont d'Austerlitz. Le bâtiment de briques rouges, sombre et lugubre, coincé entre la Seine et le métro aérien, offrait un contraste saisissant avec le temps ensoleillé de cette fin juin. Un silence lourd régnait aux abords de l'Institut médico-légal, parfois perturbé par les crissements des rames de la ligne 5.

Le directeur et la psychologue de l'IML vinrent à leur rencontre, dans l'allée menant à l'entrée principale du bâtiment. Tous ne pouvaient rentrer, bien sûr. Tous ne le voulaient pas, d'ailleurs. C'est ce que dit Charpentier, devant les quelques centaines de personnes présentes, pour rassurer le responsable qu'il avait contacté la veille.

Avec Franck Deforges, ils furent une trentaine à pénétrer dans la salle d'accueil, par groupes de quatre ou cinq. Les visiteurs n'eurent ni le temps ni l'envie de s'intéresser aux bustes en plâtre de quatre éminents professeurs de médecine légale du XIXe siècle, qui fixaient, grâce à de grandes ouvertures, le patio de l'Institut. C'est la psychologue des lieux, une grande femme d'une trentaine d'années vêtue d'un bel ensemble noir, les cheveux bruns coiffés en natte, qui guida le fils Deforges. Arrivée à hauteur de la salle de recueillement, elle le mit en confiance, avec la délicatesse d'une mère :

— Vous allez entrer par la porte qui se trouve à votre gauche. La salle est grande, carrée et lumineuse. Il y a du parquet au sol. Votre papa se trouve allongé sur le dos, au fond de la pièce, derrière une vitre. Un drap blanc le recouvre des pieds aux épaules. Ses yeux sont clos, sa bouche fermée, son visage est serein. Une petite musique l'accompagne. Vous ne pourrez pas le toucher mais vous pourrez lui parler, si vous le désirez. Vous êtes prêt ?

Discours sans accroc, à force d'être répété. Le fils sembla réceptif. Charpentier, qui l'avait accompagné jusque-là, lui posa une main sur l'épaule en signe d'encouragement. Puis le fils entra.

***

— Il avait des problèmes particuliers, ces derniers temps ?

Charpentier connaissait bien le jeune Deforges, qui rendait souvent visite à son père au 36, du temps où celui-ci officiait encore. Il avait également bien connu la femme de Michel qu'il avait visitée sur son lit de mort à l'hôpital Gustave-Roussy de Villejuif. La Brigade criminelle était une grande famille.

— Je ne vois pas, répondit l'étudiant qui venait de finir sa première année de droit.

— Et il avait toujours son activité de conseiller littéraire ?

— Oui, je crois. Il passait ses soirées à lire et à corriger des romans policiers.

L'ancien commandant de police n'était pas spécialement en manque d'argent, mais, au gré des rencontres et la retraite approchant, il avait su se reconvertir dans tout un tas d'activités. La correction de polars pour une petite maison d'édition parisienne en était une, tout comme son rôle de conseiller technique lors de la dernière superproduction cinématographique mettant en scène la Brigade criminelle.

Charpentier, le vieux sage, raccompagna Franck Deforges à son domicile, avec deux autres collègues.

— Tu permets qu'on jette un œil dans ses affaires ?

— Allez-y. Tout est dans le salon ou dans sa chambre.

Les trois policiers commencèrent par la pièce centrale. Le temps de la perquisition, le fils, qui connaissait les bonnes manières, se réfugia dans la cuisine pour y préparer un café.

— Intéressez-vous surtout aux manuscrits, les gars, lança Charpentier à ses hommes.

— Tu veux qu'on les récupère ? s'enquit un brigadier de police.

— Oui. Surtout les polars.

La vérité était là. Tout tournait autour des romans policiers. Viviane Castaing, Nicolas Saint-Hubert et les trois enseignants qui, au dire de l'ex-copain du professeur d'histoire, avaient évoqué la bonne façon de rédiger un roman. Et puis maintenant Deforges, celui qui faisait le lien entre le monde de l'édition et la Brigade criminelle, service que le tueur défiait sans relâche à coups de lettres.

Fabienne Varlin, la psychologue, qui ne cessait de relire le dossier de procédure, avait évoqué un solitaire narcissique. Charpentier, lui, hésitait entre deux hypothèses : l'écrivain raté s'en prenant à des professionnels de l'édition, ou le flic passionné de Simenon qui affrontait, qui défiait un service qu'il n'avait jamais réussi à intégrer.

— Pourquoi pas les deux ? lui suggéra Leprêtre lors d'un tour de table dans la nuit du samedi au dimanche.

— Tout ça n'explique pas pourquoi il s'est attaqué aux trois profs, intervint Duhamel.

— Il y avait un manuscrit chez Rémy Jacquin lors de votre perquisition, dit Fabienne Varlin qui avait une copie de procès-verbal dans la main, et qui était restée à la demande de Guignard pour assurer un soutien psychologique aux policiers. Pourquoi ne pas le récupérer ?

Les flics la regardèrent. Charpentier, Chadeau et Leprêtre ne savaient pas de quoi elle parlait. Duhamel se souvenait à peine de la perquisition qu'il avait menée avec Nora Belhali chez le conseiller d'éducation. Cette dernière, en revanche, se souvint d'un coup du texte dactylographié qui portait de nombreuses annotations. Elle avait fait état de sa présence dans le procès-verbal de perquisition, mais les deux policiers n'avaient pas daigné le récupérer. « Sans intérêt », avait dit Duhamel un mois plus tôt.

— Faut le récupérer ! tempêta Charpentier. C'est peut-être important.

18 – Lettre des Sables

Intégrer la Brigade criminelle était un véritable parcours du combattant, pas nécessairement réservé aux plus méritants. C'était en tout cas ce que pensait Laurent Delapierre qui, à deux reprises, s'était vu refuser une mutation au quai des Orfèvres. Si la première fois on lui avait préféré un officier coopté par le directeur des ressources humaines, la seconde fois, personne ne daigna motiver les raisons du refus. Pourtant, il avait la réputation d'être un bon flic. Ses résultats à la Brigade des mineurs étaient, comme ses notations, excellents, et les appréciations qui se succédaient chaque année étaient dithyrambiques. D'autant qu'il savait faire preuve d'autorité, ce qu'il avait démontré à plusieurs reprises en encadrant gardiens et gradés de passage sous ses ordres. Nora Belhali, qui avait eu la chance de travailler avec lui durant deux années, avait connu plus de réussite. Son transfert n'avait pas tenu à grand-chose : un stage de deux semaines où elle avait fait montre d'une grande maturité, et le fait qu'elle ait indiqué en bas de son curriculum vitae la pratique assidue de la course à pied. Ce dernier élément était apparu comme un gage de persévérance et d'exigence de soi aux yeux de l'ancien patron de la Crim', lequel avait couru par défi quelques marathons dans sa jeunesse. L'ancien footballeur qu'était Duhamel avait une idée toute personnelle de la chose : « Pour jouer la Ligue des champions, il faut être bon, et surtout tomber dans la bonne équipe la bonne année. » Pour Scarface, à défaut de cooptation, chance et compétence devaient se conjuguer.

Intégrer le cercle des écrivains paraissait, de l'avis de Jean Leprêtre, tout aussi compliqué. C'était en tout cas ce qu'il avait retenu de ses discussions avec Viviane Castaing, chez qui il avait passé deux autres nuits pour assurer sa sécurité. La protection rapprochée avait été réduite à une personne. La directrice littéraire allait un peu mieux, même si elle n'était pas convaincue que le tueur ne chercherait pas à s'en prendre à elle de nouveau. Les enquêteurs avaient tellement insisté pour obtenir un nom, que l'idée même qu'elle puisse connaître celui qui lui en voulait l'horrifiait. Les discussions avec Leprêtre, son « ange gardien » comme elle le surnommait désormais, avaient le mérite de tuer le temps et de vider sa vieille eau-de-vie de poire. Ainsi l'enquêteur, jouant à faire rouler son alliance autour de son annulaire, évoqua longuement les deux textes qu'il avait corrigés, critiquant allègrement le formalisme et les fautes de syntaxe de l'un, et le vocabulaire policier erroné ou mal adapté de l'autre. Surprise par ce jugement d'expert, elle expliqua en retour qu'elle se faisait une fierté de ne rejeter aucun manuscrit, quelle que fût sa forme. Elle les lisait tous, au moins les premières pages, de manière à se faire une idée, pour prendre la température. De manière, surtout, à dégotter la perle rare. Elle ne connaissait pas de meilleure méthode de lecture. Mais elle restait humble, sachant pertinemment qu'un auteur pouvait lui échapper.

— Et vous connaissez le pourcentage d'écrivains qui réussissent à se faire éditer ? demanda son protecteur.

— Extrêmement faible, malheureusement. Moins de un pour cent. Il faut savoir qu'un éditeur prend énormément de risques avec les nouveaux auteurs. Les grandes maisons d'édition ne se posent plus de questions. Elles privilégient les auteurs qui ont déjà un nom, ou à défaut ceux qui savent se vendre.

***

Le mur de la salle de nécropsie ne suffisait plus à retenir Pierre Sibierski. Devant lui, sur la table en Inox, se trouvait son ancien chef de groupe, nu, les muscles des jambes et des bras entaillés à divers endroits dans le sens de la longueur[1], tandis qu'une ouverture, joignant le menton au pubis, offrait les entrailles à la vue de tous. Le regretté Michel Deforges se faisait maintenant charcuter depuis plus d'une demi-heure. Chaque organe était retiré et pesé par l'aide technique, avant d'être déposé sur une planche en bois, découpé en fines lames, puis étudié par le médecin légiste. Un prélèvement était systématiquement mis en tube. Les restes étaient remisés dans un seau de cinq litres coincé entre les jambes du défunt, avant que le contenu soit reversé dans son habitacle, en attente de la couture.

1. Les incisions ou « crevés » permettent de détecter les zones de contusion, notamment dans les régions de prise ou de maintien.

Cette fois-ci, le procédurier ne tenait plus de bloc-notes. Ses mains étaient jointes dans son dos, les bras et l'arrière de la tête appuyés au mur blanc, quitte à blanchir sa veste de costume. C'était le directeur de l'Institut médico-légal qui pratiquait l'autopsie, il avait tenu à le faire en personne. Pierre Sibierski n'aimait guère cet homme élancé, impassible, qui faisait souvent preuve d'hostilité à l'égard des services de police et de rigidité avec ses collaborateurs. Mais son savoir-faire avait permis, au fil du temps, de redorer le blason de l'Institut médico-légal de Paris, à la hauteur de ce qu'il avait été dans les années 1930 à l'époque du docteur Paul. Un ascendant naturel sur son personnel avait par ailleurs rendu le service plus respectueux à l'égard des cadavres qui, parfois, s'amoncelaient devant les trois salles de travail. Silence sépulcral. Les commentaires déplacés et autres railleries étaient désormais proscrits, surtout en sa présence.

— Ses artères coronaires étaient en sale état.

Ce fut la seule remarque du médecin légiste qui respectait le recueillement du procédurier. Pourtant, Pierre Sibierski n'en pouvait plus des coups de costotome[1] découpant le plastron, ou du bruit lancinant de l'eau contre la table en acier inoxydable, qui se mêlait aux coulures de sang.

Aidé du garçon de morgue qui n'avait pas besoin d'être guidé, le directeur retourna sur le ventre le corps de Deforges devenu rigide. Il leva sa main gantée de latex rose pour attraper les scialytiques de manière à diriger l'éclairage sur les orifices d'entrée des projec-

1. Sorte de grand sécateur.

tiles. Les deux impacts situés dans le bas du dos, probablement ralentis par le blouson porté par la victime, n'étaient pas très profonds. Le légiste farfouilla dans une vielle boîte en fer où étaient rangés en vrac de nombreux ustensiles. Il en extirpa une énorme pince à épiler. Les deux projectiles vinrent tout seuls.

La blessure située sur la nuque était plus intéressante.

— Venez voir, capitaine, demanda le légiste. Regardez la zone de tatouage, là...

Il indiquait non pas un quelconque dessin comme on en rencontrait parfois sur les corps, mais les nombreux débris de grains de poudre incrustés dans la peau, en périphérie de l'orifice d'entrée de la balle. Sibierski savait ce que cela voulait dire. Le tueur avait approché son arme suffisamment près de la nuque de Deforges pour que la collerette en devienne noirâtre. À bout portant, voire à bout touchant. Tandis que Deforges était probablement encore conscient.

— Photo, s'il vous plaît, ordonna le légiste au collègue de l'Identité judiciaire qui n'était pas moins discret que les autres.

L'autopsie touchait à sa fin. Ne restait que la boîte crânienne à ouvrir et le cerveau à examiner, mais Sibierski, qui ne supportait ni le bruit de la scie oscillante ni la projection des résidus, préféra quitter la pièce. Il alla s'asseoir dans la bibliothèque, à côté d'une immense table circulaire où le rejoindrait dans quelques minutes le directeur pour faire son compte-rendu. Conquis habituellement par la majesté de cette haute salle lumineuse qui recélait des encyclopédies d'un autre siècle, un squelette, des crânes humains et des pots en verre contenant des fœtus baignant dans le formol, le procédurier était, cette fois-ci, effondré, comme assommé par l'émotion. Des spasmes, incontrôlables, lui secouaient le visage. L'image qu'il garderait à jamais de son ancien chef de groupe serait celle d'un corps désarticulé et taillladé. Il ne sut quelle force l'empêcha de pleurer lorsqu'il recopia la dictée du légiste.

***

Chrystel Jacquin était toujours plongée dans le deuil ; plus vraiment dans le déni ni la dépression, mais plutôt la colère. Elle n'avait pas le tempérament d'une femme passive, elle refusait de considérer la mort de son mari comme fatale. Elle s'était finalement résolue à acquérir un ordinateur portable, ce qui était à l'état de projet avant la mort de Rémy Jacquin. Depuis, elle ne cessait de harceler la juge d'instruction à coups de mails. Cette dernière avait commis l'erreur de lui communiquer son adresse électronique. Mieux, Mme Jacquin s'étant déclarée partie civile, Nadine Martinon était contrainte d'examiner toutes les demandes d'actes sollicitées par l'avocat de la veuve. Ainsi, Chrystel Jacquin, qui avait désormais accès à la procédure, pouvait légitimement donner son point de vue sur les orientations de l'enquête.

C'est avec une certaine surprise qu'elle répondit à l'appel du commandant Duhamel. Leur dernière entrevue, à l'hôpital Jean-Verdier de Bondy, avait été plutôt tendue. Même avec du recul, elle n'avait jamais accepté que l'on puisse la suspecter.

— Comment allez-vous ? lui demanda Duhamel.

— Bien, merci. Vu l'heure et le jour, j'imagine que vous n'appelez pas seulement pour prendre de mes nouvelles, quand même ?

D'autres se seraient félicités de voir des fonctionnaires de police travailler un dimanche matin. Pas elle, apparemment, comme si tout lui était dû. Le chef de groupe poursuivit :

— Nous voulions savoir si vous aviez fait le ménage dans les affaires de Rémy...

— Non, pourquoi ? Qu'est-ce que vous recherchez exactement ?

Chrystel Jacquin, malgré sa poigne de fer, n'avait pas eu la force de se débarrasser des effets personnels de son mari. Elle avait tout conservé, même les vêtements et les affaires de travail.

— On s'intéresse à un manuscrit intitulé *Souffrances*, qui, me semble-t-il, était présent dans la bibliothèque. Vous voyez de quoi je parle ?

— Non, mais je vais chercher.

— Non ! Surtout pas. On arrive, on va le chercher nous-mêmes, ajouta Duhamel qui avait mis le haut-parleur afin que l'équipe au complet écoute la conversation.

***

Le commandant de police n'avait, semble-t-il, pas été assez insistant. Mais il ne pouvait être plus menaçant avec une femme qui en avait tant bavé et qu'il avait déjà malmenée, à la maternité. À leur arrivée, ils constatèrent que la veuve avait tout remué, et dégotté le fameux écrit. Non contente de cet exploit et désireuse de comprendre pourquoi ce document intéressait

296

tant les enquêteurs, elle en avait feuilleté les premières pages dactylographiées annotées de la main de son défunt mari.

— Voilà, dit-elle en tendant le manuscrit. Vous pouvez m'expliquer ?

À la vue des gants en latex que Leprêtre sortit de sa poche arrière, elle comprit sa bévue. Duhamel ne répondit pas. Son adjoint prit le relais.

— Vous l'avez ouvert ?

— Oui.

— Il faudra alors que vous passiez à notre service pour qu'on relève vos empreintes, madame, dit Leprêtre, arrangeant. Le plus tôt possible sera le mieux.

— Mais vous allez enfin m'expliquer ce que cet écrit a d'important ?

— On ne peut pas. Pas pour le moment. Par contre, on aurait besoin de savoir de qui Rémy le tenait, ce qu'il contient, et si vous l'avez lu.

— J'en ai seulement lu quelques pages. Si j'ai bien compris, ça correspond à un roman policier. Je me souviens que Rémy a passé plusieurs soirées à le corriger. Il me semble, mais je n'en suis pas sûre, que c'est Franck Lemaire qui le lui avait remis pour qu'il donne son avis.

Les regards des enquêteurs s'animèrent. Peut-être, enfin, une piste intéressante.

— C'est un travail de Franck Lemaire ?

— Je ne crois pas. Je sais juste que c'est Franck qui lui avait remis ce manuscrit.

— Votre mari avait des prédispositions de correcteur ? demanda Leprêtre.

— Non. Il était juste passionné de romans policiers.

297

Pixel confirma d'un mouvement de tête. Il se souvenait parfaitement du document découvert dans l'ordinateur professionnel de Rémy Jacquin relatif à des lectures de romans policiers.

— Vous ne voulez vraiment pas me dire en quoi il est intéressant ? insista-t-elle, mais sans se braquer.

— Plus tard. Pour l'heure il faut qu'on vérifie ce qu'il contient.

Délicatement, Jean Leprêtre prit le document qui comprenait cent cinquante-deux feuillets reliés par une attache en plastique de couleur rouge. Chaque feuille était dactylographiée recto verso, contrairement aux deux manuscrits que Viviane Castaing lui avait prêtés, où seule une page sur deux portait des signes. Surtout, le travail semblait avoir été rédigé en Times New Roman, vraisemblablement à l'aide du logiciel Word. La taille de caractère, quant à elle, était jugée trop petite pour Leprêtre, d'autant qu'il n'y avait aucun saut de ligne.

***

— Tu as eu des nouvelles de ton étudiant, depuis jeudi ? lui demanda Duhamel d'un ton rude.

— Pourquoi tu me demandes ça de cette manière ? s'enquit Belhali qui sentait poindre le sermon.

— J'te demande si t'as eu des nouvelles de lui ? poursuivit Duhamel au bord de la colère.

— Bien sûr, oui, répondit-elle, inquiète.

— Et il était où, ce week-end ?

— Tu le sais très bien. Il a dit qu'il allait aux Sables-d'Olonne pour le festival Simenon.

— À quelle heure tu l'as quitté, jeudi soir ?

Les questions s'enchaînaient. Et voilà qu'il abordait maintenant sa vie privée.

— J'ai pas à te répondre. Ça ne te regarde pas.

— C'est important, Nora. À quelle heure tu l'as quitté ?

— Dis-moi pourquoi tu me demandes ça. Je jugerai alors si je dois te répondre…

— Réponds-moi, Nora. À quelle heure tu l'as quitté ? insista-t-il.

Elle hésita. Puis se lança.

— À 10 heures du mat'. Une heure avant que je te retrouve sur le parking.

— Tu m'le jures ?

— Mais arrête, dis-moi ce qui se passe, plutôt ?

— Tu m'le jures ?

— Oui, c'est bon, je te le jure, répondit-elle comme s'ils se trouvaient tous les deux dans une cour de récréation, la gravité en plus.

Daniel Duhamel semblait soulagé. Si Julien Reveleau se trouvait à 10 heures du matin à La Rochelle, il ne pouvait pas se trouver le même jour, à la même heure, à Neuilly-sur-Marne. C'est à ce moment-là que Duhamel annonça à Nora qu'une nouvelle lettre était arrivée, postée cette fois-ci des Sables-d'Olonne.

— Merde alors ! réagit-elle, interloquée.

— Excuse-moi, Nora, mais il fallait que je sache.

Même écriture, même timbre à l'effigie de Simenon, même enveloppe, le dernier courrier, daté du 21 juin, toujours adressé à Éric Vermeulen, contenait les termes suivants :

Michel Deforges, conseiller littéraire... Ah ! ah ! ah ! Insaisissable ? Je suis pourtant si près de vous.

Jean du Perray.

Je suis pourtant si près de vous. Duhamel ne pensait plus qu'à cette phrase. Elle confirmait ce qu'il soupçonnait depuis longtemps : le tueur était un flic frustré de ne jamais avoir pu intégrer la Brigade criminelle, voire un policier de la Préfecture qui, de par ses fonctions, avait accès aux archives.

En tout cas, le courrier l'énonçait clairement, Michel Deforges, l'ancien flic du 36, avait été tué parce qu'il faisait office de conseiller littéraire auprès d'une petite maison d'édition. Encore fallait-il lui connaître cette activité. Scarface lui-même, qui avait pourtant travaillé sept ans en face de Deforges, ne l'avait pas su. On ne connaît jamais suffisamment les siens. D'ailleurs, à la Crim', seul Charpentier semblait être au courant de ce passe-temps. Qui, hormis quelques flics du quai des Orfèvres, pouvait savoir que Deforges était à la fois un ancien enquêteur du 36 et un conseiller littéraire ? Charpentier avait les mêmes interrogations. Il avait beau réfléchir, aucun nom ne lui venait à l'esprit.

Après avoir vérifié que l'appellation Jean du Perray correspondait encore à un pseudo de Simenon, Pixel entreprit de lancer de nouvelles recherches en téléphonie concernant, d'une part, les nombreuses relations de Michel Deforges, d'autre part, tous les appels téléphoniques ayant transité par les Sables-d'Olonne le matin du 21 juin. La chose faite, il se précipita aux abords de la place Dauphine afin d'entendre les six personnes qu'il imaginait peu rigoureuses en termes de sécurité informatique. Fabrice Chadeau y passa l'après-midi et la soirée du mardi. C'était toujours la même rengaine avec les béotiens de l'informatique. Il fallait expliquer, réexpliquer, et pour finir prouver. C'est ainsi qu'il dut s'asseoir devant l'écran d'ordinateur de la plupart des internautes pour démontrer qu'ils avaient omis de sécuriser leurs connexions à l'aide de clés WEP ou WPA.

« Il faut qu'on dépose plainte ? – Est-ce qu'on nous a volé des informations ? – Est-ce que quelqu'un peut se servir de notre compte de messagerie à notre insu ? » Telles étaient les questions lancinantes auxquelles devait répondre l'officier. Il les effraya un peu plus en ajoutant que le pirate avait pu consulter des sites pédophiles en utilisant leur connexion, ce qui leur vaudrait sûrement, si tel était le cas, la visite de cyberpoliciers un beau matin à 6 heures. Tous eurent peur, sauf une étudiante d'Assas, moins naïve que les autres, qui demeurait dans une chambre de bonne en face de l'entrée ouest du Palais de justice.

Comme il l'avait présagé, seule l'enquête de voisinage de la place pouvait apporter quelque chose. Car le tueur, tel un nomade muni de son ordinateur portable, avait peut-être été remarqué par un habitant des lieux.

***

1) Détails superflus. Faire confiance au lecteur.
2) Lexique spécialisé trop présent.
3) Défaut de réflexions à caractère général (intuition, type de raisonnement, etc.).
4) Caractérisation des personnages inégale.

5) Conduite du récit à revoir.

6) Utilisation du participe présent trop importante.

— C'est l'écriture de votre mari, ça ? demanda le Taciturne en montrant quelques lignes manuscrites qui se trouvaient juste au-dessous du titre.

— Oui.

— Et les annotations, dans les marges ?

— Aussi.

Le document original avait été transmis à l'Identité judiciaire, pour recherche d'empreintes. Jusque-là, aucun des examens entrepris n'avait payé. Hormis les empreintes digitales d'Éric Vermeulen et de sa secrétaire sur les premiers courriers, aucune autre trace n'avait été isolée. Le laborantin de Bordeaux, qui avait travaillé sur le collage des timbres Simenon, semblait quant à lui désolé de n'avoir pu mener à bien la mission qui lui avait été confiée, aucune trace biologique n'ayant été identifiée. Selon le spécialiste, le tueur ne s'était servi à aucun moment de sa salive pour coller les vignettes.

— Savez-vous à quelle période il a récupéré ce manuscrit des mains de Lemaire ?

— Je ne m'en souviens pas vraiment. Peut-être deux ou trois mois avant sa mort. Je sais qu'il a passé beaucoup de soirées à l'étudier. C'est tout ce que je peux vous dire.

— Il ne vous a pas demandé de le lire ?

— Non. Il savait très bien que je n'aime pas les livres policiers, de toute façon.

— Et il n'a jamais fait de commentaires au sujet de ce bouquin ?

— Non. Jamais.

Leprêtre avait passé une partie de la nuit à lire la photocopie du manuscrit. L'exercice avait été difficile car le texte était truffé d'erreurs de ponctuation et de syntaxe, de lourdeurs, de fautes de style, de maladresses. Mais il était allé au bout de ce polar procédural, sorte de huis clos mettant en scène deux policiers de la Brigade des mineurs aux prises avec un père de famille coupable de faits d'inceste. Les diverses méthodes employées par les enquêteurs pour obtenir les aveux du suspect étaient pour le moins troublantes. La description des lieux l'était aussi. Dès potron-minet, Leprêtre avait tenu à connaître le point de vue de Nora Belhali. Il lui donna lecture des premières lignes :

La permanence du dimanche, à la Brigade des mineurs de Paris, une fois les cages vidées, était en règle générale festive. Les écoles étaient fermées, et les travailleurs sociaux, au repos, avaient pris soin de transmettre en urgence leurs signalements le vendredi soir précédent. Les enquêtes, sauf urgence, étaient mises entre parenthèses le temps du week-end.

Les policiers présents au quai de Gesvres le jour du Seigneur profitaient de ce calme relatif pour donner quelques coups de fil aux familles qui avaient récemment signalé la disparition de leurs chérubins chéris, la situation du mineur en fugue étant plus ou moins appréciée en fonction de son âge et de la fréquence de ses séjours hors du domicile familial. Le café coulé, les six policiers de permanence ne manquaient jamais de déguster les quelques croissants offerts par le plus gradé d'entre eux ; tout en choisissant le restaurant dans lequel ils se ravitailleraient aux alentours de midi, si, bien sûr, l'activité le permettait.

Le lieutenant Franck Devillers était présent ce jour-là, les week-ends de permanence revenant régulièrement toutes les six à huit semaines. Café et pâtisseries avalés, il se mit à feuilleter un quotidien de la veille qui traînait sur un bureau. Assis dans le bureau de permanence du 4e étage sur une vieille banquette de moleskine marron rapiécée, ses lectures croisées ne l'empêchaient pas de discuter avec les autres punis du jour. Devillers avait pris l'habitude de profiter de ces quelques moments de quiétude. Car, comme les cinq autres permanents, il savait qu'un seul coup de téléphone pouvait tout chambouler.

Le premier appel ne se fit pas attendre. Le commandant de police Bienvenu ne décrocha qu'au bout de trois sonneries, laissant ainsi le temps à ses collègues de spéculer sur l'origine de la communication. Un enquêteur sentait l'interpellation d'un mineur sans titre de transport dans un train venant de province ; les deux collègues féminines semblaient s'accorder pour envisager l'appel d'un chef de poste d'un commissariat parisien en difficulté devant une situation familiale compliquée. Devillers, lui, se tut, tout en égrenant dans sa tête les affaires habituelles du week-end dont pouvait être saisi son service : geste ambigu dans une piscine, interpellation d'un jeune Roumain suite à rapines, ou encore dénonciation de faits d'inceste ; de toute façon il commençait à s'impatienter, et n'était pas contre l'idée de se mettre au boulot, du moment que l'affaire si affaire il y avait ne vienne pas perturber la bonne organisation du déjeuner collectif.

attention
la
ponctuation

Tout le monde fut soulagé d'apprendre que l'interlocuteur était le permanent de l'état-major de la police judiciaire, lequel désirait connaître la destination du dernier client de la brigade, un frotteur qui avait profité la veille de la cohue sur la ligne 4 du métro pour se masturber contre les fesses d'une mineure de seize ans. Le type, malgré le flagrant délit constaté par des collègues en civil, n'avait jamais voulu avouer son méfait durant sa garde à vue. Il avait été remis en liberté avec, en poche, une convocation devant la vingt-cinquième chambre du tribunal de grande instance de Paris.

— Merde alors, c'est mon ancien service, ça ! Tout est bon, l'étage, la salle de permanence, le petit déj', le repas du midi. Par contre, la banquette en moleskine a été changée il y a deux ou trois ans, déjà.

— C'est quoi cette affaire de frotteur ? s'enquit Leprêtre.

— C'est un grand classique dans le métro. Il y a des mecs qui font les poches des autres, il y en a d'autres qui profitent de la bousculade pour s'exciter contre les fesses des passantes. Je peux lire la suite ?

— Vas-y, jette un coup d'œil.

L'ex-enquêtrice de la BPM tourna une ou deux pages et tomba sur le passage suivant, avec des commentaires là aussi annotés en marge :

Inapproprié   Le deuxième coup de fil intervint une heure plus tard. Il s'agissait d'une mère de famille divorcée qui désirait connaître la

? ! ?   date de la bascule spécifiant le changement de garde des enfants lors des prochaines vacances scolaires ; en bref elle voulait connaître les jour et heure de remise de ses

Vérifier   enfants à son ex-conjoint. Entretemps,
orthographe   Devillers se retrancha dans la salle des écoutes, au bout du couloir, afin de consulter les enregistrements d'une ligne télépho-nique qu'il avait sollicités auprès d'un juge d'instruction un mois plus tôt dans le cadre d'une affaire d'enlèvement parental.

Puis, page 37 :

La serveuse du Terminus portait le nom d'un roman de Gérard de Nerval, Sylvie. Devillers n'avait pas manqué de le lui dire à plusieurs reprises, moins pour l'épater que pour ouvrir le dialogue, comme d'autres

306

pouvaient évoquer les conditions climatiques du jour. C'est dans cette brasserie, située en face du square Saint-Jacques et de la Brigade des mineurs, que l'officier descendait seul, chaque matin vers 10 h 30, pour y boire un petit noir. Cette fois-ci <u>il offrit le café à Mailleur pour y</u> évoquer la suite de l'enquête. Il était toujours bon de confronter les idées. Mais le débat portait essentiellement sur le comportement exécrable de Pieri. Tous deux étaient d'accord pour dire qu'ils avaient affaire à un connard.

Au hasard, pages 68 et 69 :

Gérard Pieri avait rapidement été visité par le médecin de permanence dans une petite pièce attenante au local de garde à vue. Les examens s'enchaînaient pour le docteur de l'Hôtel-Dieu de Paris qui faisait tous les matins la tournée des services de police parisiens. Il prit le pouls de son patient d'un jour, s'assura que son état de santé était compatible avec la mesure de garde à vue et lui remit un cachet de 50 mg de naltrexone que Pieri avala sans même un verre d'eau, prescription qu'il nota sur le certificat médical à remettre à l'officier de police judiciaire. Pieri était soulagé pour quelques heures.

L'examen de sa fille fut beaucoup plus long ; en accord avec le parquet du tribunal de grande instance de Paris, une structure

307

spécialisée dans l'accueil des victimes d'agressions sexuelles avait vu le jour à l'hôpital Armand-Trousseau dans le 12e arrondissement. La victime, le plus souvent accompagnée d'un proche et munie d'une réquisition judiciaire, s'y rendait sur convocation pour y faire l'objet d'un examen gynécologique et d'une expertise psychologique. Isabelle Pieri, seule avec la spécialiste, dut une nouvelle fois évoquer ce qu'elle avait subi. Ses sphères génitale et anale furent ensuite examinées puis photographiées, le médecin archivant les clichés. Les conclusions transmises dans la foulée par télécopie au lieutenant Devillers étaient sans équivoque : *Jeune femme de dix-neuf ans qui déclare avoir été victime d'attouchements sexuels commis par son père depuis l'âge de six ans, puis à partir de quatorze ans, d'actes de pénétrations péniennes vaginales et de pénétrations digitales dans l'anus. L'examen gynécologique a permis de déterminer des traces de pénétration vaginale anciennes. L'examen est compatible avec les faits allégués.*

Le dossier prenait forme petit à petit. Le témoignage de Mme Jacquet d'une part, invitée à rester à la disposition du service dans le cadre d'une éventuelle confrontation avec Gérard Pieri, qui venait conforter les propos d'Isabelle Pieri. Tout comme l'examen gynécologique qui relatait des traces de pénétrations anciennes. Toute-

Participe présent à éviter, trop nb à mon goût

Syntaxe

fois, les gynécologues n'étaient pas en mesure de dater avec précision l'ancienneté des blessures. L'hymen gardait ses secrets. Une trace décrite comme ancienne par les médecins pouvait avoir trois semaines comme dix ans. Mais ça, Gérard Pieri n'était pas ~~sensé~~ le savoir. Et puis il y avait Samir, le petit ami d'Isabelle Pieri, avec qui elle avait déjà eu des rapports.

Devillers laissa Thierry Mailleur seul avec Gérard Pieri. Il n'était pas d'actualité pour cette première audition d'obtenir des aveux, quoi que.

En tout cas, le directeur d'enquête avait à nouveau mis en garde son jeune collaborateur, l'invitant à éviter la rupture avec Pieri malgré ses provocations. Les premières questions portèrent sur son passé judiciaire. Pieri s'empressa d'être arrogant.

— Ouah ! On s'y croirait. D'un point de vue procédural tout est exact, même l'examen médical de la gamine à Armand-Trousseau. Depuis quelques années, l'hôpital possède une structure d'accueil spécialisée pour les victimes mineures.

— Et le fait de descendre au café en milieu de matinée ? demanda le Taciturne qui avait observé les réactions de sa collègue pendant la lecture.

— Ouais. Beaucoup de collègues font une pause le matin.

Nora Belhali omit de préciser qu'elle rejoignait fréquemment Laurent Delapierre au Terminus. Par contre, elle n'y connaissait aucune serveuse prénommée Sylvie.

— Tu crois que le rédacteur peut être un flic ? demanda-t-elle.

— Ça m'en a tout l'air.

Malgré tout, aucun élément autobiographique ou considéré comme tel n'avait été relevé au cours des lectures.

***

De son côté, Charpentier vérifia l'éventuelle présence d'un tel manuscrit dans les affaires de Michel Deforges, mais aucun des documents découverts à son domicile ne correspondait à celui trouvé chez Rémy Jacquin. Jean Leprêtre n'en resta pas là. Plutôt que de contacter les grands-parents de Lemaire et les interroger sur leur connaissance éventuelle de ce manuscrit, il préféra se rendre chez Viviane Castaing pour lui apporter une copie de l'ouvrage. Mais la directrice littéraire ne se souvenait pas d'avoir feuilleté un tel roman. Il commençait sérieusement à désespérer lorsqu'il contacta Mme Santoni, la veuve du professeur de français du lycée Louis-le-Grand. Plus fragile que Chrystel Jacquin, elle s'était réfugiée chez l'une de ses filles. Elle ne supportait plus la solitude de son logement de Malakoff. Malgré tout le désarroi dans lequel elle semblait plongée, elle ne chercha pas à se défiler.

— On a constaté que Franck Lemaire avait donné un manuscrit à corriger à Rémy Jacquin, la première victime. Nous voulions savoir si votre mari avait pu faire la même chose.

— Quel genre de manuscrit ?

— Un manuscrit de format A4, assez épais, relié par une attache de couleur rouge…

— Intitulé *Douleurs*, non ?

— *Souffrances* plutôt, rectifia l'officier de police avec le sentiment d'être sur la bonne voie.

— Oui. Pierre l'avait corrigé. Mais ça fait longtemps, déjà. Il l'avait même rendu à Franck.

C'était une certitude désormais. Ce manuscrit semblait être le mobile des meurtres, en tout cas le point de concordance entre Rémy Jacquin et les deux enseignants. Jean Leprêtre poursuivit :

— Et vous savez qui en était l'auteur ?

— Pas du tout, mais je sais que Pierre est allé dîner un soir chez Franck pour évoquer le contenu de ce livre. Si j'ai bien compris, le type qui a rédigé le manuscrit avait sollicité l'avis de Franck, qui lui-même en a fourni une copie à mon mari. C'est tout.

— Votre mari ne le connaissait pas ?

— Non. Je lui ai demandé, d'ailleurs, car moi-même j'ai lu ce texte.

— Et vous en avez pensé quoi ?

— Je l'ai trouvé complètement nul, comme Pierre. Mais pas pour les mêmes raisons.

— C'est-à-dire ?

— Pierre trouvait qu'il y avait trop d'erreurs, des fautes d'orthographe et de grammaire en tout genre. Pour moi, il y avait trop de dialogues vulgaires. Je n'ai même pas réussi à le terminer.

Leprêtre partageait son point de vue. Certains des termes étaient trop crus, surtout sur la fin du bouquin. Mais lui, par obligation, avait dû le lire entièrement.

— Et savez-vous si l'auteur était présent le soir où votre mari et Franck se sont réunis pour discuter du contenu ?

— Aucune idée. Par contre, ce que je peux vous dire, c'est que Franck et Rémy se sont vus un mardi soir, peut-être en mars ou en avril.

— Pourquoi un mardi soir ?

— Parce que c'est la seule soirée de la semaine où mon mari se permettait de se coucher un peu plus tard. Il ne travaillait pas le mercredi. Dans tout ce qu'il faisait, il était très scrupuleux. Jamais il ne serait sorti la veille d'une journée de travail.

19 – Garde à vue

Une fois n'est pas coutume, c'est Jean-Paul Guignard qui vint à eux. Les trouvailles de Leprêtre, initiées par la psychologue Fabienne Varlin, semblaient en effet intéressantes. Trois victimes du fantôme de Maigret avaient eu à commenter, voire à corriger, le même manuscrit anonyme, dont l'un des exemplaires se trouvait actuellement à l'Identité judiciaire pour recherche d'empreintes digitales.

— Sait-on quand nous aurons les résultats ?

— Ils bossent comme des dingues. Dès la révélation des traces, ils nous préviennent, répondit Sibierski au taulier.

— A-t-on vérifié si ce manuscrit était connu auprès des éditions Saint-Hubert et de Viviane Castaing ?

— Le groupe Charpentier s'occupe des éditions Saint-Hubert. Pour ce qui est de la directrice littéraire, elle ne se souvient pas d'avoir lu un tel document, répondit Leprêtre.

— Et le contenu ? Vous l'avez lu ?

— Oui. Et c'est là que c'est très intéressant, parce qu'on a l'impression que ça a été écrit par quelqu'un qui connaît très bien les rouages de la Brigade des mineurs, répondit Duhamel qui semblait de nouveau en odeur de sainteté.

— Mmm. Toujours votre théorie du flic, à ce que je vois.

— J'ai le même avis, Jean-Paul, intervint Boitel, le chef de section, qui avait également pris connaissance d'une partie du texte. Je connais bien la Brigade des mineurs pour m'y être rendu lors de permanences de week-end, et je peux te dire que les propos du livre sont extrêmement fidèles.

— Et vous, mademoiselle Varlin, vous en pensez quoi ?

— Je ne sais pas si c'est un flic qui a écrit ça, mais d'après ce que j'ai vu, ça colle parfaitement au profil que je vous ai dépeint en début de semaine dernière.

— À savoir ? demanda Duhamel qui supportait un peu mieux les odeurs de vanille propagées par la psychologue, laquelle tenait dans les mains une feuille remplie de commentaires.

— À savoir que, mis à part l'affaire d'inceste qui semble le centre de l'écrit, il y a beaucoup de vocabulaire d'ordre sexuel. Page 78, par exemple, il déclare : « Devillers et Mailleur s'étaient levés de bonne heure pour un déplacement à deux cent cinquante kilomètres de Paris, et, malgré un témoignage fiable, rentraient la queue entre les jambes. » Page 117, encore : « Trois semaines après le décès de Mignot, l'équipe du commandant Bienvenu avait la queue basse. » Page 142 : « Pieri semblait avoir une bite à la place du cerveau. » Et ainsi de suite.

— Bon ! On voit si les paluches « parlent » et on fait le point, conclut Guignard en fixant Nora Belhali de manière à lui faire comprendre qu'elle devait rester

314

extrêmement discrète, surtout avec ses anciens collègues.

Le mobile de la vengeance se dessinait dans l'esprit des enquêteurs : celle d'un plumitif déçu par les éditeurs, celle d'un homme chagriné par les commentaires de Rémy Jacquin et de ses amis, celle d'un flic passionné par Simenon et par la Brigade criminelle. Mais des questions restaient en suspens. Bien que rendue publique par le blog de Chadeau, comment le tueur avait-il pris connaissance de l'affaire Denoël ? Et surtout qui était-il pour savoir que Michel Deforges faisait partie, à ses heures perdues, d'un comité de lecture ?

***

Le lieutenant Fabrice Chadeau dirigea en personne l'enquête de voisinage sur la place Dauphine. Rassemblé sur le palier du troisième étage, son auditoire – une quinzaine de policiers – prit note des indications suivantes :

— Pour moi, il y a deux possibilités : soit le tueur demeure véritablement place Dauphine et utilise les connexions non sécurisées de ses voisins ; soit il n'a pas vraiment de pied-à-terre dans le secteur, auquel cas il doit se mettre en terrasse d'une brasserie ou carrément sur l'un des bancs de la place pour transmettre ses mails. Comme je ne crois pas trop à la première hypothèse, je vous demanderai de vous intéresser en priorité aux commerçants et aux gardiens d'immeuble. Tout ce qui a trait à un type qui vient régulièrement avec un ordinateur est intéressant. N'oubliez pas, par ailleurs, de me communiquer la liste de tous les résidents. Des questions ?

— Et les connexions ne pourraient pas émaner de nos locaux ?

— N'importe quoi ! répondit Chadeau à l'impétueux.

Il n'y eut pas d'autres demandes. Les choses étaient claires et les flics motivés. On ne pouvait pas l'être plus, d'ailleurs. Par binômes, les policiers investirent les immeubles. Chadeau, tel un électron libre, descendit sur la place muni d'un ordinateur portable avec connexion Wi-Fi. La batterie de son appareil était faible, il devait faire vite. Il ne lui fallut que cinq minutes, *via* le logiciel Spy Sweeper qu'il avait téléchargé, pour apprendre qu'un jeudi matin, à 10 h 47, quarante-deux ordinateurs étaient connectés à Internet aux abords de la place, dont quatre étaient toujours non sécurisés.

Puis il remonta. Titillé par la réflexion du collègue qui supputait une connexion effectuée des locaux de la Brigade criminelle, il tenait à vérifier. Son ordinateur portable toujours allumé, il emprunta un couloir à angle droit, passa à proximité des bureaux de Guignard et de Boitel, longea les panneaux en liège réservés à l'affichage des tracts syndicaux, puis accéda au secrétariat par une porte munie d'un groom. Chadeau préférait amplement la vue de la place Dauphine et ses illustres marronniers à celle de l'immense drapeau des Bad Gones de l'Olympique lyonnais punaisé là par un agent administratif natif du Forez. Pixel, qui détestait le football, aimait se réfugier à proximité des hautes fenêtres pour contempler la vue et jouir de la sérénité des lieux dans l'attente de la réception d'un fax. C'est à cet endroit qu'il déposa sa machine, en face de l'immeuble du Vert-Galant, un bâtiment d'habitations aux façades en briques et en moellons de roche de Mézangère.

La plupart des connexions piratées étaient localisées à la pointe ouest de l'île, à plus de cinquante mètres des locaux de la police judiciaire. Au-delà de cette distance, toute connexion Wi-Fi avec un modem était théoriquement impossible. L'enquêteur fut rassuré : aucun modem ne répondait à la recherche logicielle. Le tueur pirate ne s'était pas connecté du 36.

***

Le groupe Duhamel, en quelques heures, avait repris du poil de la bête. Preuve en était la visite de Guignard dans leur bureau. Longtemps obnubilés par les lettres et les pseudonymes du tueur, les enquêteurs avaient eu besoin de l'aide précieuse de Fabienne Varlin qui, suffisamment détachée des faits bruts, avait su garder le recul nécessaire pour une bonne lecture de la procédure. Duhamel et Leprêtre, qui vivaient des heures difficiles – où antidépresseurs, journées de travail sans fin, mort d'un proche et conflits intérieurs ne faisaient pas bon ménage –, lui devaient en tout cas une fière chandelle. Mais l'heure n'était pas aux cadeaux.

— Si tu t'ennuies, tu peux me donner un coup de main, lui lança la gardienne de la paix qui s'occupait désormais des recherches liées aux Sables-d'Olonne.

La psychologue semblait en effet s'impatienter, sa tasse de thé à la main. Elle avait lu tout le dossier de procédure et le manuscrit de long en large. Elle ne désirait qu'une chose : participer, aider à coincer le meurtrier ; quitte à sortir de son rôle de spécialiste de la santé mentale.

— Et en quoi je peux t'aider ?

— Tiens, dit Belhali en lui tendant un téléphone portable et une impression Internet des Pages jaunes, tu appelles tous les hôtels des Sables et tu leur demandes de nous adresser la liste de leurs clients du week-end dernier.

Pendant ce temps, la gardienne de la paix contacta la mairie des Sables-d'Olonne pour obtenir le programme du 10ᵉ festival Simenon qui venait de se tenir dans la ville. Il ne semblait pas impossible que le tueur, ce passionné de littérature policière, ait profité de la tenue du salon pour séjourner dans cette autre sous-préfecture de la Vendée.

De nombreuses manifestations avaient été organisées dans plusieurs quartiers de la ville, au rang desquelles des projections de films, des conférences-débats, des pièces de théâtre. Et surtout les délibérations du prix littéraire de la ville des Sables-d'Olonne, qui récompensait un roman sélectionné par un jury composé de personnalités des arts et des lettres, du cinéma et du monde de la justice ; tous des passionnés de Simenon, dont Claude Chabrol, Régine Deforges, Thierry Jonquet, Michel Carly et Bruno Crémer. Malheureusement, elle ne put rien obtenir d'autre que la liste des trente invités du festival, noms qu'elle nota sur une feuille qui rejoignit le dossier où s'accumulaient tous les listings récupérés depuis près d'un mois et demi. Seul un nom l'interpella. Celui de Régine Deforges.

Régine Deforges, Michel Deforges, même patronyme. Même parenté ? Il fallait vérifier, demander à Charpentier qui saurait sûrement. Politiquement, en tout cas, les deux Deforges étaient aux antipodes. Si la romancière avait à de nombreuses reprises marqué son soutien à de nobles causes, telles que la défense des sans-papiers, l'ancien policier, lui, n'avait jamais caché ses sympathies pour les hommes de droite. Trente ans de police judiciaire vous changeait un homme, fût-il fils d'ouvrier. Et ce n'étaient pas les années Mitterrand qui l'en avaient dissuadé. À fréquemment remettre au trou des types qui profitaient trop souvent d'amnisties, il était devenu aigri, parfois même nerveux lorsqu'il avait l'occasion de se rendre dans certains quartiers chauds. Chantre de la lutte contre les discriminations durant son adolescence, le père de famille s'était, dès le milieu des années 1990, mué en un véritable ayatollah du profilage génétique.

**

— Fabrice, il y a moyen, par la téléphonie, de retrouver la date du rendez-vous entre Santoni et Lemaire ? lui demanda Leprêtre.

— Le rendez-vous chez Lemaire ? Oui, mais seulement si Santoni a reçu ou émis un appel de la rue de Lourmel. Pourquoi ? Qu'est-ce que tu recherches ?

— Une date commune où Santoni, Lemaire, Jacquin et le tueur se seraient retrouvés pour commenter le manuscrit, par exemple. Parce que je me dis une chose : si on part du principe que le rédacteur est notre tueur et qu'il a tué les trois relecteurs parce qu'il a mal vécu les critiques qu'ils ont pu lui faire, il n'aura probablement pas eu la prudence de couper son téléphone lors de ce rendez-vous, comme il l'a eue par la suite, à l'occasion des assassinats…

— Je vois très bien où tu veux en venir. OK, je m'occupe de ça, répondit le lieutenant Chadeau.

***

Le charismatique Duhamel, de sa voix rauque, prêchait comme un converti la thèse du flic assassin, parfois relayé par Boitel. Les autres, Charpentier, Fournier, et même Leprêtre qui s'était greffé à la réunion animée par Guignard, étaient plus prudents. Le chef de service se mit à couvrir une feuille de quelques remarques :

Flic ou proche des flics. Une dent contre la Brigade criminelle ? ? ?

Relation de Michel Deforges.

Fan de Simenon.

Motard.

Connaissance des méthodes d'investigation policières.

Connaissance de l'affaire Denoël. Accès aux archives ? ? ?

Écrivain en herbe.

Bonne connaissance de la Brigade des mineurs.

— Est-ce que quelqu'un a une idée ? lança-t-il à l'assemblée.

— Pourquoi ne pas enquêter à la Brigade des mineurs ? suggéra Charpentier. On n'a pas vraiment traité cet aspect.

Leprêtre avait déjà évoqué l'idée avec Nora Belhali, mais aucun rapprochement n'était venu à l'esprit de cette dernière. Certes, c'était son ami Laurent Delapierre qui collait le plus au profil, vu qu'il était à la fois motard et capitaine de police à la Brigade des mineurs.

Il était féru d'investigation policière, et on pouvait aussi penser qu'il était revanchard à l'égard de la Brigade criminelle, puisque par deux fois il avait échoué à y entrer. Mais, à la connaissance de la marathonienne, Laurent Delapierre n'avait jamais rien rédigé d'autre que des procès-verbaux, jamais plus de trois ou quatre feuillets à la fois.

— Je ne crois pas que ce soit une bonne idée, répondit Guignard. La hiérarchie va s'offusquer.

— Et si on enquêtait en douce ? Nora a gardé d'excellents contacts là-bas, intervint Duhamel.

— Allez la chercher ! répondit le taulier qui ne savait plus sur quel pied danser.

La rebelle n'avait jamais été impressionnée par les centaines de concurrents sur les lignes de départ des courses auxquelles elle participait, elle n'allait pas l'être par une douzaine de commandants et de commissaires, pour la plupart bedonnants, assis autour d'une table ovale. Pas inquiète pour un sou d'être convoquée dans le bureau du grand patron, elle l'écouta lui expliquer rapidement ce qu'il attendait d'elle.

— Vous connaissez encore du monde à la BPM ? demanda Guignard en usant du sigle du service implanté sur le quai de Gesvres.

— Oui, un peu. Pourquoi ?

— On cherche à faire le lien entre votre ancien service et l'affaire qui nous intéresse. On se disait qu'il y a peut-être quelqu'un parmi vos relations qui pourrait être à même de nous renseigner, si on lui fournissait les éléments de l'enquête...

— D'accord, je m'en occupe, répondit-elle en se dirigeant vers la porte du bureau.

— Euh, Nora ! Avec discrétion, s'il vous plaît.

Si Guignard avait dû lui baiser les pieds, il l'aurait fait. Jamais le chef de service de la jeune fille ne l'avait appelée par son prénom.

***

Leprêtre était pendu au téléphone, cherchant à obtenir les résultats de sa fille aînée à l'épreuve du baccalauréat, lorsque Sibierski pénétra dans le bureau.

— L'Identité judiciaire a retrouvé plein de paluches sur le manuscrit.

Tous levèrent la tête. Mais le procédurier ne semblait pas plus enthousiaste que ça.

— Sur la couverture, on retrouve seulement les empreintes de Rémy Jacquin et de sa femme. Par contre, sur les feuilles il y a beaucoup de paluches inconnues, qui ne sont pas recensées au sein du FAED[1]. Celles de l'auteur, probablement.

— Ils ont comparé avec les empreintes de Santoni et de Lemaire ?

— Ouais, ça ne colle pas.

— Merde de merde ! cria Duhamel.

Ce qui laissait penser que Lemaire, Santoni et Jacquin avaient eu chacun un exemplaire en main. Ce qui pouvait également expliquer les traces de fouille dans la bicoque de Lemaire. Le tueur avait probablement cherché et trouvé le manuscrit que le professeur d'histoire avait dû rapporter dans sa maison de Boigneville.

Faisant écho à la détresse de Duhamel, Leprêtre cria de joie. Sa fille venait d'obtenir une mention.

---

1. Fichier automatisé des empreintes digitales.

Laurent Delapierre était souvent sur messagerie, mais lorsque Nora Belhali téléphonait, il ne tardait jamais à rappeler. Ce qu'il fit au bout d'un quart d'heure.

— Tu voulais un renseignement ?

— J'ai besoin de te voir pour te parler d'un truc, Lolo, répondit une Belhali évasive.

— C'est urgent ? Parce que là, je suis en pleine audition, précisa le capitaine Delapierre.

— Assez, ouais. C'est au sujet du fantôme de Maigret. J'en ai pas pour longtemps, insista-t-elle afin de le faire céder.

— Écoute, t'as qu'à passer. Mais je ne vois pas bien en quoi je peux t'aider… Je suis dans mon bureau… Je raccroche parce que je suis en plein taf, là, dit-il d'une voix hésitante.

La gardienne de la paix comprit que son ancien complice de travail n'était pas seul. Probablement en train de tirer les vers du nez d'une fugueuse récidiviste, ou occupé à obtenir les aveux d'un vieux pervers, pensa-t-elle d'emblée.

Sitôt franchi le sas de sécurité du bâtiment occupé par la Brigade des mineurs, Belhali se dirigea d'un pas engagé vers la cage d'escalier. Inutile de trépigner devant un ascenseur qui mettait des plombes à desservir les cinq étages. Ni une ni deux, elle déboucha dans le couloir du quatrième par une porte dérobée après avoir franchi les séries de marches en bois, souvent poussiéreuses. Le distributeur de sucreries n'avait pas changé. La machine à café contiguë était en panne, comme toujours. Un monticule de jouets abîmés et de livres pour enfants, un peu plus loin, envahissait une partie de l'espace, à deux pas d'un banc vide situé face à la porte d'entrée d'un bureau. « Un nid à microbes », aurait précisé la mère de la Maghrébine, qui ne supportait pas la saleté. Ces objets, cependant, rapportés par les enquêteurs avant d'être torturés et mordillés, aidaient les gamins de passage à mieux patienter, le temps des auditions de parents souvent isolés et désœuvrés, parfois maltraitants.

Personne aux alentours. Le locataire des lieux, contrairement à ses habitudes, avait fermé sa porte. Belhali s'en approcha, porta sa main à la poignée avant de se raviser en entendant de gros sanglots. Ni un pervers ni une fugueuse, plutôt une plaignante. Et si la visiteuse n'entendait rien des propos timides de celle-ci, les paroles suaves de Delapierre et son regard de velours traversaient les murs. Car malgré toutes les précautions prises par l'officier de police, les parois des bureaux, fines comme du papier à cigarette, rendaient les lieux indiscrets à souhait.

Rien à voir avec le décorum, la solennité de la Crim', ici. Les pièces refaites à neuf il y a peu n'en étaient pas plus chaleureuses pour autant. Quelques coloriages d'enfants égayaient parfois les murs, mais les flics en poste n'y laissaient que peu leur empreinte. Les dossiers prenaient trop de place, que ce soit sur les tables ou dans les têtes. Le capitaine, un jour de bourre, avait comptabilisé jusqu'à dix-neuf auditions, courtes, forcément, et pas toujours compliquées, mais le boulot, s'il lui paraissait utile, constructif, était rarement passionnant. Souvent gagné par l'empathie envers les victimes, on y prenait des rides à trop vouloir rendre justice. Le soir venu, Delapierre ne faisait jamais de vieux os. Courir ou enjamber sa bécane étaient, parmi d'autres, les moyens de se vider l'esprit.

Aidé par une voix chaude qui captivait naturellement son auditoire, Delapierre était, au dire de ses collaborateurs, un véritable maître de la rhétorique. Il l'avait démontré à de nombreuses reprises face à des types tordus. S'il ne pouvait bénéficier, comme à la Brigade criminelle, de l'intervention stratégique de quelques collègues lors des interrogatoires, il compensait par une facilité de persuasion déconcertante. Élocution marquée de ruptures cassant la monotonie des longues mises en confiance, il ne dédaignait jamais redondances et grands gestes pour mieux s'approprier l'espace. Il mettait ses paroles en musique. Un ténor, un soliste, un véritable Chopin, débutant par de légers arpèges pour mieux prendre la température de l'auditoire, avant d'emballer le public à coups d'improvisations.

En l'occurrence, ce matin-là, la partition jouée par l'enquêteur semblait affectée d'un bémol. Son interlocutrice pleurait toutes les larmes de son corps, pas complètement convaincue que le dépôt de sa plainte puisse l'aider à guérir de tant d'années de douleurs. Il en était ainsi des jeunes femmes qui avaient souffert durant leur enfance et qui, à l'approche de la prescription des faits, hésitaient encore à dénoncer leur proche. Finalement, devant l'imminence de confidences ignobles à l'état brut, Nora Belhali quitta son siège pour préférer la compagnie joyeuse d'anciens collègues.

Ce n'est qu'une heure plus tard que les deux amis marathoniens se retrouvèrent, au grand dam de Belhali dont le cellulaire ne cessait de vibrer, activé par les appels de Boitel et de Duhamel. Il ne fallut pas long-temps à la jeune Nora pour expliquer à Delapierre ce qu'elle attendait. D'autant qu'elle ne lui avait jamais rien caché des avancées de l'enquête et que, par ailleurs, les articles de presse de Vermeulen et de ses comparses de *Libé*, du *Fig'* et du *Parisien* offraient nombre d'éléments à qui s'intéressait à l'affaire.

— J'ai bien un nom, mais c'est pas un flic, dit-il après avoir pris en compte le courrier relatif à l'affaire Denoël.

— Vas-y, dis toujours, répondit Belhali.

— Qu'est-ce qu'il risque ?

— Des vérifs, une audition, tout au plus...

— Non, ça ne peut pas coller... hésita-t-il.

— Si, vas-y, balance...

— Il y a un agent administratif qui correspond pas mal. Un ancien de la BPM qui travaille maintenant aux archives. En plus, je crois qu'il écrit.

— Il s'appelle comment ?

— C'est un Antillais. Tout le monde le surnomme Aimé Césaire.

***

— Aimé Césaire ? Vous rigolez ou quoi ?

Comme tout le monde, Guignard connaissait de vue l'archiviste qui avait publié un recueil de poèmes à compte d'auteur. Celui-ci avait en effet la mauvaise habitude de fumer des cigarillos chaque matin sur le coup de 9 heures lorsque les huiles garaient leurs véhi-cules dans la cour du 36. Par ailleurs, Patrick Leproux, puisqu'il s'agissait de son véritable nom, était utilisateur d'un scooter noir.

— Ça fait beaucoup de similitudes, tout ça, lui dit Boitel.

— Oui, mais c'est un Blanc aux yeux bleus qu'on cherche, Thomas. On se goure complètement, là.

— Tu sais bien qu'il ne faut jamais faire confiance à un témoignage, c'est toi qui me le répètes tout le temps, ajouta Boitel calmement, debout face au bureau de son supérieur. Et puis Leproux a la peau claire, non ?

Douze ans plus tôt, dans l'affaire du tueur de l'Est parisien, les enquêteurs, qui s'étaient fondés sur le témoignage d'une survivante, avaient longtemps cherché un Arabe. Guy Georges, le fils d'un soldat noir américain, était métis.

— Bon, d'accord, mais laisse-moi d'abord appeler le directeur.

***

L'évocation de la culpabilité de Leproux fit sourire tout le monde. Sauf Duhamel, qui n'en pouvait plus de réfléchir, et Charpentier, extrêmement marqué par la disparition de son ami Deforges. Tout enorgueilli de la réussite scolaire de sa fille, Leprêtre fut chargé de la garde à vue. Le service d'archivage allait fermer ses portes lorsque, le jeudi 26 juin, un peu avant 21 heures, il se rendit au rez-de-chaussée, assisté de Sibierski et de Belhali, pour interpeller le poète.

— On va fermer dans cinq minutes, les amis, déclara Leproux qui parcourait l'écran lui faisant face lorsqu'il vit débarquer les trois collègues de la Crim'.

— On ne vient pas faire de recherches. On vient pour toi, précisa Leprêtre.

Les mots du Taciturne eurent pour effet de faire lever la tête de son interlocuteur. L'adjoint du groupe Duhamel n'avait jamais eu l'occasion de discuter avec l'archiviste, mais le tutoiement était de rigueur entre vieux flics de la PJ.

— Comment ça, pour moi ?

— *Le fantôme de Maigret*, ça te parle ?

— Comme tout le monde, oui, bien sûr. Mais qu'est-ce que j'ai à voir là-dedans, moi ?

— C'est ce qu'on aimerait savoir, répondit Leprêtre calmement.

Peau et yeux clairs, Leproux était un *chabin*, en langue créole, c'est-à-dire un métis à la peau blanche présentant des traits négroïdes, avec lèvres épaisses, nez épaté et prognathisme. En tout cas, Aimé Césaire n'avait vraiment pas la tête du tueur. Cheveux blancs et petites lunettes rectangulaires, il faisait penser plutôt à un vieux sage. « Règle numéro un : ne pas se fier aux apparences », disait souvent Duhamel.

— Je vais devoir te placer en garde à vue, ajouta Leprêtre. On a des raisons de penser que tu es plus ou moins mêlé à cette histoire. Je vais te demander de nous suivre.

Regard sévère, posture placide, une branche de lunette dans la bouche, Leproux hésita. Finalement, il mit sa veste de couleur verte posée sur le dossier de son fauteuil puis vérifia, instinctivement, le contenu de ses poches, comme pour se rassurer. Sans un mot, il fit le tour du bat-flanc qui le séparait des trois policiers.

— Je dois te palper et te menotter, poursuivit Leprêtre qui semblait gêné.

« Règle numéro deux : menotter les gardés à vue pour leur propre sécurité et celle des autres, qu'ils soient innocents ou coupables. » Deuxième et dernier principe que les enquêteurs respectaient, car pour le reste, tout se jouait à l'instinct, au feeling et à la tchatche.

Les mains entravées dans le dos, la montée des marches n'avait rien de celle de Cannes à la fin du mois de mai. Pourtant, il y avait du public. La plupart des flics de la brigade attendaient, les avant-bras appuyés contre les rambardes du troisième étage, leurs regards, inquisiteurs, et le silence valant les meilleures guillotines.

— Assieds-toi là, lui indiqua Leprêtre après lui avoir ôté les « pinces ».

La mention « Méchant » figurait sur le dossier du siège, une vulgaire chaise en plastique réservée aux gardés à vue. Leproux connaissait la musique, lui qui avait longtemps arpenté les couloirs de la Brigade des mineurs. Les menottes enlevées, le Martiniquais se frotta les poignets pour réactiver la circulation sanguine.

— Fabrice, tu t'occupes de la fouille au corps ? demanda Leprêtre.

Cela provoqua aussitôt le départ de Nora Belhali, qui entraîna la psychologue avec elle hors du bureau le temps de l'opération.

Avant de se déshabiller complètement, l'homme se délesta de ses effets personnels : portefeuille, trousseau de clés, téléphone portable, Bible miniature, ceinture, bijoux, et cravate. Le lieutenant Chadeau s'empressa d'en coucher le détail sur un procès-verbal, puis retourna à ses recherches téléphoniques.

— Faut que je tousse, aussi ? demanda-t-il, accroupi, une main posée sur l'angle du sofa de manière à garder l'équilibre.

— Non, vas-y, relève-toi ! répondit Leprêtre à cet homme qui n'avait pas une tête à dissimuler l'objet d'un délit dans le rectum.

Puis vint l'énumération des droits relatifs à sa garde à vue : médecin, avis à la famille, avocat.

— J'aimerais que vous préveniez ma femme, je ne veux pas qu'elle s'inquiète.

— Signe là, dit Leprêtre en tendant le procès-verbal de garde à vue.

Leproux prit aussitôt le stylo Bic des mains de l'enquêteur et signa sous son nom. En cinq minutes à peine, tous les flics du service surent que Leproux était gaucher.

***

« Des téléphones sonnaient un peu partout dans les bureaux, journalistes et photographes s'impatientaient, Maigret allait et venait dans les locaux de la PJ. » C'est ainsi que Simenon décrivait le quai des Orfèvres en 1959 dans *Une confidence de Maigret*. L'AFP, qui avait longtemps occupé un bureau du deuxième étage du quai des Orfèvres, n'avait plus de journalistes accrédités au Palais de justice depuis la fin des années 1970. Pourtant, une heure après le placement en garde à vue de Leproux, l'agence annonçait l'interpellation d'un suspect.

20 – Meurtre en direct

Que les témoins du meurtre de Rémy Jacquin aient déclaré que le tueur était un individu de type européen pour disculper tout « frère de sang » paraissait, en soi, plausible. En revanche ils n'avaient aucune raison de mentir quant au mode opératoire, et Mukombo et les autres avaient tous décrit le meurtrier tirant de la main droite tandis que la moto décélérait à l'approche du conseiller principal d'éducation. De ce fait, si Patrick Leproux était gaucher, il semblait peu probable qu'il soit coupable. Leprêtre s'en désintéressa. Il s'empressa de passer aux choses sérieuses : test d'écriture et prise d'empreintes, avant toute audition sur les faits et toute perquisition.

Le jour prenait fin. Les étoiles n'apparaissaient pas encore par les vasistas sécurisés du bureau, mais la fraîcheur de cette soirée de juin s'engouffrait par les lucarnes entrouvertes. Les cris des mouettes remontant la Seine avaient laissé la place aux sons d'un trompettiste exercé. Face à l'abat-jour vert de Leprêtre, le corps du poète était comme sous une chape de plomb. Celui-ci ne comprenait pas ce qui lui arrivait. Il ne s'en offusquait pas pour autant, ce qui pouvait laisser penser à certains, en particulier ceux qui allaient et venaient dans les coursives à proximité du bureau des « Duhamel », qu'il était coupable.

— Tiens, lui indiqua l'officier en lui fournissant stylo et feuille de papier. Tu vas me recopier cette phrase dix fois.

— Dix fois ?

— Oui, dix fois.

Ce n'était pas une punition. Juste le fait que lorsqu'on rédige à de nombreuses reprises la même phrase en forçant son écriture, on finit, la fatigue aidant, par retrouver le graphisme naturel. En l'occurrence, le graphisme de la phrase – *Tout comme pour l'affaire Denoël, vos fins limiers n'aboutiront pas* – ne correspondait pas à celui du tueur, y compris lors de la dixième et dernière copie. L'écriture, incontestablement, n'était pas la même. La psychologue l'aurait qualifiée de ferme, nourrie, à tendance pâteuse, ascendante, mi-anguleuse, au trait rapide et mouvementé, avec des hampes surélevées. Surtout, les *m*, comme l'avait souligné Fabienne Varlin, ne ressemblaient en rien à des seins.

Leprêtre, en fait, n'avait pas choisi cette phrase au hasard. La prise d'empreintes effectuée, il poursuivit en interrogeant Leproux sur Denoël. Mais si les éditions du même nom lui étaient connues, il n'en était pas de même pour l'homme et sa mort tragique.

— Comment voulez-vous que je sache où se trouve cette archive ? répondit-il en vouvoyant Leprêtre, qu'il aurait tutoyé dans d'autres circonstances. Si c'est une affaire vieille de cinquante ans, le dossier doit se trouver dans les sous-sols du commissariat du 5e arrondissement. Nous, au 36, nous n'y avons plus accès.

— Même s'il s'agit d'une affaire réservée ?

— Surtout s'il s'agit d'une affaire réservée. Si c'est le cas, le dossier est enfermé sous clé dans le coffre-fort de votre patron ou dans celui du directeur.

— Tu possèdes une arme ?

— Non. Je ne suis qu'un agent administratif. Je ne sais même pas tirer.

— Tu peux nous donner ton emploi du temps du week-end dernier ? demanda Leprêtre qui balayait plusieurs points d'un coup pour en finir plus rapidement.

— Quel jour exactement ?

— Vendredi. Vendredi et samedi.

— Vendredi… j'étais là. J'ai quitté le service plus tôt, vers 17 heures, puis je suis rentré chez moi. Le soir on est allés au théâtre.

— Et le samedi ?

— Le samedi, rien. J'ai fait les courses avec ma femme dans la matinée, et l'après-midi j'ai bouquiné.

— Tu n'as pas quitté la région parisienne ?

— Non. Pour aller où ?

— Je ne sais pas, moi. En Vendée, par exemple ?

— En Vendée ? Parce que vous croyez franchement que j'ai une tête à tuer un flic et à courir la France pour poster des lettres ?

Leprêtre ne répondit pas. Effectivement, il ne croyait absolument plus en la culpabilité de l'archiviste. Il n'y avait jamais vraiment cru, d'ailleurs. Son alibi allait rapidement être vérifié. Duhamel avait déjà invité Mme Leproux à se rendre au service.

— Alors ? demanda Guignard d'un geste de la tête en passant devant la porte.

Leprêtre, malgré la présence de l'archiviste, fit la moue. Guignard repartit, la tête basse.

Jeudi, 22 h 50, l'émission de dernière partie de soirée venait de débuter. Vingt minutes lui suffisaient pour se rendre aux abords de France Télévision en moto. Il avait largement le temps. Son téléviseur diffusait l'image de Simon Jarny, un arriviste dans toute sa splendeur qui minaudait devant les caméras. Son tour était venu. De sa télécommande, il coupa le son. Ce type était insupportable, tout en fourberie. Véritable acrobate de l'éloquence, il fanfaronnait en continu devant ses invités tout en faisant l'éloge d'œuvres qu'il n'avait pas lues, grâce aux fiches que lui préparaient ses collaborateurs.

Il sortit sa combinaison d'un placard et s'équipa tranquillement. Bottes en cuir noir, jean, blouson en cuir noir avec le tatouage d'un guépard dans le dos. Le casque noir de marque Shoei et les gants en cuir, ce serait pour plus tard, au moment d'enfourcher la Diversion. Son arme, protégée par un vieux chiffon blanc, était dissimulée dans le conduit d'une cheminée condamnée. Pouce sur l'extracteur, il fit glisser le chargeur qu'il récupéra de sa main libre. Puis, d'un geste brusque, il fit coulisser la culasse à l'arrière avant de la rabattre dans un claquement sec pour vérifier son bon fonctionnement. L'arme était vieille, il fallait rester prudent, éviter à tout prix qu'elle ne s'enraye au moment décisif. Un peu d'huile sur les rails à l'aide d'une brosse à dents usagée, avant de garnir le chargeur à six cartouches. Ça suffisait amplement pour tuer l'homme à la tenue décontractée qui absorbait les watts des projecteurs du plateau de télévision. *Un paon qui se pavane, ce Jarny.* Un dernier coup de chiffon sur l'objet métallique, le passage d'un écouvillon dans la bouche du canon, un nouveau mouvement de la culasse, puis l'insertion du chargeur approvisionné, d'un coup sec, avant de chambrer une cartouche. Ses yeux brillaient, il frémissait. Il glissa l'arme à l'arrière de son pantalon, coincée par une ceinture et masquée par le bas du blouson. Il laissa le téléviseur et l'ordinateur branchés, ferma à double tour son appartement, descendit les trois étages de son immeuble en enfilant ses gants, bifurqua à droite en passant devant sa Clio qui ne lui servait que par mauvais temps, puis se dirigea vers le box abritant sa cylindrée, à quatre cents mètres de là. Au-delà, on distinguait les bords de la Marne.

Nous avons bien reçu votre manuscrit et vous remercions de l'intérêt que vous portez à notre maison. Malheureusement, nous sommes au regret de vous informer qu'une telle publication n'entre pas dans nos projets éditoriaux actuellement... Nous sommes au regret de vous dire que votre texte ne correspond pas à l'esprit de notre collection... Votre manuscrit, bien que présélectionné par notre comité de lecture, n'a finalement pas été retenu. Croyez bien que nous sommes désolés de ce refus, compte tenu du travail que vous avez fourni pour la rédaction de ce texte...

Fendre l'air frais était un pur bonheur. Il oubliait tout, y compris les nombreuses lettres de refus des éditeurs. Il exécrait par-dessus tout ces comités de lecture occultes. Assassiner Simon Jarny, leur représentant, était son but ultime. La lettre de revendication était d'ailleurs prête, et son voyage dans l'Allier organisé, minuté. À Chevagnes, précisément, près du château de Paray-le-Frésil, car, avant de devenir le grand Simenon,

« le petit Sim », à l'âge de vingt ans à peine, y avait secondé le marquis de Tracy, le propriétaire d'un journal implanté à Nevers.

Il avait longuement hésité, d'ailleurs. Pendant un temps, il avait pensé faire partir le courrier des États-Unis, pays où l'auteur belge s'était retranché après la guerre, mais remettre une lettre à un inconnu en partance pour New York était trop dangereux. Le courrier pouvait être égaré, voire oublié. *Ne jamais faire confiance aux autres, non, jamais.* Et puis l'aéroport de Roissy-Charles-de-Gaulle était truffé de caméras. L'idée du port de Delfzijl, à l'extrémité nord des Pays-Bas, où Simenon avait rédigé son premier *Maigret*, lui avait également traversé l'esprit. Mais la destination lui était finalement apparue trop lointaine.

Chevagnes, après tout, n'était qu'à trois cents kilomètres de Paris. Départ le samedi à 4 heures du mat', circulation par les nationales et départementales, le tout sans dépassement de vitesse. Cinq heures de route, car cette fois-ci il envisageait de s'y rendre en Clio. Éviter à tout prix les péages et les contrôles inopinés des gendarmes. Dépôt du courrier avant midi, puis retour sur Paris, fatigué mais serein. Le dimanche pour se reposer.

Tuer avait été plus facile qu'il ne l'avait imaginé. Mieux, l'acte lui avait procuré un sentiment de puissance, de jouissance extrême, comme il n'en avait jamais connu avec les femmes. De reconnaissance aussi. Il entendait poursuivre, d'autant que les flics de la Crim' semblaient dans les choux, occupés à traiter un autre suspect. Le monde de l'édition était un milieu de pantins : des fils à papa comme Jarny, des éditeurs privilégiant les fils de bonne famille, et des directeurs littéraires incapables de séparer le bon grain de l'ivraie.

Un produit marketing, exclusivement, où éditeurs et distributeurs se partageaient un max de blé sur un carré d'auteurs français et sur les traductions d'une quinzaine de noms américains. Voilà ce que représentait le livre à leurs yeux, un investissement uniquement sur les valeurs sûres. Pas une miette pour les autres. Mais que savaient-ils de tous ces anonymes qui passaient leurs nuits à rassembler les idées, imaginer une intrigue, développer un synopsis, noircir des pages, s'essorer le cerveau, ausculter les mots, gommer les lourdeurs, trouver la bonne formulation ? Des litres de sueur versée et de café avalé, ou de vin, comme Simenon, telle était sa pénitence : donner du rythme, feuilleter continuellement le dictionnaire des synonymes, lire, relire, corriger, relire encore, réécrire.

Dix fois déjà, il avait surveillé les abords. Il connaissait par cœur Jarny et ses habitudes. L'émission aussitôt terminée, celui-ci quittait le parking en sous-sol de France Télévision au volant d'un magnifique véhicule tout-terrain gris anthracite de marque japonaise. Direction Levallois-Perret où demeurait le chroniqueur. Vendredi, enfin. Minuit, minuit quinze, minuit vingt. Il grimpa sur son engin. Jarny n'allait plus tarder.

Minuit vingt-cinq, le Toyota déboucha en surface. Le motard se mit de nouveau à frémir. Simon Jarny était seul, comme d'habitude. Magie de la nuit et chasse à l'homme réunies. Il enquilla, serein, plein d'orgueil, certain de sa force. Il accéléra sur la voie Georges-Pompidou, doubla, se porta à hauteur du conducteur pour bien observer le visage de sa proie, puis remit les gaz. En route pour Levallois-Perret.

Moto garée à quelques mètres, il attendait, son casque vissé sur la tête, lorsqu'à cinq mètres de lui le portail du parking souterrain de la résidence huppée se souleva. Le 4 × 4 de Jarny s'y engouffra. Le portique électrique commençait à se refermer lorsqu'il pénétra à son tour, le buste baissé, et la visière relevée pour mieux respirer. Des caméras partout, à l'entrée et dans chaque allée. Équipé comme il l'était, personne ne pouvait l'identifier. À l'autre bout, éclairé par les néons, le véhicule de Jarny.

La portière qui claque. Le bruit sourd de la fermeture automatique. Le présentateur, enfin, déboule à grandes enjambées, longtemps masqué par un pilier. Personne aux alentours, l'endroit est désert. D'un pas lent, assuré, la main droite sur la crosse de son arme toujours fixée à la ceinture, il se dirigeait maintenant vers lui. Le bruit du portail automatique, de nouveau. *Une voiture qui sort ? Impossible, il n'y avait pas âme qui vive dans ce parking. Une voiture qui rentre, alors... Oui, forcément.* Tant pis, il n'était plus qu'à quelques mètres de Jarny. Quitte à s'enfuir en courant, il devait le faire, il devait le tuer. Il était sûr de sa force, il était invulnérable, lui le fantôme du 36, celui qui hantait les nuits de tous les flics du quai des Orfèvres.

— Simon Jarny ?

— Oui ! ?

Deux coups de feu pour réponse. « Faut toujours doubler les coups », disait-on dans les stands de tir des écoles de police. Le chroniqueur s'affaissa. Crissement de pneus en bout d'allée. Plié en deux sur le sol, Jarny, agonisant, gémissait de douleur. Immobile, le regard fixé sur l'homme à terre, le motard était en contemplation, en transe. Le bruit du moteur se rapprochait. Un Diesel. Que faire ? Donner le coup de grâce ? Ramasser les douilles ? Plus le temps de poursuivre. Ni une ni deux, il se retourna dans un geste brusque, l'arme à la main, et se mit à courir. Mauvaise appréciation des distances, stress, éblouissement des phares, alcoolémie du conducteur ? Un peu tout, probablement. Le fuyard percuta le capot de la Volvo qui allait se garer. Le choc fut assez brutal pour que le tueur tombe au sol, son pistolet Tokarev glissant à une dizaine de mètres, sous un véhicule utilitaire.

***

Le directeur en avait décidé autrement. Que les enquêteurs soient désormais persuadés de l'innocence de l'archiviste était une chose, mais l'heure n'était plus à la conviction. Le patron de la police judiciaire parisienne désirait qu'on traite le cas Leproux à fond. « Des certitudes, nom de Dieu, des certitudes ! »

Les puristes, Chadeau en tête, eurent raison de rappeler que la garde à vue s'effectuait sous le contrôle du juge d'instruction, conformément à l'article 154 du Code de procédure pénale. Mais que valait la voix fluette de Nadine Martinon face au directeur de la « grande maison » ? Dans les textes, oui, c'est elle qui décidait. Mais pas dans la pratique.

— Il veut qu'on fasse un tapissage[1] avant de le libérer, précisa Guignard qui remontait du deuxième étage.

— Un tapissage ? C'est ridicule, personne n'a vu l'assassin, réagit Leprêtre.

---

1. Présentation du suspect parmi d'autres personnes à un témoin, afin que ce dernier le reconnaisse.

— C'est ce que je lui ai dit, mais il veut quand même qu'on le présente à Katarina Apelgren avec un casque sur la tête. Elle a vu les yeux du tueur, je crois ?

— Oui, mais à travers un œilleton seulement, et puis elle a vu un Blanc avec des yeux bleus, sourit le Taciturne.

— Je sais bien, je sais bien, dit un Guignard dépité. On n'a pas le choix, faites-le, au moins pour « fermer la porte[1] ».

Pas facile d'organiser une parade d'identification dans la nuit de jeudi à vendredi. Il fallait trouver cinq casques, noirs de préférence, et quatre hommes d'origine africaine ou antillaise, de morphologie similaire à celle de Patrick Leproux, l'idée étant de créer la confusion et le doute dans l'esprit des témoins pour être assuré d'une reconnaissance certaine.

Une équipe de police alla récupérer en urgence la belle Suédoise dont le pansement sur l'œil droit s'était aminci. Belhali fila au dépôt de la Préfecture de police requérir quelques collègues antillais bien contents d'échapper pour une petite heure à leur tâche de garde-détenus, tandis que tous les bureaux de la BRI et de la Brigade des stupéfiants furent « perquisitionnés » pour récupérer de vieux casques abandonnés par leurs propriétaires en haut des vestiaires métalliques.

De peur de devoir déménager du quai des Orfèvres pour une obscure adresse en périphérie de la ville, aucun enquêteur n'osait reconnaître que les locaux du 36 n'étaient plus adaptés. Les bureaux n'offraient aucune confidentialité et les nombreux fils électriques

---

1. Pour qu'on n'en parle plus.

qui couraient sur des rails métalliques le long des couloirs ne rassuraient personne. Surtout, aucune pièce n'était équipée de glace sans tain, contrairement à ce que l'on peut voir dans les séries policières, où des salles d'audition pourvues de caméras discrètes et de matériel dernier cri font office de confessionnaux. C'est ainsi que Leprêtre conduisit le poète dans une ancienne salle de garde à vue du deuxième étage, où un éclairage puissant et une vitre foncée empêchaient tout suspect de distinguer les témoins se trouvant à l'extérieur. Les cinq hommes étaient là, tous en tenue civile, lacets, ceintures et bijoux retirés, à l'identique de Leproux, de sorte que Mlle Apelgren ne puisse identifier le gardé à vue de la Brigade criminelle par déduction.

La situation lui parut ubuesque. On lui annonçait l'arrestation d'un suspect, on lui présentait cinq hommes à la peau mate ou foncée. Trois d'entre eux portaient un casque intégral, tandis que les deux autres avaient sur la tête une protection en forme de bol. Seule la couleur de ces casques collait à la réalité. Elle resta à peine dix secondes derrière la vitre, avant de fixer de son œil valide le visage de Leprêtre. Il n'y avait aucun individu de type caucasien dans le lot, si ce n'est le photographe de l'Identité judiciaire qui immortalisa la scène à la demande des policiers. Rideau.

***

Heureusement que la fille de Leprêtre avait eu son baccalauréat, car le reste de la journée de l'enquêteur ne fut que faux espoirs, frustration et dépit : l'archiviste ne méritait tout simplement pas qu'on le retienne plus longtemps. Il était gaucher, il s'était acquitté avec succès du test d'écriture. Sa femme avait confirmé à Duhamel son alibi pour le week-end précédent, et Katarina Apelgren, face à lui, ne l'avait pas suspecté une seule seconde. On n'attendait plus que le résultat des comparaisons de ses empreintes avec celles trouvées sur le manuscrit intitulé *Souffrances*. Résultat qui n'allait plus tarder.

— Tu veux boire quelque chose ?

— Un café, s'il y en a, répondit Aimé Césaire.

Nora Belhali, qui s'en voulait désormais d'avoir divulgué le nom de cet homme à ses supérieurs, lui servit aussi sec une grande tasse. Jean Leprêtre, lui, s'était jusque-là refusé à conduire l'archiviste dans l'une des cellules de garde à vue, à proximité de la permanence de la Brigade des stupéfiants, là où se côtoyaient dealers et drogués, paranoïaques et schizophrènes.

— Il paraît que tu écris des poèmes. Tu ne t'es jamais essayé aux polars ?

« Chasser le naturel, il revient au galop. » Leprêtre avait beau être persuadé de l'innocence de son client, il ne pouvait se retenir d'évoquer le thème de la littérature policière. Cela l'obnubilait.

— Ça ne m'intéresse pas, répondit posément l'Antillais.

— Pourtant, avec toutes les procédures qui passent entre tes mains, il y aurait matière à écrire, non ?

— D'une part, les procédures, comme vous dites, on n'a pas le temps de les lire. On ne fait que les dégrafer et les passer au scanner pour qu'elles soient numérisées. D'autre part, moi, je suis passionné par la poésie, rien de plus.

Il n'eut pas le temps de dire que son poète préféré était Walt Whitman, un Américain de la fin du XIXᵉ siècle, farouche usager du vers libre et de la répétition qui donnaient un caractère hypnotique à ses textes. Le téléphone du bureau de Duhamel l'interrompit. En l'absence de celui-ci, Leprêtre récupéra la ligne.

— Allô ?

— Daniel ?

— Non, c'est Jean.

Leprêtre, lui, avait reconnu la jeune voix de son chef de section, Thomas Boitel.

— On a une nouvelle agression…

— Qui ? demanda Leprêtre en jetant un coup d'œil à Leproux qui se tenait droit comme un *i* sur sa chaise.

— Simon Jarny, un animateur télé.

— Oui, je vois. Je peux le libérer, alors ?

— Ouais. Faites une audition de confort pendant que j'appelle la juge. Et dès que j'ai l'autorisation, on le relâche.

Leprêtre raccrocha. Boitel avait parlé d'agression, ça voulait tout et ne rien dire à la fois. Devant Leproux, l'adjoint du groupe Duhamel n'avait pas osé demander si Jarny était mort. Belhali, qui avait compris l'importance du coup de fil, quitta aussitôt le bureau pour aller à la pêche aux renseignements. Même sans entrave, Leproux ne paraissait pas dangereux. Leprêtre pouvait rester seul avec lui.

« Audition de confort », avait dit Thomas Boitel. Ça non plus, ça ne voulait pas dire grand-chose. Leprêtre n'avait plus rien à cacher, il reprit la conversation :

— Un nouveau meurtre vient d'avoir lieu.

— Qui ça, cette fois ?

— Un chroniqueur télé. On va t'entendre une dernière fois avant de te relâcher.

— Bien, finissons-en. J'ai eu ma dose d'émotions, ce soir, ajouta-t-il sans sourire.

***

Un poumon perforé par deux ogives, Simon Jarny était dans un sale état. Il respirait des bulles de sang lorsque le conducteur de la Volvo, après avoir jeté un coup d'œil au capot de sa voiture, se rendit compte de la présence de l'homme allongé dans l'allée C du parking. Aussitôt, il contacta les secours. Un quart d'heure plus tard, Jarny fut pris en charge par les sapeurs-pompiers, direction l'hôpital Louis-Mourier de Colombes.

Comme un mois auparavant à Malakoff, les flics du SDPJ des Hauts-de-Seine étaient à pied d'œuvre lorsque Guignard, Boitel, Chadeau et la petite Belhali arrivèrent. Duhamel, Sibierski et Leprêtre les rejoindraient plus tard. À l'arrière d'un car police secours, le type à la Volvo, la cinquantaine grisonnante et bien portante, récupérait d'une soirée arrosée. Ses réflexes citoyens avaient été excellents malgré tout. Après avoir alerté les secours, il n'avait pas cherché à se défiler. Mieux, il n'avait pas bougé de son véhicule après le choc, même s'il doutait de revoir l'individu qu'il avait percuté pour établir le constat d'accident.

À quelques mètres de la berline, une petite tache de sang marquait le sol bétonné. Aucune autre trace alentour. Les techniciens de l'Identité judiciaire installèrent des lampes portatives avant d'inspecter le véhicule du biturin. Ce fut cette lumière artificielle qui permit à l'un des enquêteurs de Nanterre de constater la présence d'une arme à feu sous le tuyau d'échappement d'une Peugeot Partner.

— Pistolet Toula-Tokarev modèle 1933, précisa le commandant de police, un passionné d'armes à feu, qui dirigeait l'équipe du SDPJ 92.

— Faudrait peut-être la sécuriser, suggéra celui qui l'avait découverte.

— *Niet*, répondit le chef de groupe en se saisissant de l'arme. Si personne ne s'en sert, elle ne va pas mordre. On va l'apporter directement à la balistique.

Les flics étaient particulièrement précautionneux avec les armes. On les bassinait tellement avec la sécurité – « deux coups de sécurité, le doigt sur le pontet[1], le canon en direction des cibles » – qu'ils cherchaient toujours à en faire trop, malheureusement au détriment des traces ou empreintes susceptibles d'être relevées sur lesdits objets.

Le propriétaire de la Volvo, pas complètement dégrisé, eut quand même le droit à son test anatomique, car s'il disait ne rien avoir vu de l'agression contre Simon Jarny, il pouvait très bien jouer la comédie.

— Faites voir vos mains, lui ordonna un technicien de l'Identité judiciaire.

L'homme, assis sur l'une des banquettes du fourgon, les lui tendit. L'agent spécialisé en police technique et scientifique lui tamponna les deux côtés des mains à l'aide d'un tissu ouaté, puis remplit un document imprimé sur lequel il indiqua, à l'intention du service de la balistique, identité de l'individu et circonstances connues de la tentative d'homicide. On retira également

1. Pièce qui protège la détente d'une arme à feu.

sa veste. En effet, des résidus de poudre pouvaient s'être agglutinés sur les manches.

**

Comme si la douleur à son poignet droit ne suffisait pas, des échardes lui transperçaient maintenant le crâne. Rien ne s'était déroulé comme prévu. Tout avait bien débuté, pourtant. Jusqu'à ce choc dans le parking. Incompréhensible. Légère béquille, grosse entorse du poignet, et l'arme échappée des mains. La traversée de Paris fut un véritable calvaire : difficultés pour tenir la poignée d'accélérateur et surtout inquiétude liée à la perte de son pistolet. Le halo de la Seine en cette nuit d'été n'atténua pas un instant sa douleur et sa rage.

Trois aspirines effervescentes s'ébrouaient dans un verre d'eau. Une chaîne de la TNT offrait aux insomniaques un programme érotique, tandis que, patiemment, il lisait les dernières dépêches AFP sur l'écran de son ordinateur en cliquant à tout-va de sa main valide. Mais seulement deux heures après les faits, s'attendre à l'annonce de la mort de Jarny paraissait bien prématuré. Le frétillement terminé, il porta le verre à sa bouche. Son regard se posa sur l'actrice dénudée qui s'acharnait à satisfaire son partenaire. Loin de lui toute idée de se caresser, même quelques instants. L'esprit vague, il était irrésistiblement absorbé par la peau laiteuse de la comédienne.

Nulle part trace de la mort de Jarny. Était-il mort, d'ailleurs ? C'était à se le demander. Sentiments ambigus, indescriptibles. Libre mais blessé, blessé mais libre. Désarmé aussi. Les réflexions s'entrechoquaient dans son cerveau malade. Arrogance et sensation de

346

domination précédaient la peur. Et inversement. Turbulences d'un esprit contrarié. Rêves de gloire, complexe de supériorité, ses flashs étaient aussi intenses qu'éphémères. Comme ses crimes, finalement. Un véritable camé du meurtre, le gun en guise de seringue. Foudroyé devant l'affaissement des corps, il se délectait de la vue du sang. Et le coup de grâce, toujours, comme piqûre de rappel.

Allaient-ils retrouver l'arme ? Plus que probable. Qu'en feraient-ils ? Un rapprochement avec les autres meurtres ? Bien sûr, c'était la moindre des conclusions après un tir de comparaison. Mais il avait utilisé des gants et pris soin de nettoyer l'arme avant de l'utiliser. Le numéro de série du Tokarev ? Pourquoi pas, mais de là à croire que les types de la Crim' seraient en mesure d'en identifier l'origine, il y avait de la marge. *S'ils savaient, ces mulets, que cette arme est rentrée sur le territoire dans les soutes d'un avion de l'armée française...* Non, finalement, il ne risquait rien. Pas moyen de l'identifier.

Enfin il souffrait moins. Sauf au poignet. Quelques anti-inflammatoires et un joli bandage bien serré lui rendraient en quelques jours un avant-bras comme neuf. Ne pas consulter, surtout pas, sous peine de voir son nom recensé dans les listings de la Crim'.

***

Leprêtre accéléra la cadence. Il fallait faire vite. D'une part libérer l'archiviste dont le calvaire avait trop duré, d'autre part se rendre à Levallois-Perret dans le parking de la résidence de Simon Jarny. Il était bon pour une énième nuit blanche. L'audition finale se résuma à deux questions, après que l'officier eut montré à Leproux les photographies de toutes les victimes :

— Connaissez-vous l'une de ces personnes ?

— Non, aucune, dit un Leproux qui manipula chacun des clichés en prenant son temps.

— Que savez-vous de cette affaire ?

— Rien, sauf que le journaliste qui reçoit les lettres, je le connais. Un type bien. Il a passé plusieurs semaines à la BPM il y a quatre ou cinq ans pour un reportage.

— Je suis sincèrement désolé, mais on n'avait pas le choix, déclara l'adjoint de Duhamel au nom du groupe alors que Leproux récupérait ses effets personnels.

L'archiviste ne répondit pas. Il ne savait pas comment il s'en relèverait, car même innocent, croiser chaque jour les regards de flics qui l'avaient soupçonné puis placé en garde à vue lui paraissait désormais insurmontable.

Le commissaire Maigret se plaignait souvent du « grand escalier à rampe de fer, terne, et poussiéreux », au sommet duquel il arrivait « toujours un peu essoufflé ». Leproux, qui semblait pourtant beaucoup plus svelte que le personnage, descendit l'escalier aussi lentement que Maigret le grimpait, « le dos lourd » et la main posée sur la rambarde.

« Un ascenseur ? ? ? Vous n'y pensez pas ! Qu'adviendrait-il de la poésie de l'escalier, dans ce cas-là ? » disaient les directeurs de la police judiciaire qui se succédaient en paraphrasant Simenon.

21 – Les bords de Marne

Parmi les flics, nombreux étaient ceux qui pensaient que le tueur s'arrêterait au meurtre de Michel Deforges. Pas Fabienne Varlin, qui savait que le fantôme, vaniteux et vraisemblablement en manque de reconnaissance, poursuivrait indéfiniment son œuvre. Jusqu'à l'interpellation, l'erreur ou la mort. La psychologue cependant s'était fait un devoir de ne pas évoquer ce point, de peur que cela ne stresse un peu plus les enquêteurs. Car le sang appelait le sang, chaque sixième jour de la semaine.

Si le vendredi était le jour de prédilection du tueur, celui-ci n'avait pas d'horaires particuliers. Il était bien organisé. Il connaissait les habitudes de la plupart de ses victimes, à force de repérages, probablement. Il était sûr de lui, n'avait pas peur. Il avait agressé plus d'hommes que de femmes, avait tué aussi bien le jour que la nuit, sous la pluie comme par beau temps. Il était serein. Il ne paniquait pas. Il s'abreuvait de la vue des corps léchant le sol, puis ramassait une à une les douilles éjectées de son pistolet.

Sans sortir du bureau, on ne pouvait véritablement s'imprégner d'une scène de crime. Les meilleures photos du monde, un plan détaillé et des constatations fidèlement transcrites sur papier n'y changeaient rien, car un cliché ne fournissait rien des odeurs, des nuances de lumière, de la température ou de l'humidité, des mouvements, des distances. C'est ce que dit Fabienne Varlin à Duhamel et Leprêtre, dans la voiture qui les conduisait à Levallois-Perret. Les deux flics le savaient pertinemment, eux qui retournaient sans cesse sur les lieux du crime afin de chercher à comprendre le *comment* pour mieux aboutir au *pourquoi* puis au *qui*. Car des affaires non résolues, il y en avait quelques-unes dans chacun des groupes, mais qu'on ne vienne pas leur parler de crime parfait, ça n'existait pas. L'affaire n'était pas sortie tout simplement parce qu'ils avaient raté un truc, un élément important. Remettre l'ouvrage sur le métier, toujours, avec un angle d'attaque différent. Pour l'heure, exit toutes les autres affaires. Sept familles, désormais, réclamaient justice.

***

Il n'avait pas commis beaucoup d'erreurs. Certes, des adolescents avaient relevé la marque de sa moto lors de l'assassinat de Rémy Jacquin, et oui il s'était trompé de porte dans l'immeuble de Viviane Castaing. Pour le reste, il avait été plutôt bon. Sitôt les méfaits commis, il rentrait chez lui rédiger les lettres, prenant soin d'utiliser des gants chirurgicaux pour ne pas souiller le papier de ses empreintes, et trempant les timbres de Simenon dans un verre d'eau pour ne pas y laisser sa salive. Il prenait ensuite le métro, direction la gare. Tout était réfléchi. Achat de billets en espèces, des espèces jamais retirées le même jour, et surtout pas à proximité des gares, parce que les flics de la Crim' et leur rouleau compresseur, il les connaissait ! Et surtout, pas de téléphone portable sur soi. Pires qu'un bracelet électronique, ces appareils. Il était plus fort qu'eux, oui, beaucoup plus fort. Joie intense de se sentir intouchable, au-dessus des lois. Frustration quand même, parce que tout se jouait dans l'anonymat.

Il méritait tant. Pourquoi ne le prenait-on pas au sérieux ? Pourquoi refusait-on de le publier ? N'avait-il pas déjà fait ses preuves depuis tant d'années ? Les professionnels de l'édition étaient des incompétents, des hommes et des femmes trop couards pour publier des auteurs inconnus, des pseudo-lecteurs qui ne donnaient leur confiance qu'aux fils à papa comme Simon Jarny. « T'es pas fait pour le polar. Essaie plutôt le documentaire », lui avait dit gentiment Saint-Hubert à la porte de Versailles, lors du dernier Salon du livre de Paris. Et ces enseignants qui avaient critiqué son manuscrit, qui étaient-ils pour le juger ? « Ne naît pas écrivain qui veut », avait déclamé le professeur de français comme on récite un poème de Ronsard, lors de cette soirée calvaire où son désir de tuer était né. Et Franck Lemaire, légèrement éméché ce soir-là, de l'inviter à donner plus de relief à ses personnages. Lui, son ami d'enfance, son copain de collège ! Le troisième, Rémy Jacquin, s'était fait plus discret, mais ses commentaires, acerbes, rejoignaient ceux des autres. « Trop de clichés, personnages stéréotypés. » Oui, c'est ce soir-là qu'il avait décidé de les tuer. Eux et les autres.

Ça n'arrêterait donc jamais. Ce monde était mal fait. Duhamel n'en pouvait plus de traquer les criminels, les identifier, les pourchasser, les mettre hors d'état de nuire. Ils se reproduisaient sans cesse. Certains étaient faciles à débusquer, d'autres, plus perfides ou plus sensés selon le point de vue de chacun, suivaient avec attention les évolutions en matière de police technique et scientifique. Tout dernièrement, l'un d'eux, s'inspirant d'un téléfilm policier américain, avait coupé les ongles de sa victime qui l'avait griffé au cou. Il fallait faire avec. C'était le jeu.

Il fallait qu'il souffle, aussi. La balade en Vendée n'avait pas suffi. Son mois de congé allait peut-être lui permettre de décompresser, si, bien sûr, le tueur était identifié d'ici là, car il était hors de question d'abandonner le groupe en cours de route. Il fallait que ça sorte, et rapidement ; pour lui, pour sa fille Julie dont il avait la garde en juillet, pour les collègues afin qu'ils puissent se retrouver, tous, à la rentrée, avec le sentiment du devoir accompli. Dans le cas contraire, l'équipe volerait en éclats. On ne ressort jamais indemne d'une telle épreuve. Il ne pourrait décemment pas rester à la tête d'un groupe qui avait connu l'échec. Leprêtre non plus, d'ailleurs.

Pierre Sibierski, lui, avait déjà pris sa décision. Quelle que soit l'issue, il allait quitter le navire. La vue de corps décharnés, le sang, les autopsies, c'était trop pour lui, chez qui se percutaient idées noires et petits plaisirs en famille. Nora Belhali se relèverait. Elle était encore jeune et savait guérir des bleus à l'âme. Mais comment le blogueur Fabrice Chadeau, ce prince de l'informatique, pourrait-il de nouveau alimenter un site essentiellement consacré aux réussites de la Brigade criminelle ? La carrière de Boitel serait mise entre parenthèses quelques années, le temps de l'oubli, et Guignard gagnerait du galon en finissant dans un autre service. Il y avait plein de placards dorés dans les nombreux bureaux du ministère et de l'Inspection générale des services.

Une mauvaise nouvelle n'arrivant jamais seule, le procureur de la République de Nanterre, fort des premières investigations menées par le SDPJ 92, refusa de saisir les hommes de Jean-Paul Guignard. L'occasion était trop belle de faire la nique aux gars de la Crim'. Les enquêteurs de Nanterre avaient vécu leur dessaisissement à Malakoff comme une trahison de leur parquet. D'autant qu'avec l'arme du tueur désormais en leur possession, la police semblait enfin en mesure d'en identifier le propriétaire.

Le procureur ne prenait pas beaucoup de risques, puisque, pour l'heure, la Brigade criminelle semblait dépassée par les événements. Et puis, sans courrier, rien ne prouvait que la tentative de meurtre sur Simon Jarny soit véritablement liée aux six crimes précédents. Il pouvait très bien s'agir d'un acte isolé, celui d'un *copycat* par exemple. C'est ce que le procureur déclara à Guignard mécontent de cette décision qu'il ne pouvait contester, bien qu'il la trouvât injuste et stupide.

Ce qui fait que Fabiano Vercini, le conducteur de la Volvo, considéré comme dessaoulé à l'arrivée de Duhamel, fut emmené au siège du service départemental de police judiciaire de Nanterre afin qu'il fournisse, entre autres, un descriptif de l'homme casqué qu'il avait percuté.

***

Il était doublement en colère. Irrité d'avoir laissé échapper son arme en percutant ce véhicule qu'il n'avait pas vu arriver, et agacé que l'affaire soit refilée aux seconds couteaux des Hauts-de-Seine. La dépêche AFP était claire, la police judiciaire des Hauts-de-Seine gardait l'affaire. Il vérifia sur un autre portail Internet, mais les informations confirmaient la première. Les flics du 92 avaient bonne réputation, c'était certain, mais lui, c'était la Crim' qu'il entendait défier. Que faire ? Finalement, il broya le courrier qu'il venait de préparer et le jeta dans sa corbeille de bureau.

***

Ce ne fut pas de la colère, mais de la rage que manifesta le directeur de la police judiciaire. Remonté, il contacta, au petit matin du vendredi, le procureur de Nanterre pour lui expliquer, dans la passion plus que dans la raison, que sa décision de la nuit était indigne d'un magistrat. Le procureur ne se laissa pas impressionner, malgré les menaces de faire remonter l'information en haut lieu. Le magistrat gardait la mainmise sur l'enquête de flagrant délit et n'entendait pas revenir sur la saisine des flics de la PJ départementale.

Il n'en restait pas moins que le directeur avait autorité sur tous les services de police judiciaire de Paris et de la petite couronne. Aussi sec, il contacta le patron de

Nanterre pour l'informer que deux enquêteurs du groupe Duhamel, de la Brigade criminelle, allaient se greffer sur l'équipe en charge de l'affaire Jarny, et que sanctions il y aurait, s'il apprenait que ses propres services se faisaient des cachotteries.

— Pas de guerre des polices, c'est bien compris ?

— Bien compris, monsieur le directeur.

***

Belhali et Leprêtre mirent plus de temps à se repérer dans le centre-ville qu'à effectuer le trajet du quai des Orfèvres à Nanterre. L'immeuble qui abritait les locaux de la police était moderne. Le groupe criminel de Nanterre occupait tout le deuxième étage du bâtiment, de grands bureaux clairs aménagés pour deux personnes, desservis par un long couloir recouvert de moquette. Les deux enquêteurs de la Crim' trouvèrent facilement leur chemin grâce aux bruits de voix. La femme qui avait refusé la poignée de main à Duhamel, ce fameux matin humide où Pierre Santoni avait été tué, était occupée à entendre Vercini, le propriétaire de la Volvo, et on pouvait dire qu'elle lui menait la vie dure. Elle hurlait à en perdre la voix, de sorte que le patron du service, à l'autre bout du couloir, n'eut pas à demander le résumé de l'audition.

L'homme, un chef de chantier en fin de mission, reconnaissait avoir légèrement trop bu au cours du barbecue improvisé sur son lieu de travail. Mais en rentrant dans le parking de sa résidence, la même que Jarny – un homme qu'il ne connaissait pas –, il n'avait rien remarqué, pas même la présence de l'individu casqué, avant de le percuter. Ce dernier s'était retrouvé au sol, mais Vercini n'avait pas eu le temps de sortir de sa voiture que l'ombre déguerpissait en direction de la cage d'escalier qui menait à la surface.

— À quoi ressemblait-il ?

Il ne ressemblait à rien, si ce n'est à un homme d'une quarantaine d'années vêtu de noir et d'un casque de couleur identique, et qui courait avec un bras replié sur son torse.

Les autres bureaux semblaient déserts. Enfin disponible, la femme capitaine de police, qui avait reçu la consigne de prendre en charge les deux policiers, leur offrit un café. Elle leur expliqua que ses collègues étaient repartis sur Levallois-Perret effectuer un voisinage, une perquisition au logement du chroniqueur littéraire, et récupérer les vidéos du parking. Simon Jarny, lui, se trouvait toujours hospitalisé à Colombes, avec un « pronostic vital engagé ».

— Si tu as les numéros de téléphone de Jarny, je peux les récupérer ? demanda Jean Leprêtre.

— Sers-toi, ils sont notés dans la procédure.

Myriam Joly ne s'offusqua pas de cette demande. Elle était assez intelligente pour comprendre et accepter que les enquêteurs de la Crim' travaillent en parallèle avec son équipe. Cette affaire était leur « bébé », ils feraient tout pour qu'elle sorte. Leprêtre s'assit et feuilleta les premiers actes. Il nota deux éléments : le numéro du cellulaire de Jarny et le numéro du Tokarev, l'arme de poing se trouvant déjà au service de la balistique. Il contacta Duhamel aussitôt après.

***

Fabrice Chadeau était à pied d'œuvre sur la téléphonie pendant que Duhamel lisait *Le Parisien* et *Le Reporter français*. Ni le quotidien ni l'hebdomadaire, qui avaient bouclé leur édition peu avant minuit, n'évoquaient la tentative de meurtre sur Simon Jarny, cet amoureux des livres qui devait principalement sa réussite à sa mère, rédactrice en chef d'un journal télévisé durant les années 1990. Cependant on n'arrêtait plus Éric Vermeulen : il signait les éditoriaux et rédigeait, chaque semaine, deux pleines pages de commentaires sur les homicides. Étant le contact exclusif du tueur, on avait même eu droit, lors du numéro précédent, à une interview de l'ancien prix Albert-Londres par son directeur de publication. Il évoquait au cours de l'entretien ses rapports avec la police et la Brigade criminelle, son métier de journaliste spécialiste des faits divers, et ses souvenirs de globe-trotter. Vermeulen surfait sur la vague depuis maintenant plus d'un mois. Duhamel décida de l'appeler.

— T'es au courant ?

— Pour Jarny ? répondit le journaliste.

— Ouais. Il y a des chances pour que tu reçoives un nouveau courrier, lundi. Ou peut-être dès demain si le tueur poste son courrier aujourd'hui.

— Tu crois qu'il va s'en sortir, Jarny ?

— Impossible à dire. En plus, c'est le SDPJ qui garde le flag' pour l'instant.

— T'as quand même des infos pour moi, non ?

— J'ai deux collègues qui sont partis à la pêche aux renseignements à Nanterre, mais pour l'instant on n'a pas grand-chose.

— Tu connais du monde, là-bas ? demanda Vermeulen qui n'avait aucun contact à la PJ de Nanterre.

— Non, personne, mentit Duhamel. Si tu veux, on mange ensemble ce week-end...

— Euh... non. Je ne vais pas avoir le temps, j'ai pas mal de choses à faire.

— Bon. On se rappelle alors.

— OK, ça marche.

Plus que jamais concentré sur la téléphonie, Chadeau n'avait pas attendu que son chef de groupe raccroche pour essayer de l'interrompre.

— Je crois que j'ai quelque chose... dit-il impassible.

— Dis voir.

— Je crois que j'ai identifié le jour où se sont réunis Lemaire, Jacquin et Santoni pour discuter du manuscrit... Mardi 15 avril, juste avant les vacances scolaires.

— T'es certain ?

— Ouais. Deux d'entre eux « bornent » à proximité de la rue de Lourmel dans la soirée. Jacquin a envoyé un SMS à 19 h 12, et Santoni a été appelé par sa femme peu après minuit.

— Et Lemaire ?

— Lemaire, rien. Soit il avait coupé sa ligne, soit il n'a reçu aucun appel.

— Ça peut être une simple coïncidence, non ? demanda un Duhamel défaitiste.

— Ça m'étonnerait. Jacquin et Santoni n'ont rien à faire dans ce secteur. Si tu n'y vois pas d'inconvénient, je vais continuer de travailler sur ce créneau. Si le tueur était présent à cette soirée, il s'est peut-être servi de son téléphone...

Les flics de Nanterre étaient sacrément bons. En quelques heures, ils avaient abattu un travail considérable : constatations dans le parking avec relevé de toutes les plaques minéralogiques des véhicules en stationnement, audition du chef de chantier Fabiano Vercini, enquête de voisinage dans la résidence de Jarny et aux alentours, et surtout saisie de la vidéosurveillance des sous-sols.

Il y avait au moins quinze personnes dans le petit bureau de Myriam Joly lorsqu'elle inséra le CD-Rom dans son ordinateur. À l'écran apparurent huit fenêtres, pour autant de caméras de surveillance. Le technicien requis par la police judiciaire avait gravé deux heures de surveillance, dans un horaire qui englobait le moment des faits. Aussitôt, le capitaine Joly accéléra le rythme de diffusion à l'aide de sa souris. On voyait, de manière irrégulière, divers véhicules en mouvement. Puis, à 00 h 49, à la vue du véhicule de Jarny, Myriam Joly revint sur le mode normal de lecture.

Caméra 1 : 00 h 49 m 36 s : le portail mécanique du parking se lève

00 h 49 m 39 s : entrée du véhicule 4 × 4 Toyota de Jarny

00 h 49 m 41 s : un individu casqué, visière relevée, pénètre dans le parking

— Tu peux améliorer la définition de l'image ? lui demanda un collègue.

L'enquêtrice cliqua sur la fenêtre correspondante, mais l'image qui prenait désormais tout l'écran devint floue.

359

— On ne peut pas l'améliorer plus que ça ?

On pouvait jouer sur le contraste et les couleurs, mais on ne pouvait lutter contre la pixellisation. Il n'y avait guère que dans les téléfilms américains que l'on arrivait à des résultats extraordinaires – genre photographie satellite permettant d'identifier un terroriste à une distance de plusieurs milliers de kilomètres –, au grand regret des enquêteurs, qui suivaient attentivement les séries télé policières.

Finalement, Myriam Joly revint sur la mosaïque d'images avant de sélectionner la caméra 4 qui figeait l'allée C du parking. L'absence de son obligea les enquêteurs à se concentrer.

Caméra 4 : 00 h 49 m 58 s : le Toyota de Jarny se gare

00 h 50 m 04 s : Jarny descend du marchepied de son véhicule

00 h 50 m 07 s : Jarny se dirige vers la cage d'escalier puis se retourne

00 h 50 m 10 s : Jarny s'effondre devant un homme vu de dos, au bras droit tendu

Les noms d'oiseaux se succédèrent devant l'écran. À l'image, Jarny se trouvait au sol, Fabiano Vercini se penchant sur lui pour lui porter secours, lorsqu'un autre policier demanda à changer d'angle de vue. Plusieurs essais plus tard, le capitaine Joly sélectionna la caméra 9, celle opposée à la 4. À 00 h 50 m 08 s, on y distinguait le tueur, un homme athlétique, portant un casque noir de marque Shoei dont la visière était relevée. À 00 h 50 m 09 s, deux rais de lumière jaillirent de la bouche du canon. À 00 h 50 m 10 s, l'homme se retournait et quittait précipitamment les lieux. C'est la caméra 7 qui filma la chute du motard percuté par le véhicule Volvo du chef de chantier. Il se releva difficilement, sonné, puis repartit en accélérant le pas, le bras droit replié et collé sur le torse, comme l'avait si bien décrit Vercini.

Aucun zoom cependant ne permit de distinguer le visage du fantôme. On pouvait à peine confirmer qu'il ne s'agissait pas d'un Africain.

**

Charpentier avait vérifié auprès du fils de son ancien collègue : Michel Deforges n'avait absolument aucun lien de parenté avec Régine, l'auteur de *La bicyclette bleue* et présidente du dernier jury du festival Simenon aux Sables-d'Olonne.

Il ne restait plus beaucoup d'éléments à exploiter. Surtout, la Brigade criminelle n'avait plus les cartes en main, toute l'enquête reposait désormais sur les collègues des Hauts-de-Seine. L'agression contre Simon Jarny avait un goût amer. Il s'agissait de la septième en sept semaines, et la Crim' n'avait plus de marge de manœuvre, si ce n'est un exploit de Chadeau sur la téléphonie. Les flics en venaient même à douter d'eux-mêmes. « Qu'est-ce qu'on a pu rater ? », « Où est-ce qu'on s'est trompés ? », « Qui s'est trompé ? » Parce que, forcément, chaque échec se devait d'avoir des responsables : un tel est trop laxiste, une telle est trop dévouée à sa hiérarchie, celui-ci ne s'implique pas assez, celui-là ne percute pas assez vite, etc. Leprêtre, lui, paraissait détaché parfois, l'esprit ailleurs. Il n'était pourtant pas moins impliqué que les autres, même s'il commençait à se lasser de recevoir des coups de fil de Guignard et de Boitel qui, toutes les dix minutes, venaient aux nouvelles. Il leur semblait inconcevable, en effet, s'il y avait une possibilité d'identifier le tueur dans le cadre de l'affaire Jarny, que ce ne soit pas la Crim' qui exécute l'interpellation.

Il fallait être patient. C'était en gros ce que répondait le Taciturne, car la vidéosurveillance ne donnait rien d'autre que le film d'une exécution en direct – ce qui était déjà beaucoup – et l'environnement du chroniqueur semblait compliqué, celui-ci ayant à peine moins d'amis que de téléspectateurs.

Nora aimait bien ce rôle d'observatrice. À l'aise en toute circonstance, elle naviguait de bureau en bureau, histoire de passer le temps et de glaner quelques renseignements. La fantasque Myriam Joly lui avait fait forte impression. Elle n'était pas encore chef de groupe, mais tout laissait penser qu'elle allait le devenir très rapidement : l'âge de son supérieur direct, la ténacité dont elle faisait preuve après vingt ans de bons et loyaux services, et surtout sa personnalité qui faisait d'elle une meneuse d'hommes. C'est dans un bureau voisin, au gré d'une discussion avec un brigadier-chef, que la gardienne de la paix comprit la rancœur de son aînée à l'égard de Duhamel. Nora Belhali se doutait bien que son chef de groupe et Myriam Joly avaient eu une aventure, l'hostilité de celle-ci à Malakoff l'avait démontré. Ce qu'elle ne savait pas, en revanche, c'est que Duhamel n'avait pas attendu longtemps pour lui faire des infidélités avec sa propre sœur.

— Il a changé, dit Belhali en prenant sa défense.

Le flic n'eut pas le temps de rire, le cellulaire de Belhali se mit à sonner. C'était Julien Reveleau.

— J'ai appris que vous aviez un nouveau meurtre sur les bras…

— Il ne faut pas l'enterrer trop vite, il n'est pas encore mort.

— Il va y passer ?

— Pronostic réservé. C'est trop tôt pour le dire. Dis donc, elle t'intéresse, cette affaire…

— À la télé, ce midi, ils ont montré un reportage là-dessus. Il y avait même une interview du flic qui reçoit les lettres.

— Du flic ? Quel flic ?

— Le flic qui reçoit les lettres, le grand qui sourit tout le temps, là…

— C'est pas un flic, lui, c'est un journaliste.

— Ah bon ! Eh ! Tu sais quoi ?

— Non ?

— Je l'ai vu ce type, aux Sables, le week-end dernier…

— Qui ? Le journaliste ?

— Ouais.

— Mais qu'est-ce qu'il foutait aux Sables ? Tu l'as vu à une conférence ?

— Non. Dans la rue… il semblait se balader.

***

Leproux se trouvait en arrêt maladie. Il était ressorti particulièrement éprouvé de sa garde à vue. C'est ce qu'avait dit à Guignard le patron du service des archives.

— Il ne faut pas avoir de remords, on a fait notre boulot. Il fallait crever[1] cette piste, et on l'a fait. Pour

1. Exploiter.

ce qui est des recherches en cours, qu'est-ce qu'on a ? demanda le commissaire divisionnaire à ses hommes, à quelques heures du dernier week-end de juin.

— On poursuit toujours sur la téléphonie, répondit Duhamel. En ce qui concerne Jean et Nora, ils vont rester jusqu'à extinction des feux à Nanterre.

— OK, parfait. Je n'en demandais pas tant.

— Pierre, on a des nouvelles de l'Identité judiciaire ? demanda Guignard au procédurier du groupe Duhamel.

— En ce qui concerne le Tokarev ?

— Oui.

— Incontestablement, c'est l'arme qui a servi sur chaque affaire. On peut donc considérer avec certitude que c'est encore le même agresseur. Pour ce qui est des paluches, à première vue il n'y en aurait pas. Jeannot m'a dit que le tueur, sur la vidéo de Levallois-Perret, portait des gants.

— Putain de merde ! Même sur les cartouches non percutées ?

— Oui.

— Et de l'ADN ?

— Trop tôt pour dire. Il faut que les collègues du SDPJ envoient d'abord l'arme dans un labo. Ça risque de prendre du temps.

— Thomas. Le numéro d'arme, ça donne quoi ? demanda Guignard à Boitel.

— Selon la DGSE[1], le numéro de série ferait partie d'un lot propriété de l'armée bosniaque.

---

1. Service de contre-espionnage français (Direction générale de la sécurité extérieure).

— Un Bosniaque, alors ? suggéra Fournier.

— Ça serait étonnant. J'imagine mal un Bosniaque se lancer dans l'écriture de romans policiers, répondit Duhamel. Je vois plutôt une arme vendue sous le manteau.

— Lancez quand même une recherche sur les Bosniaques, au niveau des fichiers. En « off », la recherche. Je vous rappelle qu'on n'est pas censés avoir connaissance de cet élément tant qu'il n'y a pas jonction de l'affaire Jarny avec les autres.

***

La nuit avait été courte. Surtout pour Belhali et Leprêtre, qui, chacun de leur côté, avaient beaucoup gambergé. Duhamel, lui, n'avait fait aucun rapprochement particulier lorsqu'il avait appris que l'arme provenait d'un lot de l'armée bosniaque. Ce fut Leprêtre, le premier, qui mit les pieds dans le plat.

— On a comparé les empreintes du manuscrit avec celles des témoins ? demanda Leprêtre à Duhamel au petit matin du samedi, avant de repartir sur Nanterre.

— Quels témoins ?

— Tous ceux dont on a pris les empreintes dans le cadre de cette affaire et qui sont inconnus dans nos fichiers.

— Tu veux parler des veuves ! ?

— Non, pas vraiment. Je pense surtout à ton ami, répondit Leprêtre sans baisser la tête.

— Et qui tu entends par « mon ami » ? réagit Duhamel au quart de tour, ne supportant pas qu'on puisse imaginer l'une de ses relations impliquée dans la série d'homicides.

— Je veux parler de TON journaliste. Tu savais qu'il avait passé plusieurs semaines à la Brigade des mineurs pour un reportage, il y a quelques années…

— Et alors ?

— Le thème central du manuscrit découvert chez Jacquin ne concerne-t-il pas ce service ?

Duhamel ne répondit pas. Pas avant de digérer l'information, le temps d'assimiler : un tueur proche des enquêteurs et un type rompu aux techniques d'enquête. Effectivement, Vermeulen ne comptait plus les reportages menés dans les services de police. Le dernier en date, d'ailleurs, concernait le suivi de deux élèves à l'école nationale de la Préfecture de police, située à Vincennes.

— Il a été vu aux Sables, le week-end dernier, aussi, surenchérit Nora Belhali.

— Quoi ! ! ! C'est maintenant que tu me le dis.

— Je ne l'ai appris qu'hier soir, précisa-t-elle d'un air piteux.

Chadeau était en train de brancher la cafetière. Il laissa dire. Il se posa sur son siège et lança aussitôt son logiciel de téléphonie. 14 253 appels avaient transité par les bornes-relais arrosant la rue de Lourmel dans le 15ᵉ arrondissement de Paris, le mardi 15 avril entre 18 heures et 2 heures. Parmi eux, il y avait les numéros de Santoni et de Jacquin. Ainsi que 14 251 numéros inconnus.

— Daniel ! Donne-moi le numéro de portable de Vermeulen !

Duhamel hésita, abasourdi, sonné par les insinuations de ses collègues, puis il sortit son téléphone de l'étui et en fit défiler le répertoire.

— Tu notes ?

— Vas-y, je t'écoute…

Le disque dur de Chadeau se mit à crépiter. Tous, désormais, attendaient le résultat en fixant Pixel qui pianotait sur le clavier au rythme d'une dactylo.

— Alors ?

— Attends, ça vient… Bingo ! cria Chadeau. Il y était.

— Il possède bien une Clio noire, ajouta Leprêtre qui était déjà connecté sur le fichier informatisé des cartes grises.

Une Clio noire immatriculée dans le Val-de-Marne, comme celle qui avait été aperçue en stationnement près de chez Santoni, le matin de son assassinat.

— Et une moto ? Demanda Duhamel.

— Pas à son nom en tout cas, répondit du tac au tac son adjoint, le regard rivé sur son écran.

— Essaie avec *Le Reporter français*, conseilla Pierre Sibierski.

L'entreprise de presse possédait huit véhicules dont cinq motos. L'une d'entre elles était effectivement une Yamaha noire de type Diversion. Mukombo, l'un des témoins du meurtre de Rémy Jacquin, ne s'était pas trompé.

— Putain ! Il nous a bien eus, cet enfoiré, dit le Taciturne, pourtant peu coutumier d'un tel langage.

Un tueur proche des enquêteurs, rompu aux techniques d'enquête policière, un scribouillard, un globe-trotter, un spécialiste de l'histoire de la police et de la Brigade criminelle, qui se permettait de communiquer avec Chadeau en utilisant les initiales de Georges Simenon. Et le Tokarev, probablement acheté quelques centaines de dollars durant le conflit bosniaque. Non content de narguer les flics de la Crim', Vermeulen s'était payé le luxe de s'adresser les courriers. Pour faire parler de lui, probablement. Fabienne Varlin n'avait-elle pas évoqué un tueur narcissique ?

— Équipez-vous !

— Pour aller où ?

— Rue de Provence. Au siège du *Reporter français*, ordonna Duhamel.

— On ne compare pas les paluches ?

— Pas le temps.

— Il n'a plus d'arme en tout cas. Tu ne préfères pas qu'on l'appelle ?

— Non, c'est un malin, il nous sent. Attends… si. Passe-moi le portable du groupe.

Coup de fil au journal. Pas de réponse, secrétaire en week-end, journalistes au repos.

— Changement de programme. On file chez lui, dit-il à ses collègues après avoir raccroché.

— C'est où, chez lui ?

— Saint-Maur-des-Fossés. On passe par Bercy, on enquille sur l'A4 et on récupère Créteil. J'appelle Boitel et Guignard. Prenez le bélier.

Duhamel était allé à trois ou quatre reprises chez Vermeulen, il connaissait la route par cœur. Surtout, il était décidé à aller au bout de sa démarche, quitte à défoncer la porte.

***

La rue Ledru-Rollin, à sens unique, était calme, le samedi plus que les autres jours, mais la grisaille rendait cette banlieue bourgeoise sinistre. L'appartement de Vermeulen, donnant sur la rue, était au troisième étage d'un bâtiment de briques qui en comptait cinq.

Les volets étaient ouverts, les rideaux tirés. La Clio noire était en stationnement à quelques mètres de l'entrée principale. Il était probablement là.

— T'as le code d'accès ? demanda le Taciturne à Scarface.

— Non.

Leprêtre déverrouilla alors la porte à l'aide de sa clé PTT. Au même moment, Boitel surgit à bord de sa voiture de permanence. Ses collègues attendirent près de cinq minutes dans le hall d'entrée le temps que leur chef de section se gare.

— Alors ? demanda-t-il en allumant une cigarette.

— Il demeure au troisième sur rue.

Réponse sèche, sans fioriture. Ils montèrent. Duhamel était déterminé. Rien ne pourrait désormais l'empêcher de pénétrer dans l'appartement de celui qu'il considérait encore une heure avant comme son ami ; et Boitel le savait. Il ne s'y opposa pas, d'autant que lui aussi voulait comprendre.

— Daniel, laisse-moi sonner. T'es trop chaud, là.

Le geste de Leprêtre accompagna ses mots. Gilet pare-balles sur le dos, il se plaça d'autorité sur le côté de la porte d'entrée et s'exécuta. Personne n'ouvrit. Les enquêteurs avaient déjà connu ça, deux fois : dans l'immeuble parisien de Lemaire et devant sa résidence secondaire, à Boigneville. Mais là, c'était différent. Vermeulen était le véritable coupable.

— Il n'ouvre pas. Passe-moi le bélier, Fabrice.

— Non, laisse-moi faire, faut que je me défoule, intervint Scarface en prenant le *door breaker*.

C'était à lui que revenait le droit de défoncer la lourde. À personne d'autre. Ses collègues sortirent leurs armes des étuis et se placèrent en position de prériposte, prêts à intervenir dès que la porte céderait sous les coups de boutoir du gros cylindre métallique, maintenu par deux anses. Deux grands coups à hauteur de serrure suffirent. Ce fut Thomas Boitel en personne qui, à coups d'épaule, finit le travail en arrachant une partie du chambranle. Duhamel pénétra le premier, suivi de Leprêtre, lesquels sécurisèrent le trois-pièces en quelques secondes. Il n'y avait personne. Tous les enquêteurs se retrouvèrent dans la pièce principale, un salon composé d'un canapé, sur lequel des vêtements de ville étaient posés, d'une bibliothèque et d'une table ronde en teck entourée de trois chaises. Posé sur la cheminée, un casque noir attira tous les regards. La deuxième salle semblait servir de bureau, un ordinateur portable étant posé sur un secrétaire, tandis que la pièce du fond était essentiellement meublée d'un lit et d'une penderie.

— Ça pue l'éther, ici, commenta Leprêtre pour qui le silence de ses collègues était trop lourd.

— Ce n'est pas de l'éther, c'est du Synthol, regarde ! répondit Belhali qui indiquait sur la table ronde un gant de toilette imbibé et une bouteille entamée, à proximité d'un rouleau de bande adhésive entamée et d'une paire de ciseaux.

Hormis la marathonienne, qui se délestait du gilet pare-balles enfilé sur son sweat-shirt noir à poche kangourou, tous se regardèrent. Que pouvait bien manigancer Vermeulen avec ce produit ? Un enlèvement en perspective ?

— Sur les caméras, on avait l'impression qu'il était blessé à un bras. Il a dû se frictionner pour calmer ses douleurs. Je fais pareil quand j'ai trop mal aux jambes.

Le Synthol, ça soulage, précisa Belhali devant les interrogations de l'équipe.

— Ça nous dit pas où il est parti. Il a peut-être mis les voiles, répondit Boitel qui parlait plus que jamais comme un flic.

— Je suis sûre qu'il est parti courir, répondit une nouvelle fois Belhali.

— Pourquoi ?

— Parce qu'il a laissé ses affaires en vrac sur le canapé. À mon avis, il ne va pas tarder à rentrer.

— Les gars, venez voir ! cria Chadeau qui inspectait le bureau. Regardez, là, sur l'écran de l'ordinateur.

— Quoi ?

— Le fichier, là, tu ne sais pas lire ?

— Ouvre-le.

Intitulé *Souffrances*, le fichier pesait 1,92 mégaoctets. Au clic de la souris, plusieurs sous-dossiers apparurent : première version, personnages, mouture finale typo 13, mouture finale typo 12, critiques, synopsis, recherches Internet, bibliographie, boîte à idées.

— Ouvre la mouture finale.

Le texte s'afficha aussitôt :

La permanence du dimanche, à la Brigade des mineurs de Paris, une fois les cages vidées, était en règle générale festive. Les écoles étaient fermées, et les travailleurs sociaux, au repos, avaient pris soin de transmettre en urgence leurs signalements le vendredi soir précédent ; les enquêtes, sauf urgence, étaient mises entre parenthèses le temps du week-end...

— Venez voir, là !

— Quoi ! ?

Tous revinrent dans le salon où Leprêtre inspectait la bibliothèque. Il tenait dans la main gauche une biographie de Simenon écrite par Pierre Assouline, dans la main droite une photo de Vermeulen en compagnie de quatre casques bleus sur les ruines de Srebrenica.

Mais de nouveau Chadeau, du bureau, rappela ses collègues.

— Revenez, putain !

Les poubelles avaient leur importance, on y retrouvait toujours plein de petits secrets. Belhali le savait, elle qui, trois ans auparavant dans une affaire d'enlèvement parental, s'était fait confirmer la présence d'une gamine de six ans dans la résidence secondaire de la grand-mère, cette dernière ayant commis l'imprudence de remplir ses sacs-poubelle d'emballages de jouets offerts à la mineure.

Après avoir déplié une feuille de papier roulée en boule, Pixel put lire aux autres :

Les chroniques de Jarny étaient désastreuses. Encore un fils de.

Allez, un indice... Cette nouvelle signature devrait vous aider, n'est-ce pas, commandant Duhamel ?

L'Ostrogoth.

Succession d'insultes. Scarface en resta bouche bée, la lettre de revendication relative à l'agression contre Simon Jarny lui était directement destinée. Mais Vermeulen avait finalement renoncé à l'envoi. Probablement après avoir appris que la Brigade criminelle n'était pas saisie de cette dernière affaire, et peut-être aussi, perturbé d'avoir laissé échapper son arme.

Cette lettre chiffonnée était l'élément probant, la pièce à conviction qui soulageait les enquêteurs. En l'absence d'aveux, aucun magistrat en effet n'aurait pris la responsabilité de placer en détention provisoire un suspect sans la sacro-sainte preuve. Être formellement identifié comme une relation de Franck Lemaire, détenir une copie du manuscrit découvert chez le conseiller principal d'éducation, posséder une Suzuki Diversion noire ainsi qu'une Clio immatriculée dans le Val-de-Marne, tout cela ne suffisait pas. De nos jours, l'intime conviction, celle des policiers, n'avait plus sa place dans l'enquête criminelle.

— Ne touchez plus à rien. Qu'on fasse la perquisition dans les règles de l'art, intervint Boitel. Appelez l'Identité judiciaire et trouvez-moi deux témoins.

Aussitôt Leprêtre porta la main à son étui de téléphone pour contacter les collègues de la police technique et scientifique. Duhamel, choqué par le contenu de la lettre froissée, s'assit sur le canapé. Pixel, lui, ne savait que faire de sa carcasse. Debout, les bras ballants, cloué au centre de la pièce, il encombrait désormais une grande partie du petit appartement.

— Mince, le v'là ! cria la benjamine de l'équipe en jetant un coup d'œil dans la rue. Merde, il m'a vue. Il dégage ! ! !

Elle avait eu du nez. Effectivement, Vermeulen était parti faire du sport. Il était vêtu d'un tee-shirt blanc, d'un short Adidas lui arrivant à mi-cuisse, et chaussé de baskets dont elle ne put reconnaître la marque. Elle distingua en revanche le bandage qui lui mangeait l'avant-bras droit. Ayant manqué de discrétion en écartant un pan des rideaux de la fenêtre, il ne lui restait qu'une chose à faire. Les autres, elle le savait, en étaient incapables.

— Dégage de là ! hurla-t-elle à l'intention de Chadeau qui, durant quelques secondes, avait eu la prétention de vouloir poursuivre le tueur.

Cela faisait des jours et des jours qu'elle n'avait pas couru et, depuis le début de l'affaire, elle n'avait effectué que quatre sorties. Trop peu pour faire de la compétition. Car en course à pied plus qu'ailleurs, la technique ne compensait pas l'endurance. Vous pouviez vous appeler Paula Radcliffe ou Hicham El Guerrouj, sans entraînement, vous n'étiez bon à rien. L'obstacle Chadeau contourné, chaussée de ses habituelles Converse, elle descendit quatre à quatre les escaliers, évitant de peu une chute magistrale entre le premier étage et le rez-de-chaussée. Porte de l'immeuble close, elle n'eut toutefois pas immédiatement l'idée d'appuyer sur l'interrupteur pour déclencher le pêne. Trois ou quatre secondes, c'est le temps qui lui fallut pour se libérer de ce cachot.

Enfin dehors, Duhamel la remit sur la voie, car Vermeulen avait disparu de la rue Ledru-Rollin.

— À gauche ! Il a pris à gauche !

Elle avait à peine vu Scarface mais avait perçu le mouvement de bras de son chef de groupe, dont le buste sortait entièrement de l'appartement du troisième étage.

— On t'aime Nora, on t'aime ! ! ! entendit-elle au bout de plusieurs dizaines de mètres avant de prendre son virage à la corde.

Pas le temps de s'intéresser à l'architecture de l'église Saint-François-de-Sales sur la droite, à peine celui de vérifier l'absence de véhicule en mouvement avant d'emprunter l'avenue Bourbaki. Rue étroite à sens unique, une nouvelle fois. Un carrefour à trois cents mètres. Une ombre, furtive, au loin. Profiter d'un léger faux plat descendant et de l'absence de voiture pour courir de plus belle, dans l'axe d'une chaussée recouverte d'une légère rosée. L'adrénaline, enfin. Celle de la course-poursuite, celle de l'interpellation en perspective, celle de l'inconnu surtout.

Deux minutes de course déjà, cinq cents mètres parcourus environ, la veine jugulaire gonflée à l'extrême et le corps, non échauffé, brûlé par l'acide lactique. Au loin, l'ombre semblait s'épaissir. Oui, elle gagnait du terrain ! Un profane ne pouvait tenir guère plus de dix à douze minutes à plein régime avant de s'effondrer ; à tout casser, quinze minutes avec les flics aux trousses et condamnation à perpète en guise de médaille. Le carrefour, enfin. Ralentir à l'approche, forcément, l'écho cadencé et démesuré des pulsations cardiaques dans son crâne lui masquant le bruit d'éventuels automobilistes matinaux. Les menottes, également, fixées de part et d'autre de sa ceinture, se percutant allègrement à chaque foulée.

Avenue d'Arromanches. Huit cents mètres de course, deux cents mètres à combler. Le pas devenu lourd, la course du fuyard semblait moins aérienne. Impression ? Possible. La main droite posée sur la crosse de son revolver pour ne pas le perdre en route. Poumons et palpitant tournaient à plein régime. Bouche et narines démesurément ouvertes, lèvres offertes à une légère bruine, langue retroussée, l'air lui brûlait les bronches. Un escalier au loin. Non, une passerelle plutôt, surplombant les eaux grises et dormantes qui bordent l'île Sainte-Catherine. Un groupe de six ou sept cyclistes, au milieu, occupés à discuter le bout de gras. Une vingtaine de marches de chaque côté. Vermeulen fut le premier à les franchir, jetant un coup d'œil au passage pour apprécier son avance.

— Arrête-toi ! cria-t-elle.

En vain. Malgré la fatigue, malgré la surcharge pondérale, il courait vite, toujours. Comme un dératé, comme un mort de faim. Au pied du pont, elle accusait encore une bonne cinquantaine de mètres de retard ; beaucoup trop pour l'entendre s'essouffler. Volonté furtive de plonger dans la rivière pour refroidir son corps, au moment de grimper les premières marches. Vif coup d'œil sur les parterres de fleurs. Oublier à tout prix les jambes qui brûlent, les mollets congestionnés, échapper au point de côté. Fortes odeurs de chèvrefeuille. Champ de vision altéré. *On t'aime Nora, on t'aime ! ! !* Le coup de fouet nécessaire.

— Écartez-vous, bordel ! ! !

Ils n'en eurent pas le temps. La frêle Belhali, en pleine course, n'eut pas le réflexe d'esquiver le mouvement brusque de l'un des vélos touristes des bords de Marne. Elle percuta la roue arrière avant de basculer de tout son long sur le ciment, le Sig Sauer[1] se décrochant de son étui pour finir sa course au fond de la rivière.

— Putain de merde ! ! !

Elle hurlait. Un partout, la balle au centre. Il n'avait plus d'arme, elle non plus. Les quelques témoins de la chute, confus ou stupéfaits, l'aidèrent à se relever. Elle ne leur paraissait pas foncièrement méchante malgré

---

1. Arme de poing de la police nationale.

son regard de zombie. Vermeulen, lui, prenait un peu plus de distance. Quatre-vingts mètres, il s'éloignait. Elle tentait de reprendre ses esprits. Cent mètres. *Téléphoner à Duhamel, bonne idée ! Oui, mais au risque de perdre le fantôme. Non, repartir, à tout prix. Ne pas le perdre.* Cent vingt mètres. *Le poursuivre, quoi qu'il en coûte.* Tant pis pour son calibre. *Neuf cents grammes en moins à la hanche, le bras droit enfin libre.* Les plongeurs de la brigade fluviale se feraient un plaisir de draguer le fond de la Marne.

Direction Créteil Village par l'avenue Pierre-Brossolette, un quartier qu'elle connaissait. Plus qu'une silhouette, maintenant. Au loin, sur la gauche, le centre Henri-Mondor ; sur la droite, les briques rouges de l'hôpital intercommunal. Il lui restait ses menottes qui claquaient l'une contre l'autre, son téléphone cellulaire coincé dans une poche de son pantalon, cent cinquante mètres à combler, et l'impression fugace d'une sirène hurlante de véhicule de police. Increvable, ce Vermeulen, même si dix minutes de course l'avaient épuisé. Il semblait légèrement boiter désormais, courant sur l'asphalte de la voie de bus de la nationale pour garder un maximum de vitesse. Elle aussi fatiguait sérieusement. D'autant que ses abdominaux – les muscles sans mémoire – ne répondaient plus. Retour aux fondamentaux : « Talon-pointe, talon-pointe, talon-pointe, on tire sur les bras, et on garde le buste droit. » Elle progressait, à nouveau, mètre après mètre. Elle l'aperçut se retourner. *J'te lâcherai plus.* Elle percevait enfin la marque de ses baskets, le talon portant une célèbre griffe américaine. Elle décéléra enfin, pour se mettre à son diapason, histoire qu'il s'épuise un peu plus.

On t'aime Nora, on t'aime ! ! ! Oui, mais ça ne réglait pas le problème de l'interpellation. Trente à quarante kilos, c'était grosso modo le poids qu'il lui rendait. Plus que trente mètres. Elle se rapprochait, nettement. Et l'irrésistible envie de le sécher par une balayette de cour de récré. De nouveau dans sa mire. Il était cuit, fini. *Vas-y, crache tes poumons, ordure !* Place de l'Église, avenue de Verdun maintenant. On repartait vers la Marne. « Pour aller où ? » s'entendit-elle demander. *Merde ! L'hôpital intercommunal et son labyrinthe !* Un vrai gruyère, à deux cents mètres. Il se retournait de plus en plus, désormais. Visage d'un mort vivant plus motivé par la soif de liberté que par le pari stupide pris un soir de beuverie sur la péniche de Duhamel.

Et toujours pas de véhicule de police en vue. Vibrations du portable, le long de la cuisse. Insaisissable sans stopper sa course, et bien illusoire de dialoguer sans reprendre son souffle. L'hôpital en vue, à cent mètres maintenant. Légère descente, le long d'une file de véhicules en stationnement. Un conducteur de bus RATP, la main lourde sur le klaxon, surpris de se faire couper la route par deux extraterrestres. Dix mètres les séparaient.

Cinq mètres. Une enjambée. Marquage à la culotte, tel un footballeur. *Que faire ?* Le palpitant qui s'emballe, la trouille au ventre. Il allait se retourner, c'était évident. *Ne pas lui crier dessus, garder ses forces.* D'autant qu'au corps à corps, elle ne pouvait lutter. Une crevette contre un bœuf, Brahim Asloum versus Mike Tyson, quelle franche rigolade ! Non, elle préférait David contre Goliath, l'agilité contre la force, le vice pour la victoire. Une côte, enfin. Une montée à sept ou huit pour cent, sur cinquante mètres. Elle était légère, pas lui. Il cédait, il ahanait, elle réfléchissait. Deux cent vingt pulsations par minute. Dans le rouge. *T'es mort, connard !* L'excitation et le stress la rendaient vulgaire. L'inquiétude disparut totalement lorsqu'elle shoota dans le talon gauche de Vermeulen qui alla percuter le droit. Vieux croc-en-jambe des familles. Usé, déséquilibré, le journaliste se vautra sur l'asphalte, les bras moulinant l'air pour éviter le pire. Face contre terre. Ni une ni deux, dans l'élan, elle se précipita sur lui, pressant son genou dans le creux de la nuque pour mieux l'immobiliser. La nuque, cet endroit qu'il visait systématiquement pour achever ses victimes.

Respiration saccadée et perles de sueur sur le front chez la gardienne de la paix, mains en sang, douleur aiguë dans le poignet et dépit chez Vermeulen.

— Tu vois que je cours plus vite que toi, connard ! déclara la Maghrébine, suffisamment satisfaite pour se permettre de manquer d'humilité. Même en talons aiguilles, je t'aurais rattrapé, dit-elle en appuyant un peu plus son genou sur l'arrière du crâne de son adversaire.

— Ahhh ! ! !

— La ferme ! T'es en garde à vue. Pour les assassinats de Rémy Jacquin, Pierre Santoni, Franck Lemaire, Nicolas Saint-Hubert, tentative sur la personne de Katarina Apelgren, assassinat de Michel Deforges et tentative sur Simon Jarny.

Aucune hésitation dans ses propos, pas d'erreur ni dans la chronologie ni dans les identités des victimes.

— Ça fait mal, putain ! ! ! Enlève ton genou, supplia le journaliste contorsionné face contre le bitume.

— Moins tu bougeras, moins tu souffriras… Ton bras !

— Quoi *mon bras* ? réagit Vermeulen, haletant et souffrant le martyre.

— Ton bras, passe-le dans ton dos ! commanda-t-elle en saisissant sa paire de bracelets métalliques pour « pincer » le poignet blessé du journaliste, alors qu'un « deux-tons police » se faisait plus vigoureux.

Au loin, elle aperçut enfin le véhicule du groupe, la sirène hurlante sur le toit, malgré la proximité de l'hôpital.

— Ton autre bras, maintenant ! ordonna-t-elle de nouveau pour mettre fin au menottage.

Elle put enfin se relever, encore essoufflée mais libérée de la pression de l'interpellation. Vermeulen, exténué, dépité aussi, ne pouvait guère bouger. Il réussit tout de même à se placer sur le côté pour moins souffrir des aspérités de l'asphalte. Ce fut un Duhamel hors de lui qui surgit de l'habitacle. Il fallut toute la pugnacité de Boitel et de Leprêtre pour l'empêcher de lui coller une trempe.

— Pourquoi ? Pourquoi, nom de Dieu ! ? hurla Scarface.

Sourire convulsif, Vermeulen, goguenard, ne répondit pas. Il aurait bien le temps, durant les quarante-huit heures de la garde à vue qui débutait. Le week-end était mort. Deux jours de plus à marner pour bien ficeler le dossier.

Le nombre de victimes ne permettait pas à l'équipe de sourire. Ils se regardèrent pourtant, en cercle, soulagés de mettre un terme à plusieurs semaines d'enquête, le fantôme de Maigret à leurs pieds, ses mains en sang entravées.

Table des matières

Remerciements

À Sophie Madeux, gardienne du synopsis, témoin de mes doutes, ma plus fervente supportrice.

À mes amis enseignants, Michel Safatly et Franck L'Hospitalier, qui, avec ménagement, ont su me remettre sur les rails du polar.

À Isabelle Trouslard, dont les critiques, toujours entremêlées de sourires, ont contribué à me faire revoir ma copie. Merci pour ta franchise.

À Laurent Collomb, formidable conteur, qui m'a soufflé les premières lignes de cette histoire au cours de l'une de nos nombreuses « sorties » sur les bords de Seine.

À Franck Rossini, monsieur « relations publiques ».

À Roselyne Pernice, correctrice de talent, généreuse à gommer mes grossièretés.

À Anne et Bruno Doussin pour leurs nombreux conseils et encouragements. *Pitt*, tu m'as donné la foi. Il n'y a pas de mot assez fort pour te remercier.

Composé par Nord Compo
à Villeneuve-d'Ascq (Nord)

Imprimé en France par CPI
en novembre 2017

POCKET – 12, avenue d'Italie – 75627 Paris Cedex 13

N° d'impression : 2033318
Dépôt légal : février 2011
Suite du premier tirage : novembre 2017
S20298/05